Rotraud Falke-Held

Was vergangen ist…
(Das Geheimnis des Hauses)

Rotraud Falke-Held

Was vergangen ist…

(Das Geheimnis des Hauses)

BoD - Books on demand

Idee und Text:	Rotraud Falke-Held
© 2018	Rotraud Falke-Held
© Neuauflage 2019	Rotraud Falke-Held
Herstellung und Verlag	BoD - Books on Demand, Norderstedt

ISBN: 978-3-7460-6326-3

Besuchen Sie die Autorin im Internet:

www.rotraud-falke-held.de

Die wichtigsten Personen:

Judith Schlüter	Tiertrainerin, Hausbesitzerin
Sidonia	Wahrsagerin aus Paderborn
Hannah Schlüter	Judiths Schwester
Ingrid und Gregor Schlüter	Judiths Eltern
Joachim Dierkes	Hannahs Freund
Ellen und Lorenz Jacobi	Judiths neue Nachbarn
Thea und Kurt Erdmann	ehemalige Bewohner des Hauses
Bianca Buchholz	Theas und Kurts Pflegetochter
Harald Marksroth	Staatsanwalt
Max Kellerhoff	Detektiv und ehemaliger Polizist
Gudrun Kellerhoff	Max' Ehefrau
Martha Verhoeven	Anwältin
Sebastian Kupfer	Marthas Sozius
Henning Funke	Tierarzt
Jochen Brenner	Kommissar
Till Surmann	junger Polizist

Prolog
Juni 2012

Sie steuerte ihren VW Golf unter den Carport neben ihrem Haus. Es lag abgelegen inmitten von Wiesen, Felder und Bäumen, ganz in der Nähe eines Waldes. Nur ein einziges anderes Haus gab es hier noch. Sie mochte das Haus und den großen Garten, in dem ihre Kinder so ungezwungen spielen konnten, aber das hätten sie sicher auch in einem Haus gefunden, das etwas weniger einsam war. Sie haderte manchmal mit der Einsamkeit hier. Es wäre schön, ein paar Nachbarn mehr zu haben, hin und wieder einen Plausch über den Gartenzaun halten zu können. Vielleicht ein Straßenfest. Andere Kinder zum Spielen. Nun ja, jetzt war es eben so. Wenigstens konnten sie sich zwei Autos leisten, so dass sie immer mobil war.

Gerade hatte sie ihren Sohn von seinem Freund geholt. Sie hatte sich ziemlich mit dessen Mutter fest gequatscht, hatte noch einen Tee getrunken… Den beiden Jungen hatte das gefallen, so hatten sie auch mehr Zeit, die sie vor dem PC verbrachten. Aber ihr Mann würde sich sicher schon fragen, wo sie blieb.

Plötzlich fiel ihr ein, dass sie etwas vergessen hatte.

„Geh schon mal rein", sagte sie zu ihrem Sohn. „Ich will noch mal kurz rüber gehen. Habe ganz vergessen nach dem Rezept für die Mandeltorte zu fragen. Die wollte ich doch für euer Schulfest backen.

Sie schlenderte die gut fünfzig Meter hinüber zum Nachbarhaus.

Sie klingelte. Niemand öffnete.

Drinnen bellte der Hund.

Aber es war ja nicht zu ändern. Sie drehte sich schon um und wollte gehen. Doch mitten in der Bewegung stockte sie. Seltsam.

Beide Autos standen dort. Der Hund bellte.

Wenn die zu Fuß weggingen, dann eigentlich immer mit dem Hund.

Wo sollte man hier auch zu Fuß hin außer auf einen Spaziergang durch die Felder oder in den Wald.

Sie spähte durch die kleinen Scheiben in der Haustür. Irgendetwas lag dort, aber sie konnte nicht erkennen, was es war. Nur der Hund spielte ja vollkommen verrückt. Vielleicht war jemand gestürzt und hatte sich verletzt?

Sie ging um das Haus herum bis zur Terrassentür. Was war denn hier passiert? Die Tür stand ja sperrangelweit offen. Trotzdem kam der Hund nicht heraus. Ihre Ahnung wurde zur Sorge.

Da musste etwas passiert sein.

Sie rief nach ihren Nachbarn.

Keine Antwort.

Sie warf ihre Hemmung, ein fremdes Haus einfach zu betreten, über Bord, trat durch die Terrassentür ein und ging durch das Wohnzimmer in den Flur.

Dort am Fuß der Treppe lag der Mann. Sie erschrak.

Der Hund blieb an seiner Seite, stupste ihn an.

Es sah aus, als sei der Mann die Treppe hinuntergestürzt und auf der rechten Seite liegen geblieben. Sie musste einen Notarzt rufen.

Sie hockte sich zu ihm, rief ihn an, berührte ihn an der Schulter, drehte ihn auf den Rücken.

Da bemerkte sie die Wunde auf der Brust. Sie hatte nicht viel Ahnung von solchen Dingen, aber das das eine Schusswunde war, erkannte sie.

Sie starrte eine Sekunde lang völlig reaktionslos darauf – vor Schreck wie versteinert - dann sprang sie plötzlich auf die Beine und rannte in heller Panik aus dem Haus.

Kapitel 1
März 2017

Judith Schlüter schlenderte gemächlich die Einkaufsstraße von Paderborn entlang. Sie hatte es nicht eilig. Sie war Shoppen gewesen in Paderborn und hatte nachher noch einen Termin. Sie war eine attraktive Frau von vierunddreißig Jahren, einen Meter achtundsechzig groß, sportlich schlank, die schulterlangen, dunklen Haare zu einem Pferdeschwanz gebunden. Ihr Gesicht war rund mit hohen Wangenknochen und graugrünen Augen. Ihre Nase war ein kleines bisschen zu breit, ihre Lippen auch ohne Lippenstift voll und rot. Sie war ungeschminkt, trug Bluejeans und eine gepunktete Softshelljacke. Es war nicht sehr warm, aber schließlich war es auch erst März. Die Luft war trüb und grau und gerade begann es sogar ein bisschen zu nieseln. Aber Judith war es gleichgültig, heute konnte ihr nichts die gute Laune verderben.

Am Arm trug sie einen knallgrünen Shopper, der inzwischen eine neue graue Druckhose enthielt, ein passendes Langarmshirt und eine Longbluse mit modischem Allover-Blumendruck. Es ging ihr wunderbar und sie wollte jede Minute dieses Tages genießen.

Sie stand vor einem neuen Lebensabschnitt und es fühlte sich unglaublich gut und richtig an. Sie stand im Begriff, ein altes Haus vor den Toren Detmolds zu kaufen. Es lag etwas abgelegen inmitten von Feldern und Bäumen vor einem kleinen Wäldchen. Es gab im nächsten Umfeld nur ein einziges Nachbarhaus, das aber auch mindestens fünfzig Meter entfernt stand.

Das Haus war ziemlich groß und hatte genug Zimmer, um auch Gäste und ein Büro unterzubringen. Der Garten war riesig, dort konnte sie so viele Tiere halten wie sie wollte. In einem Anbau sollte ihre eigene Praxis - oder wie immer man es nennen wollte - untergebracht werden. Genau das war immer ihr Traum gewesen:

Mit Tieren in der Natur leben und ein Haus, das groß genug war, damit sie dort ihrer Arbeit als Tiertrainerin nachgehen konnte.

Das Haus war nur leicht renovierungsbedürftig, aber auch das würde in den nächsten paar Wochen erledigt sein. Lange wollte sie sich nicht damit aufhalten, schließlich musste sie während der Zeit doppelt bezahlen, da auch die Miete ihrer Wohnung weiterlief. Aber das Haus war wirklich ein günstiges Angebot gewesen. Fast fragte sie sich, wo wohl der Haken dabei war. Offenbar waren die vorherigen Eigentümer vollkommen pleite und mussten das Haus aufgeben. Aber so ganz genau wusste Judith das nicht. Brauchte sie aber auch gar nicht interessieren, sie hatte das Haus in einer Versteigerung erworben und daran war nun wirklich nichts Mysteriöses.

Außerdem hatte sie Geld von ihrer Großmutter geerbt, als diese vor einem halben Jahr gestorben war. Die alte Frau war lange krank gewesen und als es zu Ende ging, war es eine Erlösung. Traurig war es trotzdem. Judith hatte sie sehr geliebt und vermisste sie immer noch.

Das geerbte Geld wollte sie sinnvoll anlegen. Oma hätte gewollt, dass sie sich einen Traum erfüllte. Die hätte verstanden, warum dieses Haus die Erfüllung ihres Traumes war.

Ihre Mutter jedoch unkte natürlich herum: Eine junge Frau, allein in der Wildnis, hoffentlich geht das gut…

In der Wildnis, dachte Judith genervt. So schlimm war es nun auch wieder nicht.

Aber ihre Mutter unkte eigentlich immer herum. Egal, was sie, Judith, in ihrem bisherigen Leben getan hatte.

„Was? Du willst Tiertrainerin werden? Was ist das denn für ein Beruf?"

„Ich arbeite mit Tieren und deren Haltern. Viele Menschen lieben Tiere, wissen aber gar nicht recht, wie sie mit ihnen umgehen sollen. Oder sie haben Tiere aufgenommen, die in ihrer Vergangenheit schlechte Erfahrungen gemacht haben und…"

Es war vergebliche Mühe gewesen. Für so etwas hatte ihre Mutter nichts übrig.

„Deine Kusine ist Buchhalterin, das ist ein vernünftiger Beruf. Oder die Tochter meiner Freundin ist Krankengymnastin. Ich verstehe ja, dass es Tierärzte geben muss. Aber was du da vorhast! Nein, das verstehe ich wirklich nicht. Kann man denn damit Geld verdienen?"

Ja, sie konnte. Sie hatte eine solide Ausbildung als Tierarzthelferin absolviert und hatte sich dann immer weiter gebildet. Ihre Mutter konnte das nicht verstehen, aber das konnte Judith gleichgültig sein.

Zurzeit arbeitete sie in einer Tierklinik, die auch eine Abteilung hatte, um Tierhalter zu beraten. Eine gut bezahlte und relativ sichere Arbeitsstelle. Und jetzt wollte sie das aufgeben und sich selbständig machen. Auch das fand Mutter natürlich nicht besonders erbaulich. Wenn es schon ein so merkwürdiger Beruf sein musste, dann doch wenigstens in der Sicherheit eines Angestelltenverhältnisses.

Privat sah es nicht besser aus. Ihrer Mutter konnte sie einfach nichts recht machen. Vor zwei Jahren hatte sie sich von Mark getrennt, der drei Jahre lang der Mann an ihrer Seite gewesen war. Auch ein großer Schock für ihre Mutter. Sie war wie üblich mehr auf Marks Seite als auf ihrer.

„Kind, du wirst auch nicht jünger. Deine biologische Uhr tickt. Wenn du noch Kinder willst…"

Ja, sie war nicht abgeneigt. Kinder konnte sie sich gut vorstellen. Aber dazu gehörte der richtige Partner. Nicht irgendeiner. Keiner, der sich die Nacht mit Partys um die Ohren schlagen würde, während sie Babys hütete. So einer war Mark gewesen.

Und sie brauchte einen Partner, der ihre Liebe zu Tieren teilte. Die war so groß und so tief, dass es ihr unvorstellbar war, ohne Tiere leben zu müssen. Mark wollte das alles nicht.

Auch das verstand ihre Mutter nicht. Man musste sich eben anpassen. Anpassen! Na ja – vielleicht, wenn es um ein Fernsehprogramm ging oder wenn man nicht die gleiche Leidenschaft fürs Wandern teilte. Aber doch nicht bei der grundsätzlichen Vorstellung, wie man sein Leben führen wollte! Wenn sie es genau bedachte, gab es in ihrem ganzen Leben nichts, das ihre Mutter jemals verstanden hatte.

Aber Judith war ein Kämpfer. Jemand, der seinen eigenen Weg ging, auch wenn es manchmal holperig wurde. Sie war niemand, der den leichtesten Weg einschlug. Sie war weder bequem noch gefügig. Ganz anders als ihre jüngere Schwester Hannah. Die hatte immer schön brav gemacht, was von ihr erwartet wurde und tat es eigentlich noch heute.

Ach, sie wollte jetzt nicht darüber nachdenken.

Wenn nicht alles genau so gewesen wäre, hätte sie niemals Sidonia kennen gelernt.

Wie lange war das her? Fast zwanzig Jahre. Auf dem Rummel war es gewesen. Libori. 1997 oder 98.

Judith kam es so vor, als sei es gerade erst gewesen.

Sie sah auf die Uhr. Es war noch etwas Zeit, ehe sie bei Sidonia sein wollte. Sie würde dort drüben in dem Cafe noch einen Kakao trinken. Ihre Mutter würde sie mal wieder auf Schärfste verurteilen, wenn sie erführe, dass sie immer noch hin und wieder zu der Wahrsagerin ging, um ihren Rat einzuholen. Merkwürdig, dachte Judith. Mutter ist doch so tiefgläubig erzogen worden. Sie glaubt an Engel, Heilige und die Auferstehung. Wieso kann sie dann nicht glauben, dass es besondere Fähigkeiten in der Welt gibt? Besondere Kräfte und Gaben, die ihr normales Begriffsvermögen übersteigen?

Na ja, so war es immer. Mutter hatte ihre eigene enge Welt, in der sich auch alle zu bewegen hatten, die mit ihr zu tun hatten. Auch Judith, solange sie bei ihr gelebt hatte. Nur nicht ausbrechen. Nur nicht zu weit nach links oder rechts lehnen. Nur keine eigenen Ideen und Lebenspläne entwickeln.

Judith betrat das Cafe. Es war warm und gemütlich und es waren noch einige Tische frei. Sie setzte sich in eine Nische und hängte ihre Jacke über die Stuhllehne.

Es war durchaus nicht so, dass Judith durch und durch esoterisch veranlagt war. Sie hielt sich selbst für bodenständig, entschlussfreudig. Sie konnte gut mit Geld umgehen, sonst könnte sie sich das Hausprojekt trotz der Erbschaft nicht leisten. Ihre Tierpraxis stand auf soliden Beinen.

Aber sie glaubte eben doch, dass es diese besonderen Kräfte gab, die der normale Menschenverstand nicht erfassen konnte.

Sie bestellte einen Kakao mit Sahne und ließ ihre Gedanken in die Vergangenheit schweifen.

1998:

Judith streifte mit ihren Freundinnen Linda und Sabine über den Kirmesplatz der Paderborner Innenstadt – Libori.

Lachend und prustend stiegen sie aus der großen Schiffschaukel.

„Ich kann nicht richtig stehen, Hilfe!", kreischte Judith lachend.

Die Freundinnen versuchten, sie zu stützen, aber sie schwankten ebenso. Hin und Her – von Links nach Rechts.

„Gut, dass wir noch nichts gegessen haben", meinte die etwas pummelige Linda.

„Aber jetzt habe ich Hunger", verkündete Sabine. Sie war die Erste, die allmählich wieder fest und sicher stand.

Die drei Fünfzehnjährigen stellten sich an der nächsten Imbissbude an. Zwei mal Pommes rot-weiß und einmal nur mit Ketchup. Dazu brauchten sie natürlich eine Cola gleich am Stand gegenüber. Sie blieben an einem runden Tisch stehen und ließen sich ihr Mahl schmecken, bevor sie weiterstreiften.

„Seht mal!" rief Judith plötzlich und zeigte mit dem Finger auf einen schlichten weißen Wohnanhänger. Über der Tür prangte ein einfaches Schild:

Möchten Sie einen Blick in die Zukunft wagen?
Fragen Sie Madame Sidonia.

„Was meinst du?", fragte Sabine in der Hoffnung, dass Judith doch etwas anderes meinte.

„Na, die Wahrsagerin."

„Die Wahrsagerin? Da willst du doch wohl nicht hin?"

„Doch. Würde mich interessieren."

„Spinnst du? Kein Mensch kann in die Zukunft sehen."

„Doch, ich glaub schon."

„Blödsinn. Warte einfach ab, was kommt."

„Ich hab keine Lust abzuwarten. Ihr habt gut reden. Ihr habt tolle Eltern, die euch unterstützen. Alles läuft gut bei euch. Ich will wissen, wann es bei mir mal besser wird."

„Mmmm." Das verstand Sabine schon irgendwie. Aber eben nur irgendwie.

„Kommt ihr mit? Sonst geh ich allein."

„Du gehst auf jeden Fall?"

„Klar."

„Hast du genug Geld? Wahrsager sind teuer."

„Ich habe genug dabei. Ich habe ja immer alles gespart."

Sabine und Linda sahen sich ratlos an. Dann hob Sabine gleichmütig die Schultern. „Von mir aus, gehen wir eben rein."

Die drei Mädchen betraten den Wohnwagen. Drinnen war nichts so schlicht, wie man von außen vermutet hätte. Der Wohnwagen war mit Teppichen in bunten Mustern ausgelegt. In der Mitte stand ein runder Tisch mit einer gläsernen Kugel. Drum herum standen zwei Stühle und dahinter weiche Polster. Alles in schweren, roten Farben. Aber das Auffälligste war Madame Sidonia selbst - eine dunkelhäutige Schönheit.

Sie hatte ein schmales, ovales Gesicht mit großen, dunkel umrahmten Augen und vollen leuchtend roten Lippen. Um den Kopf war ein rotes Tuch geschlungen, aus dem eine Flut pechschwarzer krauser Haare floss. Ihr Kleid sah aus, als würde es nur aus Tüchern bestehen. Sie war über und über mit Schmuck behangen. In den Ohren baumelten riesige Kreolen, an den Handgelenken klimperten Armbänder und um den Hals trug sie eine mehrfach geschlungene Kette mit großen Glaskugeln. Judith war überrascht, wie jung sie war. Sie hatte sich Wahrsagerinnen immer als alte, weise Frauen vorgestellt. Aber diese hier war bestimmt noch ein paar Jahre jünger als ihre Mutter mit ihren neununddreißig Jahren.

Madame Sidonia lächelte den Mädchen freundlich entgegen.

Die Drei hatten das Gefühl, durch und durch gemustert zu werden.

Bis in ihr Innerstes hinein.

Linda zwirbelte nervös ihre langen blonden Haare durch die Finger. Sabine konnte das nicht, ihre braunen Haare waren zu einem kurzen Pagenkopf geschnitten. Stattdessen biss sie an ihren lackierten Fingernägeln herum.

Nur Judith war äußerlich ganz ruhig.

Ihre dunkelblonden Haare trug sie zu einem Pferdeschwanz gebunden. Und ihre Fingernägel waren sowieso so kurz, dass es nichts mehr zu Knibbeln gab. Ein Zeichen dafür, dass sie dauernervös war.

„Guten Tag", grüßte Madame Sidonia nach endlosen Sekunden lächelnd. Irgendwie passte dieser gewöhnliche Gruß so gar nicht in diese unwirkliche Umgebung. „Wie kann ich euch helfen?"

Sabine gab Judith einen sanften Schups, so dass sie einen Schritt vorwärts torkelte.

„Ich – ich, möchte gerne…"

Sie war also doch nervös.

„Einen Blick in die Zukunft werfen?", half Madame Sidonia nach.

„Äh – ja."

„Dann setzt dich bitte hier an den Tisch", bat die Wahrsagerin. Sie lächelte immer noch. „Sind das deine Freundinnen?"

„Ja."

„Möchtest du, dass sie hier bleiben oder willst du allein mit mir reden? Mir ist es egal."

„Sie sollen bleiben."

Madame Sidonia bat Linda und Sabine, sich auf die Polster hinter dem Stuhl zu setzen und sich ganz ruhig zu verhalten. Sie selbst ließ sich Judith gegenüber nieder. Kerzengerade saß sie auf dem Stuhl, ohne die Rückenlehne zu berühren. Sie legte ihre Hände mit den etwas zu langen, rot lackierten Fingernägeln auf die Glaskugel und schloss einen Moment die Augen. Judith beobachtete sie genau. Schon bereute sie, hergekommen zu sein. Was hatte sie da nur geritten? Aber jetzt konnte sie nicht mehr zurück.

Madame Sidonia öffnete die Augen wieder und sah Judith fest an. Ihr Lächeln war verschwunden. Beinahe kam es Judith so vor, als sei sie ein wenig entsetzt. Aber das bildete sie sich wahrscheinlich nur ein. Sidonia bat Judith, ihr die Hand zu geben und sie betrachtete konzentriert die Innenfläche. Judith musste ein Kichern unterdrücken. Was konnte jetzt schon kommen? Die Frau hatte sie überhaupt nichts gefragt. Nicht das Geringste. Sie konnte nichts über sie wissen.

„Du bist kein sehr glückliches Mädchen, auch wenn du im Augenblick so aussiehst. Du lachst die ganze Zeit. Aber – nein, glücklich bist du nicht. Du hast zu Hause viele Schwierigkeiten, du hast es schwer, deinen eigenen Weg zu gehen. Dabei bist du so sicher, was du dir für deine Zukunft wünschst."

Jetzt lachte Judith nicht mehr.

Linda und Sabine blieben die Münder offen stehen.

„Soll ich weiter reden?", fragte Madame Sidonia.

Judith nickte zögernd.

„Du lebst bei deiner Familie. Deine Mutter ist eine sehr strenge Frau. Ist sie sehr gläubig?"

Judith nickte. „Ja. Aber irgendwie auf keine gute Art."

„Ja, ich verstehe. Sie hat sehr feste und strenge Regeln. Damit nimmt sie dir die Luft zum Atmen. Einen solchen Geist wie dich kann man nicht einsperren, aber das tut sie. Du leidest darunter, aber deine Mutter versteht das nicht. Es wird noch eine Weile so weiter gehen."

Das war Judith schon klar. Schließlich musste sie noch eine Weile bei ihren Eltern leben.

„Dein Vater lässt sie gewähren. Er kümmert sich im Grunde gar nicht um dich."

„Nicht wirklich. Er wohnt nur im selben Haus", bekannte Judith. „Manchmal beschwert Mama sich bei ihm über mich. Dann nimmt er mich noch mal ins Gebet. Dabei mache ich gar nichts Schlimmes. Ich bin nur einfach nicht genauso wie meine Mutter. Aber das ist doch auch nicht der einzige richtige Weg, oder?"

Madame Sidonia lächelte sie aufmunternd an. „Natürlich nicht. Aber du hast noch eine Schwester. Sie teilt dein Problem nicht."

„Nein, sie ist ziemlich brav. Sie tut immer, was erwartet wird."

„Und das nervt dich?" Madame Sidonia lächelte.

Judith nickte, obwohl Sidonia keine Antwort zu erwarten schien.

„Es gibt aber auch Menschen in deiner Nähe, die dich genau so lieben wie du bist. Die nicht versuchen, dich zu verändern. Mit deren Hilfe wirst du deine eigenen Entscheidungen treffen und deinen eigenen Weg gehen."

Sidonia machte eine kleine Pause. Dann fuhr sie fort. „Du hast wunderbare Talente und bist sehr ehrgeizig. Es ist noch nicht vom Schicksal festgelegt, ob du einmal einen kreativen Beruf ergreifen wirst oder einen mit Tieren. Das ist allein deine Entscheidung. Du liebst Tiere sehr, nicht wahr?"

Judith nickte.

„Aber du darfst kein Tier haben?"

„Nein."

„Du wirst dein Elternhaus früh verlassen."

Das hoffe ich doch, dachte Judith staunend.

Erschöpft ließ Sidonia Judiths Hand los und sank gegen die Stuhllehne. Sie stöhnte, als hätte sie sich sehr angestrengt. Judith sah sich ratlos zu ihren Freundinnen um. Die zuckten unsicher die Schultern. Sidonia bemerkte es. „Lass mir einen Moment. Es strengt an, in vergangene oder zukünftige Zeiten zu sehen. Aber ich werde für dich noch in meine Kugel blicken. Mal sehen, ob die Zukunft für dich schönere Zeiten bereithält."

Judith wartete geduldig, obwohl ihr Herz heftig klopfte. Es kam ihr endlos vor, ehe Madame Sidonia sich wieder aufrichtete und beide Hände um ihre Kugel legte. Dabei waren in Wirklichkeit gerade erst zwei Minuten verstrichen.

Die Kugel begann auf einmal zu leuchten.

Judith bekam große Augen.

Linda und Sabine verstanden die Welt nicht mehr. Was geschah denn hier?

Plötzlich lächelte Madame Sidonia wieder. „Oh, demnächst wird etwas Schönes passieren. Du wirst einen lieben Menschen kennen lernen. Einen Jungen."

„Das heißt…."

„Du verliebst dich. Ja. Aber – nein, kennen lernen wirst du ihn nicht. Du kennst ihn schon."

„Ich verliebe mich in einen Jungen, den ich schon kenne?"

„Ja. Aber bitte sei ruhig. Ich kann mich dann besser konzentrieren."

Auf einmal wurde sie wieder ernst. Sie ließ die Hände sinken.

„Was ist los?", fragte Judith hektisch. „Haben Sie etwas Schlimmes gesehen?"

„Nein. Ich bin erschöpft. Es ist vorbei."

„Sie haben etwas Schlimmes gesehen."

„Du wirst noch viel Schönes und auch Schlimmes erleben. So wie wir alle", antwortete Sidonia ausweichend. „Wenn du noch einmal meinen Rat brauchst - ich bin ja nicht nur auf dem Rummelplatz. Du kannst zu mir kommen."

Sie reichte Judith eine Karte, auf der eine Adresse außerhalb der Stadt stand.

„Das ist ziemlich weit", meinte Judith.

„Ja, aber mit dem Bus wird es gehen. Ich wäre nicht glücklich im städtischen Trubel. Ich gehöre in die Natur. So wie du."

Sie legte ihre langen, schlanken Hände mit den lackierten Fingernägeln auf Judiths Haar. Dann schloss sie die Augen. Nach einem kurzen Moment ließ sie Judith wieder los. Sie entspannte sich sichtlich.

„Du hast eine große Gabe, von der du selbst noch nichts weißt", lächelte Sidonia. „Aber sie wird dir noch einmal sehr helfen."

„Welche Gabe?", fragte Judith verwirrt.

Sidonia antwortete nicht sofort.

„Deine Gefühle und deine Träume", sagte sie nach einer Weile.

Es klang sehr geheimnisvoll.

„Gefühle und Träume hat jeder."

„Oh, ich meine nicht, dass man sauer ist oder fröhlich oder traurig. Ich meine, deine Intuition. Das Gefühl, wenn etwas nicht stimmt. Das Gefühl, ob eine Entscheidung richtig ist oder falsch. Du hast diese Gabe. Du musst sie nur richtig einsetzen. Vertrau deinen Gefühlen. Lass dir nichts anderes einreden. Und erlaube nicht deinem Kopf an deiner Intuition zu zweifeln. Das ist manchmal ein Problem. Sobald man anfängt nachzudenken, kommt man seiner Intuition in die Quere und weiß am Ende nicht mehr, was richtig ist."

Linda und Sabine kicherten hinter vorgehaltenen Händen.

Madame Sidonia achtete nicht auf sie. „Du kannst jetzt noch nichts damit anfangen. Aber deine Gefühle und Träume sind sehr mächtig. Du musst lernen zu unterscheiden, was deine Intuition ist und was Ängste oder Fantasien. Und was ein Tagtraum ist oder eine Vision."

„Das ist Unsinn!", entfuhr es Judith ein wenig zu heftig. Davon wollte sie nichts hören.

Judith schüttelte sich.

„Soll ich für euch auch nachsehen?", fragte Madame Sidonia die beiden Mädchen im Hintergrund.

Sabine fing sich als erste. „Nein, oh nein. Ich möchte das nicht."

„Ich auch nicht", stotterte Linda.

„Gut. Ich glaube auch nicht, dass es gut für euch wäre. Ihr lebt sicherer und geborgener als euere Freundin, das sehe ich schon in eueren Augen. So – und jetzt müssen wir noch die Bezahlung regeln…"

Ihr Ton war auf einmal sehr geschäftsmäßig. Judith kam es so vor, als würde sie plötzlich und grausam in die Wirklichkeit zurückgeholt.

Sidonia hob die Schultern und lachte.

„Es tut mir leid. Aber meine Gabe ist mein Beruf."

„Ja natürlich. Das weiß ich doch."

Die drei Mädchen blinzelten, als sie den Wohnwagen von Madame Sidonia verließen. Es war düster dort gewesen, jetzt konnten sie kaum in das grelle Sonnenlicht sehen. Linda und Sabine kicherten.

„Das ist doch alles nicht normal", meinte Linda.

„Ein Riesenschauspiel. Wie die schon aussah", erwiderte Sabine.

„Wie eine Zigeunerin im Film. Und das mit den Gefühlen und Träumen…"

„Genau. Größeren Quatsch habe ich noch nie gehört. Judith, was sagst du eigentlich dazu?"

Judith sagte gar nichts.

„Judith!" Sabine puffte die Freundin leicht an. Judith schrak zusammen.

„He, was ist los? Wie fandest du den ganzen Hokuspokus?"

„Hokuspokus? Die wusste doch 'ne ganze Menge."

„Na ja", meinte die skeptische Sabine ausweichend. „Aber überleg mal, was sie gesagt hat: Menschen in deiner Nähe, die dich mögen... Toll, jeder hat Menschen in seiner Nähe, die ihn mögen.

„Jaaa, wahrscheinlich schon."

„Na ja..." Linda dachte nach. „Irgendwie..."

„Ach wo, die hat nur rum geraten. Die hat Judith die ganze Zeit beobachtet und außerdem hat Judith zwischendurch Antworten gegeben und dadurch Lücken in dieser sogenannten Vorhersage gefüllt. Und das mit der Glaskugel – Huhuhu...", heulte Sabine betont gespenstisch. „Das ist doch nur eine billige Show."

„Wir können ja warten, ob sie sich verliebt", schlug Linda vor.

„Bullschiet. Mädchen in unserem Alter verlieben sich halt. Das ist nicht so beeindruckend."

Judith dachte an René. Er war zwei Klassen über ihr. Siebzehn Jahre. Er war irgendwie süß. Groß und schlaksig mit dunklem, lockigem, etwas zu langem Haar. Und seine Stimme – wow. Manchmal hatte Judith das Gefühl, dass er sie ansah. Vor der Stunde, wenn sie draußen auf der Treppe saßen und auf das Läuten der Glocke warteten. In der Pause, wenn sie mit Linda und Sabine kicherte. Auf dem Nachhauseweg.

Bestimmt war das Unsinn. Wieso sollte er an ihr interessiert sein? Sie war weder hübsch noch besonders interessant.

Sie sei noch ein Kind, sagte die Oma.

Judith sah auf die Uhr und erschrak heftig.

„Ich muss nach Hause. Ganz pünktlich schaffe ich es schon nicht mehr."

Sabine sah ebenfalls auf ihre Uhr.

„Na ja, aber viel zu spät sind wir nicht. Aber los, rennen wir, damit wir wenigstens den nächsten Bus kriegen."

Judith wusste, das würde wieder Ärger geben.

Judith hatte die Sahne abgelöffelt und schlürfte den Kakao. Herrlich. Dampfend heiß. So musste er sein. Viel zu oft wurde lauwarmer Kakao serviert. Judith hasste das.

Sie lächelte vor sich hin, als sie an René dachte. Sie waren tatsächlich nur wenige Wochen nach dem Besuch bei Sidonia ein Paar geworden. Es war eine schöne Zeit gewesen, obwohl Mutter auch das nicht verstanden hatte. Es schien manchmal, als sei sie geradezu darauf versessen, jedes gute Gefühl in Judith zu töten. Warum nur? „Wieso verliebt sich so ein hübscher Junge ausgerechnet in dich?", hatte sie gefragt.

Weg mit euch, befahl Judith ihren negativen Gedanken. Die wollte sie heute nicht. Sie wollte nur fröhliche Gedanken und Erinnerungen zulassen. Außerdem – wäre Mutter nicht so vehement gegen alles gewesen, was sie entschied, hätte sie vielleicht selbst nicht so vehement ihre Wünsche durchgesetzt. Wer wusste das schon – womöglich hatte gerade diese Ablehnung ihren Kampfgeist geweckt und sie zu mehr Durchsetzungsvermögen angestachelt.

Sidonia hatte sowieso in vielem recht behalten. Judith hatte zum Beispiel wirklich eine sehr gute Intuition. Jedes Mal, wenn sie dagegen entschieden hatte, war sie auf die Nase gefallen. Sie hatte längst gelernt, auf ihre innere Stimme zu hören.

Nur, warum Sidonia bei dieser ersten Wahrsagung so erschrocken gewirkt hatte, wusste sie bis heute nicht. Vielleicht, weil kurz darauf ihr Großvater gestorben war? Aber vielleicht hatte sie sich das ja auch nur eingebildet.

Sie beobachtete die Zeiger ihrer Armbanduhr. Es war eine große, sportliche Uhr mit einem Ziffernblatt mit arabischen Zahlen. Die Zeit verging langsam. Sie konnte noch ein wenig sitzen bleiben.

Sidonia wohnte noch immer etwas außerhalb der Stadt. Judith würde gleich mit ihrem Auto weiterfahren. Sie selbst lebte zurzeit in einem Vorort von Paderborn – in Schloss Neuhaus. Aber nicht mehr lange. Bald würde sie in ihrem Traumhaus leben. Darüber wollte sie heute mit Sidonia sprechen. Es war in den letzten zwanzig Jahren zu einer Gewohnheit von ihr geworden, vor großen Entscheidungen zu ihr zu gehen. Es beruhigte sie. Ob das wohl hieß, dass sie ihrer eigenen Intuition doch noch nicht ganz und gar vertraute?

Sidonia begrüßte Judith wie immer herzlich.

„Hallo, Judith, komm herein", rief sie fröhlich und zog Judith am Arm ins Haus. „Was für ein scheußliches Wetter bringst du mit."

„Geht schon. Das Wetter kann man sich eben nicht aussuchen."

Die Wahrsagerin sah in ihrem Haus ganz anders aus, als in dem Wohnwagen auf Libori. Aber das war ja schon damals so gewesen. Nichts war hier mehr übrig von der wahrsagenden Zigeunerin des Rummelplatzes. Sie trug normale Kleidung – vorzugsweise einen weiten Schlabberlook - Jeans und Pullover oder Kleider.

Diesem Look war sie bis heute – fast 19 Jahre später – treu geblieben. Aber er passte auch zu ihr. Ihre Haare waren nicht mehr so tiefschwarz und auch nicht mehr ganz so lang wie früher. Sie reichten ihr in wilden Locken bis knapp auf die Schultern und wurden von grauen Strähnen durchzogen. Schlank war sie noch immer.

Aber das bemerkenswerteste an ihr waren ihre Augen. Groß und dunkel wirkten sie, als könnten sie ihrem Gegenüber bis ins tiefste Innerste blicken.

Judith überlegte, dass Sidonia heute wohl Mitte fünfzig sein musste. Sie hatte eine Tochter – Mercedes, die inzwischen achtzehn Jahre alt war. Aber geheiratet hatte Sidonia nie.

Sie gingen sofort in Sidonias Arbeitszimmer. Dort lagen mehrere verschiedene Kartenstapel im Regal, Bilder der Handlinien mit ihrer Bedeutung hingen an der Wand und auch die Glaskugel, die sie im Wohnwagen auf dem Rummelplatz benutzt hatte, stand dort. Aber die benutzte Sidonia nie.

„Die ist vollkommen nutzlos", hatte sie Judith anvertraut. „Die ist nur Show." Auf der Kirmes braucht man so was. Die Leute erwarten das."

Jetzt setzten sie sich gegenüber auf die gepolsterten Stühle. Zwischen ihnen stand ein Tisch mit verschnörkelten Beinen, der genug Platz bot, um Karten auslegen zu können. Außerdem stand darauf für jeden ein Glas Wasser, auf dessen Grund Mineralien lagen, die für die nötige Energie sorgen sollten.

„Du warst lange nicht hier. Ich habe mich sehr gefreut, von dir zu hören", sagte Sidonia.

Eine Katze kam in den Raum und schlich um Sidonias Beine. Judith beobachtete sie amüsiert. Was für ein Klischee, dachte sie. Seit sie Sidonia kannte, hatte sie Katzen im Haus. Ausgerechnet. Galten die nicht als typische Hexentiere?

„Das stimmt, es sind fast zwei Jahre her. Nachdem ich Mark verlassen hatte, war ich nicht mehr hier. Es lief einfach alles", bestätigte Judith.

„Beruflich? In der Liebe?"

Judith verzog den Mund. „Beruflich. Die Liebe habe ich völlig vergessen. Es geht auch ohne Mann. Ich vermisse nichts."

Sidonia nickte. „Und jetzt läuft es nicht mehr?"

„Was? Nein!", rief Judith verwirrt aus.

„Ich meine nur – du sagtest, es lief alles gut, deshalb warst du nicht mehr bei mir."

„Ach so… Doch, jetzt läuft es auch. Aber es gibt eine Veränderung. Ich werde ein Haus kaufen. Es fehlt nur noch meine Unterschrift. Es ist einfach perfekt. Es liegt in der Nähe von Detmold, etwas außerhalb. Sogar ziemlich alleine, es gibt nur einen einzigen Nachbarn ein Stück weit entfernt. Aber gerade das gefällt mir daran. Es gibt Platz für eine Praxis, ich kann dort malen und für Tiere ist auch genug Platz. Gut, ich brauche

24

Kunden. Aber das wird schon laufen. Ich bin da ganz optimistisch."

„Aber?"

„Aber es ist eine ziemlich große Veränderung. Ein großes Haus, das ich zuerst renovieren lassen muss. Ein Haus und großes Grundstück, um das ich mich kümmern muss. Ich werde das niemals allein schaffen, also brauche ich wenigstens ein oder zwei Leute, die ich zumindest hin und wieder beschäftige und bezahlen muss. Und ich muss mir einen neuen Kundenstamm aufbauen." Judith zog die Nase kraus. „Ich habe kalte Füße bekommen."

Sidonia lachte.

„Was sagt denn deine innere Stimme? Du weißt, ich sagte dir, du musst immer darauf hören. Du kannst darauf vertrauen. Vergiss das nicht."

„Du sagtest auch, wenn sich erst mal der Kopf einschaltet, kann mich das verunsichern. An dem Punkt bin ich, glaube ich."

Sidonia nickte. „Na ja, dann war es ganz richtig, dass du hergekommen bist. Ich werde dir die Karten legen. Mal sehen, ob das Haus das Richtige ist."

Sidonia mischte die Karten, ließ Judith „Stopp" sagen und die Hälfte abnehmen. Dann legte sie sie nach einem festgelegten Muster vor sich auf den Tisch.

Sie betrachtete das Kartenbild konzentriert.

Ihre Stirn legte sich in Falten.

Judith kannte das schon. Sidonia nahm ihre Aufgabe sehr ernst.

Und sie fühlte eine große Verantwortung. Sie wusste, die Menschen, die zu ihr kamen, verließen sich auf ihre Vorhersagen.

Judith sah aber auch das kaum merkliche Erschrecken. Das kurze Zögern.

„Stimmt etwas nicht?", fragte sie.

„Doch, es ist alles in Ordnung."

„Lüg mich nicht an, Sidonia. Was ist los?", fragte sie direkt.

„Hier. Der Wagen – er steht für Aufbruch und Mut. Beides passt zu deiner Situation. Aber es steht dir auch eine Schicksalsprüfung bevor. Ich erkenne Schwierigkeiten."

„Natürlich stehe ich vor Schwierigkeiten. Habe ich dir nicht eben erzählt, was mich alles erwartet? Und ich muss das alleine managen. Also nicht unbedingt wirklich praktisch alle Arbeit alleine machen, aber – na ja, ich kann die Verantwortung nicht teilen. Wenn ich zum Beispiel kein Geld verdiene, gehe ich mit dem ganzen Projekt baden. Kein doppelter Boden, kein starker Arm, der mich auffängt." Judith lachte gekünstelt.

Sidonia schüttelte den Kopf. „Da ist noch etwas anderes, etwas Unbestimmtes."

Judith antwortete nicht. Was konnte das sein?

„Meinst du, ich soll die Finger von dem Haus lassen? Ich meine, unterschrieben habe ich ja noch nicht."

Sidonia beobachtete konzentriert das Kartenblatt vor sich.

„Nein, dieses Kartenblatt verspricht dir beruflichen Erfolg. Aber wir können gleich gerne noch eine weitere spezielle Abfrage nur für deinen Beruf machen. Aber hier ist noch einiges Interessantes zu sehen. Schau hier - du lernst jemanden kennen. Einen Mann."

„Oh, eine neue Liebe?", fragte Judith und lachte. Doch Sidonia schüttelte den Kopf. „Ich weiß nicht genau. Auf jeden Fall werden zwei Männer in dein Leben treten. Aber einer ist nicht aufrichtig zu dir."

„Und wieder ist meine Intuition gefragt, nicht wahr?", meinte Judith scherzhaft. Sidonia lachte nicht, sondern nickte ihr ernst zu. Sie nahm einen Stapel Karten, die aussahen, wie ein normales Mau-Mau-Spiel. „Dann wollen wir noch die Abfrage zum Beruf machen, damit du beruhigt bist."

Sidonia mischte den Mau-Mau-Stapel, ließ Judith abheben und legte ihn schließlich aus. Immer sechs Karten in einer Reihe, die letzten zwei rechtsbündig in die letzte Reihe.

„Oh", rief sie erfreut aus. „Schau, die Karo Acht verspricht auf jeden Fall beruflichen Erfolg. Also günstiger kann das nicht liegen."

Sie nahm fünf Karten in einer festgelegten Reihenfolge heraus und sagte Judith, sie dürfe nun Fragen stellen. Die fünf herausgenommenen Karten sollte sie mischen. Judith tat es.

„Ich versuche es noch einmal. Eine Frage auf die Karo Acht."

„Jetzt zieh eine Karte aus diesen Fünf und leg sie darauf", wies Sidonia sie an.

Judith zog die Pik 10 und legte sie darauf.

Sidonia juchzte. „Besser geht gar nicht. Durch deine räumliche Veränderung wirst du beruflichen Erfolg haben. Ganz klar. Bist du jetzt beruhigt?"

Judith nickte. „Ja, schon. Aber ich möchte noch etwas fragen. Darf ich?"

„Ja natürlich. Was möchtest du wissen?"

„Eine Frage auf den Herz König."

Judith zog die Herz Neun. Beständigkeit.

Aber sie dachte an Sidonias Worte: Du wirst zwei Männer kennen lernen. Einer meint es nicht ehrlich. Deshalb sagte sie „Noch eine Karte auf den Karo König."

Sidonia nickte. „Eine weise Wahl."

Judith zog die Pik Fünf.

„Warnung vor diesem Mann", sagte Sidonia.

Judith schluckte.

„Die Karten lügen nicht", warnte Sidonia.

Als Judith Madame Sidonia verließ, war sie völlig durcheinander. Zum ersten Mal wünschte sie, sie hätte wirklich einfach auf ihr Innerstes gehört und hätte sich diesen Besuch erspart. Sie merkte, dass sie eigentlich nur eine Bestätigung gewollt hatte.

Die hatte Sidonia ihr auch gegeben. Sie hatte nicht gesagt, dass die Entscheidung falsch war. Sie hatte ihr beruflichen Erfolg prophezeit. Sie hatte aber auch gesagt, dass sie nicht erwarteten Schwierigkeiten gegenüberstehen würde, die sie zuerst bewältigen müsse.

Was das wohl bedeutete?

Zum ersten Mal zweifelte Judith an Sidonias Vorhersagung. Vielleicht sollte sie sich wirklich nicht auf diese Dinge verlassen. Mein Gott, sie war eine erwachsene Frau von Mitte Dreißig. Konnte sie nicht einfach ihre Entscheidung treffen so wie Millionen andere Menschen auch?

Es war Gewohnheit. Fast eine Art Sucht, zuerst die Bestätigung in ihrer Handfläche oder den Karten zu suchen.

Sie lenkte ihren Polo durch den inzwischen strömenden Regen.

Als sie zu Hause ankam, fragte sie sich, wie sie eigentlich dorthin gekommen war.

Kapitel 2
Samstag, 20. Mai

Judith freute sich auf den Einzug in das neue Haus. Aber zuerst gab es eine Menge zu tun. Sie packte selbst mit an, wo sie konnte, aber sie musste schließlich auch noch in der Tierklinik arbeiten und konnte sich nicht schon monatelang vor ihrem Umzug frei nehmen und so vergab sie einige Renovierungsarbeiten an entsprechende Firmen.

Aber auch Freunde halfen kräftig mit.

Ihre Freundinnen Sabine und Anita sowie deren Ehemänner halfen wo sie konnten. Sabine war ihre Freundin aus Kindertagen, zu ihrer alten Freundin Linda war der Kontakt leider nach und nach eingeschlafen, nachdem diese vor zehn Jahren nach Frankfurt gezogen war. Ohne Streit, ohne böse Absicht – es war einfach so gekommen.

Auch Judiths Schwester Hannah und deren Freund Joachim packten kräftig mit an.

Judith wusste wirklich zu schätzen, was ihre Freunde für sie taten. Immerhin hatten alle einen Beruf und Sabine und Anita hatten kleine Kinder und dadurch natürlich wenig freie Zeit.

Es wurde tapeziert und gestrichen und das Wohnzimmer erhielt einen neuen Fußboden. Die großen, grauen Fliesen empfand Judith als zu kühl und ließ sie durch Laminat ersetzen.

Große Umbauarbeiten nahm sie nicht vor. Vielleicht später irgendwann. Sie könnte sich vorstellen, die Wand zwischen Wohn- und Esszimmer zu durchbrechen. Dann hätte sie einen einzigen großen Raum Aber erstmal ließ sie es, wie es war. Immerhin – würde sie schon jetzt die Wand durchbrechen, müsste sie auch den kompletten Fußboden erneuern, nicht nur das Wohnzimmer.

Die zwei Räume waren durch eine breite Schiebetür voneinander getrennt. Vom Esszimmer ging es weiter in die geräumige Küche.

29

Auf der unteren Etage gab es außerdem ein kleines Badezimmer. Vom Flur aus führte eine Treppe in die obere Etage. Dort befanden sich drei Schlafzimmer und ein großes Bad. Das eine würde ihr eigenes Schlafzimmer, das zweite ein Gästezimmer. Judith rechnete ganz fest damit, dass ab und zu Freunde zu Besuch kämen und bei ihr übernachten würden. Immerhin zog sie von Paderborn nach Detmold und ließ auch Freunde ein paar Kilometer zurück. Das dritte Zimmer würde ihr Büro und Zeichenzimmer. Sie liebte es, Bilder zu malen. Sie hielt sich keineswegs für eine große Künstlerin, aber es entspannte sie, ließ sie den Alltag vergessen. In dem Haus gab es auch einen Dachboden, aber der war niemals ausgebaut worden. Er bestand nur aus einem einzigen großen Raum, um irgendwelches Gerümpel unterzustellen, vielleicht Kartons mit Weihnachtsdekoration, Koffer, altes Geschirr, das man vielleicht mal auf einem Flohmarkt verkaufen wollte…

In dem eingeschossigen Anbau, der direkt vom Flur aus zu erreichen war, befanden sich die Räume, in denen Judith ihre Praxis einrichten wollte.

Judith hatte gehört, dass diese Zimmer früher von einer Familie als Spielparadies für Kinder angebaut worden waren. Aber in den letzten Jahren waren sie kaum genutzt worden.

Hier gab es wirklich das Meiste zu tun. Eine Theke für die Anmeldung ihrer Kunden musste her, eine Art Behandlungszimmer und ein zusätzliches kleines Zimmer für Besprechungen. Nun, das würde sie noch immer in Angriff nehmen können, nachdem sie eingezogen war.

Außerdem sollte das ganze Grundstück eingezäunt werden, damit sie draußen mit Tieren arbeiten konnte, ohne Gefahr zu laufen, dass sie davon liefen. Vielleicht konnte sie ja auch mal tierische Urlaubsgäste aufnehmen.

„Du hast hier wirklich einen tollen Fang gemacht", meinte ihr alter Freund Jörn. Seit ihrer Studienzeit war sie mit ihm befreundet. Er war Anwalt, hatte mit ihr das Haus besichtigt und den Kauf des Hauses von der juristischen Seite her geprüft. Handwerklich hatte er allerdings zwei linke Hände, so dass er in der Hinsicht keine große Hilfe war. Insgesamt ging es schnell voran und schon im Mai konnte sie das Haus beziehen.

An diesem ersten Abend im neuen Haus leistete ihr ihre vier Jahre jüngere Schwester Gesellschaft. Niemand, der sie nicht kannte, würde die beiden Frauen für Schwestern halten. Hannah war mit einem Meter vierundsiebzig etwas größer als Judith und auch etwas pummeliger.

Ihre Haare waren naturblond und leicht gewellt. Sie flossen glänzend und glatt fast bis zur Taille herab. Oft trug sie sie zu einem Dutt am Hinterkopf zusammen gezwirbelt.

Die Beiden saßen mitten zwischen Umzugskartons in Judiths neuem Wohnzimmer auf dem blau getupften Sofa und tranken Rotwein aus Plastikbechern. Die Gläser hatte Judith noch nicht ausgepackt. Eigentlich hätten sie noch ein wenig arbeiten können, es war erst acht Uhr, aber sie hatten beschlossen, den ersten Abend lieber gemütlich ausklingen zu lassen. Der Fernseher war aus. Im Radio lief leise Musik, Judith nahm überhaupt nicht wahr, welche. Sie blickten in das verwilderte blühende Chaos ihres Gartens. Um ihre Terrasse herum erstreckte sich ein Feld aus Blumen und Büschen. In der Mitte führte ein schmaler Steinweg hindurch auf ihre Terrasse. Und dahinter erstreckte sich eine Wiese, wo die Hunde rennen konnten und auf der sie später auch Training durchführen konnte.

„Ich werde das nicht ändern", beschloss sie.

„Was?", fragte Hannah.

„Na den Garten. Schau ihn dir an. Ist es nicht toll? Ich mag dieses Durcheinander. Ein Garten sollte nicht in streng geordneten Beeten angelegt sein. Pflanzen müssen wachsen dürfen, wo sie wollen."

Hannah lachte. „Darf ich dabei sein, wenn du das Mama erzählst?"

„Die geht das doch gar nichts an. Wie läuft es eigentlich mit deinem Joachim?"

„Sehr gut." Hannah strahlte. An ihrem Lächeln konnte Judith ablesen, dass ihre jüngere Schwester glücklich war.

„Mag Mama ihn?"

Hannah nickte. „Die sagt nichts. Die ist doch froh, wenn sie wenigstens eine ihrer Töchter unter die Haube kriegt." Hannah grinste.

Judith verzog den Mund. „Ja, ich weiß. Dass ich Mark verlassen habe, war ein schwerer Schlag für sie. Aber sie musste ja nicht mit ihm leben. Na ja – eigentlich wäre mein Leben an seiner Seite genau so weiter gelaufen wie bei unserer Mutter. Alles schön geordnet. Immer brav, immer geregelt. Sauber, steril, aufgeräumt."

„Und das hat dir nicht gefallen?", fragte Hannah augenzwinkernd. Schließlich kannte sie ihre Schwester gut genug.

„Er wollte keine Tiere!", brachte Judith in vorwurfsvollem Ton hervor.

„Das geht natürlich gar nicht."

„Für mich auf jeden Fall nicht."

Judith schaute auf ihre beiden Mischlingshunde, die sie sich sofort nach der Trennung vor zwei Jahren aus dem Tierheim geholt hatte. Die Zwei lagen entspannt auf ihren Kissen direkt neben dem Sofa und schauten erwartungsvoll zu ihrem Frauchen auf. Die kleine, etwas hektische Jack-Russel/Dackel-Mischlingdame Snow und der große, gelassene Rüde Cloud. Welche Rassen darin steckten, wusste Judith überhaupt nicht. Ein Teil könnte ein

32

Berner Sennenhund sein. Es war ihr gleichgültig. Sie hatte sich auf den ersten Blick in ihn verliebt.

„Auf mein neues Leben!", sagte sie und hob ihren Becher.

„Auf Haus, Tiere und Praxis oder wie man das nennt", rief Hannah aus.

Sie stießen miteinander an. Sie kicherten albern und scherzten über ihre Plastikbecher. Aber der Wein schmeckte trotzdem.

„Wann geht es denn los mit deiner Praxis oder Studio?"

„Am 17. Juni eröffne ich. Also in vier Wochen. Es wird schon laufen. Ich habe schließlich ein umfangreiches Angebot. Tiertraining, Verhaltenspsychologie, Homöopathie für Tiere. Und ich würde auch Tiere aufnehmen, wenn ihre Besitzer im Urlaub sind."

„Und nicht zu vergessen, malst du auch."

Judith verzog die Nase. „Ist ja wohl eher ein Hobby."

„Vielleicht wird da ja mal mehr draus."

„Nein, ich glaub nicht. Beruflich habe ich wirklich andere Prioritäten."

„Nur ein bisschen nebenher."

„Wir werden sehen."

Plötzlich wurde Snow unruhig. Die Hündin rannte zur Terrassentür und lief aufgeregt auf und ab.

„Was ist denn mit ihr?", fragte Hannah.

„Ach, sie ist ein bisschen hektisch. Sie hat keine so schöne Vergangenheit. Aber vielleicht muss sie ja auch einfach mal raus."

Judith stand auf und öffnete die Tür. Aber Snow lief nicht hinaus.

Stattdessen begann sie irgendetwas Unsichtbares anzuknurren.

Und dann wurde auch der gelassene Cloud unruhig. Er richtete sich auf, spitzte die Ohren und rannte schließlich zur Terrassentür und bellte laut.

„Was ist nur los?", rief Hannah alarmiert. „Mach dir Tür zu!"

Judith schlug ohne weiter zu fragen die Terrassentür zu und drückte die Klinke herunter.

„Hast du Jalousien?", fragte Hannah aufgeregt.

„Ja."

„Mach sie zu."

„Was hast du denn?"

„Na, die Hunde sind so aufgeregt. Da ist doch irgendwas. Oder irgendwer. Judith, du wohnst hier ziemlich allein. Wenn draußen jemand herum schleicht und einbrechen will?"

Judith fuhr ein Schreck in die Glieder.

„So ein Unsinn!", sagte sie dann resolut. Trotzdem ließ sie mit einem lauten Knall die Jalousien der Terrassentür herunterfahren und danach auch die an den Fenstern."

„Mach alle zu. Auch im Esszimmer, Küche, Bad. Auch oben."

„Hannah, übertreib nicht. Meine Güte, kannst du eine Panik verbreiten."

Aber Judith war selbst nicht frei davon. Sie ließ sich anstecken von den bellenden Hunden und ihrer leicht hysterischen Schwester.

Snow lag immer noch vor der Terrassentür und knurrte die Jalousien an.

Wenn da nun wirklich etwas war? Seltsam war dieses Verhalten der Hunde ja schon, besonders von Cloud. Judith hatte selbst überhaupt nicht nachgesehen. Dazu hatte sie viel zu schnell reagiert und sich verbarrikadiert.

Die beiden Frauen ließen im ganzen Haus die Jalousien runter und verschlossen die Haustür.

Als sie zurück ins Wohnzimmer kamen, hatten sich die Hunde beruhigt.

„Puh!", Judith begann auf einmal zu lachen. „Wir sind zwei alberne Angsthasen. Wahrscheinlich ist ne Katze durch den Garten gelaufen oder ein Hase."

Hannah begann ebenfalls zu lachen und ließ sich rückwärts aufs Sofa fallen. „Ja, du hast recht. Ich schaue wohl zu viele Krimis.

Aber trotzdem – besser ist es schon, wenn du alles dicht machst. Ist nicht sehr belebt die Gegend hier."

„Ja, aber ich lebe auch nicht gerade in der Prärie. Der nächste Nachbar ist zwar nicht gleich hinterm Zaun, aber auch nicht ewig weit weg. Schau aus dem Küchenfenster, da kannst du das Haus sehen."

Hannah nickte. „Ist ja gut. Komm, trinken wir noch ein Glas – äh, Becher."

Judith schenkte nach.

Die gemütliche Atmosphäre kehrte zurück.

Die Hunde lagen wieder auf ihren Kissen.

Hannah und Judith tranken ihren Wein.

Der Abend verlief ohne weiteren Zwischenfall.

„Morgen wartet 'ne Menge Arbeit auf uns", sagte Judith mit einem Blick auf die Umzugskartons."

„Ja, morgen!", bestätigte Hannah. „Heute genießen wir den Abend."

Judith und Hannah tranken Wein und sahen noch etwas fern. Als es schließlich Zeit war, zu Bett zu gehen, hatte Hannah keine Lust, alleine in das Gästezimmer zu gehen und so legten sich beide in Judiths breites Futonbett und redeten weiter, bis ihnen die Augen vor Müdigkeit zufielen. Sie redeten von ihrer Kindheit, lachten über ihre Spiele und lästerten über ihre Mutter. Die beiden Hunde ignorierten ihre Hundebetten und legten sich lieber dicht aneinandergekuschelt neben das Bett. Sie ließen sich nicht stören, nur einmal horchte Cloud auf und bellte kurz.

„Was ist los?", fragte Judith.

Aber er legte sich sofort wieder hin – mit der Schnauze auf Snows Rücken und schlief ein.

Sidonia stand an diesem Abend ebenfalls mit einem Glas Rotwein am Fenster und blickte in die klare Dämmerung dieser Mainacht. Sie fühlte sich etwas unwohl in ihrer Haut.

„Was ist los, Mama?"

Sidonia zuckte ein wenig zusammen. „Oh, Mercedes. Ich habe dich gar nicht reinkommen gehört."

Die junge Frau lachte hell. „Das habe ich bemerkt, Mama. Du bist vollkommen weggetreten. Ist etwas geschehen?"

„Nein, noch nicht", antwortete Sidonia geheimnisvoll.

Mercedes sah ihre Mutter mit erwartungsvollem Gesichtsausdruck an. Sie sah ihr ziemlich ähnlich. Sie hatte die gleiche ovale Gesichtsform und die großen dunklen Augen. Ihre Haut war etwas heller, denn ihr Vater war ein Weißer, zu dem sie beide jedoch keinerlei Kontakt mehr hatten. Auch ihre Haare waren nicht so tiefschwarz wie Sidonias, eher eine satte Ebenholzfarbe. Sie waren lockig und wild, aber Mercedes glättete sie aufwändig.

„Was heißt das?", fragte sie, als ihre Mutter nicht weiter sprach. Sie berührte sie sanft an der Schulter, um ihre Aufmerksamkeit zu erregen.

„Ach Merci, es ist nicht so einfach."

„Hat es mit deiner Wahrsagerei zu tun?"

Sidonia nickte ganz leicht.

Mercedes stellte sich neben sie und blickte durch das Fenster auf den freien, unverbauten Blick, der sich ihnen bot. Der war wohl für ihre Mutter lebenswichtig. Sie könnte niemals allzu eng mit anderen leben – in einer Wohnsiedlung Haus an Haus – oder gar in einer Stadt. Und das, obwohl sie mit Menschen arbeitete und ihnen mit ihrer Arbeit auch durchaus helfen wollte. Aber vielleicht lag es auch gerade daran. Sie brauchte diese Abgeschiedenheit, um Kräfte zu sammeln.

Mercedes griff nach Sidonias Hand. „Mama, sag es mir."

Sidonia drückte die Hand ihrer Tochter. „Du bist so lieb, Merci. Und so jung. Ich will dich nicht belasten. Ich meine, ich bin die Mutter und sollte für dich da sein, nicht umgekehrt."

Mercedes lachte. „Aber Mama, ich bin doch kein Kind mehr. Du warst immer für mich da. Wenn du dich jetzt mal bei mir aussprechen möchtest, ist das schon okay."

Sidonia nickte. Sie war sehr stolz. Wie erwachsen ihre Kleine schon war. Sie strich ihr sanft durch das Haar. Aber noch immer brauchte sie einen Moment, bevor sie reden konnte. Mercedes spürte das instinktiv. Sie ließ ihr die Zeit und wartete.

„Eine Frau, die mich schon seit ihrer Jugend aufsucht, bat um meinen Rat bei einem geplanten Hauskauf. Es war ein kleines Risiko dabei. Sie lebt allein und wollte das Haus kaufen und darin eine Praxis als Tiertrainerin einrichten. Das Ganze in einer neuen Stadt, ohne Kundenstamm. Und wenn sie mit dem Projekt baden geht, dann kommt kein Geld rein."

„Und sie könnte das Haus nicht halten, eben weil sie alleine ist. Und einen Job hat sie dann auch nicht mehr. Kein Rettungsnetz!" Mercedes verstand.

„Oh, sie wird das schaffen. Daran habe ich nicht den geringsten Zweifel."

„Aber?"

„Das Haus – etwas stimmt nicht damit."

„Was sollte damit nicht stimmen? Ist es baufällig? Hat es versteckte Mängel, die sie bei der Besichtigung nicht bemerkt hat?"

Sidonia schüttelte den Kopf. „Nichts davon."

„Was dann?"

„Es lebt ein Geist darin." Ihre Stimme war nur ein Hauch.

„Bisherige Besitzer haben es immer schnell wieder verlassen – doch am Ende waren es übernatürliche Dinge, die am Werk waren.

Sidonia drehte ihr Glas in der Hand, ohne davon zu trinken. Noch immer starrte sie in die Dunkelheit. Doch Mercedes wandte sich abrupt ihrer Mutter zu. „Ein Geist? Was redest du da?"

„Es gibt Geister, das weißt du. Es sind Verstorbene, die noch etwas zu erledigen haben oder deren Tod noch nicht vorgesehen war."

„Was soll das denn heißen?", fragte Mercedes verwirrt. Irgendwie überstieg das ihren Verstand. Sie wünschte sich einen Moment lang, ihre Mutter hätte sich ihr doch nicht anvertraut.

„So etwas gibt es, Kind. Auch wenn die meisten nicht daran glauben. Du weißt das doch besser."

Weiß ich das, dachte Mercedes. Ich bin noch keinem Geist begegnet.

„Und was heißt das für diese Frau?", fragte sie laut.

„Oh, sie ist sehr empathisch. Ihre Intuition für die Dinge zwischen Realität und Übersinnlichem ist hoch."

„Kann nicht jeder Geister sehen?"

„Die Geister entscheiden, ob sie sich zeigen und auch wem. Und sie wissen, wer sie ernst nimmt oder wer ihre Existenz leugnet. Es kann einem gelingen, alles natürlich zu erklären. Aber sie wird auf den Geist reagieren und versuchen zu verstehen, was er von ihr möchte."

„Und davon hast du ihr nichts erzählt?"

„Nein. Ich habe ihr nur erzählt, dass unerwartete Schwierigkeiten auf sie warten. Sie hat es so gedeutet, dass sie Anfangsschwierigkeiten haben wird, viel Arbeit. Sie ist allein mit all diesen Problemen..."

„Warum hast du es nicht erzählt? Denkst du, das hätte sie sowieso nicht geglaubt?"

„Nein. Wenn sie so wäre, käme sie überhaupt nicht zu mir. Nein, sie hätte von dem Kauf Abstand genommen. Sie lebt in der Realität, sie will sich etwas aufbauen, eine Karriere. Sie kann keine Geister brauchen. Aber sie ist dazu bestimmt, zu helfen."

„Zu helfen? Dem Geist?"

„Ja. Ihm zu helfen, das Unerledigte zu erledigen. Ihm zu helfen, endlich Ruhe zu finden. Deshalb habe ich nichts gesagt."

„Und nun plagt dich dein schlechtes Gewissen?"

Sidonia nickte. „Ja."

Sie trank einen kräftigen Schluck von ihrem Wein.

Mercedes wünschte nun endgültig, ihre Mutter hätte es ihr nicht erzählt. Mit so etwas wollte sie nichts zu tun haben. Obwohl sie durchaus an die Gabe ihrer Mutter glaubte. Sie hatte schon zu oft erlebt, dass Sidonia recht hatte mit ihren Ahnungen und Vorhersagen.

Vielleicht stand das Leben wirklich in den Handlinien oder irgendeine übersinnliche Kraft ließ sie die Karten entsprechend verteilen. Oder es war eine besonders starke Empathie. Sie wusste es nicht. Sie glaubte allerdings nicht, dass das ganze Leben vom Beginn der Geburt an feststand. Man stand oft vor Entscheidungen und konnte wählen und der Lebensweg ging in die eine oder andere Richtung.

Nun ja, das glaubte ihre Mutter ja auch. Sie half dabei, diese Entscheidungen zu treffen. Sie sagte voraus, welche Entscheidung die richtige war, welche den erwünschten Erfolg brachte. Den Weg dieser jungen Frau hatte Sidonia beeinflusst. Und wer konnte es schon wissen – den des Geistes vielleicht auch.

„Komm, setzen wir uns", sagte Mercedes. „Ich hätte jetzt auch gerne ein Glas Wein.

Sidonia nickte und folgte ihrer Tochter zu dem gemütlichen Sofa. Sie verstand Mercedes. Sie wusste, sie hatte das Mädchen überfordert mit dieser Geschichte. Ach, hätte sie doch nur den Mund gehalten. Aber als sie immer weiter gefragt hatte, hatte sie es einfach nicht gekonnt.

Kapitel 3
Sonntag, 21. Mai

Zum Frühstück kamen ihre Eltern Ingrid und Gregor Schlüter. Sie hatten eine große Tüte mit verschiedenen Brötchen und Croissants mitgebracht, außerdem Wurst, Käse und Marmelade.

„Mama, schön, dass ihr da seid. Aber diese Einkäufe wären nicht nötig gewesen. Wir hatten doch gesagt, ihr bringt Brötchen mit. Alles andere habe ich."

„Tatsächlich? Ich dachte, du bist sowieso nicht zum Einkaufen gekommen", meinte Ingrid. Sie war eine kleine, drahtige sechzigjährige Frau, trug eine etwas altmodische, brave Kurzhaarfrisur, die sie sich in schöner Regelmäßigkeit in einem satten Braunton färbte. Auf der Stirn hatte sie tiefe Falten, weswegen sie sich einen Pony ins Gesicht kämmte.

Jetzt trug sie Jeans und Pullover, schließlich wollte sie ihrer Tochter bei der Arbeit helfen. Ansonsten zog sie Kleider oder Röcke vor.

Ihr fünfundsechzigjähriger Ehemann war ein ganzes Stück größer als sie. Früher hatte er einmal volles dunkelblondes Haar gehabt. Heute wuchs das, was davon noch übrig war, silbergrau im Halbkreis um seine Glatze herum. Er hatte mit dem Älterwerden einen ziemlichen Wohlstandsbauch bekommen und wirkte neben Ingrid übermächtig und viel zu gemütlich.

Jetzt zwinkerte er Judith zu. „Du weißt doch, wie sie ist. Immer übervorsichtig."

„Dir hätte es sicher am wenigsten gefallen, trockene Brötchen essen zu müssen", erwiderte Ingrid schnippisch.

„Mama, die Gefahr bestand wirklich nicht. Wir hatten das besprochen, also habe ich auch Aufschnitt im Haus."

„Nun, dann können wir jetzt sicher anfangen? Ich bin schon seit Stunden auf, schließlich musste ich auch bei uns zu Hause erst klar Schiff machen und habe wirklich Hunger."

„Klar Schiff machen?", fragte Judith irritiert. Als wäre es jemals schmutzig oder unordentlich im Hause ihrer Mutter. Das war es früher schon nicht gewesen und jetzt, da keine Kinder mehr im Haus waren, hatte Ingrid noch mehr Zeit, um *klar Schiff* zu machen. Dafür brauchte sie wirklich nicht früher aufstehen, nur weil sie heute ihrer Tochter beim Auspacken der Umzugskartons helfen wollte.

Hannah grinste und schwieg. Sie wollte lieber gar nicht erst auffallen. Für sie stand fest, dass ihre Mutter ein Hobby brauchte. Oder ein Ehrenamt. Sie war mit ihren sechzig Jahren noch so fit, sie musste das irgendwo einbringen. Dann wäre nicht *klar Schiff machen* ihr Lebensinhalt. Und natürlich Anderen zu erzählen, wie sie ihr Leben zu führen hatten.

„Dann kommt, setzen wir uns. Wir haben den Tisch in der Küche gedeckt."

Auf dem Tisch standen fünf Teller, eine Aufschnittplatte mit Wurst und Käse, Marmelade, Honig und Butter. Alles da. Ingrid bemerkte es, sagte aber nichts dazu.

Sie hätte sich wesentlich mehr gefreut, wenn sie ein Defizit entdeckt hätte, dachte Judith etwas griesgrämig.

„Fünf Teller?", fragte Ingrid endlich. „Wer kommt den noch?"

„Joachim. Er wird noch den Fernseher im Schlafzimmer anschließen, verschiedene Lampen, die Waschmaschine. Na ja, all diesen technischen Kram eben. Damit kennt er sich schließlich aus als Elektroingenieur."

„Ach Kind, das hättest du mir sagen müssen, jetzt haben wir vielleicht nicht genug Brötchen", tadelte Ingrid.

„Ich habe noch Brot und Toast", erwiderte Judith leichthin.

Bevor Ingrid antworten konnte, klingelte es.

„Ich gehe schon!", rief Hannah sofort und lief zur Tür, um ihren Freund herein zu lassen.

Judith schnitt ihr eine Grimasse, die Hannah mit einem Grinsen bedachte. Klar, Judith wäre froh gewesen für die Unterbrechung. Das ging ja gut los mit ihrer Mutter.

„Aber dann ist es doch gut, wenn ich noch etwas Aufschnitt geholt habe", meinte Ingrid. „Leg ihn mal gleich dazu auf die Platte. Diese jungen Männer können ja so reinhauen."

„Mutter, er ist kein Junge im Wachstum!", rief Judith beinahe erschrocken aus. „Komm, wir legen das erstmal in den Kühlschrank."

„Ist der denn schon angeschlossen?"

„Jaha, alles in der Küche steht. Die Küche wurde schon letzte Woche komplett eingebaut."

„Dann ist es ja gut. Ich dachte ja nur, weil…"

„Ja, wir wissen es. Es ist jetzt gut, Ingrid. Setz dich und nimm die Dinge, wie sie sind. Wir sind hier bei einem Umzug und nicht in einem Drei-Sterne-Restaurant", warf Gregor ein.

„Ja, aber…"

„Es reicht!"

Ingrid setzte sich leicht resigniert auf den nächsten Stuhl und blickte Joachim entgegen, der zur Tür hereinkam.

„Guten Morgen allerseits!", grüßte der gut gelaunt. Hannahs Freund war fünfunddreißig Jahre alt, er war mindestens einen Meter fünfundachtzig groß und hatte eine sportliche Figur. Seine blonden Haare waren sehr kurz geschnitten. Sein Gesicht war etwas kantig, sein Kinn eine Spur zu kräftig. Er hatte graue Augen und etwas zu dichte Augenbrauen. Alles in allem war er weiß Gott nicht hässlich, aber auch keine auffallend attraktive Erscheinung. Das netteste an ihm war seine fröhliche, ungezwungene Ausstrahlung.

„Setz dich zu uns!", lud Ingrid ihn ein. „Ich hoffe, wir haben genug Brötchen."

Judith verdrehte die Augen.

Hannah begann zu lachen.

Das Frühstück war lecker und wider Erwarten durchaus unterhaltsam und lustig. Ingrid fühlte sich bestätigt, als Joachim ihr Angebot annahm, die von ihr gekaufte Salami zu essen, die Judith ja im Kühlschrank hatte verschwinden lassen.

Die beiden Hunde Snow und Cloud schlichen permanent um den Tisch herum und hofften, das eine oder andere Bröckchen Brot oder sogar ein Stück Wurst oder Käse ergattern zu können. Doch es fiel einfach nichts herunter. Judith achtete darauf, nicht während des Essens auf das Betteln der Hunde zu reagieren, obwohl ihr das ziemlich schwer fiel. Doch im Anschluss gab es eine Scheibe Kochschinken, die Judith in kleine Stückchen riss und an die beiden verteilte. Dafür mussten sie kleine Kunststückchen vorführen: Sitz, Platz, Gib Pfötchen, Männchen, Rolle.

„Na, das klappt ja richtig gut", lobte Joachim.

„Na ja… wenn ich so was nicht schaffe, wer dann?", lachte Judith.

„Aber Essen ist immer ein großer Motivator."

„Bei mir auch!", meinte Gregor und schlug sich auf sein Bäuchlein.

„Gregor! Das ist ja peinlich!", schimpfte Ingrid. „Wir sollten jetzt auch wirklich mit der Arbeit anfangen. Sonst kriegen wir ja gar nichts mehr geschafft, es ist schon zehn Uhr durch."

„Ja, du hast recht", stimmte Judith zu.

„Dass ich das noch erleben darf", rief ihre Mutter aus.

„Was denn?"

„Dass du mir mal recht gibst."

„Wieso habe ich ihr nur erlaubt, zum Helfen zu kommen?", zischte Judith ihrer Schwester ins Ohr.

Hannah lachte. „Ach komm, je mehr anpacken, desto schneller sind wir fertig."

Judith nickte. „Okay, los geht's. Mutter, du, Hannah und ich packen die Kartons aus. Erstmal wird die Spülmaschine voll gepackt, aber wir spülen auch per Hand, damit es voran geht. In Ordnung?"

„Ja sicher", stimmte Hannah zu.

Ingrid nickte.

„Papa, kannst du mit Joachim zusammen die ganze Elektrik anbringen und verschalten? Oder – da ist noch ein Bücherregal im Wohnzimmer, das aufgebaut werden muss. Und ein Aktenschrank drüben in meiner Praxis."

„Da bin ich dein Mann. Joachim, wenn du Hilfe brauchst zum Halten, Anreichen und was weiß ich, dann sag Bescheid. Ansonsten lasse ich die Finger von Elektrik."

„Alles klar!", stimmte Joachim zu. „Wo soll ich anfangen?"

„Mit der Waschmaschine und dem Trockner im Keller", erwiderte Judith. Aber heute Abend muss auch der Fernseher im Schlafzimmer laufen."

„Fernseher im Schlafzimmer, muss das sein? Fernsehen kannst du doch im Wohnzimmer und wenn du müde bist…", mischte sich Ingrid ein.

„Mutter, das ist doch wirklich meine Sache. Ich genieße das nun mal", schnitt Judith ihr das Wort ab. Sie fühlte sich leicht genervt und sie wusste, dass sie sich genauso anhörte.

„Ja ja, ist ja schon gut. Okay, hier ist eine Kiste auf der ‚Essgeschirr' steht. Soll ich damit anfangen?"

„Perfekt!"

Sie arbeiteten den ganzen Tag. Irgendwann überließ Judith ihrer Mutter und Hannah das Spülen und räumte lieber ihre Kleider in den Schrank. Auch das musste schließlich passieren.

Das Bücherregal stand am Nachmittag. Sie würde am Abend, wenn sie alleine war, ihre Bücher einräumen. Auch ihre CDs waren noch nicht ausgeräumt, die Bilder hingen noch nicht an den Wänden, ihre Aktenordner waren noch in Kartons und natürlich musste sie ihre Praxis noch einrichten. Aber es konnte ja nicht alles an einem Tag erledigt werden.

Judith fand, sie hatte schon viel geschafft.

„Wollen wir uns einmal das ganze Haus ansehen?", fragte sie. „Es sieht jetzt schon richtig gemütlich aus."

Sogar ihre Mutter stimmte zu.

Sie stiefelten also von der Küche, in der die modernen Einbauelemente auf rustikale Holzverkleidung trafen, in das Esszimmer.

Mitten drin stand ein großer, ausziehbarer Tisch, um den sich acht moderne Stühle scharten, An der Wand stand ein Highboard in hellem Holz, das inzwischen gefüllt war mit Essgeschirr und Gläsern und auf dem einige Porzellantiere als Dekoration standen.

Ingrid lachte etwas ironisch. „Du und deine Tiere. Überall sind sie."

Gleich daneben - im Wohnzimmer - stand ein weiß-grauer Sessel nebst dazugehörigem halbrundem Ecksofa, das sich um einen niedrigen Glastisch wand. Demgegenüber befanden sich eine helle Stollenwand und der große Fernseher. Seitlich davon das Bücherregal, das ihr Vater aufgebaut hatte, das aber leer noch ein bisschen trostlos wirkte.

„Sehr schön", fand Ingrid. „Aber der alte Sessel von Oma passt eigentlich nicht dazu."

In dem Punkt musste Judith ihrer Mutter zustimmen. Der gemütliche geblümte Ohrensessel passte nicht zum Stil der sonstigen Einrichtung. Aber sie liebte ihn. Er war bequem und außerdem hatte sie das Möbelstück von ihrer Oma bekommen und würde es schon deswegen in Ehren halten.

Sie stiegen die Treppe hinauf und Judith öffnete als erstes die Tür zu ihrem Schlafzimmer. Es war der größte Raum gegenüber der Treppe und etwas verwinkelt. Gerade das mochte Judith so.

Auf der einen Seite stand ein Frisiertisch mit Schminke, einem Fön und Haarbürsten. Darüber hing ein großer Spiegel und davor stand ein verschnörkelter Stuhl. Dem ganzen gegenüber befand sich ihr breites Futonbett mit einem Konsölchen daneben. In der Ecke war ein Fernsehapparat. Und in dem Winkel, der um die

Ecke herum führte, befanden sich eine Kleiderstange und ein offenes Regal für Pullover und T-Shirts.

„Das ist gemütlich", räumte ihre Mutter ein. Judith wunderte sich, fast hätte sie erwartet, dass Ingrid über die verwinkelte Bauweise schimpfte.

Die anderen beiden Zimmer auf der Etage waren noch kaum eingerichtet und befanden sich gegenüber dem Schlafzimmer und neben der Treppe. Das hintere Zimmer war ihr Büro, darin standen ein Schreibtisch, ein Regal und eine Staffelei, auf der sie hin und wieder malen wollte.

„Hast du denn dafür noch Zeit?", fragte ihre Mutter schon wieder naserümpfend.

„Im Moment nicht. Aber später bestimmt. Warum nicht? Es ist ein Hobby, Mutter. Das braucht doch jeder Mensch."

Direkt an der Treppe befand sich der Raum, den sie als Gästezimmer nutzen wollte. Darin standen ein ausziehbares Sofa, zwei Stühle, der große billige Standspiegel aus ihrem Jungmädchenzimmer, eine fahrbare Garderobe und eine alte Truhe.

„Noch so ein Schätzchen", meinte Ingrid. „Die ist doch auch von Oma?"

„Ja", bestätigte Judith.

„Was willst du damit, Kind? Sie passt überhaupt nicht hierher. Und sie passt auch nicht zu dir. Dieses alte, schwere Eichenungetüm."

„Das macht nichts. Ich habe sie immer gemocht. Als ich klein war, habe ich mich einmal darin versteckt. Weißt du noch Hannah?"

Hannah lachte. „Oh ja, ich hätte dich noch tagelang suchen können, wenn Oma mir nicht einen Tipp gegeben hätte."

„Was? Sie hat dir einen Tipp gegeben? Das wusste ich ja gar nicht."

Die Truhe war noch leer – Judith wusste auch bisher nicht, was sie darin aufbewahren sollte – aber sie hing an diesem alten Möbelstück ebenso wie an dem Sessel.

Urplötzlich wurde es Judith kalt. Als würde ein Schauer durch ihren Körper strömen. Sie schüttelte sich.

„Was ist los?", fragte Ingrid.

„Mir ist plötzlich so kalt", antwortete Judith.

„Nein, es ist nicht kalt."

Cloud und Snow begannen zu heulen.

„Cloud, Snow!", mahnte Judith.

„Oh mein Gott, das ist ja furchtbar", beschwerte sich Ingrid.

Judith zog sich frierend zusammen. Sie rieb automatisch ihre Arme in der Hoffnung, sie aufwärmen zu können. Doch es funktionierte nicht.

„Los, raus hier!", kommandierte Ingrid. „Das kommt davon, wenn man zu sehr an der Vergangenheit hängt. Dabei wird man ganz rührselig."

„Und fängt an zu frieren? So ein Unsinn. Friert denn sonst wirklich keiner?", fragte Judith. „Vielleicht zieht es irgendwo?"

„Nein!", erwiderte Hannah irritiert. Sie verstand nicht, was mit ihrer Schwester los war. Und was war plötzlich mit den Hunden los? Sie waren den ganzen Tag so ruhig gewesen.

Ingrid trieb alle aus dem Raum, auch die beiden Hunde. Judith konnte ihren Blick nicht lösen und ließ sich rückwärts aus dem Raum schieben. Im letzten Moment, kurz bevor Ingrid die Türe schloss, bemerkte sie einen Schatten an der Wand.

„Was war das?", schrie sie hektisch.

„Was?"

„Da war ein Schatten."

„Unsinn, da war kein Schatten."

„Doch."

„Kind, nun werde nicht komisch. Du hast dieses Haus unbedingt gewollt. Ganz allein – in dieser einsamen Gegend. Ich war ja nie dafür. Und jetzt kriegst du kalte Füße."

„Ich kriege keine kalten Füße."

„Du hast Angst, weil du weißt, dass du gleich alleine hier zurückbleibst."

„So ein Unsinn. Ich lebe schon so lange alleine – mit Ausnahme der Unterbrechung während meiner Zeit mit Mark."

„Ja, in einer Wohnung in einem Mehrfamilienhaus. Das ist etwas völlig anderes. So alleine wie hier warst du nie. Dein nächster Nachbar ist doch auch mindestens fünfzig Meter entfernt."

„Das stimmt schon."

„Kennst du die Nachbarn eigentlich?"

Judith schüttelte den Kopf. „Noch nicht."

„Dann stell dich mal vor. Das gehört sich so, wenn man neu in einer Gegend ist. Und dann achtet man vielleicht auch ein bisschen aufeinander."

„Ja."

„Und in der anderen Richtung gibt es nur Felder und Bäume. Ist schon sehr einsam hier", fuhr ihre Mutter unbeirrt fort.

Hannah runzelte die Stirn. „Wenn du Judith beruhigen willst, bist du nicht auf dem richtigen Weg, Mutter", meinte sie.

„Ach, ich will ihr nur klarmachen, dass sie sich das hier selbst eingebrockt hat."

„Ich will es nicht anders haben. Aber da war…" Judith brach ab. Es war sowieso sinnlos.

Sie sah auf die Hunde, die inzwischen wieder ruhig und friedlich dasaßen. Alles war gut, alles war ruhig. Nichts war passiert. Ihre Fantasie ging mit ihr durch, Ja, das war es wohl.

„Wollen wir noch zu Abend essen?", fragte sie betont burschikos. „Ich habe Brot, Wurst und Käse."

„Gerne!", stimmten Hannah und Joachim zu.

„Nein danke, wir werden jetzt fahren", sagte ihre Mutter.

„Schlaf gut, Kind. Und träum etwas Schönes. Das, was man in der ersten Nacht im neuen Haus träumt, geht in Erfüllung."

Judith erwiderte nichts. Erst als die Eltern gegangen waren, meinte sie: „Ihr ist aber schon klar, dass dies die zweite Nacht im neuen Haus wird, oder?"

Hannah hob die Schultern. „Ist doch egal. Sag mal, hast du wirklich etwas gesehen dort oben?"

Judith nickte. „Da war ein Schatten. Und du hast doch auch gesehen, wie unruhig die Hunde wurden?"

„Wie gestern, weißt du noch? Vielleicht war es wieder eine Katze?"

„Doch nicht im Obergeschoß."

„Warum nicht? Die klettern auf Fenstersimse und Balustraden herum. Bei uns lag neulich eine auf der Bruchsteinmauer zwischen unserem und dem Nachbargrundstück", erzählte Hannah.

Judith nagte versonnen an ihrer Unterlippe. „Ja, möglich ist das vielleicht. Dort ist ja auch ein kleiner Balkon."

„Siehst du. Oder es war ein Vogel."

„Kann sein."

„Was sonst?"

Ja, was sonst, dachte Judith. Aber ihr war nicht wohl. Es war ein Gefühl gewesen, wie... Ja, wie in diesem englischen Sprichwort *Someone walked over my grave* - Jemand ging über mein Grab. Es war gruselig.

Ach was – sie schüttelte sich. Sie hatte wohl wirklich nur ein mulmiges Gefühl, weil sie heute Nacht zum ersten Mal hier alleine sein würde. Fühlte sich eben doch komisch an. Sie war nicht gewöhnt allein in einem ganzen Haus zu sein. Widerwillig gab sie ihrer Mutter recht. Aber so alleine war sie doch gar nicht. Immerhin hatte sie Cloud und Snow.

„Na los, wollen wir den Tisch decken?", fragte Judith forsch.

„Ich helfe dir. Hast du noch Wein?", fragte Hannah. „Ich glaube, du kannst noch etwas brauchen."

Judith verzog das Gesicht. „Neee, ich hatte nur die Flasche von gestern."

„Dann fahre ich los und hole noch ein oder zwei Flaschen. Wo ist der nächste Supermarkt?", bot Joachim an.

Judith sah auf die Uhr. „Der hat jetzt zu. Wir sind hier nicht in der Großstadt."

„Dann die nächste Tankstelle."

„Da könntest du mehr Glück haben. Also pass auf."

Sie erklärte ihm den Weg und Joachim brauste davon.

Nach zwanzig Minuten war er mit zwei Flaschen Weißwein und zwei Flaschen Rotwein zurück. „Ich wusste nicht, was du lieber magst", meinte er.

„Ich trinke beides. Aber lieber Roten", erwiderte Judith. „Machst du ihn bitte auf?"

Er nickte. „Hast du einen Korkenzieher?"

Sie zog die Nase kraus. „Ich hoffe, der Korkenzieher ist schon in der Küche. Die Flaschen von gestern hatte einen Schraubverschluss."

Ellen Jacobi und ihr Mann Lorenz standen am Fenster und blickten auf das Haus, dass etwa fünfzig Meter von ihrem eigenen entfernt stand und das endlich wieder bewohnt wurde.

„Wurde auch Zeit", meinte die sechsundvierzigjährige Ellen zu ihrem Mann. „Endlich haben wir wieder neue Nachbarn. Das stand doch jetzt bestimmt ein halbes Jahr leer."

„Jooo – wenn nicht länger. Ist nicht gut für so'n Haus. Das muss gepflegt werden", meinte ihr Mann gleichgültig. Ihm war es egal, ob er Nachbarn hatte oder nicht. Er fühlte sich wohl hier in der Einsamkeit. Aber Ellen war anders. Für sie war es gut, dass dort jemand einzog.

„Ist aber auch komisch, dass die Grubers so schnell wieder fort waren. Wie lange haben die dort gewohnt? Ein gutes Jahr?"

Lorenz nickte. „Ich glaube schon. Haben sich halt übernommen mit dem Hauskauf. Kein Geld mehr."

Ellen lachte leicht spöttisch auf und schob ihre Brille hoch. Eine Geste, die sie oft mehr aus Gewohnheit tat, als wirklich aus Notwendigkeit.

„Irgendwie ist das komisch. Die Besitzer davor waren auch nur zwei Jahre im Haus. Mal sehen, wie lange die bleibt. Ich habe es immer gesagt – das Haus ist verflucht."

„Red nicht so'n Blödsinn, Ellen. So etwas gibt es nicht."

„Ob sie sich wohl mal vorstellt? Ist so eine junge Hübsche mit zwei Hunden. Macht da irgend so einen neumodernen Kram mit Tiertraining und so. Wie der Hundeflüsterer", meinte sie.

„Hundeflüsterer? Ach Ellen, das heißt Hundeprofi." Woher Ellen all diese Informationen hatte, wunderte ihn nicht. Ellen wusste immer das Neuste aus der Gegend. So etwas sprach sich einfach rum.

Ellen blickte auf den kleinen Bassetrüden mit dem etwas zu großartigem Namen Votan. Gerade lag er faul auf seinem Kissen und blinzelte sie schläfrig an. Aber wehe, wenn es an der Tür klingelte. Dann wurde er zum Tiger. Niemanden wollte er hineinlassen. Gut, dass er wenigstens so klein war, auf die Art war er trotzdem leicht zu händeln.

„Das wär doch was für uns. Vielleicht kann sie unserem Votan Manieren beibringen", überlegte Lorenz.

„Ich weiß nicht. Hat's doch früher auch nicht gegeben."

„Neee, aber ob das besser war? Man kann sich nicht immer auf früher berufen. Heute ist eben manches anders."

„Ja, das ist wahr. Und es ist ja auch schön, wenn man sich jetzt mehr dafür interessiert, was die Tiere brauchen und wie es ihnen geht", stimmte Ellen zu.

Lorenz nickte. „Du würdest sie gerne kennen lernen, nicht?"

„Ja klar."

„Dann geh du doch rüber und heiße sie hier willkommen."

„Gehört sich aber, dass sie sich vorstellt. Außerdem will ich mich nicht aufdrängen. Vielleicht will sie das gar nicht."

„Sei nicht so spießig, dazu bist du noch nicht alt genug."

Sie zuckte leichthin die Schultern. „Na schön, dann nehme ich morgen einen Kuchen aus der Truhe und gehe mal rüber."

„Mach das. Sie freut sich bestimmt. Aber erzähl ihr nicht gleich, dass das Haus verflucht ist oder so'n Quatsch."

Wieder dieses Schulternzucken. „Wenn es doch stimmt."

Max Kellerhoff schloss die Bürotür auf und betrat seine Detektei. Es war Sonntag, aber er musste noch mal ins Büro. Vorhin hatte sein Kunde angerufen, er wollte unbedingt noch heute vorbeikommen und seine Rechnung holen. Max hatte wochenlang dessen Frau observiert, weil der glaubte, sie gehe fremd. Ein reicher Kunde, der es sich leisten konnte, einen Privatdetektiv anzuheuern.

Deshalb konnte Max es sich auch nicht leisten, ihm zu verwähren, ihn heute, am Sonntag, zu treffen. Obwohl seine Frau deswegen einen ziemlichen Aufstand geprobt hatte.

„Wieso musst du jetzt wieder sofort springen? Die Rechnung kannst du ihm auch schicken oder ihn morgen treffen. Das geht alles zu Lasten unseres Privatlebens."

„Er will eben nicht, dass ich sie per Post schicke – dann könnte sie seiner Frau in die Hände fallen."

„Geschähe ihm recht, seiner Ehefrau misstraut man nicht dermaßen und schickt ihr einen Privatdetektiv auf den Hals."

„Sei froh, dass die Leute das machen. Sonst wäre ich arbeitslos."

„Selbst schuld, warum hast du auch damals deinen Job bei der Polizei hingeschmissen."

Max stöhnte. „Du weißt, warum. Das möchte ich wirklich nicht wieder und wieder durchkauen."

Am Ende war er froh, dass er das Haus und seine Frau verlassen konnte.

Er war dreiundvierzig Jahre alt, verheiratet und hatte eine jugendliche Tochter, der es sowieso egal war, ob er daheim war oder nicht. Er war nicht gerade ein Adonis, nicht sehr groß, etwas zu schwer, mit Bauchansatz und Glatze. Aber seine Frau war auch keine Göttin.

Leider hatte sie recht. Seit er vor fünf Jahren den Polizeidienst quittiert hatte, hatte er nicht gerade einen Höhenflug erlebt. Oh, er hatte genug Aufträge, aber sie bestanden hauptsächlich darin, potentiell untreue Partner zu observieren, Mitarbeiter, die sich auffällig oft krank meldeten oder kleinere Diebstähle aufzuklären.

Er hatte schon reiche Villen beobachtet und vor Einbrechern bewahrt, die gerade herumgingen und zeitweise war er mal als Kaufhausdetektiv eingestellt gewesen, weil das Kaufhaus größere Verluste zu verbuchen hatte. Er hatte den Dieb erwischt und konnte in seine eigene selbständige Detektei zurückkehren.

Hin und wieder wurde er von einer Anwaltskanzlei gebucht. Aber dabei ging es auch meist um Observieren – also stundenlanges im Auto sitzen.

Aber immerhin hatte er einen Job, von dem er seine Familie ganz gut ernähren konnte. Das konnte auch nicht jeder von sich behaupten.

Die Detektei lief sogar so gut, dass er zwei Mitarbeiter eingestellt hatte.

Nein, finanziell ging es ihnen ziemlich gut. Das war nicht sein Problem. Und der Minijob seiner Frau brachte ja auch noch etwas ein.

Er stöhnte laut vor sich hin. Er war auch vor fünf Jahren kein Jüngling mehr gewesen und ein Träumer war er sowieso nie gewesen, aber ein bisschen interessanter hatte er es sich doch vorgestellt.

Carsten Stahl von „Privatdetektive im Einsatz" hatte da schon ein aufregenderes Leben. Ach, was – das war doch nur Fantasie – Fernsehen. Nichts weiter. Die Realität war eben anders.

Max schaltete den Computer ein und schimpfte sich einen dummen Bock.

Dreiundvierzig Jahre, dachte er und sehnte sich nach Abenteuern. Nicht zu fassen. Ich kann doch meinen Lebensunterhalt bestreiten. Ist doch was. Nur, dass man springen muss, wie die Aufträge kommen und die kennen kein Wochenende, keinen Feiertag, keinen Feierabend.

Nun, heute war das schon ärgerlich. Da brauchte er heute niemanden observieren, könnte sich vorm Fernseher entspannen und lief trotzdem ins Büro, um seinem reichen, arroganten Kunden die Rechnung zu überreichen. Aus lauter Angst, dass der ansonsten schlechte Presse für ihn machte. Ach, er hätte auf seine Frau hören und zu Hause bleiben sollen. Er hatte doch schließlich auch ein Privatleben.

Bei der Polizei hatte er auch am Sonntag arbeiten müssen, aber da war es wenigstens geregelt, nicht so spontan.

Ausgerechnet Staatsanwalt Harald Marksroth. So um die fünfzig musste der jetzt sein. Er hatte nicht schlecht gestaunt, als der vor gut zwei Wochen plötzlich in seinem Büro stand. „Kellerhoff", hatte er losgedröhnt, „habe gehört, dass Sie jetzt Privatdetektiv sind. Ich habe einen Auftrag für Sie."

Max schlug mit der Faust auf seinen Schreibtisch und lachte laut auf. Dem Typ kam nicht einmal in den Sinn, vielleicht lieber nicht zu einem früheren Untergebenen zu gehen. Das war dem vollkommen gleichgültig. Er hatte nicht das geringste Einfühlungsvermögen, konnte sich vermutlich überhaupt nicht vorstellen, wie sehr Max gehofft hatte, Beweise für die Untreue der schönen Ehefrau zu finden. Wie gerne würde er ihm heute Fotos um die Ohren hauen, auf der sie einen anderen umarmte, küsste oder gar mit ihm im Bett lag.

Aber nichts war. Sie ging zum Wellness, ins Fitnessstudio, zum Essen mit einer Freundin. Das war alles.

Er sah auf die Uhr und merkte, dass er sich beeilen musste.

Er tippte routiniert auf der Tastatur herum. Der Drucker ratterte los. Die Rechnung war fertig.

Da klopfte es auch schon an der Tür.

„Herein!", rief Max.

Die Tür ging auf und Marksroth trat ein.

„Guten Tag", grüßte Max höflich.

„Guten Tag!", erwiderte Marksroth etwas von oben herab. Er war sehr elegant gekleidet, trug einen Anzug und einen weißen Schal um den Hals.

„Haben Sie die Rechnung fertig?", fragte er direkt.

„Ja natürlich", beeilte sich Max zu antworten.

„Fotos?"

„Ja, auch die Fotos. Ich kann Sie vollkommen beruhigen. Ich habe Ihre Frau jetzt zwei Wochen lang beschattet. Sie hat keinen Liebhaber."

„Ja, ja, das sagten Sie ja schon am Telefon", meinte Marksroth.

Max händigte ihm Fotos und Rechnung aus.

„Ich werde das bar bezahlen. Nicht, dass meine Frau die Abbuchung hinterfragt. Obwohl – die Gefahr besteht wohl nicht. Sie interessiert sich nicht für unsere Finanzen, solange sie genug Geld hat und eine pralle Kreditkarte."

Trotzdem beförderte er seine Geldbörse hervor und übergab Max den geforderten Betrag. Dieser bedankte sich artig und quittierte die Zahlung auf der Rechnung.

Was der Staatsanwalt mit der Rechnung machte, konnte ihm dann gleichgültig sein. Vielleicht warf er sie in den nächsten Mülleimer, damit seine Frau sie nicht in die Finger bekam. Tja, so spielte das Leben. Erst beschuldigte er seine Frau, ein Geheimnis zu haben, jetzt hatte er selbst etwas zu verbergen.

„Sie gehen aus?", erkundigte sich Max, obwohl es ihn nicht im Geringsten interessierte und auch nichts anging. Aber er mochte keine Gesprächspausen. Die empfand er als bedrückend und peinlich.

„Eine Wohltätigkeitsveranstaltung meiner Frau", antwortete Marksroth knapp. „Ich darf mich verabschieden."

Natürlich, dachte Max etwas abgenervt.

„Ich wünsche Ihnen einen schönen Abend."

„Ja, das gleiche für Sie."

Damit verschwand er wieder. Die Tür ließ er offen stehen.

Hat er auch nicht nötig, dachte Max, dass er die Tür wieder schließt. Ach, wieso machte er das immer noch mit? Ließ sich von dem behandeln wie ein rotznäsiger Schuljunge.

Dabei hatte dieser Staatsanwalt sogar seinen Anteil daran, warum er vor fünf Jahren den Polizeidienst quittiert hatte. Weil er vollkommen an dem Rechtssystem zweifelte. Weil dieser eine Fall ihn in eine solche Krise gestürzt hatte, dass er gar nicht anders konnte.

Nein, das Leben war nicht gerecht. Nicht zu ihm und nicht zu dieser Frau von damals.

Und diesem arroganten Schnösel durfte er nicht einmal mitteilen, dass seine Frau fremdging. Nicht einmal das war ihm vergönnt. Nicht mal eine winzig kleine Genugtuung.

Aber man musste es wohl nehmen, wie es war.

Kapitel 4
Montag, 22. Mai

Judith machte am Morgen einen ausgiebigen Spaziergang mit Cloud und Snow, obwohl das gar nicht unbedingt nötig war bei dem großen Grundstück, das zu dem Haus gehörte. Doch ein Spaziergang tat auch ihr selbst gut und außerdem wollte sie die Gegend kennen lernen. Sie ging auf den Wald zu und dort einen kleinen Wanderweg entlang. Er schlängelte sich eine kurze Runde und sie kam etwas unterhalb von der Stelle, wo sie hineingegangen war, wieder aus dem Wald heraus. Nur Bäume und Felder, dachte sie. Wie wunderbar. Sie genoss die Landschaft. Sie war ein absoluter Tier- und Naturmensch. Eine große Clique hatte sie niemals gehabt. Sie war auch selten auf Partys gegangen. Ihre Mutter hatte das oft bemängelt.

Kind, in deinem Alter muss man doch auf Partys gehen. Oder auf Schützenfeste – geh mal öfter zum Tanzen. Oder in Diskos.

Was soll nur aus dir werden – du wirst nie einen Mann abbekommen.

Judith grinste vor sich hin. Offenbar behielt ihre Mutter recht. Als sie Mark kennen gelernt hatte, war sie so glücklich gewesen. Und dann waren sie nach zwei Jahren Beziehung auch noch zusammengezogen. Ingrid hatte sicher schon die Hochzeitsglocken läuten gehört. Aber nach einem Jahr Zusammenleben hatte Judith sich von ihm getrennt. Zu unterschiedlich waren ihre Lebensvorstellungen gewesen.

„Er wollte nicht einmal Tiere", hatte Judith immer angeführt so wie sie es auch Hannah gegenüber geäußert hatte. Als wäre das das absolut ultimative Hindernis gewesen, um mit Mark zusammen zu bleiben.

Ingrid hatte das nie verstanden.

Aber für sie, Judith, war das eben wichtig. Damals teilte sie ihr Leben gerade mit keinem Tier. Ihr Hund war gestorben. Mark hatte sie getröstet und sie hatte nicht geschaltet, als er sich ausgerechnet zu dem Zeitpunkt bereit erklärt hatte, mit ihr zusammenzuziehen.

Und er hatte nicht verstanden, dass sie selbstverständlich wieder ein Tier haben wollte. Dass sie gar nicht ohne Tiere leben konnte.

Er wollte auch viel lieber mitten in der Stadt leben, während ihre Sehnsucht sie in ein Haus auf dem Land zog, wo sie noch mehr Tiere haben könnte und Kinder. Ja, Kinder wollte sie auch. Er wollte höchstens eins.

Nichts hatte eigentlich gepasst. Es war eine Faszination gewesen, vielleicht gerade weil sie so unterschiedlich waren. Wie zwei Magnete, die sich anzogen, aber auch abstießen. Für ein gemeinsames Leben konnte es nicht reichen.

Judith fühlte, sie gehörte hierher.

Hier zwischen die Felder, in die Natur, zu den Tieren.

Langsam schlenderte sie weiter den asphaltierten Weg entlang. Nur keine Eile. Im Haus wartete nur eine Menge Arbeit auf sie. Ein Auto kam ihr entgegen. „Snow! Cloud!", rief sie. Die beiden Hunde kamen sofort angelaufen. „Bleib!", kommandierte sie und die beiden setzten sich schwanzwedelnd an den Wegrand und warteten, bis der Wagen vorbei gefahren war.

„Super!", lobte sie die Zwei und streichelte sie. „Und los!"

Sie begann selbst zu rennen. Sie fühlte sich so wohl. So befreit.

Es blieb das einzige Auto, das ihr entgegenkam und die Straße, die oberhalb des Waldes entlang führte, weiterfuhr.

Allmählich näherte sie sich wieder ihrem Haus. Sie empfand Stolz.

Mein Haus, dachte sie. Mein eigenes Haus. Vielleicht wirkte es nicht supermodern und es gab vielleicht sogar schönere Häuser. Aber für sie war es ihr Traumhaus. Irgendwie passte alles. Wie es dalag – mit der großen Wiese, umgeben von hohen Bäumen, der verwilderte Garten vor ihrer Terrasse.

Sie passierte das Gartentor, von dem aus sich noch ein kleiner Steinweg mitten durch Büsche und Bäume bis zu ihrer Haustür schlängelte.

Ihr Gefühl änderte sich. Plötzlich war ihr, als gäbe es hier irgendetwas, das sie ablehnte. Judith schüttelte sich. Sie sah sich nach den Hunden um, die träge hinter ihr her trotteten. „Ihr merkt es auch, nicht wahr?", fragte sie. Wenn die Hunde nicht wären, würde sie denken, sie sei verrückt, aber sie merkten es auch. Irgendetwas war hier. Irgendetwas Unbekanntes. Aber was konnte das sein?

Urplötzlich sah sie Sidonia vor sich. Ihr Erschrecken, als sie die Karten gelegt hatte. Hatte Sidonia ihr etwas verschwiegen? Was hatte sie wirklich gesehen?

Sie blieb stehen und starrte auf das Haus. „Was ist hier los?", fragte sie laut vor sich hin.

Ein Schauer lief über ihren Rücken.

Das Haus - ihr Haus - kam ihr plötzlich abweisend vor.

Es lehnte sie ab und zog sie gleichzeitig an.

Sie stand da und versuchte, zu fühlen, was hier vorging. War es eine Bedrohung? Ablehnung?

Angst?

Was für eine Macht spürte sie hier? Sie wusste es nicht. Konnte es nicht einordnen.

Am oberen Fenster schien ein Schatten zu sein. Er bewegte sich, beobachtete sie. Es war das Gästezimmer, in dem ihr auch gestern so unheimlich gewesen war, als sie es ihren Eltern gezeigt hatte. Aber warum hatte sie das dann noch nicht beim Einräumen des Zimmers gemerkt?

Sie sah auf die Hunde, die mit eingezogenem Schwanz da hockten.

Snow winselte jämmerlich. Sie hockte sich zu ihnen, streichelte sie. „Ist schon gut. Keine Angst, hier ist nichts unheimlich."

So ein Unsinn, dachte sie. Hier ist es sogar sehr unheimlich. Aber wie kann das sein? Was ist das?

„Huhu!", rief eine etwas schrille Stimme.

Judith wirbelte herum.

Eine pummelige Frau mittleren Alters kam durch das Gartentor auf sie zu. Sie trug irgendetwas in der Hand – einen Teller oder eine Schale.

Die Hunde bellten. Snow wollte schon auf die Besucherin losrennen. Die stutzte. „Snow!", rief Judith und der Terriermischling gehorchte und blieb stehen.

Die Frau war auch stehen geblieben.

„Die Zwei tun nichts!", rief Judith. „Snow wollte Sie nur begrüßen."

„Tjaaa", lachte die Frau unsicher.

„Wirklich nicht."

„Na ja, ich hab ja selbst auch einen Hund. Also ich hab keine Angst. Aber man weiß ja nie."

Judith lächelte ihr aufmunternd entgegen.

Die Frau setzte sich in Bewegung und kam wieder näher. Sie war ziemlich klein, dadurch wirkte sie etwas gedrungen. Sie hatte einen dunkelblonden Pagenkopf, einige Ponyfransen fielen ihr in die Stirn. Sie trug eine runde Brille auf der Nase. An den Ohren baumelten große Ohrringe und um den Hals eine passende Kette.

„Mein Name ist Ellen Jacobi", rief sie Judith noch im Gehen zu. „Ich bin Ihre Nachbarin von dort drüben…", sie wies mit dem Kopf in die Richtung – was vollkommen unnötig war, denn in einer anderen Richtung gab es keine Nachbarn. „Ich wollte Sie nur willkommen heißen. Ich dachte, Sie haben sicher viel um die Ohren und habe Ihnen ein bisschen Lasagne mitgebracht." Sie hielt die Schale demonstrativ in die Höhe.

Judith lächelte ihr zu.

„Oh, das ist aber nett", sagte sie. „Mein Name ist Judith Schlüter."

Sie fühlte ein wenig schlechtes Gewissen, weil sie selbst sich noch immer nicht vorgestellt hatte. Ihre Mutter hatte ihr doch gestern noch klar gemacht, dass sich das so gehörte. „Ich wollte auch schon rüber kommen und mich vorstellen", fügte sie deshalb schnell hinzu.

„Ach, machen Sie sich keine Gedanken. So ein Umzug ist viel Arbeit."

„Ja, das stimmt." Judith nickte. „Kommen Sie doch herein."

„Ich will aber nicht stören. Sicher haben Sie noch viel Arbeit."

Ellen merkte selbst, dass sie sich wiederholte. Sie sagte das aus reiner Höflichkeit. Sie brannte darauf, in das Haus zu kommen und zu sehen, wie die neue Nachbarin lebte.

„Sicher. Aber eine halbe Stunde wird das noch warten können. Auf einen Kaffee?"

Ellen nickte. „Gern."

Kurz darauf stand die Lasagne im Kühlschrank und Judith saß mit ihrer neuen Nachbarin bei einem Kaffee am Küchentisch.

Jetzt nahm Judith auch die kleinen Fältchen um ihren Mund wahr und die auf der Stirn, die halbwegs durch den Pony verdeckt waren. Ganz jung konnte die Frau nicht mehr sein.

„Schön, dass endlich wieder jemand hier lebt. Das Haus hat ja monatelang leer gestanden. Das tut so einem Haus nicht gut", plauderte Ellen Jacobi drauf los und wiederholte damit die Worte ihres Mannes.

„Für mich war es ein totaler Glücksgriff. Es ist ein so schönes Haus und ich kann sogar mein Studio als Tiertrainerin hier einrichten."

„Ja, das ist schön", meinte Ellen etwas abwesend und schob ihre Brille hoch. „Aber für eine Frau ganz alleine ist das ja eigentlich gar nichts. So ein großes Haus."

„Aber warum denn nicht? Es ist ein Traum von mir."

„Na ja – ist ja auch Ihre Sache. Aber das Haus – na ja…"

„Was?"

Warum druckste die Frau so herum? Was war mit dem Haus? „Ist etwas nicht in Ordnung?", fragte Judith. „Ich habe den Zustand des Hauses natürlich checken lassen."

„Ja natürlich. Aber es ist eben komisch. Die Vorbesitzer haben nur ein Jahr hier gelebt, vielleicht eineinhalb, dann verlor der Mann seine Stelle und konnte sich die Abzahlungen nicht mehr leisten. Davor hat eine Familie gerade mal zwei Jahre durchgehalten. Und Sie sind obendrein noch ganz alleine."

Ellen brach ab. Sie war zu weit gegangen. „Entschuldigen Sie, ich wollte Ihnen wirklich nicht unterstellen, dass Sie sich das nicht leisten können oder so. Es ist nur eben komisch. Man spinnt sich was zurecht."

Judith antwortete nicht. Allmählich ging ihr Ellen auf die Nerven. Ihre eigene finanzielle Situation ging die Frau nun wirklich nichts an. Außerdem hatte sie das Haus günstig erworben. So war das eben bei einer Zwangsversteigerung.

„Was war mit der Familie davor? Konnten die sich auch die Abzahlungen nicht mehr leisten?"

„Ach was!", Ellen winkte ab. „Das Ehepaar hat sich getrennt. Er hatte wohl 'ne Neue. So 'ne Junge und die Frau ist dahinter gekommen. Drei Kinder. Stellen Sie sich vor." Sie hielt Judith drei Finger ihrer Hand unter die Nase. Judith wich automatisch ein Stück zurück.

„Das ist nicht schön", antwortete sie. „Kommt aber vor."

Was sollte sie sonst darauf sagen?

„Und die Leidtragenden sind natürlich die Kinder", redete Ellen weiter und trank erst mal einen kräftigen Schluck Kaffee. „Hätten Sie wohl noch ein Tässchen für mich?"

„Na ja, Frau Jacobi, ich muss eigentlich…"

„Und das Ehepaar, das dieses Haus vor der Familie bewohnt hatte – die Erdmanns…"

Judith verdrehte die Augen. Noch mehr Geschichten der Bewohner dieses Hauses? Hoffentlich ging das nicht bis zur Entstehungszeit des Hauses 1968 zurück.

„… sind ermordet worden", hörte sie Ellen Jacobi sagen.

Judith starrte ihre neue Nachbarin sprachlos an. Sie merkte überhaupt nicht, dass ihr das Kinn herunterklappte und der Mund offen stehen blieb. Ellen Jacobi nippte zufrieden an ihrem Kaffee.

„Sagen Sie bloß, das wussten Sie nicht?"

„Nein, woher", stotterte Judith.

„Ach du meine Güte. Und ausgerechnet ich muss Ihnen diese Nachricht mitteilen. Ach Gott, ich wollte Sie wirklich nicht so entsetzen. Sie sind ja ganz blass geworden." Sie tätschelte aufmunternd Judiths Hand.

Judith bemerkte durchaus, dass die Frau keineswegs bedauerte, diese Nachricht ausgeplaudert zu haben. Sie gehörte zu den Menschen, die es liebten, andere mit Neuigkeiten zu versorgen. Und schockierende, schreckliche Neuigkeiten waren da sogar die besten. Welchen Gesprächsstoff gab es schon, wenn alles gut lief?

„Was – was…", stammelte Judith immer noch fassungslos.

„Was passiert ist?" Ellen hob ratlos ihre Arme. „Nun, sie wurden beide ermordet. Die Frau – die Thea - wurde in ihrem Bett erstochen. Ihr Mann Kurt kam wohl gerade aus dem Bad – er muss sie überrascht haben, denn auf ihn wurde geschossen, woraufhin er die Treppe hinunter fiel."

„Es ist also in ihrem Schlafzimmer passiert?"

„Ach Kindchen, Sie sind ja ganz durcheinander. Es ist schon so lange her. Fünf Jahre. Und die Täterin wurde ja auch gefasst. Stellen Sie sich vor, es war die eigene Pflegetochter. Kann man sich so etwas vorstellen?"

„Eine Frau hat beide umgebracht?"

„Nun ja…wirklich kann ich es ja immer noch nicht glauben. Aber sie wurde rechtskräftig verurteilt. Es gab genug Beweise."

„Woher hatte sie die Waffe?"

„Es war ein Messer aus der eigenen Küche. Aber sie hatte ja auch eine Pistole. Woher, weiß man nicht. Die Waffe wurde nie gefunden. Auf dem Messer gab es Fingerabdrücke der Pflegetochter. Das ist aber nicht unbedingt verwunderlich. Natürlich hat sie die Messer auch benutzt."

„Warum hat sie das getan?"

„Wegen Geld. Die waren vielleicht nicht gerade reich, aber arm ist auch anders. Die konnten sich schon ganz gut was leisten. Und es gab irgendwie Streit in der Familie. Die Erdmanns hatten immer Pflegekinder, aber nur Bianca blieb bei ihnen. Zu der Zeit, als es passierte, war die ziemlich flippig. Immer nur Partys, Reisen, ihren Spaß haben. Hat sich nie um einen Job gekümmert. Hat auf großem Fuß gelebt und ihr eigenes Geld zum Fenster rausgeworfen."

Ellen nahm die Brille von der Nase und rieb sich die Augen. Die Erinnerung schien sie noch immer zu erschüttern. „Bei der Verhandlung kam heraus, dass sie mit ihrem Freund ein paar Monate nach Afrika gehen wollte. Und die Erdmanns drehten den Geldhahn zu. Tja, das war offenbar ihr Todesurteil. Obwohl – ach, dass sie soweit gehen würde... Ich kann es einfach nicht glauben. Ich meine, flippig und geldgierig ist doch etwas ganz anderes als mörderisch, nicht?"

„Und wie konnte sie gefasst werden?"

„Ich hatte sie am Abend selbst aus dem Haus kommen sehen, bevor ich weggefahren bin. Und später habe ich den Mann gefunden."

Judith schüttelte es. Sie würde sich niemals vorstellen können, dass ein Mensch zu so etwas fähig sein konnte.

„Sie haben ihn gefunden?", vergewisserte sich Judith noch einmal.

„Ja, oh ja. Ach, ich mag gar nicht mehr daran denken. Und Sie tun das besser auch nicht. Ist ja schon so lange her."

Judith nickte.

64

Ellen trank ihren letzten Schluck aus der großen Tasse und stellte sie auf den Tisch. „Ach Gott, Sie haben gar nichts getrunken. Jetzt ist der Kaffee total kalt geworden."

„Ich wärme ihn in der Mikrowelle auf", erwiderte Judith mechanisch.

„Aber das schmeckt doch nicht. Kaffee muss frisch sein und dampfend. Machen Sie sich lieber neuen. Ich muss jetzt aber wieder rüber, habe jede Menge zu tun. Denken Sie nicht zuviel über die Sache nach. Nein, dass ich aber auch nicht meinen Mund halten kann. Auf der anderen Seite – Sie hätten es sicher sowieso irgendwann erfahren. Dann ist es doch besser so."

„Ja, sicher." Judith versuchte ein Lächeln, was ihr aber gänzlich misslang. Wieso Ellen meinte, dass es so besser war, war ihr ein Rätsel. Was sollte jetzt besser gewesen sein? Aber wenigstens war es auch nicht schlechter als eine andere Gelegenheit.

Sie blickte Ellen stumm nach, als diese das Haus verließ. Erst als die Haustür ins Schloss fiel, dachte sie, dass es höflicher gewesen wäre, ihre Besucherin hinaus zu begleiten.

Und jetzt?, fragte sie sich und nahm einen kräftigen Schluck von ihrem kalten Kaffee. Sie verzog das Gesicht. Iii, grässlich.

„Jetzt machst du dich auf und gehst rüber in deine Praxis oder Studio oder wie immer du es nennen willst und fängst an, dort alles einzuräumen. Aktenberge warten auf dich", erwiderte ihre innere Stimme so deutlich, dass sie sie kaum überhören konnte.

„Wie kann ich jetzt so tun, als ob nichts wäre?"

„Weil wirklich nichts ist. Das alles war vor fünf Jahren. Und nichts hat sich jetzt für deine Gegenwart geändert. Nur, dass du jetzt ein Geheimnis dieses Hauses kennst, das du vorher nicht kanntest. Es hat keine Bedeutung für dein Leben."

„Nein?"

„Nein."

Sie erhob sich. Ihre innere Stimme hatte recht. So erschütternd das alles war, sie musste ihr Leben hier einrichten. Und die Arbeit würde sie ablenken.

Während sie hinüberschlurfte, um durch die Verbindungstür in ihren Arbeitsbereich zu gehen, dachte sie: Ob die Leute wohl mein Gästezimmer als Schlafzimmer benutzt haben? War es der Schatten dieser bösen Tat, den ich dort gespürt hatte? Sie schüttelte sich. Was für ein dummer Gedanke. Der Schatten der bösen Tat. Sie verzog das Gesicht und lachte laut, um die Gespenster zu vertreiben.

„So etwas gibt es überhaupt nicht! Das ist ja sogar für meine Verhältnisse ein bisschen zu abgehoben. Und ich glaube ja schon an so Einiges – Hellsichtigkeit, Spiritualität. Aber das…", redete sie laut vor sich hin.

Sie schob entschlossen den Gedanken zur Seite.

Aber er war nicht fort. Jetzt, da er einmal aufgekommen war, nistete er sich ein, machte sich breit und ließ sich nicht mehr vertreiben.

Sie wachte mitten in der Nacht auf, weil sie irgendein Geräusch gehört hatte. Sie setzte sich im Bett auf. Merkwürdig, die Hunde lagen friedlich auf ihren Kissen. Hatten sie das Geräusch denn nicht gehört? Ein Knarren. Vielleicht die Dielen im Flur oder auf der Treppe.

Judith war alarmiert. Ein Einbrecher?

Sie suchte nach etwas, mit dem sie sich wehren konnte. Sie fand nur die Wasserflasche an ihrem Bett oder den Fön auf ihrem Frisiertisch. Sie griff nach der Flasche. Sie war aus Glas und noch voll, also ziemlich schwer.

Sie warf die Bettdecke zurück und setzte sich auf die Bettkante. In dem Moment wurde die angelehnte Schlafzimmertür aufgeschoben. Herein kam eine fremde Frau. Judith konnte ihr

Gesicht im Dunkeln nicht erkennen. Warum hatte sie eigentlich das Licht nicht angemacht? Und warum reagierten die Hunde noch immer nicht?

Judith sah etwas aufblitzen.

Ein Messer.

Ein großes Messer, mit dem die Frau auf sie zukam.

An der Klinge war Blut.

Das Bild verwandelte sich. Sie selbst wurde zum Zuschauer und schwebte über der gespenstischen Szenerie.

Die Frau auf dem Bett war nicht mehr sie selbst. Das Gesicht verwandelte sich in ein zartes Frauengesicht mittleren Alters, das von einer biederen Lockenfrisur umrahmt wurde.

Die grauen Augen waren angstvoll aufgerissen.

Sie schrie auf.

Auch Judith schrie.

Cloud bellte und kam sofort angerannt.

Snow sprang auf ihr Bett.

Judith schreckte auf.

Sie drückte auf den Schalter ihrer Nachttischlampe und sah automatisch auf den Radiowecker. Halb Drei.

Sie fühlte sich vollkommen außer Atem.

Mechanisch streichelte sie Snow, die auf ihrem Bett lag.

Sie blickte sich um. Ihr Atem wurde ganz langsam wieder ruhiger.

Cloud stupste sie an und forderte ebenfalls Streicheleinheiten ein.

„Ja, ist ja gut", sagte sie und es beruhigte sie, ihre eigene Stimme zu hören.

Sie war in ihrem Schlafzimmer, die Hunde waren da, alles war gut. Niemand war in ihr Haus eingedrungen.

Sie schlug trotzdem die Bettdecke zur Seite und schwang die Beine aus dem Bett. Mit nackten Füßen tapste sie die Treppe hinunter, die leise knarrte. So wie eben in ihrem Traum.

Sie schlich langsam voran. Die Angst saß ihr noch im Nacken.

Sie schaltete das Licht in der Küche ein und sah sich um. Alles wie immer. Die Kaffeemaschine und der Toaster standen an ihrem Platz, die Spülmaschine meldete, dass sie fertig war.

Cloud und Snow waren hinter ihr hergekommen und wollten in den Garten gelassen werden. Aber Judith traute sich einfach nicht, die Terrassentür zu öffnen. Sie wusste, es war Unsinn, aber sie traute sich nicht.

Sie sah die Fernsehzeitung auf dem Couchtisch, die angebrochene Weinflasche und das halbausgetrunkene Glas von gestern Abend, das sie vergessen hatte, wegzuräumen.

Sie füllte das Glas mit der roten schillernden Flüssigkeit auf und nippte daran.

Nirgendwo ein Hinweis auf einen Eindringlich.

Aber das wusste sie ja sowieso. Es war niemand hier. Es war ein Traum gewesen.

Sie kontrollierte, ob die Haustür verschlossen war und tapste mit dem Glas Wein in der Hand die Treppe wieder hinauf. Cloud und Snow kamen hinterher. Sie hatten sich damit abgefunden, dass sie nicht in den Garten kamen.

Sie würden es bis morgen früh aushalten. So wie immer.

Sie setzte sich ins Bett mit dem Rücken aufrecht an das Kopfende, das Glas Wein stellte sie auf dem Nachttisch ab. Sie musste noch ein wenig lesen, um sich zu beruhigen. Jetzt sofort konnte sie nicht das Licht ausmachen und schlafen.

Snow sprang wieder zu ihr aufs Bett und Cloud, der ja viel größer war, trottete um das Bett herum und sprang auf die freie Seite.

Sie spürten, wie unruhig ihr Frauchen noch immer war.

„Ach verdammt, das liegt nur an dieser unseligen Geschichte, die diese Ellen Jacobi mir heute erzählt hat. Die hat mich völlig durcheinander gebracht. Die würde sicher jeden aus dem Gleichgewicht bringen", erzählte Judith den Hunden.

Sie streichelte Cloud rechts neben sich und Snow, die auf ihren Beinen lag. „Wie gut, dass ich euch habe", sagte sie.

Ihr Buch nahm sie nicht mehr zur Hand. Ein Krimi von Nele Neuhaus. Sie liebte Krimis. Aber jetzt gerade war das nicht das Richtige.

Sie ahnte ganz dunkel, dass sie etwas unternehmen musste. Dass es hier ein Geheimnis gab, das es zu lösen galt.

Warum hatte Ellen ihr diese Geschichte erzählt? Ach, sie mochte Ellen nicht. Kaum lernte sie sie kennen, erzählte sie ihr eine dermaßen haarsträubende Geschichte. So etwas tat man doch nicht mit einer neuen Nachbarin.

Allmählich wurden ihre Augenlider wieder schwerer. Sie rutschte tiefer in ihr Bett.

Erst, als sie um fünf Uhr in einem hell erleuchteten Zimmer erwachte, merkte sie, dass sie tatsächlich wieder eingeschlafen war.

Mit beiden Hunden in ihrem Bett.

Kapitel 5
Dienstag, 23. Mai

Ellen und Lorenz saßen wie immer sehr zeitig beim Frühstück bei Brot, selbst gemachter Marmelade, Käse und Kaffee. Lorenz musste gleich zur Arbeit fahren, er war Techniker in einem großen Betrieb. Ellen arbeitete drei Tage in der Woche für jeweils sechs Stunden in einer Buchhandlung. Ihr gefiel die Regelung gut. So hatte sie noch genug Zeit für Haushalt, Garten und Hund.

Früher waren ihre beiden Kinder da gewesen, Lena und Philipp. Sie waren etwas jünger als die Bianca von nebenan. Aber die Familie Erdmann hatte öfter neue Pflegekinder aufgenommen und manchmal hatten die Kinder alle miteinander gespielt. Geblieben war jedoch alleine Bianca. Eine fatale Entscheidung.

Heute studierten ihre Kinder – Lena studierte Englisch und Französisch, um Lehrerin zu werden und Philipp studierte Physik - während Bianca als Mörderin verurteilt worden war.

Ellen schüttelte es.

„Stimmt etwas nicht?", fragte Lorenz.

„Ach, ich dachte gerade an die Bianca und … du weißt schon, die Tragödie."

„Wie kommst du denn jetzt darauf? Ist doch schon so lange her."

„Weil ich das gestern der neuen Nachbarin erzählt habe. Der Judith Schlüter."

Lorenz ließ klirrend sein Messer fallen, mit dem er gerade Butter auf eine Scheibe Brot strich.

„Was hast du?"

„Na ja, jetzt, wo sie in dem Haus wohnt, sollte sie doch wissen, was dort passiert ist. Meinst du nicht?"

„Nein, meine ich nicht", erwiderte er hart. „Du redest zuviel, Ellen. Warum musst du die junge Frau mit so einer Geschichte belasten?"

„Ach was", sie machte eine weit ausholende Handbewegung. „Warum sollte die das belasten. Wie du schon sagst, ist lange her und sie hat doch gar nichts mit ihr zu tun."

Lorenz zuckte die Schultern. „Sie wohnt dort alleine. Die Vorstellung, dass schon einmal jemand in dem Haus ermordet wurde, ist vielleicht nicht sehr erbaulich."

„Erbaulich?", Ellen kicherte. „Die hat doch keine Angst, sonst wäre sie gar nicht so allein in ein so einsames Haus gezogen. Außerdem hat sie doch zwei Hunde."

Er nickte. „Na dann."

Judith schwang ihre Füße aus dem Bett und stand betont schwungvoll auf. Sie wollte die Schrecken der Nacht vertreiben. Es war ja auch gar nichts gewesen. Sie hatte geträumt, sonst nichts. Sie hatte schon immer eine lebhafte Fantasie gehabt. Und die Geschichte ihrer Nachbarin von der ermordeten Vorbesitzerin war genau das, was ihre Fantasie anregte.

Zu allem Überfluss las sie auch noch gerade diesen spannenden Krimi. Nele Neuhaus schrieb aber auch zu anschaulich.

Sie tapste in die Küche und setzte als erstes Kaffee auf. Dann würde er fertig sein, wenn sie aus dem Bad kam.

Snow sprang aufgeregt um sie herum. Auch Cloud war mit nach unten gekommen. Aber er stand einfach ruhig an der Terrassentür und wartete, dass sein Frauchen sie öffnete.

„Du hast es drauf", meinte Judith. „Lässt deine Freundin alle Arbeit machen." Sie schaute auf die kleine Snow, die auffordernd zu ihrem Frauchen aufblickte.

„Ja, ist ja gut."

Judith öffnete die Tür und die Hunde sprangen heraus.

Sie tobten miteinander und erledigten ihre Guten-Morgen-Geschäfte.

Judith sah ihnen lächelnd zu. Es war schön, spielenden Tieren zuzusehen. Das war pure Lebensfreude. Sie hatte keine Angst, dass sie wegliefen, auch wenn das Grundstück noch nicht umzäunt war. Aber nicht einmal die hektische Snow zeigte auch nur den Hauch eines Anzeichens, dass sie weglaufen wollte. Da kamen sie schon wieder. Judith schloss die Tür und ging die Treppe wieder hinauf, um zu duschen. Snow und Cloud folgten ihr wie gewöhnlich. Judith wollte gerade das Badezimmer betreten, da begann Cloud laut zu heulen. Judith drehte sich um und blickte verwirrt auf die Tiere, die vor der Gästezimmertür hockten. Cloud saß auf seinen Hinterpfoten, reckte den Kopf in die Höhe und heulte wie ein Wolf. Snow dagegen – ausgerechnet die temperamentvolle Snow - hockte zusammengekauert und mit eingezogenem Schwanz da und gab keinen Laut von sich.

„Was ist denn nur los?", fragte Judith tonlos.

Irgendwie war ihr unheimlich zumute und sie wusste überhaupt nicht, warum. Aber das Verhalten der Hunde war mehr als ungewöhnlich.

„Was geht hier nur vor?", fragte sie laut vor sich hin.

Sie legte ihre Hand auf die Klinke.

Snow winselte.

Judith durchfuhr ein Schrecken, den sie so körperlich fühlte, als sei er ein Stromstoß, der durch ihren ganzen Körper fuhr. Ihr wurde heiß, ihre Hand zitterte. Ihr Herz schlug heftig.

Trotzdem drückte sie die Klinke langsam herunter.

Ihr Verstand sagte: Stell dich nicht so an. Du bist eine erwachsene Frau und benimmst dich wie ein Kleinkind, das sich vor Monstern im Kleiderschrank fürchtet. Nichts ist dahinter als die Möbel, die du selbst hineingestellt hast und die hässliche Blümchentapete, die du noch nicht ausgetauscht hast.

Doch ihr Gefühl war reine Angst. Sie fürchtete sich davor, die Tür zu öffnen. Dennoch: Der Drang, die Tür zu öffnen war noch stärker. Sie drückte die Klinke herunter und schob die Tür ganz langsam, Zentimeter für Zentimeter auf.

Ein kalter Luftzug wehte ihr entgegen. Cloud hinter ihr hatte das Heulen eingestellt. Snow winselte leise.

Judith schob die Tür endgültig auf.

Ihr Blick fiel auf den Standspiegel.

Doch was sie da sah, war nicht ihr eigenes Spiegelbild. Es war eine schlanke Frau mittleren Alters mit grauen Augen und einer etwas biederen Lockenfrisur. Es war die Frau aus ihrem Traum.

Judith schrie gellend auf und stürmte die Treppe hinunter. Cloud und Snow folgten ihr fluchtartig.

Sie riss die Terrassentür wieder auf und stürzte ins Freie.

Luft. Sie brauchte Luft.

Sie atmete schwer und laut durch den Mund. Sie musste sich beruhigen.

Wieder frei atmen. Cloud und Snow sprangen aufgeregt um sie herum.

Sie sah den Hunden zu, die über die Wiese tollten. Sie benahmen sich, als wäre nichts passiert.

Ihr Atem wurde wieder ruhiger.

„Und es ist auch nichts passiert!", sagte sie laut, als müsste sie sich selbst davon überzeugen.

Das, was sie gesehen hatte, konnte ja gar nicht sein. So etwas gab es ja überhaupt nicht. Also war es auch nicht passiert.

Sie lachte unfröhlich auf. „Tolle Logik, Judith."

Aber es stimmte doch. Sie hatte in den Spiegel gesehen und diese Frau erblickt, die ja sowieso nur ein Fantasieprodukt war. Eine Traumgestalt.

Im Spiegel war sie jedenfalls nicht gewesen. Sie hatte sich etwas eingebildet.

Aber warum hatte sie diese Frau so deutlich vor sich gesehen? Sie kannte das Gesicht nicht. Es erinnerte sie an niemanden.

Oder gab es eine verschüttete Erinnerung? Eine alte Lehrerin? Mutter einer alten Freundin? Eine Beschreibung in ihrem Krimi? Sie war sich nicht sicher. War sowieso egal. Das Gehirn war eine komplizierte Angelegenheit. Diese Ellen hatte ihr diese fürchterliche Geschichte von der Ermordung der Vor-Vor-Vorbesitzer erzählt und ihr Unterbewußtsein hatte dem ganzen ein Bild und ein Gesicht gegeben.

Ihr Atem ging wieder ruhig und ihr Herzschlag war schon fast wieder normal. Ob wohl noch etwas Wein da war? Dann würde sie sich erstmal ein Glas genehmigen. Oder – vielleicht lieber nicht. Zum einen war es früh am Morgen und zum zweiten ging vielleicht gerade dann ihre Fantasie mit ihr durch. Nein, sie brauchte einen klaren Kopf.

Sie stand noch immer draußen, im Schlafanzug.

Das Wetter war nicht besonders warm, aber sie fror nicht.

Der Kaffee müsste fertig sein, fiel ihr ein. Sie ging hinein, schüttete sich eine große Tasse des dampfenden Kaffees ein und ging wieder nach draußen.

Es sah sie ja niemand. Sie war hier ganz allein.

Und sie brauchte die Luft.

Sie schüttelte sich. Allein der Gedanke, hinauf zu gehen, um zu duschen, ließ ihr einen Schauer über den Rücken fahren.

Wie sollte sie hier leben, wenn sie sich so anstellte?

Gleich würde es wieder gehen. Musste es ja.

Erstmal Kaffee trinken und die Morgenluft genießen.

Nachdem Lorenz sich von seiner Frau verabschiedet hatte, um zur Arbeit zu fahren, machte Ellen sich auf den Weg, einen ausgiebigen Spaziergang mit Votan zu machen. Heute musste sie nicht in die Buchhandlung. Sie ging Richtung Wald – halbwegs in der Hoffnung, Judith zu treffen. Wäre doch nett. Vielleicht würden sich auch die Hunde verstehen und sie könnten wenigstens hin und wieder mal zusammen spazieren gehen. Oder sie könnten sich gegenseitig helfen, wenn man mal einen Hundesitter brauchte.

Außerdem musste sie Lorenz zustimmen - auch wenn sie das niemals zugeben würde. Aber Votans Verhalten, wenn sie Besuch bekamen, verlangte wirklich nach einer Lösung. Nichts dagegen, dass der Hund mit zur Tür kam und die Besucher begrüßte. Aber er bellte und kläffte und wollte niemanden hereinlassen. Ellen nahm an, dass er sein Zuhause verteidigte.

Als sie an Judiths Haus vorbeikam, liefen Snow und Cloud bellend auf sie zu.

„Ach, hallo ihr Zwei. Ihr lauft hier ganz alleine herum?", fragte sie. „Wo ist denn euer Frauchen?"

Snow war neugierig auf Votan und schnüffelte an ihm herum. Der Basset zeigte seinerseits ebenfalls Interesse an dem anderen Hund. Ellen wunderte sich darüber, dass Snow und Cloud ganz alleine hier draußen herumliefen und fand es auch nicht in Ordnung. Was, wenn hier jemand vorbeikam, der Angst vor Hunden hatte? Obwohl… das war hier wohl wirklich nicht zu erwarten.

Sie hielt angestrengt Ausschau nach Judith, aber sie war noch immer nicht zu sehen.

Cloud lief wieder zurück in den Garten.

Votan und Snow rannten hinterher.

„Votan!", rief Ellen. „Komm zurück!"

Aber im Spiel gehorchte Votan nicht und verschwand mit Snow hinter dem Haus.

Ellen seufzte und folgte wohl oder übel den Hunden.

Und dort entdeckte sie endlich ihre neue Nachbarin. Sie saß noch im Schlafanzug auf der Terrasse, an die Hauswand gelehnt und trank Kaffee. Sie schien ziemlich geistesabwesend zu sein, als wäre sie tief in Gedanken versunken oder war sie etwa völlig weggetreten? Hatte sie etwa so früh am Morgen schon Alkohol getrunken? Oder gar Schlimmeres? Drogen?

Ellen ging langsam näher.

„Judith", rief sie. „Judith, geht es Ihnen gut? Judith!"

Judith rührte sich ganz langsam und wandte sich der frühen Besucherin zu. Wie durch einen Schleier nahm sie die Gestalt wahr. Den besorgten Blick – die grünen Augen hinter den Brillengläsern – die riesigen Ohrringe, die sie offenbar liebte, die bei ihrer geringen Körpergröße aber ziemlich überdimensioniert wirkten.

„Ja, ja, alles okay."

„Na ich weiß nicht. Sie sehen aus, als hätten Sie einen Geist gesehen."

„Ja, so fühle ich mich auch."

Judith atmete tief durch und wurde sich endlich bewusst, dass sie immer noch ihren Schlafanzug trug und hier auf der Terrasse auf der Erde saß. Plötzlich wurde ihr kalt. Es war noch immer früh am Morgen und noch ziemlich kühl.

Sie erhob sich. „Ach, ich glaube, mich hat die Geschichte über das ermordete Ehepaar sehr mitgenommen. Ich – ich habe schlecht geträumt."

Ellen Jacobi erschrak. „Ach Herrje, das war meine Schuld. Mein Mann Lorenz hat mich auch schon deswegen ausgeschimpft. Dass ich aber auch nicht meinen Mund halten kann. Oh je, oh je."

Sie schob nervös ihre Brille zurecht, die überhaupt nicht verrutscht war.

„Ach, ist schon gut", erwiderte Judith leise.

„Nein, nein, das ist es nicht. Sie kommen jetzt schön mit mir rüber zu mir, ich brühe Ihnen einen starken heißen Kaffee und dann geht es schon wieder besser. Sie können auch etwas essen. Ich habe bisher unseren Frühstückstisch noch nicht einmal abgeräumt. Kommen Sie, ziehen Sie sich schnell etwas über und los geht's."

„Ohhh, vielen Dank, Frau Jacobi aber ich – ich wollte eigentlich duschen. Und Kaffee…" Judith hielt ihr demonstrativ ihre Kaffeetasse entgegen. Aber Ellen machte eine wegwerfende Armbewegung. „Duschen können Sie später noch. Und – wissen Sie was? Schluss mit diesem Frau Jacobi. Ich bin die Ellen. Wir sind die einzigen Nachbarinnen hier. Lass uns Du sagen. In Ordnung?" Judith nickte. „Ja, gerne." „Dann zieh dich jetzt an, Judith. Ich warte solange." Judith nickte wieder. Vielleicht würde es ihr ja sogar gut tun, ein bisschen mit der Nachbarin zu plaudern. Auf jeden Fall würde es sie auf andere Gedanken bringen.

Außerdem würde Ellen sowieso nicht nachgeben, die gefiel sich ganz offensichtlich in der Rolle der fürsorglichen Nachbarin. Die Hunde tobten noch immer auf der Wiese herum. „Und die drei haben auch genug Auslauf. Die Gassirunde können wir uns sparen", meinte Judith ganz überflüssiger Weise, bevor sie ins Haus ging, um sich Jeans und Pulli überzuziehen. Als sie am Gästezimmer vorüberging, überkam sie das mächtige Verlangen, die Tür zu öffnen. Sofort war das Gefühl der Panik wieder da. Das Kribbeln im Magen. Die Hitze in ihrem Körper. „Was soll das, Judith – traust du dich jetzt schon nicht mehr die Räume deines eigenen Hauses zu betreten?", wie sie sich selbst zurecht. Mit einem tiefen Seufzer öffnete sie entschlossen die Tür. Ihr Blick fiel auf den billigen, schon etwas abgestoßenen Standspiegel. Ihr eigenes Spiegelbild blickte ihr entgegen. Ungeschminkt, im Schlafanzug mit verwuselten Haaren.

Zehn Minuten später betrat Judith mit Ellen und Votan das fünfzig Meter entfernte Haus. Cloud und Snow hatten sie nicht mitgenommen.

Votan akzeptierte sofort, dass Judith mit ihnen hineinging, was Ellen ziemlich erstaunte. „Normalerweise macht er ziemlich viel

Terror, wenn jemand ins Haus kommt. Mein Mann schlug mir schon vor, dich deswegen zu fragen, was wir tun können."

Judith lächelte matt. „Vielleicht liegt es daran, dass er mich in anderer Umgebung kennen gelernt hat? Oder, dass wir gemeinsam hineingehen. Andere stehen sicher vor der Tür und kommen nicht mit Ihnen und Votan zusammen herein?"

„Mmm, ja natürlich. Stimmt schon. Mmm – wenn ich es mir recht überlege, hat er neulich bei einer Kollegin, die ich nach der Arbeit auf ein Glas Wein mitgebracht habe, auch nicht soviel Terror gemacht."

„Da hätten wir ja schon mal die Situation abgegrenzt. Wie alt ist Votan denn jetzt?"

Judith fühlte sich allmählich wohler. Jetzt war sie in der Rolle der Beraterin, die sie so liebte und in der sie sich sicher fühlte. Sie vergaß alles andere um sich herum und konzentrierte sich nur darauf. Neben Ellen und Votan hatte sie inzwischen das Wohnzimmer betreten. Sie streichelte den Hund.

„Neun Jahre", antwortete Ellen.

„Und macht er das schon immer?"

Ellen verzog die Nase. „Nicht von Anfang an. Es begann, kurz nachdem…" Sie schwieg. Sie wollte Judith nicht erneut daran erinnern.

„Nachdem…?", hakte die nach.

„Na ja, nachdem die Erdmann's…"

„Oh, nach dem Mord! Was? Danach hat der Hund sein Verhalten geändert? Das ist merkwürdig. Vielleicht hat er etwas mitbekommen?"

Ellen wischte das Thema vom Tisch. Es war nicht gut. Sie wollte Judith doch ablenken und nicht erneut daran erinnern.

„Ich mache uns erstmal einen Kaffee."

„Nein, danke, lieb von dir. Aber Kaffee hatte ich jetzt wirklich genug."

Judith lächelte entschuldigend.

„Einen Tee? Saft?"

„Einen Saft, ja gerne."

Ellen verließ den Raum und Judith sah sich ein wenig um. An den Wänden des mit Raufaser tapezierten Raumes hingen jede Menge Bilder. Meistens Fotos von Ellen und vermutlich ihrem Mann und zwei Kindern. Hatte Ellen Kinder? Judith wusste noch nicht sehr viel über sie. Vielleicht war dieses Treffen eine gute Gelegenheit, sich besser kennen zu lernen. Ihrer Bekanntschaft nach dem etwas missglückten ersten Treffen eine zweite Chance zu geben? Spontan hatte sie Ellen nicht sehr gemocht. Aber wie sie sich jetzt um sie kümmerte, war schon irgendwie rührend.

Ellen trat hinter sie. Die Gläser mit Saft hatte sie auf den niedrigen Couchtisch gestellt. „Das sind meine Kinder. Lena und Philipp. Inzwischen sind sie dreiundzwanzig und einundzwanzig Jahre alt und studieren. In Lenas Alter war ich schon schwanger. Wenn ich mir das so überlege… Tja, und dann sitzt man plötzlich allein in dem großen Haus. Ich würde gerne in die Stadt ziehen, aber mein Mann wird das Haus niemals aufgeben."

„Ist das dein Mann?", fragte Judith.

„Ja", Ellen nickte. „Das ist Lorenz. Noch ein paar Jahre jünger." Sie lachte. „Komm, setzen wir uns."

Judith nickte. Aber sie rührte sich nicht. Ihr Blick war auf ein Foto gefallen, das die um einige Jahre jüngeren Jacobis mit einem anderen Ehepaar zeigte. Votan und noch ein anderer Hund lagen langgestreckt davor.

„Komm, setzen wir uns", forderte Ellen ihre Besucherin erneut auf, als sie merkte, welches Foto sie betrachtete.

Judith war ganz blass geworden. „Wer ist diese Frau", brachte sie rau hervor.

Ellen seufzte. „Ach Judith. Das ist Thea Erdmann, die Frau, die…"

„…ermordet wurde", hauchte Judith.

„Ja, aber…" Weiter kam Ellen nicht.

Judith versagten die Beine und sie brach zusammen.

Die Frau auf dem Foto war dieselbe, die sie im Traum gesehen hatte und in dem billigen abgestoßenen Standspiegel ihres Gästezimmers.

Sidonia ging mit einer kleinen Gießkanne durch ihr Häuschen und goss ihre Pflanzen. Sie war stolz auf ihren grünen Daumen. Ihre Blumen und Grünpflanzen waren voluminös und blühend. Sie liebte es, sich mit ihnen zu beschäftigen. Sie liebte es auch, im Garten zu arbeiten. Sie liebte es, die Erde zwischen ihren Händen zu spüren. Sie liebte es, wenn die Regenwürmer über ihre Hand krabbelten oder Käfer sich auf ihrem Arm niederließen.

Jetzt im Mai hatte sie ihren kleinen Garten längst wieder in Ordnung gebracht, hatte neue Blumen gepflanzt und kleine Beete angelegt.

Die Arbeit stellte einen Gegenpol zu ihrer beruflichen Aufgabe dar, die sie als reine Energiearbeit betrachtete.

Sie nannte sich nicht gerne Hellseherin, so wie es die meisten ihrer Kunden taten.

Das Handlesen war eine Wissenschaft, die Linien darin waren so angelegt, dass sie über das Leben der Person Auskunft gaben, das war alles.

Das Kartenlegen passierte nun einmal nicht rein zufällig, die Personen trugen alle Antworten für ihr Leben in sich und beeinflussten so unterbewusst die Karten.

Nur die glitzernde Kugel, die sie jedoch ausschließlich auf Jahrmärkten benutzte, war ein Teil der Wahrsagerei. Sie war ein schillerndes Utensil, auf das sie eigentlich am liebsten verzichten würde, das aber auf Jahrmärkten die Menschen anzog.

Sie hatte begonnen, ein Buch darüber zu schreiben. Ganz allmählich nahm es Gestalt an und Seite um Seite füllte sich.

Sie sah auf die Uhr. Halb elf. Sie konnte noch ein wenig schreiben, bevor Mercedes nach Hause kam, die mit einer Freundin für die nächste Abi-Klausur lernte. Und bevor sie heute Nachmittag die nächste Kundin hatte.

Sie blickte durch das große Wohnzimmerfenster. Draußen sah es ziemlich trübe aus. Nicht gerade ein schöner Maitag. Wieso verband man eigentlich immer den Mai mit traumhaft schönem, hellem Wetter? In den letzten Jahren war das Wetter im Mai selten so traumhaft gewesen.

Sie widmete sich ihrem dichten Farn vor dem Fenster, als das Festnetztelefon läutete.

„Ach nein", stieß sie hervor. Sie hatte gerade wirklich keine Lust auf Telefonieren. Einen Moment lang dachte sie darüber nach, es einfach klingeln zu lassen. Sollte doch der Anrufbeantworter ran gehen. Aber es war ihr Geschäftsanschluss und immerhin verdiente sie ihr Geld damit.

Sie hob ab. „Madame Sidonia."

„Sidonia, hier ist Judith Schlüter. Ich brauche dich."

„Judith, wie geht es dir?"

„Nicht so gut. Ich bin gerade zusammengebrochen und habe eine Weile bei meiner Nachbarin verbracht. Aber jetzt habe ich es nicht mehr ausgehalten. Sidonia, ich brauche dich. Hier gehen merkwürdige Dinge vor. Bitte komm zu mir."

„Judith, ich… Ich habe Termine", brachte Sidonia mühsam hervor. Doch sie wusste schon, dass sie fahren würde. Dass sie fahren musste. Sie hörte Judith deutlich an, wie wichtig es war.

„Vielleicht kannst du die verschieben?", hörte sie da schon Judiths zarte Stimme.

Sidonia seufzte. Sie hätte doch den Hörer auf der Gabel liegen lassen sollen. Sofort meldete sich ihr schlechtes Gewissen. Sie selbst hatte Judith doch zu dem Kauf des Hauses geraten. Wenn sie jetzt Schwierigkeiten hatte, durfte sie sich nicht abwenden. Sie, Sidonia, trug schließlich Verantwortung.

Sie musste Mercedes eine Nachricht per Whattsapp hinterlassen und dann die Kundin anrufen, die am frühen Nachmittag kommen wollte. Und den Termin am späten Nachmittag? Es war wohl besser, wenn sie den auch absagen würde. Nur zur Sicherheit.

„Sidonia", hörte sie Judiths drängende Stimme.

„Ich komme. Gib mir eine halbe Stunde, dann fahre ich los."

„Ich glaube, hier spukt es."

Sidonia merkte selbst nicht, dass sie ihre Augen vor Schreck weit aufriss.

Ja, ich weiß, dachte sie.

„Ich komme", wiederholte sie laut.

Lorenz Jacobi war nicht weit gefahren. Er hatte seinen Wagen nur hundert Meter entfernt in einem kleinen Waldweg geparkt. Dann hatte er sich in der Firma krank gemeldet. Seitdem drückte er sich in der Gegend herum und wusste eigentlich nicht einmal, was er damit bezweckte. Er traute seiner Frau gerade nicht so ganz. Nein, sie würde nicht wissentlich etwas tun, was ihm schaden konnte. Aber sie würde es trotzdem tun mit ihrem Wunsch nach Gesellschaft und ihrer Bereitschaft zu tratschen.

Er hatte gesehen, dass Ellen mit dieser Judith zusammen ihr Haus betreten hatte. Offenbar ging es der Nachbarin nicht gut. Bestimmt wegen der Schauergeschichten, die seine Ellen erzählt hatte. Warum nur hatte sie der von dem Mord erzählt? Mein Gott, konnte sie nicht ein einziges Mal den Mund halten? Musste das Thema immer und immer wieder durchgekaut werden?

Er wusste, dass Ellen mit Biancas Verurteilung haderte. Aber er wusste auch, dass es nicht gut war, an dem Thema zu rühren und er hoffte, diese Judith käme nicht auf die Idee, das weiter zu spinnen. Wahrscheinlich nicht. Warum sollte sie? Es ging sie doch überhaupt nichts an, sie hatte nicht das Geringste damit zu tun.

Ellen wusste nicht, was er wusste. Ein Geheimnis, dass er nun seit fünf Jahren mit sich herumtrug. Er hatte es so gut es ging, verdrängt. Aber nun, da Ellen das Thema wieder einmal angefangen hatte, merkte er, wie schwer es ihn noch immer belastete. Es war gar nicht falsch gewesen, sich krank zu melden. Er fühlte Übelkeit in sich aufsteigen. Vielleicht sollte er endlich Ellens Drängen nachgeben und zustimmen, von hier wegzuziehen. In die Stadt, so wie sie es wollte. Er hing an dem Haus und er hing an dem Leben hier. Aber vielleicht war es wirklich besser, fort zu gehen. Dann könnte er vergessen.

Er beobachtete, wie Judith nach einer Weile zu ihrem Haus zurückkehrte. Sie schien wirklich nicht gut drauf zu sein. Vielleicht brütete sie etwas aus – eine Grippe womöglich.

Er selbst merkte auch schon einen leichten Anflug. Aber das bildete er sich bestimmt nur ein, weil er sich gerade einfach nicht wohl fühlte in seiner Haut. Er hatte ein ganz mieses Gefühl und er hatte keine Ahnung, warum. Ach, eigentlich hatte er dieses Gefühl immer, wenn Ellen anderen Leuten von dem Mord im Nachbarhaus erzählte. Sie kam eben nicht viel raus, war froh, wenn sie etwas tratschen konnte. Und dieses Thema war natürlich ein Knüller. Da konnte keiner mithalten.

Er nieste. Er begann ein wenig zu frösteln. Es war nicht gerade warm. Er blickte in die dunklen Wolken und befürchtete, dass es bald anfangen würde zu regnen. Was sollte er tun? Er konnte sich nicht den ganzen Tag hier draußen in der Gegend herumtreiben.

Also – entweder ging er jetzt hinein und erzählte Ellen, dass es ihm nicht gut ging und er deswegen nach Hause gegangen war oder er fuhr in die Stadt und setzte sich in ein Restaurant oder so. Aber nein, das war doch vollkommener Blödsinn. Dieses Versteckspiel lag doch wirklich nicht auf seiner Linie. Er würde jetzt das Auto aus seinem Versteck holen und wieder nach Hause fahren.

Als er dort ankam, war Ellen natürlich überrascht.

„Ich musste mich krank melden", log er. „Es geht mir nicht gut. Ich glaube, ich krieg eine Grippe."

Wie auf ein geheimes Zeichen nieste er kräftig.

„Ach herrje", bemitleidete Ellen ihn. „Dann leg dich am besten gleich ins Bett. Ich koche dir einen schönen heißen Tee."

Wie sollte sie wohl kalten Tee kochen, dachte Lorenz etwas kleinlich und nicht sehr freundlich.

„Ich lege mich auf das Sofa im Wohnzimmer, ja?", sagte er.

„Natürlich. Wie du willst." Es klang ein wenig genervt. Vermutlich wäre es ihr lieber, wenn er ins Bett ging. Aber das war ihm gerade gleichgültig.

Er legte sich also auf das Sofa, zog die Wolldecke über sich und starrte hinaus in den Garten ohne irgendetwas wahrzunehmen.

Es war seine Strafe, dass er jedes Mal in Panik geriet, wenn dieses verfluchte Thema angesprochen wurde. Die Strafe für sein Geheimnis. Für alles im Leben musste man bezahlen, daran glaubte er fest. Und er bezahlte für sein einträgliches Geheimnis mit dieser immer wieder aufkommenden Panik. Aber es würde ja nicht herauskommen. Das würde niemand schaffen. Und ausgerechnet diese kleine Hundeflüsterin würde das überhaupt nicht interessieren. Die hatte doch nun wirklich andere Dinge, um die sie sich kümmern musste.

Nein, er musste sich keine Sorgen machen. Ganz und gar nicht. Er lächelte Ellen dankbar zu, als sie ihm den dampfenden Tee hinstellte.

Judith war ungeduldig. Sie lief in ihrem Haus auf und ab und wartete auf Sidonia. Es war ihr egal, ob sie die Pläne der Wahrsagerin durcheinander brachte. Sie brauchte sie jetzt.

Sie könnte rüber gehen zu Ellen. Die Nachbarin hatte ihr gesagt, sie könne jederzeit wieder bei ihr klingeln. Aber Judith war nicht blöd. Ellen war eine freundliche, hilfsbereite Plaudertasche, aber sie als Freundin zu bezeichnen, war doch weit hergeholt. Judith verspürte keine Lust, Ellen allzu nah in ihr Leben zu lassen. Aber auch Ellen wäre bestimmt schnell genervt, wenn sie alle Nasen lang bei ihr auftauchen würde - noch dazu aus so hanebüchenen Gründen. Und was sollte sie überhaupt immer sagen? Schlechte Träume? Fremde Frauen im Spiegel? Ellen würde sie, Judith, schnell als überspannt abstempeln und ihr einen Psychologen auf den Hals hetzen.

Außerdem würde sie vielleicht schlechte Publicity machen. Judith konnte das Gerede im Ort schon hören: *Zu der neuen Tiertrainerin? Da bleiben sie mal lieber weg. Die ist nicht ganz richtig im Kopf. Die denkt, in ihrem Haus spukt es.*

„Na prima! Das sind ja tolle Aussichten", beantwortete sie ihre eigenen Gedanken.

Snow spitzte die Ohren und sah zu ihr auf.

Judith setzte sich in ihren Sessel und schlug ihren Krimi auf. Sie sollte die Zeit nutzen, um etwas in ihrer Praxis zu arbeiten. Aber sie wusste im Augenblick überhaupt nicht, was sie eigentlich machen wollte, wie sie den Raum gestalten wollte, wie sie die Schränke einräumen würde. Sie konnte keinen klaren Gedanken fassen.

Snow sprang auf ihren Schoß und ließ sich streicheln.

Sofort kam auch Cloud angeschlichen und legte seinen Kopf auf ihren Schoß. Das Buch rutschte vergessen in den Sessel und sie streichelte die beiden Hunde. Sie verstanden es immer noch am besten, sie abzulenken und zu trösten.

Plötzlich bellte Cloud und rannte aus dem Zimmer. Snow folgte ihm.

Im nächsten Augenblick klingelte es.

Judith sah zur Tür und seufzte. Es hatte jetzt doch eineinhalb Stunden gedauert.

Sidonia war einigermaßen aufgelöst. „Judith, es tut mir leid, aber schneller habe ich es einfach nicht geschafft. Ich musste Termine verschieben. Und eine Kundin wollte zumindest am Telefon ein paar Fragen abklären. Und die Fahrt ist ja auch noch da."

„Ja ich weiß. Ist schon gut."

Irgendwie war es nicht gut. Klar, sie verstand, dass die anderen Menschen auch Sidonias Rat brauchten. Dass die nicht einfach blindlinks alles stehen- und liegenlassen konnte, weil Judith rief. Aber – hier war ein Geist im Haus. Das dürfte doch wohl Priorität haben.

Judith führte Sidonia in ihr Wohnzimmer, wo sich beide auf dem Ecksofa niederließen.

„Möchtest du einen Kaffee?", fragte Judith.

„Lieber einen Tee", antwortete Sidonia.

Judith wollte schon wieder aufstehen und in die Küche gehen, aber Sidonia hielt ihren Arm fest.

„Ich muss dir zuerst etwas sagen", begann sie etwas kleinlaut.

Judith hob die Augenbrauen. „Ich dachte eigentlich, dass ich dir erzählen sollte, was mir in diesem Haus passiert ist.

Sidonia nickte wieder. „Das sollst du. Aber ich – ich wusste, dass mit diesem Haus etwas nicht stimmt. Ich habe es in den Karten gesehen."

„Du hast was?", fuhr Judith sie empört an und sprang nun doch auf.

Sidonia zog sie wieder herunter. „Ja wirklich. Erinnere dich – ich habe dir gesagt, dich erwarten unvorhergesehene Schwierigkeiten."

Judith nickte. „Ja, richtig."

„Du dachtest, es hängt mit Anfangsschwierigkeiten zusammen. Mit allem, was du hier bewältigen musst. Alleine. Aber ich sah den Geist."

„Und du hast nichts gesagt?" Judith war sprachlos. Was für ein Vertrauensbruch.

86

Sie starrte Sidonia entgeistert an.

„Ich habe auch gesehen, dass dieses Haus für dich bestimmt ist und vielleicht auch die Aufgabe, die damit verbunden ist."

„Und was ist das für eine Aufgabe?"

„Das weiß ich nicht genau. Aber hier lebt ein Geist, das weiß ich. Komm, hol uns jetzt den Tee und dann erzähl mir die ganze Geschichte. Ich bin doch hier, um dir zu helfen."

„Nur dass ich ohne dich das Problem gar nicht hätte. Wenn du mich gewarnt hättest…"

„Ach Judith, ich habe doch gesagt, das Haus ist für dich bestimmt. Die Entscheidung war nicht falsch."

„Ich komme doch extra zu dir, damit du mir Dinge erzählst, die ich nicht vorhersehen kann. Damit ich dann die richtige Entscheidung treffen kann. Du hättest mir alles erzählen müssen. Machst du das immer so? Erzählst deinen Kunden nur das, was du für richtig hältst?"

Judith sprach heftiger, als sie es beabsichtig hatte. Aber im Moment war sie unglaublich schockiert und wütend auf Sidonia. In diesem Moment war sie sich nicht sicher, ob sie ihr jemals wieder vertrauen konnte.

„Die Entscheidung war richtig. Ich hatte Angst, dass du die falsche triffst, wenn ich dir alles erzähle", wandte Sidonia ein. Sie merkte selbst, wie unbedeutend das klang.

„Das war nicht deine Sache, Sidonia!", erwiderte Judith gepresst. Sie hätte schreien können. Vor Wut und Enttäuschung. Jetzt war sie hier in diesem Haus mit einem Geist und würde diese Entscheidung nicht einfach rückgängig machen können. Sie hätte sich das ersparen können. Mein Gott – sie sollte wirklich mal ernsthaft darüber nachdenken, auf Sidonias Rat zu verzichten. Der Gedanke war ihr doch schon mal durch den Kopf gegangen. Sie brauchte keine Hellseherin, um ihre Entscheidungen zu treffen.

Sie ließ es nicht zu, dass Sidonia etwas erwidern konnte, sondern stürmte aus dem Zimmer.

In der Küche füllte sie den Wasserkocher und schaltete ihn an. Sie nahm zwei ihrer großen Tassen und hing Teebeutel hinein. Sie wartete in der Küche, bis das Wasser kochte. Diese kurze Zeit allein brauchte sie jetzt, um sich wieder zu beruhigen. Sie kam sich so verraten vor. Als sie zurückging, hatte sie sich einigermaßen beruhigt. Es ging jetzt nur darum, das Problem zu lösen.

Sie reichte Sidonia die Teetasse, stellte ein paar Kekse dazu und setzte sich auch wieder auf ihren Platz. Sie nahm ihre Teetasse in die Hand, trank, drehte sie nervös in der Hand. Dann begann sie zu erzählen. Sie dachte eigentlich, viel sei es noch gar nicht gewesen, aber beim Sprechen fiel ihr auf, dass sie doch schon sehr viel erlebt hatte.

„Es begann bereits am Abend meines Einzugs. Meine Schwester und ich hatten plötzlich so ein unheimliches Gefühl, als sei jemand im Garten. Auch die Hunde wurden total unruhig. Wir ließen überall ganz hektisch die Jalousien runter und prüften, ob alles gut verschlossen war. Später kamen wir uns richtig albern vor und dachten, es ist bestimmt nur ein Tier durch den Garten gestreift."

Sidonia nickte. „Ja, aber das war sicher noch nicht alles?"

Judith schüttelte den Kopf.

„Als ich meine Familie durch das Haus führte und ins Gästezimmer ging, kam mir eine ungewöhnliche Kälte entgegen, die aber niemand sonst fühlte. Außer Cloud und Snow. Sie wurden vor dem Raum schon vollkommen hysterisch. Cloud heulte wie ein Wolf und Snow winselte mit eingezogenem Schwanz. Schließlich träumte ich von einer fremden Frau, die mit einem Messer auf mich zukam."

Sie schluckte schwer. Es war doch alles sehr unheimlich, sehr beängstigend. Und immer kam der Gedanke dazwischen, dass Sidonia – ausgerechnet Sidonia – ihr das hätte ersparen können.

„Und dann sah ich das Gesicht dieser Frau im Spiegel des Gästezimmers", schloss sie ihren Bericht. Ihre Stimme war ganz leise geworden.

„Statt deines Spiegelbildes?"

Judith nickte stumm.

Sidonia wirkte erschüttert. „Ich weiß nicht, was ich sagen soll. Das ist alles ganz furchtbar. Du hast wirklich heftige Dinge erlebt."

Und alles ohne Vorwarnung, fügte sie in Gedanken hinzu. Sie hatte einen Fehler begangen. Sie hätte Judith doch warnen sollen. Das alles war schwer zu verkraften ohne darauf vorbereitet zu sein.

„Es kam noch schlimmer. Ich war so durcheinander, so voller Angst und setzte mich erst mal in den Garten. Dort hat mich meine Nachbarin Ellen gefunden. Sie lud mich auf einen Kaffee zu sich ein. Und dort habe ich auf einem Regal Fotos gesehen. Eines davon zeigte den Mann meiner Nachbarin und ein befreundetes Ehepaar. Die Frau war die Frau aus meinem Traum und aus dem Spiegel."

Sie machte eine Pause. Noch immer kam ihr das schier unglaublich vor.

„Sidonia, sie ist die Frau, die früher hier gelebt hat und vor fünf Jahren ermordet wurde."

Judith trank den letzten Rest Tee aus ihrer Tasse. Es war nur, um irgendetwas zu tun. Um nicht so vollkommen verwirrt hier sitzen zu müssen.

„Sidonia", fragte sie dann, „warum hab nur ich diese Kälte gespürt? Und die Hunde?"

„Die Geister entscheiden, wem sie sich zeigen. Und die Kälte? Das hat vielleicht damit zu tun, dass du die Gegenwart des Geistes spürst, auch wenn du sie nicht sehen kannst. So wie die Hunde. Tiere haben die besseren Instinkte. Und du bist sehr empathisch. Das habe ich doch immer gesagt."

Judith lächelte ein wenig verzagt. „Ja, das hast du. Ich habe aber nie an Geister geglaubt. Die Toten bleiben doch nicht hier in dieser Welt."

„Normalerweise nicht. Aber manchmal – wenn eine Seele nicht Abschied nehmen kann, wenn sie noch etwas zu erledigen hat – dann bleibt sie und kann nicht ins Licht gehen. Das ist sehr traurig. Auch für den Geist, der nicht zur Ruhe kommt. Magst du mir das Zimmer zeigen?"

Judith blickte Sidonia einen Moment an ohne zu antworten.

„Ja natürlich. Lass uns hinauf gehen."

Die beiden Frauen stiegen die Treppe hinauf. Judith hatte die beiden Hunde angewiesen, unten auf ihren Kissen zu bleiben. Ob sie gehorchten, blieb abzuwarten. Ihr Beschützerinstinkt gegenüber Judith war groß.

Die beiden Frauen waren vor dem Gästezimmer angekommen.

Judith drückte langsam die Klinke herunter. Ihr Herz klopfte schon wieder zum Zerspringen. Was würde sie dahinter vorfinden? Würde sich der Geist zeigen? Sie ließ Sidonia als erstes eintreten, ging selbst zaghaft hinterher und verschloss die Tür wieder. Sie wollte nicht, dass die Hunde hinterher kamen und durch ihr Gebell und Gewinsel Sidonias Konzentration störten.

Die Seherin war ganz ruhig, während Judith kaum still stehen konnte.

Sie sah zu, wie Sidonia den Raum in sich aufzunehmen schien. Jedes Detail nahm die Wahrsagerin ganz bewusst wahr. Sie berührte den Spiegel, den Stuhl, die Fenster…

Judith sah ihr zu, aber sie sagte nichts. Sie ahnte, dass Sidonia äußerste Ruhe brauchte.

Dann setzte sich die Wahrsagerin auf den Boden und schloss die Augen. Sie atmete tief. Sie schien die Welt um sich herum auszuschließen.

Und plötzlich geschah es tatsächlich. Das Bild erschien im Spiegel. Das Bild jener Frau mit der biederen Lockenfrisur, das Bild der Ermordeten.

Judith schrie leise auf. Aber wirklich Angst verspürte sie nicht mehr.

Nach einer Weile verblasste das Bild im Spiegel ein wenig.

Sidonia erhob sich wieder.

Draußen vor der Tür kratzten die Hunde. Snow bellte.

Judith öffnete die Tür und die beiden stürmten herein und sprangen sofort an ihr hoch. Sie streichelte sie automatisch.

Sie setzte sich auf das ausziehbare Sofa, Snow sprang zu ihr und Cloud schmiegte sich an ihre Beine.

„Sidonia?", fragte sie nach einer Weile.

Die Wahrsagerin setzte sich neben Judith und nahm ihre Hand.

„Ich fühle hier tiefe Verzweiflung. Hier ist ein großes Unrecht geschehen. Es ist die Aufgabe des Hausbewohners, das zu korrigieren."

„Also meine? Es gab schon zwei Vorbesitzer."

„Die die Aufgabe nicht erfüllt haben. Und nun sind sie fort."

„Willst du damit sagen, dass ich das Haus verliere, wenn ich diese Aufgabe, von der ich nicht mal weiß, was sie genau ist, nicht erfüllen kann?"

„Du weißt nicht, was die Aufgabe ist? Es geht um den Mord, Judith."

„Um den Mord?", fragte sie fassungslos.

Sidonia nickte. Sie war sich ganz sicher. „Ja, der Mörder ist nicht gefasst worden. Er oder sie lebt weiter fröhlich und unbelastet. Der falsche Täter sitzt im Gefängnis."

„Aber der Fall ist aufgeklärt."

„Tatsächlich?"

Judith dachte an Ellens Worte. *Wirklich kann ich es ja immer noch nicht glauben. Aber sie wurde rechtskräftig verurteilt. Es gab genug Beweise.*

„Nein!", rief sie aus. „Damit will ich nichts zu tun haben. „Das geht mich nichts an."

„Der Geist braucht Unterstützung in der physischen Welt."

„Nicht von mir."

„Wenn du hier glücklich werden willst, hilf ihr."

„Aber wie soll ich das denn tun?", fragte Judith resigniert. „Weiß sie denn nicht selbst, wer sie getötet hat?" Sidonia hob die Schultern. „Das weiß ich nicht. Judith, ich kann nicht mit ihr sprechen. Ein Geist ist eine Erscheinung. Du kannst dich nicht mit ihm unterhalten. Wenn du das versuchen willst, brauchst du ein Jenseitsmedium. Ich empfinde nur die Gefühle. Komm, gehen wir erst einmal wieder nach unten", schlug Sidonia dann vor. „Dort überlegen wir uns, wie es weitergehen könnte." Hätte ich ihr doch nur nicht zu diesem Haus geraten, dachte sie dabei.

Im Wohnzimmer tranken sie gemeinsam noch einen Tee.

Judith fühlte sich hoffnungslos überfordert mit der Situation. Eine Ermordete, die nicht von der physischen Welt Abschied nehmen konnte. Das war doch verrückt. So etwas gab es gar nicht. Höchstens im Fernsehen.

„Ich habe nicht die geringste Ahnung, wie ich so etwas aufrollen kann. Das ist eine Nummer zu groß für mich!", rief Judith verzweifelt aus.

Ja, das ist zu groß. Viel zu groß. Und ich habe ihr zu diesem Haus geraten, dachte Sidonia wieder mit schlechtem Gewissen.

„Ich helfe dir", erwiderte sie.

„Das kann ich mir nicht leisten", patzte Judith.

Den Ton habe ich wohl verdient, dachte Sidonia.

„Dafür will ich kein Geld. Ich helfe dir. Ich fühle mich ein wenig verantwortlich für deine Situation."

„Das bist du auch. Und nicht nur ein wenig", fuhr Judith sie an.

Aber sie wusste es doch selbst: Es war ihre Entscheidung gewesen, dieses Haus zu kaufen. Einer erwachsenen Frau, die ihre Entscheidungen von den Aussagen einer Hellseherin abhängig machte, war doch sowieso nicht zu helfen. Wieso merkte sie das erst jetzt?

Ach verdammt! Wenn sie ohne Sidonias Rat entschieden hätte, wäre sie jetzt auch hier. Es hatte sich so richtig angefühlt, dieses Haus zu kaufen.

„Ich bleibe trotzdem dabei, dass dieses Haus für dich bestimmt ist und dir Glück bringen wird. Aber diese Aufgabe ist damit verbunden", wiederholte Sidonia mit Nachdruck.

Judith nickte. „Wie willst du mir denn helfen? Du lebst in Paderborn, ich in Detmold – ist ein Stückchen auseinander. Du kannst nicht immer hier sein und mit mir Detektiv spielen."

„Das ist richtig. Aber du kannst mich jederzeit anrufen und ich werde auch von mir aus für dich in die Zukunft sehen, so gut es eben geht ohne deine Anwesenheit", erklärte Sidonia.

Judith seufzte. Sie kam aus der Nummer sowieso nicht mehr raus, das war ihr klar. Sie fühlte sich gefangen – wie eingemauert in dieser Situation. Entweder versuchte sie, diesen Fall wieder aufzurollen oder sie würde auch an dem Haus scheitern. Das war für sie eine Tatsache. Der Geist war schließlich da. Sie hatte ihn gesehen. Im Traum und im Spiegel.

Sie hatte nicht vor, zu scheitern. Sie hatte zuviel Herzblut und auch Geld in dieses Haus gesteckt.

„Dann nehme ich deine Hilfe an, Sidonia. Ich werde mit meinen Recherchen nebenan bei Ellen beginnen. Sie scheint eine Menge über den Mord zu wissen. Und wenn ich nicht weiter weiß, melde ich mich. Aber dann kommst du auch!"

Sidonia nickte. „Das verspreche ich."

Sie saßen noch eine Weile beisammen, dann verabschiedete Sidonia sich und fuhr wieder nach Paderborn. Judith blieb mit

Cloud und Snow alleine zurück. Sie überlegte einen Moment lang, ob sie sofort zu Ellen rüber gehen sollte. Sie sah aus dem Fenster und sah das Auto in der Einfahrt stehen. Also war ihr Mann schon wieder zurück. Nein, dann wollte sie lieber nicht gehen. Ellen hatte doch sowieso gesagt, er hätte sich darüber aufgeregt, dass sie ihr von dem Mord erzählt hatte. Nee, der sollte am besten nichts davon mitbekommen.

Vielleicht war es sowieso besser, wenn sie erst mal selbst ein bisschen runter kam und ihre Gedanken und Gefühle ordnete. Morgen war immer noch früh genug.

„Wisst ihr was", sagte sie betont fröhlich zu den beiden Hunden. „Wir drei machen jetzt einen schönen langen Spaziergang. Die frische Luft wird uns allen gut tun."

Kapitel 6
Mittwoch, 24. Mai

Martha Verhoeven saß hinter ihrem großen modernen Schreibtisch in L-Form und brütete über Unterlagen in einem neuen Fall, als ihr junger Sozius Sebastian Kupfer hereinkam.

„Na, arbeitest du dich in den Fall Mahler ein?" Sie schaute auf und schob ihre Lesebrille hinauf in ihre braunen Locken. „Ja, wird nicht allzu schwierig werden. Die Sache ist doch glasklar. Der Vermieter schikaniert unsere Mandanten, um sie aus dem Haus zu bekommen, welches er nach ihrem Auszug vermutlich aufwendig renovieren wird. Man kennt das ja. Rechtlich sind wir auf der starken Seite. Die Mieterhöhung ist zu hoch. Das ist nicht rechtens. Und natürlich kann er nicht einfach in die Wohnung gehen, um irgendwas zu renovieren. Nur nach Absprache und in Anwesenheit einer der Bewohner."

„Klar. Aber ob Frau Mahler die Nerven hat, das durchzukämpfen?"

„Ich würde es selbst nicht tun. Ich würde mir eine schöne neue Wohnung suchen und sehen, dass ich dort wegkomme. Man will doch wenigstens zu Hause mal seine Ruhe haben", gestand die Anwältin.

„Aber die Wohnung ist eben ausgesprochen günstig", warf der junge Sozius ein. „Das ist halt wichtig für die Mahlers."

Martha winkte ab. „Auch nicht mehr lange. Selbst wenn er diese Erhöhung nicht auf einen Schlag durchsetzen kann – sie wird kommen. Mein Gott, sollen sie sich doch etwas suchen, was nicht ganz so zentral ist. Etwas weiter draußen sind die Wohnungen wieder günstiger. Schließlich sind sie mobil – haben zwei Autos. Oder sie verkaufen einen Wagen, dann haben sie mehr Geld für eine teure Innenstadtwohnung."

„Aber sie sind im Recht. Das sagtest du gerade selbst."

„Ach Sebastian – Recht haben und bekommen sind manchmal zweierlei. Wir werden fraglos dieses Mal vor Gericht gewinnen, aber die Schikane wird weitergehen. Der Vermieter hat mehr Geld und vermutlich auch mehr Zeit. Am Ende sitzt er am längeren Hebel. Und hin und wieder ist es vielleicht wichtiger, seinen Frieden zu haben. Aber…" Sie hob warnend ihren Finger. „Das habe ich selbstverständlich niemals gesagt. Aber ich bin nun mal nicht nur Anwältin, sondern auch Mensch."

„Schon klar, Martha", antwortete er fest. Für ihn war sie eigentlich nur die Anwältin – engagiert, klug, kämpferisch und vor Selbstbewusstsein nur so strotzend. Doch offenbar gab es noch eine andere Martha.

Er dachte sowieso oft, dass es ein Geheimnis in ihrem Leben geben müsste. Etwas, mit dem sie nicht fertig wurde. Hin und wieder gab es Anzeichen. Wie gerade zum Beispiel, wenn sie nicht hundertprozentig an die Rechtsprechung zu glauben schien.

Aber jeder machte doch auch mal schlechte Erfahrungen in seinem Leben und seine Chefin war immerhin vierundfünfzig Jahre alt, da hatte man sicher schon einiges zu verdauen gehabt.

Es klopfte und die sechsundzwanzigjährige Sekretärin schob ihren Kopf zur Tür herein. Sie war eine echte Schönheit mit einer wundervollen Figur und Sebastian lächelte ihr anerkennend entgegen.

„Entschuldigung, wenn ich störe. Aber draußen stehen zwei Frauen, die Sie unbedingt sprechen wollen", verkündete Merle.

„Ohne Termin?", fragte Martha leicht verärgert. Sie konnte es nicht leiden, so überfallen zu werden. „Kannst du das übernehmen, Sebastian?"

Noch bevor er bejahen konnte, beeilte sich Merle einzuwerfen: „Nein, nein, sie bestehen darauf, Sie zu sprechen, Frau Verhoeven. Sie sagen, es geht um einen alten Fall von Ihnen. Sie haben neue Informationen oder so… Ganz genau habe ich das nicht verstanden, aber sie wollten mir auch nicht viel erzählen."

„Um einen alten Fall?" Martha zog die Stirn kraus.

Merle nickte. „Um den Fall Bianca Buchholz."

Martha fiel die Kinnlade herunter. Oh nein, nicht dieser Fall. Der schwarze Fleck in ihrer Karriere. Die Zeit blieb einen Moment lang stehen, Martha befand sich in einer eigenen Welt, in der sie alles andere ausschloss. Ihr Büro, ihren Sozius, die Sekretärin. Nur den Bruchteil einer Sekunde lang. Die Erinnerung an diesen Fall hatte sie ganz weit hinten in das letzte Kämmerchen ihres Gehirns geschoben, um ihn zu vergessen. Und die arme unglückliche Bianca, die im Gefängnis saß, auch. Und jetzt sollte alles, was damit zusammenhing, wieder auftauchen?

Wer hatte das gesagt, dass niemals etwas wirklich vorüber ging? Dass es in uns lebte, dass es uns prägte? Was vergangen ist, ist nicht vorüber? Wer hatte das gesagt?

„Martha?", fragte Sebastian, als er sah, dass seine Chefin so gar nicht reagierte und offenbar tief in Grübeleien versunken war.

Nun, jetzt hatte ihre Vergangenheit sie eingeholt. War wieder ans Licht gekommen.

Sie nickte leicht. „Bleib bitte hier, Sebastian. Bin gespannt, was sie zu erzählen haben", sagte sie forscher, als sie sich fühlte.

„Ich lasse bitten."

Judith und Ellen warteten im Vorzimmer, bis die Sekretärin zurückkam. Ellen trug wieder ihre zu großen Ohrringe und eine auffällige Kette, an der sie nervös herumspielte. Offenbar war das eine Art Markenzeichen. Ellen schien großen, auffälligen Schmuck zu lieben.

Nach einem langen Spaziergang am Vortag, bei dem die frische Luft ihre aufgewühlten Gedanken beruhigt hatte, hatte Judith sich doch noch entschieden, Ellen anzurufen und sie gebeten, herüber zu kommen. Ellen hatte sofort eingewilligt. Sie hatte sich sogar gefreut, dass Judith sie anrief. Vielleicht brauchte die neue

Nachbarin ja noch etwas Gesellschaft – sie war am Vormittag ja schon sehr durcheinander gewesen.

Und dann hatte sie mit diesem Fall angefangen.

Ellen war keineswegs sofort Feuer und Flamme gewesen, dieses alte Thema wieder aufzuwärmen. „Aber wir wollten das doch ruhen lassen. Du hast sogar schon Alpträume deswegen gehabt."

„Gerade deswegen muss ich der Sache auf den Grund gehen. Ich habe ein ganz komisches Gefühl", behauptete Judith.

„Aber woher denn – du hast doch gar nichts davon mitbekommen."

„Dann erzähl mir mehr."

Ellen hatte erstaunlich viele Informationen. Der Vorteil des Dorflebens oder einer Klatschbase. Bei aller Liebe – Judith machte sich da nichts vor – sie brauchte Ellen zur Zeit, aber sie hielt sie für eine absolute Klatschbase und wollte ihr eigentlich nicht sehr viel Raum in ihrem Leben geben. Dass sie die Informationen von ihr brauchte, erleichterte es nicht gerade, sie auf Abstand zu halten. Sie kam sich ein wenig gemein vor, weil sie die Frau so ausnutzte.

„Aber die haben vor fünf Jahren nichts Entlastendes gefunden, wie kommst du auf die Idee, dass wir heute etwas finden?"

An der Stelle wusste Judith auch nicht weiter. Sie hielt es auch nicht für sehr wahrscheinlich, dass ausgerechnet sie einen Justizirrtum aufklären konnte.

„Aber du glaubst doch auch nicht wirklich an die Schuld dieser Bianca", warf Judith ein. Ein Trumpf. Ellen wurde nachdenklich.

Wie auch immer – Ellen kannte noch den Namen von Biancas Anwältin und erbot sich darüber hinaus, Judith zu begleiten.

Judith vermutete, diese Sache brachte etwas Abwechslung in Ellens tristes Leben.

Ellen war nicht wirklich glücklich. Alles verlief bei ihr in geordneten Bahnen. Aber gerade das gefiel ihr vielleicht nicht. Als ihre Kinder noch zu Hause lebten, war immer etwas los gewesen. Trubel, Partys, Probleme in der Schule. Es gab immer etwas, um dass sie sich kümmern musste. Jetzt war alles langweilig geworden.

Die Sekretärin kehrte zurück und verkündete, dass Frau Verhoeven sie nun empfangen würde.

So betraten Judith und Ellen zusammen das geräumige Büro. Es war ein heller Raum. In der Mitte stand ein großer, schwarz lackierter Schreibtisch in gebogener L-Form, davor standen zwei Stühle, dahinter befanden sich deckenhohe Bücherregale. Und in einer Ecke war eine Sitzgruppe.

Hinter dem Schreibtisch erhob sich eine Frau. Sie war nicht mehr ganz jung, die fünfzig hatte sie wohl überschritten, sie war eine elegante Erscheinung, trug ein dunkelblaues Kostüm, dessen Jacke über ihrem Bürostuhl hing, und ein cremefarbenes schlichtes Oberteil.

Sie hatte ziemlich kurze, gelockte braune Haare, in denen eine Brille steckte, lebhafte Augen und ein schmales Gesicht. Sie sah auf eine Art ganz sympathisch aus, dennoch wirkte sie unglaublich unnahbar und streng.

Neben dem Schreibtisch stand ein junger Mann. Auch er war geschäftsmäßig gekleidet mit einem braunen Anzug und hellblauem Hemd, trotzdem wirkte er eher sportlich als elegant. Vielleicht lag es am Alter. Judith schätzte, dass er ungefähr in ihrem Alter sein musste.

Vielleicht lag es auch an den langen dunkelblonden Haaren, die er zu einem Pferdeschwanz gebunden hatte. Das passte irgendwie nicht recht zum Anzug, fand Judith. Aber das war wohl Geschmacksache.

Er war etwa einen Meter achtzig groß, hatte ein ovales Gesicht und eine kleine Narbe auf seiner rechten Stirnhälfte.

Die Frau kam mit ausgestreckter Hand auf sie zu.

„Guten Tag. Mein Name ist Martha Verhoeven und das ist mein Sozius Sebastian Kupfer. Meine Sekretärin sagte mir, es geht um den alten Fall Buchholz." Sie wies auf die Sitzgruppe und lud ihre

Besucherinnen ein, sich zu setzen. „Herr Kupfer war damals noch nicht bei mir. Ich hoffe, es stört Sie nicht, wenn er bei der Besprechung anwesend ist?"

„Nein, ganz und gar nicht", beeilte sich Judith zu sagen. „Vielen Dank, dass Sie sich die Zeit für uns nehmen, obwohl wir uns nicht angemeldet haben."

„Ja, das war nicht sehr klug, Frau…"

„Schlüter. Und das ist meine Nachbarin Ellen Jacobi."

„Gut. Also, Frau Schlüter. Sie hätten Pech haben können und eventuell niemanden angetroffen."

„Die Sache ist sehr wichtig. Ich hätte gewartet."

„Nun gut. Möchten sie vielleicht einen Kaffee?"

„Oh ja, gerne", rief Ellen entzückt aus.

Auch Judith nickte.

Martha seufzte leise. Offenbar hatte sie nicht erwartet, dass die unangemeldeten Besucher auch noch ein Kaffeeangebot annehmen würden.

Sebastian erhob sich, öffnete die Bürotür und bestellte vier Kaffee.

„Was haben Sie mit dem alten Fall zu tun?", fragte Martha.

„Ich wohne in dem Haus der Erdmanns", antwortete Judith.

„Ja, und? Dort haben schon andere gewohnt, wie ich hörte. Aber nie ist jemand wegen dieses Falles zu mir gekommen. Allerdings hat nie jemand lange dort gewohnt, wie ich hörte."

„Das ist richtig. Vielleicht liegt es an der Atmosphäre."

„An der Atmosphäre?", wiederholte Martha leicht gereizt.

„Ja…" Judith druckste etwas herum. Sie kam sich dumm vor, aber sie wusste, dass sie das Thema kaum ausklammern konnte, denn sie musste ja irgendwie erklären, warum sie dieser alte Mord interessierte.

„Na ja, mir war irgendwie unheimlich. Sogar meine Hunde haben merkwürdig reagiert. Sie waren ungewöhnlich unruhig und nervös. Und dann erzählte mir Frau Jacobi von dieser Geschichte. Bis dahin habe ich nichts davon gewusst. Frau Jacobi meinte, die

100

Pflegetochter wurde verdächtigt und auch verurteilt. Aber sie hat nie gestanden?"

Sebastian Kupfer betrachtete die junge Besucherin genau. Sie begann, ihn zu interessieren. Sie war hübsch. Ihre Figur war klasse. Sie war nicht mehr blutjung. Er selbst war dreiunddreißig und sie war sicher auch ungefähr in dem Alter. Er war nicht gerade ein Kostverächter, aber auch kein typischer Schwerenöter. Er war Single und gönnte sich durchaus ab und zu ein kleines Liebesabenteuer oder einen One-Night-Stand. Dagegen gab es nichts einzuwenden, fand er. Wenn man sich schützte.

Er stand auch nicht unbedingt auf die ganz jungen, makellosen Schönheiten. Dieses Schneewittchen da draußen zum Beispiel – Merle – sie war so eine Schönheit. Aber sie interessierte ihn nicht. Ihn interessierten Frauen, die Ausstrahlung hatten, die selbständig waren und wussten, was sie wollten. Klar, die waren auch anstrengender, aber es lohnte sich. Auch im Bett waren diese Frauen interessanter.

Die Tür ging auf und Merle erschien mit einem Tablett, auf dem sie vier Tassen Kaffee, Milch und Zucker balancierte.

Gott sei Dank riss ihn das aus seinen anstößigen Gedanken. Die Frau war eine Klientin – und vielleicht nicht einmal das.

Judith bemerkte seinen Blick und lächelte ihm irritiert zu.

„Danke Merle", sagte Frau Verhoeven. „Und keine Telefonate."

„Ja."

Martha Verhoeven trank einen Schluck Kaffee und beugte sich vor.

„Bianca Buchholz hat niemals gestanden, das ist richtig. Ich war ihre Anwältin und konnte ihr nicht helfen. Es gab so viele Indizien. Und auch eine Augenzeugin. Waren Sie das nicht sogar, Frau Jacobi?"

Ellen nickte. „Ja, ich hatte gesehen, wie Bianca das Haus verließ – so gegen sechs Uhr abends. Ich war gerade aus meinem Haus gekommen, weil ich losfahren wollte, um meinen Sohn von einem Freund abzuholen. Wissen Sie – von der Haustür aus hätte ich es nicht sehen können, weil unsere Haustür auf der anderen Seite liegt, weg vom Haus der Erdmanns. Aber vom Carport aus kann ich das ganze Haus sehen. Ich war noch einen Moment stehen geblieben, und dachte: Die ist aber ganz schön sauer. Es war die Art, wie sie sich bewegte. So aggressiv."

„So genau konntest du das sehen? Trotz all der Büsche und Bäume, die um den Eingang herum stehen?", hakte Judith nach. Ellen war etwas beleidigt. „Ich weiß, was ich sage. Ich erzähle keinen Mist. Und damals war das alles auch noch nicht ganz so zugewuchert."

„Das stimmt", mischte sich Martha ein. „Es stand niemals infrage, ob Frau Jacobis Beobachtungen stimmten und dass sie Bianca genau erkennen konnte. Es war Juni und auch noch nicht dämmerig zu der Uhrzeit."

Ellen wartete etwas ungeduldig, dass sie weiter erzählen konnte. Als alle Blicke wieder auf sie gerichtet waren, sprach sie weiter: „Na ja, ich bin dann gefahren und habe mich dort mit der anderen Mutter etwas verquatscht und kam erst eineinhalb Stunden später wieder zurück. Danach bin ich sofort zu Thea rüber gegangen, weil ich nach einem Kuchenrezept fragen wollte."

„Das wissen Sie noch?", fragte Sebastian.

„Jedes Detail. Denken Sie, man vergisst auch nur die kleinste Kleinigkeit von einem so schrecklichen Ereignis? Das brennt sich ins Gedächtnis ein. Nun, jedenfalls öffnete niemand und ich wollte schon wieder gehen, aber der Hund im Haus spielte verrückt und das war ungewöhnlich. Er schien vollkommen nervös zu sein. Ich spähte durch die kleinen Fenster in der Haustür und sah etwas, das ich zu dem Zeitpunkt aber noch nicht genau identifizieren konnte. Auf jeden Fall ging ich um das Haus herum zur Terrassentür. Und die stand offen. Also betrat ich das Haus und sah Herrn Erdmann unten vor der Treppe liegen. Ich dachte zuerst, er wäre gestürzt und wollte ihm helfen. Dann bemerkte ich, dass er erschossen worden war und lief davon. Der Hund blieb im Haus zurück. Vermutlich, weil er sein Frauchen und Herrchen nicht verlassen wollte. Ich lief aus purer Angst zu meinem eigenen Haus, informierte meinen Mann und die Polizei. Erst die Polizisten fanden dann Thea Erdmann tot in ihrem Bett. Erstochen."

„Also wieder der Instinkt eines Hundes? Sie betraten das Haus, weil der Hund sich seltsam benahm und nun wollen Sie, Frau Schlüter, der alten Geschichte auch nachgehen, weil Ihre Hunde nervös sind? Ja denken Sie denn im Ernst, das reicht, um den Fall wieder aufzunehmen?"

Ellen hob den Finger als wollte sie aufzeigen wie ein Schulmädchen. „In meinem Fall hat es sich aber schon gezeigt, dass man auf den Instinkt eines Tieres hören sollte, nicht wahr?", sagte sie.

Martha seufzte.

Judith entging nicht, dass Sebastian vor sich hin schmunzelte.

„Ist das witzig?", fragte sie.

Sebastian schaute auf. Ah, patzig war sie auch noch. Das wurde ja immer besser. Die Frau interessierte ihn. Da konnte man nichts gegen machen.

„Nein, witzig ist das eigentlich nicht. Ich dachte gerade, dass es eine anerkannte Tatsache ist, dass Tiere schärfere Instinkte haben als wir Menschen."

„Wir haben diese Instinkte auch, wir haben nur in unserer zivilisierten Welt gelernt, sie zu unterdrücken und zu missachten. Das nennen wir dann Vernunft", erwiderte Judith bissig.

Sebastian grinste.

Vielleicht war sie doch ein bisschen *zu* anstrengend, er war noch nicht ganz sicher.

„Hunde oder Katzen haben sogar schon Krankheiten bei ihren Besitzern erspürt. Die Besitzer gingen dann zum Arzt und – voila – der Arzt fand ein Geschwür oder eine verschlossene Vene und die Patienten wurden gerettet", berichtete Judith.

„Na bitte", meinte Ellen lakonisch.

Martha fuhr sich etwas genervt durch die Haare. Ihre Brille fiel herunter und landete in ihrem Schoß. Sie legte sie auf den niedrigen Glastisch und stellte erneut klar, dass diese Angaben keinesfalls für eine Wiederaufnahme des Falles reichten.

„Das ist mir eigentlich bewusst", meinte Judith. „Dass wir nicht offiziell mit solchen Angaben vor Gericht gehen können. Aber wie kann ich weiter ermitteln?"

„Ganz privat? Warum sollten Sie das tun?"

„Um in Ruhe in diesem Haus leben zu können."

„So etwas kann teuer werden."

Judith hob die Schultern. Sie wusste auch nicht, wie es weiter gehen sollte. Sie hatte nicht vor, viel Geld in die Recherchen zu stecken. Sie hatte genug in das Haus investiert.

„Was glauben Sie? Ganz persönlich? Sie haben sie doch sicher gut kennen gelernt. Ist Bianca Buchholz unschuldig?"

Martha blickte ihrer Besucherin einen Moment lang aufmerksam ins Gesicht. Sie versuchte, die junge Frau wirklich zu erkennen. War sie aufrichtig? Was bewog sie? Sie wusste es nicht. Sie hatte das Gefühl, sie verbarg noch etwas vor ihr. Aber was machte die Antwort schon aus? Ändern würde sie nichts an der Situation.

„Ich bin fast sicher, dass Bianca Buchholz seit fünf Jahren unschuldig im Gefängnis sitzt. Und sie wird dort noch eine lange Zeit verbringen", seufzte sie.

Das ist es also, dachte Sebastian. Das Geheimnis der kontrollierten, engagierten Martha Verhoeven. Dieser verlorene Fall. Eine Unschuldige an das Gefängnis verloren zu haben.

Sein verschmitztes Grinsen versiegte vollends. Das war in der Tat bitter.

„Wissen Sie, was mir aufgefallen ist? Die Frau wurde erstochen und der Mann erschossen. Warum? Eine junge Frau, die mit zwei Waffen hantiert? Was ist da passiert?", gab er zu Bedenken.

Martha hob die Schultern. „Der Staatsanwalt ging davon aus, dass sie die Pistole mitgebracht hatte. Auf jeden Fall wurde nichts im Haus gefunden. Als sie drin war - vermutlich durch die Terrassentür - hat sie spontan das Messer aus dem Küchenblock genommen. Vielleicht hat sie sich gedacht, dass es besser ist, leise zu sein. Thea lag schon im Bett. Sie fühlte sich etwas kränklich - eine Grippe war im Anflug. Bianca ging also hinauf und verlangte wie üblich Geld. Es gab Streit, aber Thea gab nicht nach. Da erstach Bianca ihre Pflegemutter und als ihr Pflegevater aus dem Bad kam, erschoss sie ihn."

„Woher weiß man, dass er im Bad war?", hakte Judith nach.

„Man ging davon aus, weil er einen Bademantel trug", erklärte Martha.

„Aber ich habe Bianca aus der Haustür herauskommen sehen, nicht aus der Terrassentür", warf Ellen ein.

Martha nickte. „Darin sah niemand einen Widerspruch. Abgesehen davon hatte sie ja sowieso einen Schlüssel."

„Dann konnte sie doch auch durch die Haustür rein. Die Terrassentür war aber offen. Also nicht richtig weit, aber eben nicht verschlossen."

„Eine Ungereimtheit, ich stimme Ihnen zu", sagte Martha. „Aber das könnte einfach ein Versehen sein. Oder Herr Erdmann wollte noch mal in den Garten und hat sie aufgelassen. Es war ja noch nicht so spät."

„Vielleicht finden wir doch noch etwas raus?", meinte Sebastian.

„Wir haben keine neuen Erkenntnisse, Sebastian. Also wie?"

Er hob die Schultern.

„Kann ich Bianca besuchen?", fragte Judith. Sie hoffte, das ohne Ellen tun zu können. Sidonia sollte sie dazu begleiten. Die würde erkennen, ob Bianca log.

„Ich kann es für Sie versuchen", versprach Martha. „Aber wenn Sie es ernst meinen, gibt es noch jemanden, mit dem sie sprechen sollten. Damals hat ein Polizist an dem Fall mitgearbeitet, der danach seinen Dienst quittiert hat. Er hatte das Gefühl, versagt zu haben. Er wollte nicht mehr dabei helfen, Unschuldige festzunehmen. Ach, er war damals sehr verzweifelt. Trotz aller Indizien war er ebenso sicher wie ich, dass Bianca unschuldig ist. Heute arbeitet er als Privatdetektiv. Hin und wieder buche ich ihn sogar selbst. Sein Name ist Max Kellerhoff."

Lorenz Jacobi war inzwischen wirklich krank.

Nachdem er sich gestern Morgen nur krank gemeldet hatte, um seine Frau zu beobachten, hatte er ein Wechselbad der Gefühle erlebt, sich aber am Abend schon wieder besser gefühlt. Aber dann hatte Ellen ihm mitgeteilt, dass sie gemeinsam mit Judith die Anwältin von dieser Buchholz aufsuchen wollte. Verdammt, was hatte diese Judith Schlüter nur für einen Narren an diesem alten Mordfall gefressen. So jung war sie auch nicht mehr, dass sie nach solchen Abenteuern verlangte.

Und seine Frau – klar, die sprang voll drauf an.

Vor ein paar Jahren, als Philipp und Lena noch im Haus gewesen waren, wäre das nicht passiert. Damals war sie vorsichtiger gewesen, ihr Tag war ausgefüllt. All ihre Aufmerksamkeit galt den Kindern. Manchmal hatte er ihr sogar scherzhaft vorgeworfen, eine richtige Glucke zu sein. In Wahrheit war sie zwar sehr bemutternd, aber es ging nie über eine gewisse Grenze hinaus. Sie schaffte es immer, den Kindern genügend Freiraum zu lassen. Sie gehen zu lassen, wenn es nötig war und sie es wollten.

Doch nach ihrem Auszug war sie selbst in ein tiefes Loch gefallen. Empty-nest-Syndrom.

Ellen hatte es schwer erwischt. Aber am Ende war sie auch damit fertig geworden. Die Arbeit in der Buchhandlung hatte ihr dabei sicher geholfen. Sie hatte ihr Stundenpensum erweitert. Und dann waren da ja auch noch die Hunde, von denen einer inzwischen gestorben war.

Ja, er wusste, sie wäre gerne in die Stadt gezogen. Diese Einsamkeit tat ihr nicht gut. Ja, es war unfair gegenüber Ellen, dass er an dem Leben hier so festhielt.

In diesem Moment gab er sich selbst das Versprechen, fort zu gehen. Wenn sie das Haus gut verkaufen konnten, würden sie gehen. Ellen würde sich bestimmt freuen.

Wenn es nicht schon zu spät war.

Denn jetzt schien sie einen neuen Lebensinhalt gefunden zu haben. Innerhalb von wenigen Tagen. Die neue Nachbarin und deren Vorliebe für diesen alten Mord. Nur weil die in dem Haus wohnte.

Wieso biss Ellen sich so darin fest, dass die kleine Buchholz unschuldig war. Und was sollte er nur tun?

Ellen wusste nicht, was er wusste.

Er hatte es so gut verstanden, all die Jahre das Geheimnis zu hüten. Er hatte nicht einmal ein schlechtes Gewissen gehabt. Na ja, wenn er ehrlich war, war ihm die Sache damals komisch vorgekommen. Wieso sollte er diese Sache verschweigen? Aber der Wunsch kam von einer rechtschaffenen Person, die ihn darauf aufmerksam machte, dass seine Aussage es nur erschweren würde, den Mordfall aufzuklären. Dass die Anwältin darauf anspringen und darauf herumreiten würde, bis die wirkliche Mörderin wegen begründetem Zweifel frei kam. Das wollte er doch nicht?

Nein, das wollte er nicht. Und er war auch gut bezahlt worden. Ellen wusste davon nichts, aber sie profitierte von dem Geld. Warum dachte sie eigentlich, konnten sie sich die tollen Urlaube leisten?

Er schüttelte den Kopf über ihre Naivität.

Aber er war auch naiv gewesen. Erst jetzt, als er Angst bekam, dass seine eigene Ehefrau den Fall neu aufrollte, merkte er, wie naiv er selbst gewesen war.

Aber er hatte nicht gelogen damals vor fünf Jahren. Er hatte nur etwas verschwiegen. Oder konnte man auch lügen, indem man schwieg?

Er hatte all die Jahre nicht mehr daran gedacht. Weil er dem Mann damals vertraut hatte. Und weil er mit dem Zweifel nicht hätte leben können.

Die Seele schützt sich halt selbst, dachte er.

Aber jetzt brach alles hervor und er grübelte darüber nach, was vor fünf Jahren wirklich geschehen war und ob er richtig gehandelt hatte.

Daran konnte er nichts mehr ändern.

Aber jetzt. Was sollte er jetzt tun?

Sollte er den Mann anrufen und warnen?

Sollte er abwarten?

Sollte er seiner Frau die ganze Wahrheit erzählen?

Übelkeit stieg in ihm auf und wurde zu einem starken Brechreiz.

Er stürzte ins Badezimmer und erbrach sich in der Toilette.

„Was für eine Scheiße!", sagte er laut zu sich selbst. „Da hat mich die Vergangenheit wieder eingeholt. Verdammt!"

Erneut überkam ihn die Übelkeit.

Als erstes sollte er vielleicht zum Arzt gehen und sich krankschreiben lassen. Er würde nicht arbeiten können. Es ging ihm wirklich schlecht. Und wenn Ellen das sah, blieb sie vielleicht bei ihm und umsorgte ihn. So wie früher. Dann war sie wenigstens erst mal aus der Schusslinie.

Ach Ellen, sie würde ihm nicht verzeihen, was er getan hatte.

„Wollen wir sofort bei diesem Max Kellerhoff vorbeifahren?", fragte Ellen.

Judith überlegte einen Moment. Eigentlich wollte sie jetzt wirklich nicht jeden Schritt mit Ellen machen. Andererseits war das ein wenig ungerecht. Sie konnte doch froh sein, dass Ellen sich so einsetzte und sie unterstützte. Verärgern durfte sie Ellen keinesfalls. Ganz alleine würde das ein harter Kampf.

Sie muss sehr einsam sein, dachte Judith. Hinter all der Fassade mit dem vielen Gequatsche, mit dem wichtigen Gerede um ihren Job und ihre tollen Kinder ist sie eigentlich sehr einsam. Was war mit Lorenz? Wie eng war eigentlich die Beziehung zwischen den Eheleuten? Es kam Judith irgendwie merkwürdig vor, nicht echt. Wie eine Fassade.

Obwohl das mit den studierenden Kindern natürlich schon echt war. Ellen log sich nichts zusammen. Sie war sehr stolz auf die beiden, das war deutlich zu spüren. Nur waren sie eben weit weniger Teil von Ellens Leben, als sie es gerne gehabt hätte. Deshalb war sie so nah bei ihr, Judith. Deshalb kümmerte sie sich um die arme Nachbarin, die fast zusammengebrochen war. Ellen übernahm gerne Verantwortung, soviel war Judith klar. Und sie hatte zu wenig davon in ihrem gradlinigen Leben. Sie brauchte Menschen, um die sie sich kümmern konnte.

Obendrein gab sie sich ein wenig die Schuld an Judiths nervösem Zustand, weil sie ihr von dem Mord erzählt hatte. Aber sie war nicht Schuld daran. Dieser Geist war ja schon vorher da gewesen – am Tag ihres Einzugs im Garten. Und sie hatte auch keine überspannte Fantasie. Sidonia hatte die Frau im Spiegel auch gesehen und die Hunde hatten ihre Nähe gespürt. Aber davon hatte sie immer noch nichts erzählt. Weder Ellen noch der Anwältin. Wenn sie das täte, würde sie doch gleich als komplett verschroben abgestempelt werden.

„Halloho – Erde an Judith", rief Ellen.

„Oh, Verzeihung. Ich war in Gedanken."

„Ja, kein Wunder. Wollen wir bei diesem Kellerhoff vorbeifahren? Ist ja hier in Detmold."

Judith nickte. „In Ordnung."

Sie stiegen in Judiths Wagen, programmierten die Adresse in das Navigationsgerät und fuhren los. Nach kaum einer viertel Stunde hatten sie das Gebäude erreicht.

Es lag nicht sehr zentral. Vielleicht hatte er nichts in der Innenstadt angemietet, weil die Mieten zu hoch waren, aber dafür konnten sie direkt vor dem Gebäude parken.

„Privatdetektei Max Kellerhoff" verkündete ein kleines bronzefarbenes Schild am Eingang eines Bürogebäudes.

„Hier ist es!", sagte Ellen ganz überflüssigerweise.

Die Haustür sprang auf, als sie daran schoben.

Vor dem Büro des Detektivs im zweiten Stock standen sie allerdings vor verschlossener Tür. Sie klingelten, aber es rührte sich nichts.

„Ist bestimmt im Einsatz", meinte Ellen.

„Und niemand ist da?"

Ellen hob die Schultern. „Kann doch sein. Ist bestimmt keine große Detektei."

„Ist aber schlecht. Wenn er nicht erreichbar ist, könnten ihm Aufträge durch die Lappen gehen."

„Was weiß ich. Schade, aber ist auf jeden Fall nicht zu ändern. Ruf später einfach mal an."

Judith nickte. „Ja, machen wir uns auf den Heimweg. Oder wollen wir noch eine Kleinigkeit essen? Ne Pizza?"

„Gute Idee", stimmte Ellen zu und fügte dann hinzu: „Vielleicht machen die ja auch einfach Mittagspause?"

„Möglich. Wir hätten vorher anrufen sollen…blöd. Bin gar nicht auf die Idee gekommen, dass ein Büro unbesetzt sein könnte. Aber nach dem Essen fahren wir trotzdem nicht noch mal hin. Ich habe echt keine Lust, noch mal zurück zu fahren und noch mehr Zeit zu verlieren. Außerdem habe ich zu Hause auch noch jede Menge zu tun. Ist noch längst nicht alles eingeräumt."

„Hast recht. So weit ist es dann von zu Hause aus ja auch nicht, wenn wir noch mal hinfahren wollen. Aber dann rufen wir vorher an."

Wir – da war es wieder. Ellen meinte wohl, sie gehöre ab jetzt einfach automatisch dazu. Ganz soviel Nähe wollte Judith einfach nicht. Nicht so selbstverständlich.

Sie fuhren wieder Richtung Innenstadt, fanden eine kleine gemütliche Pizzeria und hielten an.

Judith bestellte eine Pizza Hawai, was bei Ellen ein Naserümpfen hervorrief. „Magst du das nicht?"

„Neee – Pizza, Schinken und dann diese süße Ananas? Neee, das passt für meinen Gaumen nicht. Ich nehme eine mit Schinken, Tomaten und Pepperoni."

„Ui, Pepperoni passt für meinen Gaumen nicht", lachte Judith.

Ellen stimmte ein und sie lachten ungezwungen miteinander. Judith schien es, dass es das erste Mal war, seit sie das Haus bezogen hatte.

Den restlichen Tag verbrachte Judith damit, ihre Beraterräume, wie sie es inzwischen nannte - denn eine Praxis war es ja nicht - einzurichten. Snow und Cloud begleiteten sie natürlich. Auch hier hatten sie eine große Decke, auf die sie es sich gemütlich machten. Judith stellte eine Truhe auf, die verschiedenes Spielzeug für Hunde enthielt, sie hängte Bilder an die Wand und stellte Bücher in ein Hängeregal.

Sie richtete ihren Schreibtisch ein, stellte ihren Laptop darauf, weil sie gleich noch daran arbeiten wollte - sonst würde sie ihn wohl eher in ihrem Wohnbereich aufbewahren - einen Stiftehalter und Stiftebox, einen Block, Tesafilm, eben alles, was Judiths Meinung nach auf einen Schreibtisch gehörte. So edel wie der von Martha Verhoeven war er sowieso nicht.

Als diese Arbeit erledigt war, schaltete sie den Laptop an und entwarf Plakate und Handzettel für die Eröffnung ihrer Beraterpraxis.

Der vorläufig letzte größere Arbeitseinsatz sollte das Umzäunen des Geländes sein, damit sie Hunde in geschütztem Rahmen auf ihr Verhalten hin testen konnte. Ihr Vater und Joachim hatten sich zum Helfen schon angesagt. Judith plante das gleichzeitig als gesellschaftliches Event, eine Helferparty mit Barbecue. Danach würde dann am 17. Juni die Eröffnung der Beraterpraxis gefeiert. Dazu wollte sie ehemalige Kunden aus Paderborn einladen, aber auch Plakate hier in der Gegend aufhängen. Vielleicht konnte sie auch Kontakte zu potentiellen Kunden über die hiesige Tierarztpraxis herstellen.

Sie plante, Snow und Cloud als Kontakthunde einzusetzen, um zu sehen, wie die anderen Hunde auf ihre Artgenossen reagierten. Das machte natürlich nur in den Fällen Sinn, bei denen Hundekontakte ein Problem darstellten.

Einen Augenblick lang kam ihr die Idee, Ellen zu fragen, ob sie auch Votan einsetzen dürfte. Aber den Gedanken verwarf sie in dem Moment, als er auftauchte. Nein, damit würde sie Ellen ja noch mehr Raum in ihrem Leben geben. Außerdem hatte der Hund ja selbst ein Problem, um das sie sich kümmern musste.

Am Morgen hatte sie Ellen extra für den Besuch bei der Anwältin abgeholt, damit sie Votans Verhalten am eigenen Leib erleben konnte. Er wurde nicht bissig, sprang auch nicht an dem Besucher hoch, aber er stellte sich ihr in den Weg, fletschte die Zähne und wollte sie nicht vorbeilassen. Das war schon bedenklich. Es war vollkommen klar und verständlich, dass Besucher Angst hatten, sich an dem Hund vorbei ins Haus zu wagen, auch wenn er nicht allzu groß war.

Da musste sie etwas tun. Und vermutlich gegen einen Sonderpreis, wenn nicht umsonst, weil Ellen ihr bei ihrem Problem mit dem alten Mordfall ja auch beistand.

Auch wenn ich sie nicht darum gebeten habe, dachte sie. Auch wenn sie durchaus ein eigenes Interesse daran hat, weil sie selbst nicht an Biancas Schuld glaubt und die schon als Kind gekannt hatte.

Das Plakat nahm Gestalt an. Die Handzettel würde sie nur in kleinerer Form dazu ausdrucken. Dabei fiel ihr siedendheiß ein, dass der Drucker noch nicht angeschlossen war. Sie musste dringend Joachim anrufen, damit er und Hannah noch mal kamen, um diese technischen Dinge zu erledigen. In der Hinsicht war sie eine echte Niete.

Sie griff nach ihrem Handy und wollte Hannah eine Whattsapp-Nachricht schicken. Dabei sah sie auf der Zeitangabe, dass es schon beinahe halb sechs war. Wow, die Zeit war nur so dahingeflogen. Aber klar, nachdem sie und Ellen gegessen hatten, war es schon früher Nachmittag gewesen, als sie nach Hause zurückgekehrt waren.

Ihr Unterbewusstsein vernahm ganz schwach ein Klingeln, aber sie reagierte nicht. Erst beim zweiten Versuch drang es in ihr Bewusstsein. Irgendwo läutete es. Sie sah aus dem Fenster. Was war denn das für ein Auto? Wollte der oder diejenige zu ihr?

Sie erhob sich von ihrem Schreibtischstuhl und ging direkt von der Praxis nach draußen. Der Besucher wollte gerade aufgeben und ging schon wieder zum Auto zurück. Sie traute ihren Augen kaum, als sie erkannte, wer es war.

„Hallo!", rief sie.

„Guten Abend. Sie sind ja doch da. Ich wollte gerade wieder fahren", lachte Sebastian Kupfer.

„Doch doch, ich habe in meinen Büroräumen gearbeitet. Ich eröffne eine verhaltenstherapeutische Praxis für Hunde."

Snow und Cloud kamen ebenfalls an die Tür und beschnupperten Sebastian. Judith bemerkte, dass ihm das unangenehm war. Er beugte sich nicht herab wie die meisten und streichelte sie. Er versuchte krampfhaft, die beiden einfach zu ignorieren. Nun ja, redete sie sich ein – die Zwei waren ihm fremd, er kannte sie ja gar nicht. Vielleicht war er auch pingelig und wollte keine Hundehaare auf seinem teuren Anzug haben. Judith registrierte, dass er dieselben Sachen trug wie am Vormittag. War er direkt vom Büro zu ihr gekommen? Ansonsten vermutete sie, dass er lieber Jeans mit sportlichem Hemd oder T-Shirt trug. Das passte einfach besser zu ihm.

„Ah, wie der Hundeprofi", lachte Sebastian jetzt etwas gekünstelt.

„Na ja. Wenn Sie so wollen. Was führt Sie zu mir?"

„Der Fall natürlich – dieser verrückte fünf Jahre alte Mordfall an dem Ehepaar Erdmann. Ich hatte schon lange das Gefühl, dass meine Chefin Frau Verhoeven etwas bedrückt. Dass es ein Geheimnis gibt, warum sie so verbissen arbeitet, so wenig emotionalen Abstand zu ihren Fällen hat. Ich glaube, ich habe das Geheimnis heute gefunden."

„Bianca Buchholz?"

„Genau. Darf ich hereinkommen?"

Judith nickte. „Natürlich. Kommen Sie durch die Praxis mit ins Haus."

Er folgte ihr in den Büroabschnitt. Dort sah er sich anerkennend um. „Das wird schön", lobte er.

„Na ja, ich bin ganz zufrieden. Aber im Vergleich zu der Anwaltskanzlei…"

Er winkte lässig ab. „Teurer, ja. Eleganter. Aber das hier ist wirklich gemütlich. Zum Wohlfühlen." Er lachte. „Und Ihre Kunden legen sicher keinen Wert auf elegante Möbel?"

Sie stimmte in sein Lachen ein und ging ihm weiter voran bis ins Wohnzimmer. Snow und Cloud folgten ihnen und legten sich ganz in ihrer Nähe hin.

„Bitte, nehmen Sie Platz. Möchten Sie etwas zu trinken?"

„Gerne. Haben Sie einen Apfelsaft?"

Sie nickte, verschwand einen Moment in der Küche und kam gleich darauf mit einem Glas Apfelsaft und einem Glas Orangensaft zurück.

In dem Moment beugte er sich vor und streichelte Snow und Cloud etwas unbeholfen. Oft macht er das nicht, dachte Judith. Ob er wohl nur einen guten Eindruck machen will? Trotzdem lachte sie. „Ab auf eure Kissen!", kommandierte sie und die beiden Hunde trotteten etwas widerwillig ab. Aber bis zu ihren Kissen in der Wohnzimmerecke liefen sie nicht, sondern blieben in der Nähe des Sofas liegen. Judith registrierte es verwundert, sagte aber nichts. Wenn die zwei lieber auf dem nackten Laminat liegen wollten, sollten sie doch.

„Nun, dann erzählen Sie mal", forderte sie ihn auf, während sie sich ihm gegenüber an den Esstisch setzte.

Er prostete ihr mit seinem Glas zu und betrachtete sie einen Moment. Die Haare hatte sie zu einem hohen Zopf gebunden, aus dem eine vorwitzige Strähne heraus gerutscht war. Sie hatte sich umgezogen. Einen Schlabberpulli über einer etwas abgewetzten Jeggings. Aber klar – vielleicht hatte sie in ihrer Praxis geputzt. Oder sie fand das einfach gemütlich. Auf jeden Fall fand er sie schön. Vielleicht noch mehr als heute morgen, als sie zu einer offenkundig besseren schwarzen Jeans eine rote Bluse getragen hatte und eine perfekt gekämmte Frisur.

„Herr Kupfer!", hörte er ihre Stimme.

„Ja?"

„Sie wollten mit mir über den Fall reden, glaube ich jedenfalls. Deshalb sind Sie doch hergekommen?"

„Ja, oh ja, natürlich."

Hauptsächlich schon, dachte er. Aber mit dem wundervollen Nebeneffekt, dass ich dich wieder sehe. Ob sie wohl einen Freund hatte? Bestimmt hatte sie das. Solche Frauen waren nicht allein.

„Also, nachdem Sie fort waren, habe ich mit Martha Verhoeven noch einmal über den Fall gesprochen. Und ich habe etwas recherchiert. Da stimmt etwas nicht. Das kann ich Ihnen sagen. Da stimmt etwas ganz und gar nicht."

„Über den eigentlichen Fall haben wir ja heute Morgen ausführlich gesprochen. Wie Ihre Nachbarin, Ellen Jacobi, die Toten gefunden hat, wissen Sie. Die erste, die verhört wurde, war natürlich Bianca Buchholz. Fest steht, dass sie eine der letzten war, die die Erdmanns noch lebend gesehen hat."

„Bis auf den Mörder", warf Judith wie von selbst ein.

„Sie sagen es – bis auf den Mörder. Also – es gab natürlich jede Menge Fingerabdrücke und DNA von Bianca, aber das war ja sowieso unstrittig und nicht ungewöhnlich. Hauptsächlich als belastend galt der Streit, den sie mit ihren Pflegeeltern hatte. Bianca war sehr jung und sie hatte offenbar viele seltsame Ideen. Einige hatte sie schon verwirklicht. Jetzt wollte sie zusammen mit ihrem Freund mit Rucksack und Fotoapparat durch Afrika ziehen. Ihre Pflegeeltern hatten schon vieles finanziert, aber jetzt war offenbar das Maß voll. Sie wollten nicht mehr mitziehen und rieten ihr, sie solle erst mal eine vernünftige Berufsausbildung machen - gerne als Fotografin, wenn ihr das soviel bedeutete - dann könne sie sich solcher Ideen selbst finanzieren und verwirklichen. Vielleicht dann sogar im Rahmen ihres Berufes. Na ja… es kam zum Streit, ein Wort gab das andere. Wie auch immer - sie verweigerten ihr das Geld. Also gab es ein Motiv."

„Das alles ist ja schon heute Morgen zur Sprache gekommen. Aber wer hat nicht mal Streit mit seinen Eltern?", entgegnete Judith.

„Sicher. Aber es muss ja nicht geplant gewesen sein. Sie hat bei ihrer Mutter auf dem Bett gehockt und…"

„Das ist doch schon eine der Ungereimtheiten. Thea lag im Bett, weil sie sich krank fühlte und Bianca sitzt bei ihr auf dem Bett und sticht dann plötzlich zu - mit einem Messer, das sie ganz zufällig schon mal aus der Küche mitgebracht hat? Man ging doch davon aus, dass es unmittelbar vorher einen lautstarken Krach gab. Den hat Bianca sogar eingeräumt. Und während der ganzen Zeit blieb ihr Pflegevater seelenruhig im Bad?" Judiths Stimme klang ungläubig. Sie versuchte, sich die Situation vorzustellen, aber es gelang ihr nicht wirklich.

Cloud und Snow lagen noch immer in der Nähe. Judith bemerkte, dass sie nicht völlig entspannt waren. Sie beobachteten sie genau. Ob es daran lag, dass ihr Besucher ein völlig Fremder war?

Sebastian nickte. „Sehen Sie, das kommt Ihnen auch komisch vor. Kurt Erdmann wäre doch bestimmt dazu gekommen und hätte sie zumindest aus dem Schlafzimmer geworfen statt zuzulassen, dass Bianca seine kranke Frau ankeift. Aber alle Indizien führten zu ihr."

„Sie hatte offenbar ein Messer aus der Küche und eine Pistole", überlegte Judith.

„Ja, auch das ist bei näherem Nachdenken merkwürdig. Das sieht so geplant aus. Aber sie wollte doch Geld von ihren Eltern. Sie war nicht adoptiert, sondern hatte immer den Status eines Pflegekindes. Also galt sie nicht automatisch als Erbin."

„Dann muss es andere Feinde geben."

Er nickte. „Aber das alles war eben nur Biancas Aussage. Es gibt keine Zeugen für die Szene. Ihre Nachbarin Frau Jacobi hat nur gesehen, dass sie fort ging. Es gab damals auch die Theorie, dass sie tatsächlich das Haus nach dem Streit verlassen hat und später wieder zurückkam und ihre Pflegeeltern ermordete."

„Das wäre vorsätzlicher Mord. Aber die Pistole deutet ja sowieso darauf hin. Und sie hatte nicht einmal etwas davon – wie Sie gerade sagten, sie erbte nichts", warf Judith ein.

„Das tat sie eben doch. Die Frage ist, ob sie davon wusste. Als Pflegekind war sie nicht in der gesetzlichen Erbfolge, aber die Edmanns hatten sie in einem handschriftlichen Testament eingesetzt. Obendrein konnte nicht zweifelsfrei geklärt werden, ob Geld gestohlen wurde, denn niemand wusste, wie viel die Erdmanns im Haus hatten. Laut Kontoauszüge hatten sie zwei Tage vorher fünfhundert Euro abgehoben. Davon war jedenfalls nichts zu finden."

„Mmm – hatte Bianca einen Waffenschein?"

Er schüttelte den Kopf. „Aber was heißt das schon? Man ging davon aus, dass sie sich eine Waffe illegal besorgt hatte."

„Aber es wurde kein Verkäufer ausfindig gemacht?"

„Offenbar nicht."

„Mmmm."

Er hob die Schultern. „Ja, es muss ein Dilemma gewesen sein. Hinter jeder Kurve, um die Martha und ihre junge Klientin kamen, warteten neue Hürden. Schließlich wurde Bianca nach Indizien verurteilt. Aber sie hat niemals gestanden."

Judith nickte nachdenklich.

Die beiden Saftgläser waren längst ausgetrunken.

„Möchte Sie noch etwas trinken?", fragte sie.

Sebastian schüttelte den Kopf. „Haben Sie bereits Kontakt zu dem Detektiv aufgenommen?"

„Ellen und ich sind direkt dort vorbeigefahren, haben ihn aber nicht angetroffen. Ich wollte ihn eigentlich anrufen, aber ich muss gestehen – ich habe es vergessen."

Sebastian lachte. „Ah, ist wohl doch nicht so wichtig?"

„Oh doch, wichtiger, als Sie denken."

„Also ich will Martha helfen, indem ich Recherchen anstelle. Aber ich verstehe ehrlich gesagt nicht, warum Ihnen der Fall so wichtig ist."

Sie schüttelte den Kopf. „Das kann ich auch nicht erklären - ist so ein Gefühl. Mir ist gruselig hier. Ich glaube, der Fall…" sie lachte nervös. „…spukt noch hier herum."

„Ah, Sie glauben an Geister."

„Nein", log sie. „Aber an Aura."

Er lachte. Er konnte das nicht nachvollziehen.

„Wollen wir zusammen zu Max Kellerhoff fahren?", fragte er.

„Jetzt?"

„Warum nicht. Sicher ist er jetzt zu Hause. Ich habe seine Privatadresse. Sie wissen ja, Martha beauftragt ihn ab und zu."

Er grinste.

„Können wir das denn so einfach machen?"

„Wenn Sie Gespenster loswerden wollen, dürfen wir auf solche Höflichkeiten keine Rücksicht nehmen."

Sie zögerte.

„Ich lade Sie danach zum Essen ein."

Jetzt lachte sie. „Oh, danke. Ich war heute Mittag schon Essen."

„Ahh, Sie essen nur Mittags? Sind Sie deshalb so schlank?"

Ihr Lachen versiegte. Sie kannte den Blick. Ein wenig anzüglich.

„Ich tue das nicht nur Ihnen zuliebe. Ich habe eigene Motive. Ich vertreibe die Gespenster meiner Chefin. Wobei sie selbst das überhaupt nicht erneut anpacken will. Sie hat diesen Fall in das hinterste Stübchen ihrer Gehirnwindungen verbannt."

Judith war unsicher. Es ging inzwischen auf halb acht zu, eigentlich schon etwas spät, um einen unverhofften Besuch bei einem Fremden zu machen.

Plötzlich wurden die Hunde unruhig. Als Judith aufblickte, erstarrte sie. Hinter Sebastian schwebte durchscheinend, aber doch klar erkennbar die Gestalt von Thea Erdmann, die ihr einfach nur zunickte.

Judith schrie auf.

Snow bellte und Cloud winselte ängstlich.

„Was haben Sie? Sebastian blickte sich um, konnte aber nichts erkennen. Ist etwas? Sie sehen aus, als hätten Sie einen Geist gesehen."

Nur nichts anmerken lassen, dachte Judith angespannt. Der hält mich doch für komplett übergeschnappt.

Wenn der wüsste, dass sie wirklich ein Gespenst gesehen hatte.

Sie wünschte, sie könnte mit dem Geist von Thea Erdmann sprechen. Doch sie sah nur deren schemenhafte Erscheinung. Sie empfing keine Worte, keine Hinweise, nichts.

Sebastian fühlte sich mehr als verwirrt. Judiths erschrockenes Gesicht – die beiden Hunde, die plötzlich so verängstigt wirkten und mit eingezogenem Schwanz unter den Tisch krochen. Doch schon im nächsten Moment war alles wieder normal. Auch für Judith. Die Gestalt war verschwunden.

Hatte der Geist ihr wirklich zugenickt? Und war das eine Zustimmung gewesen für ihren Plan, diesen Kellerhoff zu besuchen? Ja, es kam Judith beinahe so vor.

„Nun gut, fahren wir", stimmte sie schließlich zu. „Nehmen wir zwei Autos?"

Er blickte sie etwas zerknirscht an. „Aber Judith, ich bitte Sie – auf was für Ideen sie kommen - ich bringe Sie natürlich wieder nach Hause."

Cloud und Snow knurrten verärgert, als Judith mit dem fremden Mann das Haus verließ. Was haben sie nur, dachte Judith. So stellen sie sich doch sonst nicht an.

Es war schon nach acht, als sie vor dem Privathaus der Familie Kellerhoff in Detmold ankamen. Judith hatte sich umgezogen und trug wieder die schwarze Jeans vom Vormittag, aber nicht die rote Bluse, sondern ein königsblaues Langarmshirt und einen anthrazitgrauen Cardigan darüber.

Sie fühlte sich nicht ganz wohl in ihrer Haut, diesen fremden Mann – Max Kellerhoff – einfach um diese Zeit privat zu überfallen. Um diese Zeit wollten die Leute den Feierabend genießen, lesen oder fernsehen und nicht fremden Besuch bei sich einfallen lassen, der längst vergangene Geschichten aufwärmen wollte. Aber Sebastian schien zu glauben, dass Max das nicht stören würde.

Auf der Fahrt hatte er immer wieder beteuert, dass der schließlich damals wegen dieses Falles seinen Dienst quittiert hätte. Folglich musste ihm daran gelegen sein, ihn wieder aufzurollen.

Das war nicht ganz schlüssig, fand Judith. Denn das bedeutete ja nicht zwangsläufig, dass er seinen Dienst wieder aufnahm. Es bedeutete nicht einmal, dass er sich noch heute für den Fall interessierte. Vielleicht gefiel ihm sein neuer Job und er hatte längst Frieden damit geschlossen.

Sebastian klingelte.

Schritte wurden laut.

Eine korpulente Frau in den Vierzigern mit kinnlangem, stark angegrautem Bob und etwas zu kleiner Brille auf der Nase öffnete die Tür gerade so weit, dass sie die Besucher begrüßen konnte. Die Frisur war unvorteilhaft, sie machte ihr rundes Gesicht noch ein bisschen runder und ließ es dicker erscheinen.

„Ja bitte?", fragte sie erstaunt.

„Guten Tag. Frau Kellerhoff, wie ich annehme?", grüßte Sebastian.

„Ganz recht. Kann ich Ihnen helfen?"

„Wir würden gerne Ihren Mann sprechen. Mein Name ist Sebastian Kupfer. Ich bin Rechtsanwalt und wahrscheinlich kann Ihr Mann mir bei einem Fall helfen."

Judith bewunderte ihn. Ganz schön geschickt, dachte sie. Die Frau musste annehmen, es ging um einen aktuellen Fall und ihr Ehemann könnte in seiner Eigenschaft als Privatdetektiv eine Aussage machen.

„Dann besuchen Sie ihn bitte morgen in seinem Büro", erwiderte die Frau abweisend.

„Es ist wirklich sehr wichtig, Frau Kellerhoff", entgegnete Sebastian äußerst höflich, aber beharrlich.

Die Frau taxierte ihn abschätzend.

Dann seufzte sie und rief von der Tür her: „Max, komm doch mal!"

„Was ist denn?"

„Besuch für dich."

„Warum bittest du ihn nicht herein?" Max erschien hinter seiner Frau im Flur.

„Anwälte", stellte seine Frau vor. Offenbar hatte sie automatisch angenommen, dass Judith auch Anwältin war.

„Und?"

„Geht um einen Fall, den du bearbeitest", erläuterte Frau Kellerhoff.

Erstaunlich, was die sich alles zusammenreimte. Das hatte eigentlich nie jemand gesagt.

„Um welchen Fall? Möchten Sie herein kommen?", fragte Max und öffnete die Tür ein Stück weiter.

Judith und Sebastian blickten jetzt in einen schmalen Flur mit einer einfachen Holzgarderobe, an der verschiedene Jacken übereinander hingen. Judith registrierte die altmodische Sofortbildkamera, die ebenfalls über einem Knauf baumelte. Sie weckte Erinnerungen. So eine Kamera hatten die Eltern ihrer Freundin Sabine früher gehabt - in der Zeit vor Digital. Sie meinten, sie seien einfach zu ungeduldig, um auf jedes Foto zu warten, bis der Film voll und entwickelt war. Manchmal wollten sie ein Foto einfach sofort haben. Auf Kindergeburtstagen wurde immer für jedes anwesende Kind ein Gruppenfoto gemacht und die Bilder sofort verteilt.

„Mein Name ist Sebastian Kupfer, ich bin der Sozius von Martha Verhoeven. Wir recherchieren in dem Fall Bianca Buchholz", hörte sie Sebastian sagen und erwachte aus ihren Träumereien.

Frau Kellerhoff fiel die Kinnlade herunter. Sie schlug augenblicklich gegen die Tür, um sie wieder zu schließen, doch Sebastian stand zu weit im Eingang, so dass sie nicht ins Schloss fiel.

„Nein!", schrie sie. „Darüber redet mein Mann nicht. Das ist lange vorbei."

Max Kellerhoff sagte gar nichts. Sie drehte sich verärgert zu ihm.

„Max! Sag was!"

Er antwortete noch immer nicht.

„Bitte gehen Sie!", forderte Frau Kellerhoff Judith und Sebastian auf.

„Herr Kellerhoff, bitte", wandte sich Judith direkt an ihn.

Er strich sich nervös über seine Glatze.

Endlich nickte er.

„Max!", rief seine Frau vorwurfsvoll.

Er griff nach seiner Jacke an der Garderobe und bedeutete den Besuchern, hinauszugehen. „Gehen wir ein Stück spazieren!", sagte er und begleitete sie noch in Pantoffeln nach draußen.

„Max!", schrie seine Frau hinter ihm her. „Max! Hör auf mit den alten Geschichten. Der Fall hat uns genug Nerven gekostet. Max!"

Er reagierte nicht.

„Sie macht sich Sorgen", erklärte er. „Der Fall hat wirklich genug Nerven gekostet. Und meinen Job, auch wenn ich ihn selbst hingeschmissen habe. Wirklich freiwillig war es trotzdem nicht. Da gibt es einen Unterschied."

„Bitte erzählen Sie uns, was Sie so gestört hat, dass Sie Ihren Job aufgegeben haben, obwohl Sie ihn offenbar gemocht haben."

„Darf ich zuerst fragen, wieso Sie wieder an dem Fall arbeiten?"

„Natürlich. Das ist Judith Schlüter", stellte Sebastian vor.

„Ich wohne in dem Haus der Familie Erdmann. Und – na ja, ich hörte von dem Mordfall und – ach, ich kann es nicht recht erklären", fuhr Judith fort.

„Sie fühlt eine merkwürdige Aura in dem Haus", erklärte Sebastian. Es klang ziemlich ironisch, was Judith ärgerte.

„Eine merkwürdige Aura? Ja, das habe ich sogar schon mal gehört. Das Haus soll gruselig sein, das haben frühere Besitzer auch schon gesagt. Obwohl der offizielle Grund für den Besitzerwechsel natürlich nicht eine gruselige Aura war. Na ja, ich weiß nicht, was ich davon halten soll."

„Es ist so. Glauben Sie mir", sagte Judith fest. „Meine Hunde spüren es auch."

„Ach ja, Tiere haben immer einen besonderen Sinn."

„Erzählen Sie uns jetzt von dem Fall?", bat Sebastian.

Judith zog sich in ihrem Cardigan zusammen. Es wurde allmählich kühl.

„Es gab so viele Ungereimtheiten. Bianca erzählte uns damals, ihre Eltern - Pflegeeltern - hätten einmal Andeutungen darüber gemacht, dass sie belastendes Material über eine bedeutende Persönlichkeit hätten. Bianca wusste nicht, was es war und auch nicht, um wen es sich handelte."

„Erpressung?", fragte Sebastian.

„Möglich wäre es. Aber nicht sehr wahrscheinlich. Bianca hat diese Theorie nicht untermauert. Und nach Aussagen von Freunden und Bekannten der Erdmanns würde das absolut nicht Theas Charakter entsprechen. Gefunden haben wir damals nichts. Angeblich gab es Unterlagen oder Aufzeichnungen. Aber wo? Wir haben das Haus auf den Kopf gestellt, das können Sie mir glauben. Inzwischen haben zwei Familien darin gewohnt und auch nichts gefunden – rein zufällig beim Renovieren oder so."

„Ich habe ebenfalls gründlich renoviert, zum Teil sogar den Fußboden erneuert, aber gefunden habe ich auch nichts", bestätigte Judith.

„Sehen Sie."

„Ich verstehe das nicht. Wenn das Material so belastend war, musste sie doch wissen, dass es gefährlich war, die Menschen zu erpressen", warf Sebastian ein.

„Wir wissen doch nicht, ob sie jemanden erpresst hat. Wenn es diese Unterlagen überhaupt gibt, könnte auch Jemand einfach Angst gehabt haben, dass sie irgendwann einmal gegen ihn verwendet werden könnten. Dem ist er oder sie zuvor gekommen. Wenn… Aber wie gesagt, das alles sind alleine Biancas Aussagen.

Sie machte sich nicht unbedingt glaubhaft damit, eben weil es durch nichts zu belegen war", erläuterte Kellerhoff.

„Woher hatte Bianca die Pistole?"

„Wir wissen es nicht. Illegal – aus dem Untergrund."

„Und wie kam sie daran? Ich wüsste nicht, wen ich wegen einer Waffe kontaktieren sollte", warf Judith ein.

„Thea Erdmann hat als Sekretärin in der Staatsanwaltschaft gearbeitet. Wer weiß, vielleicht ist Bianca irgendwie dadurch an Kontakte gekommen. Aber dann wäre sie extrem planmäßig vorgegangen", erwiderte Max.

„Und es gab nie einen anderen Verdächtigen als Bianca?", fragte Judith.

„Nein. Aber ich bin sicher, dass sie es nicht war. Staatsanwalt Marksroth hat allerdings nicht unbedingt in alle Richtungen ermitteln lassen. Er war sich seiner Sache sehr sicher. Er kam mir damals – na ja…"

„…voreingenommen vor?", hakte Sebastian nach.

Kellerhoff nickte. „Ja, nennen wir es so. Aber alles verlief im Rahmen der Gesetze. Man konnte ihm nicht an den Karren pinkeln. Aber mir war nicht wohl dabei. Biancas Anwältin hat sich sehr bemüht, aber auch sie konnte nichts an dem Urteil ändern."

„Auch sie hat nach wie vor Zweifel an Biancas Schuld. Und die arme Frau sitzt seit fünf Jahren im Gefängnis. Ich bekomme allmählich eine Ahnung von dieser Tragödie. Wie alt war Bianca damals?", fragte Judith.

„Zwanzig. Eine normale junge Frau, etwas wenig zielorientiert, ziemlich spleenig, aber nicht aggressiv."

„Sie hatte an dem Abend aber Streit mit ihren Pflegeeltern."

„Pah – was denken Sie, wie oft ich Streit mit meiner sechzehnjährigen Tochter habe? Auch um Geld. Gerade heute hat sie mir verkündet, dass sie mich hasst, weil ich ihr keine Pferdebeteiligung finanzieren will. Aber bringt sie mich deswegen um? Neee. Ich sage Ihnen, sie hasst mich nicht einmal."

„Bianca war kein pubertierender Teenager mehr", warf Sebastian ein.

„Das stimmt, aber sie war noch ein wenig unreif. Vielleicht hat sie immer zuviel bekommen. Sie übernahm keine Verantwortung, hatte noch keine Berufsausbildung angefangen. Und dann diese Idee mit der Afrikatour. Aber davon wissen Sie ja."

Sebastian und Judith nickten beide.

„Das alles zusammen ergab eben für Staatsanwalt und Richter ein schlüssiges Bild. Eine junge Frau – kein Geld – Streit mit ihrer Mutter – den Kopf voller Ideen und überall Fingerabdrücke auf dem Messer. Na ja, so kam es zu der Verurteilung nach Indizien."

„Was ist mit diesem Freund, mit dem sie nach Afrika wollte?"

„Der ist abgereist. War schon fort und wurde nicht gefunden."

„Puh", Judith blies hörbar die Luft aus. Die Sache erschreckte sie zutiefst.

Dann fiel ihr etwas ein. Sie wusste überhaupt nicht, warum sie nicht längst daran gedacht hatte. „Hat man eigentlich mal Bianca mit diesem Hund zusammengebracht?"

Sebastian verstand nicht, was sie meinte. Aber Max schaltete nach einem kurzen Moment. „Sie denken, der Hund müsste bei ihr anders reagieren, weil er den Mord ja miterlebt hat? Entweder verängstigt oder aggressiv?"

„Genau. Wir wissen doch, dass der Hund vollkommen durcheinander war."

„Nein, ich glaube nicht, dass man eine Gegenüberstellung Hund – potentielle Mörderin in Erwägung gezogen hat." Max lachte etwas gekünstelt. Als wäre das eine unmögliche Idee.

Judith hob die Schultern.

„Was ist eigentlich mit dem Hund passiert?", fragte sie. Es war bis jetzt soviel über das Tier gesprochen worden - sie hoffte, er war nicht - traumatisiert wie er war - in einem Tierheim gelandet.

„Das wissen sie nicht? Die Nachbarin hat ihn aufgenommen. War ein Basset, damals noch ziemlich jung", erwiderte Max.

„Was?" Judith riss die Augen vor Staunen weit auf.

Dieser Hund war Votan? Kein Wunder, dass der keine Leute ins Haus lassen wollte. Kein Wunder, dass er diesen übersteigerten Beschützerinstinkt hatte. Warum hatte Ellen das nicht erwähnt? Hatte sie einfach nicht darüber nachgedacht?

„Würden Sie uns helfen, wenn wir neu ermitteln wollen?", fragte Sebastian jetzt ganz sachlich.

„Wenn Sie mir sagen, wo ich ansetzen soll, bin ich dabei", versprach Max sofort.

„Spontan würde ich sagen bei Staatsanwalt Marksroth", meinte Sebastian. „Und jetzt, da er nicht mehr ihr Chef ist, dürfte das doch kein so großes Problem sein?"

Max lachte auf. „Kein Problem? Sie machen wohl Scherze. Aber ich werde sehen, was ich tun kann. Aber ganz dezent. Und meine Frau darf nichts davon erfahren, klar?"

„Klar. Wir bezahlen Ihnen das auch", bot Sebastian an.

Judith verzog heimlich den Mund. Sie hatte eigentlich nicht vor, viel Geld in diese Sache zu stecken.

„Neee, ist schon gut. Solange ich andere Aufträge annehmen und Geld verdienen kann... Ich wäre froh, wenn endlich Licht in diese Angelegenheit kommt", erwiderte Max.

Als sie sich verabschiedeten, war es zehn vor neun und Judith war durchgefroren.

„Jetzt lade ich Sie zum Chinesen ein", sagte Sebastian und sein Ton war so, dass er Judith nicht unbedingt die Wahl ließ.

Aber sie wollte gerne mit ihm gehen. In dem Restaurant war es sicher schön warm und Hunger hatte sie inzwischen auch. Und zwar so sehr, dass sie hoffte, dass ihr Magen nicht laut knurren würde.

Außerdem konnte sie nicht behaupten, dass sie sich unwohl fühlte in Sebastian Kupfers Gesellschaft.

Sie lächelte also und nahm die Einladung dankend an.

Sebastian Kupfer entpuppte sich als amüsanter Gesprächspartner. Im Laufe des Essens in einem chinesischen Restaurant begannen sie automatisch, sich mit dem Vornamen und Du anzureden. Es war plötzlich ganz selbstverständlich. Sie gingen so ungezwungen miteinander um, dass das förmliche Sie einfach nicht passte.

Später landeten sie noch in einem kleinen gemütlichen Lokal. Judith bestellte sich ein Glas Rotwein und Sebastian trank ein Radler. „Ich muss ja noch fahren", meinte er und ignorierte damit, dass ja auch ein Radler Alkohol enthielt. Aber es blieb wirklich bei dem einen, obwohl sie noch lange sitzen blieben.

Es war bereits zwei Uhr nachts, als Sebastian sich an der Haustür von Judith verabschiedete. „Das war ein schöner Abend", sagte er. Die beiden Hunde spielten schon hinter der Haustür verrückt.

„Ja, das fand ich auch", erwiderte Judith ehrlich und schloss auf. Cloud und Snow sprangen sofort an ihr hoch und beanspruchten ihr Frauchen für sich alleine. Judith ignorierte sie, was die beiden nur zu größeren Anstrengungen anspornte. Cloud knurrte Sebastian sogar an.

„Cloud!", mahnte Judith und gab ihnen endlich nach und streichelte sie.

Sebastian sah der Szene etwas mürrisch zu. „Du tust, als wären sie deine Kinder."

Sie hob die Schultern. Sie bemerkte den leichten Vorwurf nicht, zu sehr war sie inzwischen auf die Tiere konzentriert. „Irgendwie sind sie es", erwiderte sie.

Sebastian antwortete darauf nicht. Als sie sich ihm wieder zuwandte, sagte er: „Mach dir bitte nicht allzu viele Gedanken wegen dieses alten Falles. Wird schon werden. Vielleicht findest du sogar noch die Unterlagen, die Thea Erdmann angeblich versteckt hat."

„Kann ich mir nicht vorstellen. So wie dieses Haus schon mehrere Male auf den Kopf gestellt wurde…"

„Und wenn nicht – unser Leben wird trotzdem normal weitergehen", sagte er leichthin. Der Einwand gefiel ihr nicht. Es klang irgendwie gleichgültig.

„Tschüß, Sebastian", sagte sie nur. Sie hatten genug darüber gesprochen, was sie bewegte. Den wirklichen Grund konnte sie nicht nennen und damit erklären, dass sich ihr Leben wahrscheinlich doch ändern würde, dass sie wahrscheinlich dieses Haus verlieren würde, wenn sie dem Geist nicht helfen konnte. Puh – das durfte sie nicht einmal wirklich zu Ende denken. Was für ein furchtbarer, erschreckender Gedanke.

„Tschüß. Schlaf gut." Er hob die Hand und strich ihr über die Wange. Die Berührung war sanft – wie das zartes Streicheln eines Windhauches - aber Judith fühlte sich wie elektrisiert. Sie schloss eine Sekunde lang die Augen und wünschte, er würde sie küssen. Aber er machte keine Anstalten.

„Du auch", hauchte sie. Dann ging sie hinein. Die Hunde sprangen wieder an ihr empor und freuten sich, dass Judith endlich ganz bei ihnen war. Draußen hörte sie den Wagen starten und wegfahren.

Sie ging ins Wohnzimmer und ließ die Hunde durch die Terrassentür ins Freie, damit sie noch einmal ihr Geschäft verrichten konnten.

Was war nur mit ihr los? Irgendwie fühlte sie sich wie ein Teenager bei diesem Mann. Okay, er sah nicht schlecht aus – war schon ihr Typ. Aber… Wieso hatte er eigentlich überhaupt nicht versucht, sie zu küssen?

„Jetzt bilde dir bloß nichts ein", sagte sie laut zu sich selbst. „Er hat nichts anderes als berufliches Interesse. Wenn er diesen alten Fall aufklären könnte, an dem seine Chefin gescheitert war, das wäre doch was."

Sie lehnte sich mit dem Rücken und Kopf gegen die Wand neben der Terrassentür. Sie lachte laut vor sich hin.

Oh Mann, wenn der wüsste, dass sie, die toughe Existenzgründerin Judith Schlüter, zu einer Wahrsagerin ging seit sie fünfzehn Jahre alt war.

Was sagte das eigentlich wirklich über ihr Selbstbewusstsein aus? Ihr Lachen verebbte. Sie hatte doch schon mehrmals darüber nachgedacht. Es war ja nicht so, dass sie nicht an Sidonias Vorhersagen glaubte – aber konnte sie sich nicht ebenso gut auf ihren eigenen Instinkt verlassen? Der war ziemlich gut ausgeprägt, dass hatte sie schon oft bemerkt. Sie war nicht mehr das junge, unsichere Mädchen von einst, das Bestätigung suchte, weil ihre eigene Mutter alles, was ihr gefiel und was ihr wichtig war, herabsetzte. Sie war vierunddreißig Jahre alt, selbständig, hatte einen guten Beruf. Sie konnte ihr Leben ohne hellsichtigen Beistand führen. Ach, es war eine dumme Angewohnheit, die sie ablegen musste.

Cloud und Snow kamen wieder herein und Judith verschloss sorgfältig die Tür und ließ die Jalousien herunter.

„Kommt ihr mit? Ich gehe nach oben. Ab ins Bett."

Kapitel 7
Donnerstag, 25. Mai

Max Kellerhoff überlegte, was er tun konnte, um Licht in den alten Fall zu bekommen. Seine Frau Gudrun hatte ihm die größten Vorwürfe gemacht. Sie hatte gekreischt und geschimpft und ihm schließlich sogar verboten, wieder an dem Fall zu arbeiten. Was glaubte sie eigentlich, wer er war? Er war doch kein Kind mehr. Na ja, er verstand sie ja irgendwie. Damals hatte ihn das ganz schön mitgenommen. Und schließlich sogar den Job gekostet. Das war hart gewesen, aber so würde es nicht wieder sein. Jetzt würde er unter ganz anderen Voraussetzungen nachforschen. Ein bisschen herumstochern. Der Fall war ja im Grunde gelöst. Das, was er jetzt tat, war etwas ganz anderes.

Er fragte sich, ob er sich selbst etwas vormachen wollte. War es wirklich etwas anderes oder hoffte er, endlich den Fall lösen zu können, einen alten Fehler zu berichtigen?

Er seufzte hinter seinem Schreibtisch.

„Okay – erstmal zum aktuellen Fall. Schließlich muss ich auch noch Geld verdienen", murmelte er vor sich hin. Dann rief er nach seinen Mitarbeitern. „Katrin, Bernd!"

„Ja, Chef?", rief Katrin zurück.

„Können wir den Tag planen? Über den Fall sprechen?"

„Sicher. Wir kommen."

Dabei überlegte Max, was er an die beiden abgeben konnte, wie viel Freiraum er sich selbst schaffen konnte, um im Fall Erdmann/Buchholz zu recherchieren. Oder ob er Bernd, seinen neunundzwanzigjährigen Mitarbeiter ins Vertrauen ziehen sollte?

Womit wir wieder am Anfang sind, dachte er leicht frustriert. Wo sollte er überhaupt ansetzen? Bei Marksroth, hatte dieser junge Anwalt gemeint. Als wenn das so einfach wäre. Sollte er in dessen Büro hineinspazieren und ihm vorwerfen, in dem Fall damals nicht richtig ermittelt zu haben? Oder sogar Schlimmeres?

Wenn er dem Staatsanwalt auf die Zehen trat, machte der ihm glatt seine kleine Detektei kaputt. Die Macht hatte er.

Er saß hinter seinem Schreibtisch und schüttelte ratlos den Kopf, als seine Mitarbeiter herein kamen.

„Was nicht in Ordnung, Chef?", fragte Bernd.

„Doch, doch. Alles gut."

Judith schlief für ihre Verhältnisse ziemlich lange. Sie blinzelte auf den Wecker. Was? Schon gleich neun? Sie wunderte sich, dass die Hunde sie so lange in Ruhe gelassen hatten, aber dann erinnerte sie sich, dass die beiden ja erst mitten in der Nacht noch einmal im Garten waren. Also war es wohl am Morgen nicht so eilig, nach draußen zu kommen.

Sie reckte sich wohlig und drehte sich auf die andere Seite.

Sie hatte es sich verdient, den Tag ein wenig ruhiger anzugehen und sie hatte das Gefühl, das auch wirklich zu brauchen. Sie blieb noch eine Weile im Bett liegen, bis die Hunde es absolut nicht mehr zulassen wollten. Dann zog sie sich ihre weite Pluderhose und ein T-Shirt an und bereitete sich das Frühstück zu, während die Hunde durch den Garten tollten. Es sah düster aus draußen. Sicher würde es gleich regnen. Kein Wetter, um einen langen Spaziergang zu machen. Dazu hatte sie heute einfach keine Lust.

Sie brachte Kaffee, Toast mit Marmalade und Quark an den niedrigen Couchtisch und schaltete den Fernseher ein. Gerade liefen die Pseudo-Doku-Krimis - K11 und Niedrig und Kuhnt.

Na, das ist nicht wirklich das Richtige. Ich habe das Gefühl, gerade meinen eigenen Krimi zu erleben, dachte sie.

Als die Hunde wieder im Haus waren, verschloss sie die Terrassentür.

Sie zappte durch die Programme und nippte dabei an ihrem Kaffee. Cloud und Snow sprangen zu ihr auf das Ecksofa und kuschelten sich an sie.

Hoffentlich findet dieser Kellerhoff etwas heraus, dachte sie. Der Gedanke an die unschuldig verurteilte Bianca Buchholz ließ sie nicht los. Jetzt dachte sie schon wirklich an sie als die *unschuldig Verurteilte*. Dabei wusste sie gar nicht genau, ob das wirklich zutraf.

Ach, was dachte sie denn da. Natürlich wusste sie es. Von dem Geist der Thea Erdmann selbst. Von allen, die nicht an Biancas Schuld glaubten. Von ihrer eigenen inneren Stimme.

Oh Mann – das mit dem Geist glaubt mir kein Mensch, ging es ihr durch den Kopf. Aber ohne ihn ist es gar nicht so leicht, meine Motivation zu erklären.

Auch der Gedanke, der sich gestern Abend bei ihr eingenistet hatte, tauchte wieder auf. Wie ein lästiger, unnützer Parasit. Werde ich das Haus verlieren, wenn ich den Fall nicht aufkläre? Wird der Geist mich vertreiben?

Sie versuchte, sich auf das Fernsehprogramm zu konzentrieren, wo sie wieder bei K11 gelandet war und knabberte an ihrem Toast herum. So richtig schmeckte es ihr heute Morgen nicht.

Hoffentlich kommt Ellen nicht rüber, dachte sie. Heute möchte ich einfach mal alleine bleiben und ein wenig herumgammeln.

Außerdem standen immer noch ein paar Umzugskartons herum, die sie noch nicht ausgepackt hatte.

Judith holte ihren Laptop, stellte ihn auf ihre Knie und schaltete ihn an.

Mal sehen, ob sie etwas über diesen alten Fall googlen konnte.

Max und sein Mitarbeiter Bernd saßen an der Theke des neu errichteten Lokals *La Taverna* und hörten den Ausführungen ihres neuen Mandanten Diego Garcia aufmerksam zu.

Es war Mittagszeit, die Gaststätte noch nicht geöffnet und die drei Männer waren allein. Die Stühle lagen mit den Sitzflächen nach unten über den Tischen, weil die Reinigungskraft den Fußboden gewischt hatte. Die Gläser standen ordentlich eingeräumt im Regal und in einer Vitrine standen große und kleine Tassen. Alles war hell und freundlich eingerichtet. An den Wänden hingen große Fächer mit Blumen, mit Flamenco Tänzern oder spanischer Landschaft. Das Lokal strahlte deutlich spanisches Flair aus. Max wünschte sich nach Mallorca – weg aus diesem verregneten Detmold, das hinter den Türen dieses Cafes auf ihn wartete.

Es war keine typische Kneipe, eher eine Mischung aus Restaurant und Bar. Es gab eine leckere Speisekarte - Kleinigkeiten, Gebäck, Tapas, Tortillas, leckere Aufläufe und natürlich Calamares.

„Mein Lokal wird wirklich gut besucht", erzählte dessen Besitzer in fließendem deutsch. „Vielleicht weil es ein gewisses Urlaubsfeeling verbreitet." Er lachte. Er war ein sympatischer, hoch gewachsener Mann Mitte Dreißig mit tiefschwarzen vollen Haaren und einem Drei-Tage-Bart. „Aber irgendetwas stimmt hier nicht. Jemand scheint es mir nicht zu gönnen.", mutmaßte er.

„Was ist denn passiert?", fragte Max. „Wir brauchen etwas mehr als Vermutungen."

„Seit ich hier aufgemacht habe, fehlen immer wieder Dinge. Es begann mit Dekorationen, Vasen, ein Bild - anfangs habe ich sogar gedacht, ich hätte mich geirrt. Dann fehlte Geld in der Kasse – keine Riesensumme, mal zwanzig Euro, mal fünfzig - oder sogar Lebensmittel. Meine Frau hatte sie eingekauft und eingelagert. Ganz sicher. Sie waren da, habe sie selbst gesehen. Und plötzlich waren sie weg. Die Krönung aber war der Typ vor der Tür, der versucht hat, meine Gäste abzufangen. Er sagte jedem, der hier hereinkommen wollte, dass es bei uns abgelaufene Lebensmittel gäbe. Es würde einem schlecht, wenn man hier gegessen hätte."

„Hatten Sie dadurch schon Einbußen?", fragte Max.

„Natürlich. Also diejenigen, die schon öfter hier waren, kommen weiter. Die wissen, dass das nicht stimmt. Aber viele Stammgäste haben wir noch nicht, wir sind ja noch nicht so lange hier und neue Gäste lassen sich beeinflussen. Komischerweise hatten wir neulich tatsächlich schimmligen Käse im Kühlschrank – aber das konnte überhaupt nicht sein."

Max schaute ihn irritiert an.

„Glauben Sie mir, der muss uns untergeschoben worden sein. Ich schwöre." Zum Beweis hob er drei Finger in die Höhe.

„Haben Sie die Polizei gerufen?"

Diego lachte unfreundlich auf. „Klar – denen zeige ich dann den schimmligen Käse und schwups" – er schnippte mit den Fingern – „haben wir das Gesundheitsamt im Haus. Dann kann ich endgültig einpacken. Übrigens gab es auch einen Brief. Der kam vor zwei Tagen."

Er öffnete eine Schublade und holte einen Zettel heraus.

„Brief ist eigentlich zuviel gesagt", meinte er und reichte ihn Max.

Der faltete den Zettel auseinander und las: *Mach deinen Laden zu, sonst vernichte ich dich.*

Max hob die Augenbrauen. „Das ist deutlich. Haben Sie einen Verdacht?"

Diego hob die Schultern. „Gleich nebenan ist eine Bar, nicht spanisch, aber doch ähnlich wie meine. Vielleicht bin ich zuviel Konkurrenz?"

„Kann jemand davon bis in die Küche kommen?"

„Mmm – also eigentlich kann ich mir das nicht vorstellen."

„Wer könnte sonst infrage kommen?"

„Ich weiß es wirklich nicht. Aber sie müssen ihn finden, bevor ernsthaft etwas passiert, das mich ruiniert."

Max nickte. Ja, das sah er auch so.

„Was ist mit Schutzgeld?", fragte Bernd. „Kann es damit zusammenhängen?"

Diego lachte wieder auf. „Ich habe keine Forderung erhalten. Ich soll nichts zahlen, ich soll dicht machen."

Bernd und Max sahen sich an. Beiden war klar, was zu tun war.

„Ich schlage vor, dass wir Kameras installieren. In der Küche und auch hier in der Bar. Und können Sie einen meiner Mitarbeiter hier einschleusen als Kellner oder so?"

Diego nickte.

Bernd verzog das Gesicht. „Das werde ich wohl sein?"

„Kennen Sie sich aus mit Cocktails mischen?"

„Nein."

„Dann eben hinter die Theke zum Bier zapfen. Mal sehen – wie soll ich das erklären? Wir haben zurzeit nicht unbedingt Überlastung."

„Stellen Sie ihn als einen Freund vor, der bei Ihnen in die Geheimnisse der Gastronomie eingeweiht wird, weil er in Dortmund oder Bochum oder wo auch immer ebenfalls ein Lokal eröffnen will. Lassen Sie sich etwas einfallen", schlug Max vor. Dann wandte er sich an Bernd: „Haben wir alles zum Installieren der Kameras dabei?"

„Ja natürlich. Wir können gleich loslegen."

„Das ist großartig", freute sich Diego.

„Das wird sicher keine langwierige Sache", hoffte Max. „Den Täter werden wir schnell haben."

Gleich nachdem die Kameras installiert sein würden, würde er selbst sich wieder seinem anderen Fall zuwenden. Er wollte Lutz Wegener kontaktieren – einen alten Freund von Bianca Buchholz. Wie gut, dass ihm der noch eingefallen war. Er brauchte unbedingt einen Verbündeten in dieser Angelegenheit. Ach, er fühlte sich schon etwas überfordert.

Und er musste seine aktuellen Aufträge ordentlich erledigen, er verdiente schließlich sein Geld damit.

Trotzdem – er wollte auch dieser alten Sache nachgehen. Er hatte vor fünf Jahren versagt, jetzt hatte er eine Chance, das zu korrigieren.

Lutz Wegener zu finden war zum Glück kein Problem. Er wohnte nicht mehr unter der gleichen Adresse wie vor fünf Jahren, aber er erschien einfach unter Google, weil er Vertriebsleiter einer großen Computerfirma war.

Alle Achtung, dachte Max. Der hat eine Karriere hingelegt. Vor fünf Jahren war er einfacher Programmierer.

Max griff zum Telefon und wählte die angegebene Nummer. Eine Sekretärin meldete sich. Nein, Herr Wegener war nicht im Haus, aber er könne es gerne auf der Handynummer versuchen. Sie diktierte die Nummer und Max tippte sie in sein eigenes Handy.

Gleich darauf versuchte er, Lutz Wegener unter der Nummer zu erreichen. Leider vergebens. Aber klar, ein erfolgreicher Verkäufer wird wohl kaum mitten im Gespräch ständig an sein Handy gehen. Da würden sich die Kunden schön bedanken. Er sprach eine Nachricht auf. „Hallo Herr Wegener. Ich arbeite wieder an dem Fall Bianca Buchholz. Es gibt Menschen, die noch immer an ihre Unschuld glauben. So wie Sie damals. Tun Sie das noch immer? Dann wäre es schön, wenn Sie zurückrufen. Jederzeit."

So, mehr konnte er erstmal nicht tun.

Oder vielleicht mit seinen alten Kollegen von der Polizei sprechen, die mit ihm zusammen an dem Fall gearbeitet hatten. Aber was sollten die ihm schon Neues berichten? Für die war der Fall erledigt.

Aber es gab jemanden, mit dem er reden sollte. Er sollte versuchen, diesen Freund zu finden. Den, mit dem Bianca jene Reise unternehmen wollte, für die sie das Geld von ihren Pflegeeltern haben wollte. Dieser Mann war damals wie vom Erdboden verschwunden gewesen. Wahrscheinlich abgereist – aber wie? Per Zug? Auto? Per Flugzeug nicht, zumindest nicht unter seinem wirklichen Namen. Ja, den Mann musste er finden. Das war sonnenklar. Aber wenn er damals schon nicht zu finden gewesen war, warum dann heute, fünf Jahre später? Und wie hieß der noch?

Daran konnte Max sich überhaupt nicht erinnern. Aber der Name dürfte heraus zu finden sein, notfalls durch Bianca im Gefängnis. Ach, verdammt – es war alles schon so lange her.

Irgendwann machte Judith doch einen Spaziergang mit Cloud und Snow. Sie bekam sonst noch einen Stubenkoller. Irgendwann hatte man eben auch genug vom Herumgammeln. Aber das Wetter war wirklich nicht sehr einladend. Es nieselte und es war sehr ungemütlich und kalt.

Als sie wieder zurück im Haus war, fühlte sie sich durchgefroren. Sie stellte den Wasserkocher an und hängte einen Teebeutel Rooibos-Vanille in eine große Tasse mit Schmetterlingsmotiven.

Das Telefon schrillte.

Lass es nicht Ellen sein, dachte Judith. Ich habe heute keine Lust auf Ellen. Und wenn es noch so ungerecht ist. Allerdings hatte Ellen bisher überhaupt nicht nach ihrer Telefonnummer gefragt.

„Guten Tag Frau Schlüter, hier ist Martha Verhoeven", klang die Stimme aus dem Hörer. Angenehm, aber sehr fest, sehr selbstbewusst.

„Guten Tag Frau Verhoeven. Gibt es etwas Neues?"

„Wie man's nimmt. Ich kann morgen ins Gefängnis gehen und Bianca Buchholz treffen. Bevor Sie euphorisch werden – nur ich als ihre Anwältin. Aber ich denke, ich werde unsere Interessen gut vertreten."

„Ja natürlich. Eigentlich habe ich auch nicht damit gerechnet, dass ich, als Fremde, eine schnelle Besuchserlaubnis bekomme."

Ja, das war ihr klar gewesen. Und trotzdem war da diese kleine Fantasie, die hoffte, es mit Marthas Hilfe eben doch zu schaffen. Wäre zu schön gewesen. Ob Martha es wohl überhaupt versucht hatte oder ob sie einfach lieber alleine zu ihrer ehemaligen Mandantin gehen wollte?

„Ich gehe noch einmal alles mit ihr durch. Stück für Stück."

„Ja, ist gut. Danke, dass Sie mir Bescheid gesagt haben."

„Keine Ursache."

Max' Handy läutete mit diesem schrillen durchdringenden Ton, den er eingestellt hatte, weil er auf angenehme Musiktöne niemals reagierte. Die verband er einfach nicht mit dem Läuten eines Telefons.

„Kellerhoff", meldete er sich.

„Hallo, hier spricht Lutz Wegener."

„Herr Wegener. Wie schön, dass Sie zurückrufen."

„Natürlich. Bei so einer Nachricht", erwiderte Wegener. „Haben Sie wirklich neue Anhaltspunkte?"

„Nicht wirklich. Aber können wir uns vielleicht treffen?"

Wegener zögerte einen Moment. „Wenn Sie sich etwas davon versprechen, mache ich es möglich. Aber ich habe wirklich nicht viel Zeit."

Max horchte auf. So interessiert wie er im ersten Moment gedacht hatte, war dieser Lutz Wegener wohl doch nicht?

„Herr Wegener, ich fische im Trüben, das muss ich zugeben. Aber es gibt in der Tat Hoffnung auf neue Erkenntnisse. Also bitte – wenn Sie es möglich machen können, tun Sie es."

Hoffnung auf neue Erkenntnisse? Das war ein Riesenbluff. Es gab nichts. Absolut gar nichts.

„Ja natürlich", kam es durch den Telefonhörer. Max glaubte, einen kleinen ungeduldigen Stöhner zu hören. „Soll ich zu Ihnen kommen? Zur Polizei?"

Konnte es sein, dass Wegener es überhaupt nicht wusste? Na ja, warum sollte er auch. Er hatte ja vermutlich niemals wieder etwas mit der Polizei zu tun gehabt.

„Ich bin nicht mehr bei der Polizei. Aber wenn Sie Zeit haben, kommen Sie doch zu mir in mein Büro. Ich habe jetzt eine kleine

Privatdetektei. Deshalb habe ich jetzt auch die Möglichkeit, anders an den Fall heranzugehen."

Wegener stieß einen anerkennenden Pfiff aus. Was der sich wohl vorstellte? Na, der würde schön enttäuscht sein, wenn er das Büro sah. So überwältigend war es nun wirklich nicht. Max nannte ihm die Adresse.

„In Ordnung. Bin in einer halben Stunde da."

Merkwürdig, dachte Max. Jetzt kann er sich auf einmal so schnell die Zeit nehmen. Er befürchtete ernsthaft, dass es Wegener nicht so sehr an Zeit mangelte als am Interesse.

Schließlich dauerte es nicht einmal eine halbe Stunde, bis Lutz Wegener vor der Bürotür stand. Max hätte den jungen Mann vermutlich nicht wieder erkannt, wenn er ihm auf der Straße begegnet wäre. Die Größe war natürlich noch wie damals und auch seine Figur hatte sich nicht geändert. Ein paar Pfund zugelegt hatte er vielleicht, aber das konnte Max mit seinem eigenen Bäuchlein nun wirklich nicht bemängeln. Lutz' volles Haar war nach hinten gekämmt. Er trug einen eleganten grauen Anzug – Vertriebsleiter eben – und teure Lederschuhe, wie Max registrierte.

War schon eine andere Erscheinung als er selbst in Jeans, Pulli und Sportschuhen.

Aber er war ja auch deutlich jünger. Nur wenig älter als Bianca. Also vielleicht siebenundzwanzig oder achtundzwanzig Jahre alt.

„Bitte, kommen Sie herein", lud er Wegener ein. Er führte ihn in sein Büro und holte für beide eine Tasse Kaffee."

„Haben Sie keine Sekretärin?", fragte Wegener leicht irritiert.

„Ich habe zwei Mitarbeiter. Aber wir sind hier für verschiedene Dinge zuständig. Im Moment observieren beide in einem anderen Fall."

„Ah. Gut. Herr Kellerhoff, wie kann ich Ihnen helfen? Sehen Sie, ich bin ein sehr beschäftigter Mann, habe wenig Zeit, also kommen wir lieber schnell zum Punkt."

Max zog die Augenbrauen hoch. Der war aber ganz schön kurz angebunden.

„Es geht immerhin um die Freiheit Ihrer Freundin Bianca Buchholz", erinnerte Max ihn.

„Und ich nehme das auch sehr ernst. Deshalb bin ich ja so schnell gekommen. Aber meinen nächsten Termin kann ich nicht verschieben."

„Ich weiß gar nicht genau, wie Sie mir helfen können. Aber der Fall ist nun mal wieder bei mir gelandet. Die neue Besitzerin des Hauses der Ermordeten ist auf den Fall aufmerksam geworden und hat ihn wieder ins Rollen gebracht."

„Tatsächlich? Warum interessiert sie sich dafür?"

Max hob die Schultern. So genau hatte er das ja selbst nicht verstanden. Er war einfach auf den Zug aufgesprungen, weil er sowieso nie mit der Sache ins Reine gekommen war.

„Sie hat sich wohl umgehört und gemerkt, dass es Ungereimtheiten gibt. Viele Menschen glauben an Biancas Unschuld und sie selbst leugnet ja auch immer noch, die Tat begangen zu haben."

„Ja, nach fünf Jahren im Gefängnis. Merkwürdig, nicht wahr? Man sollte meinen, dass man irgendwann aufgibt, wenn man sowieso schon sitzt."

„Wenn sie schuldig ist, schon. Es bringt ihr ja nichts mehr, zu leugnen", stimmte Max zu. „Aber wenn man unschuldig ist, bleibt man auch dabei."

Lutz Wegener zuckte mit den Schultern. „Vielleicht hofft sie auf eine Begnadigung? Oder eben genau auf das, was jetzt passiert ist."

„Darauf konnte sie wirklich nicht hoffen. Können wir noch mal gemeinsam überlegen, ob es irgendetwas gegeben hat, das nicht passte? Oder das wir vergessen haben? Oder etwas, dem damals zu wenig Bedeutung beigemessen wurde?"

„Nach fünf Jahren? Das würde mich wundern. Aber gut, natürlich, für Bianca. Ich wünsche mir auch, dass sie frei kommt. Denn auch ich glaube an ihre Unschuld. Wissen Sie, Bianca war etwas rebellisch, vorlaut, eigensinnig, streitbar."

„Sie zeichnen kein sehr freundliches Bild."

Lutz Wegener lachte. „Na Moment mal – das sind zwar ihre weniger guten Eigenschaften, aber sie hatte ja auch eine andere Seite. Sie war kreativ, neugierig auf die Welt, optimistisch."

„Was ist mit dem Streit mit ihrer Mutter?"

„Pflegemutter. Und ja, daran gibt es nichts zu beschönigen. Bianca wollte Geld, um durch Afrika zu reisen. Sie war leider auch nicht sehr beständig." Lutz zog die Nase kraus. „Auch keine sehr positive Eigenschaft. Aber sie war noch jung."

„Immerhin zwanzig Jahre alt. Da haben viele schon eine abgeschlossene Berufsausbildung", warf Max ein.

„Ja, Bianca war flatterhaft. Sie hat es gut gehabt bei den Erdmanns, aber Sie dürfen nicht vergessen, dass sie ein Pflegekind war. Sie kam erst mit drei Jahren zu ihnen und bis dahin werden Kinder geprägt. Von einem arbeitslosen, alkoholkranken Vater und einer Mutter, die nur in den Tag hinein lebte", gab Lutz zu bedenken.

Max war nicht sicher, ob das genug Prägung für ein Leben war, wenn man die ganze restliche Kindheit und Jugend in einem liebevollen Zuhause verbrachte.

„Aber die Erdmanns haben ihr doch etwas ganz anderes vorgelebt. Herr Erdmann war Lehrer oder so etwas?", hakte er nach.

Wegener nickte. „Sozialpädagoge."

„Und Thea Erdmann arbeitete später im Büro der Staatsanwaltschaft."

„Halbtags, ja. Aber erst viel später, da war Bianca schon ein Teenager und sie hatten keine weiteren Pflegekinder mehr. Hören

Sie, warum auch immer Bianca so war, es stand nicht zu befürchten, dass sie nicht irgendwann noch die Kurve bekommen würde. Vielleicht hätte sie ja einen Job gemacht, der mit Reisen zu tun hatte. Und gleich, wie heftig der Streit mit ihrer Pflegemutter war, sie hätte sie niemals umgebracht. Sie hat sie geliebt. Das können Sie mir glauben. Aber die Aussage hat damals nichts gebracht und ich weiß nicht, was sie heute bringen soll."

Max nagte an seiner Unterlippe. Nein, das wusste er auch nicht. Er konnte sich sowieso nicht vorstellen, dass es etwas brachte, die alten Zeugen noch einmal zu befragen. Und Lutz Wegener kam ihm seltsam vor. Einmal machte er sich bärenstark für Biancas Unschuld – und dann schien es Max, als sei er keineswegs völlig überzeug. *„Vielleicht hofft sie auf eine Begnadigung"*, hatte er gesagt, als ob Bianca aus reinem Kalkül seit fünf Jahren ihre Unschuld beteuerte.

Max glaubte, dass Lutz Wegener sich keinen Deut für die alte Freundin hinter Gittern interessierte.

„Sagen Sie mir nur noch eins", bat er. „Wie hieß dieser Freund von Bianca, mit dem sie ins Ausland gehen wollte?"

„Mit dem wollen Sie auch sprechen?"

„Natürlich. Er hatte auch Interesse an dem Geld, meinen Sie nicht? Aber ich erinnere mich einfach nicht an den Namen."

Lutz Wegener wiegte den Kopf hin und her und lachte wieder.

„Kein Wunder nach fünf Jahren. Er hieß Carlos Tauber."

„Carlos Tauber – richtig", rief Max aus. Wieso war ihm das nicht selbst eingefallen?

„Aber fragen Sie mich nicht, wo der sich aufhält. Ich habe keine Ahnung. Habe nie wieder was von ihm gehört."

„Damals war er nicht mehr aufzufinden. Sie haben keine Idee, wohin er gegangen ist?"

Lutz Wegener beugte sich etwas vor. „Wenn Sie mich fragen, hatte er einen falschen Pass und ist abgehauen. Das war keiner, der in solche Dinge verstrickt werden wollte."

„Auch nicht für seine Freundin?"

„Ach was, Freundin", Lutz lehnte sich wieder zurück. „Das war ein Mensch, der nur an sich dachte."

„Mmm", Max kam gerade ein Gedanke, der ihn nicht gerade fröhlich stimmte. „Wäre es möglich, dass Bianca sich von ihm hat einwickeln lassen?"

„Wie meinen Sie das?"

„Na, sie wollte mit ihm nach Afrika gehen, wollte Geld von ihren Pflegeeltern. Kann sie doch weitergegangen sein und wir liegen alle falsch?"

Lutz schüttelte entschieden den Kopf. Aber dann sagte er leise: „Ja, möglich wäre das. Allerdings - ein Mord ist doch eine andere Sache, als geldgeil zu sein. Aber jetzt muss ich wirklich los."

Er erhob sich.

Max stand ebenfalls auf. Die Befragung war beendet.

„Ich danke Ihnen, dass Sie gekommen sind. Vielleicht habe ich Sie zu sehr überrumpelt. Denken Sie in Ruhe darüber nach und wenn Ihnen noch etwas einfällt, auch etwas, das Ihnen vielleicht bisher überhaupt nicht wichtig erschien, dann melden Sie sich. Jede Kleinigkeit kann helfen, die Zusammenhänge neu zu ordnen."

Lutz reichte Max über den Schreibtisch hinweg die Hand. „Das werde ich selbstverständlich tun, Herr Kellerhoff. Bianca ist und bleibt meine Freundin. Wenn ich ihr jetzt noch irgendwie helfen kann, werde ich das tun."

Max nickte ihm stumm zu.

Dann ging Lutz Wegener.

Die Bürotür fiel hinter ihm ins Schloss.

Max fragte sich, ob er wirklich so hilfsbereit war, wie er tat. Oder ob er diesen alten Fall schon längst vergessen hatte. Wie oft hatte er Bianca wohl im Gefängnis besucht? Schade, dass er ihn nicht danach gefragt hatte. Dieser Mann war irgendwie zu glatt. Er war gefühlsmäßig nicht berührt. Max hatte in seinem Berufsleben als

Polizist und als Detektiv schon mit vielen verschiedenen Menschen gesprochen. Mit Angehörigen und Freunden der Ermordeten, mit Verdächtigen, die sich manchmal als Täter entpuppten, mit deren Angehörigen und Freunden, die ihnen oft aus der Bredouille helfen wollten. Aber die waren immer irgendwie berührt. Traurig, verlegen, wütend... Aber Lutz war unbeteiligt. Max glaubte, damals war das anders. Aber jetzt würde er keine Hilfe sein, er hatte mit der Sache abgeschlossen.

Harald Marksroth zog gerade seinen Trenchcoat über seinen dunklen Anzug und wollte sein Büro verlassen, als das Telefon läutete. Er stöhnte. Seine Sekretärin hatte sich schon verabschiedet. Er war alleine im Büro der Staatsanwaltschaft. Also musste er es entweder klingeln lassen oder selbst ran gehen.

Einen kurzen Moment war er geneigt, seiner Schwäche nachzugeben und einfach zu gehen. Den Feierabend hatte er sich verdient.

Doch im nächsten Augenblick hob er den Hörer ab.

„Marksroth", meldete er sich. Seine Stimme war tief und kräftig.

„Hallo, rate mal, wer hier ist", flötete eine verführerische Stimme in den Hörer. Er erkannte sie sofort. Eine Stimme, die er nie wieder hatte hören wollen.

„Was willst du!", fragte er barsch.

„Oh gut, du kennst mich noch."

„Mein Gedächtnis ist ausgezeichnet im Gegensatz zu deinem. Du solltest mich doch nie hier anrufen."

„Natürlich, aber du hast offenbar eine neue Handynummer. Und zu Hause ist es dir sicher auch nicht recht."

„Was willst du?", wiederholte er. Er sah sie genau vor sich. Jung, langbeinig, mit Miniröcken, die kaum mehr als ein Gürtel waren. Haare bis zur Hüfte. Obwohl – es war lange her. Auch sie war älter geworden und hatte vielleicht ihren Kleidungsstil und ihre Frisur geändert.

„Ich habe eine Information, die dich sicher interessiert. Diese neue Bewohnerin im Haus der Erdmanns – du erinnerst dich?"

„Ja, natürlich." Sein Ton wurde drängender und zunehmend ungeduldig.

„Nun, sie stellt Fragen."

„Was für Fragen?"

„Ach Harald Baby", flötete sie. „Über die Erdmanns natürlich. Sie hat diesen Polizisten von damals aufgesucht und was weiß ich, wohin ihr Weg sonst noch führt."

„Egal, was soll sie schon tun?"

„Was weiß ich. Ich wollte es dir nur mitteilen. Du solltest es wissen. Du willst sicher nicht, dass dieser alte Fall wieder auf dich zukommt."

„Was auch in deinem Interesse ist."

„Natürlich." Ihre Stimme war immer noch wie ein Glockenspiel. Angst hörte er nicht darin. Auch keine Nervosität. So schlimm konnte es also nicht sein.

„Lebst du noch in London?", fragte er scheinbar zusammenhanglos. Er wollte sie möglichst weit weg wissen. Nur nicht in seiner Nähe.

„Nein. Ich lebe wieder in Deutschland. In Hamburg. Aber zurzeit bin ich in Mailand. Du weißt, ich war immer ein Sprachgenie. Ich spreche fließend Italienisch. Bin noch immer in der Modebranche, aber nicht mehr als Model."

Ja, er erinnerte sich. Sie war ein Sprachgenie. Überhaupt war sie intelligent und ein Teufel in Person.

„Dafür wirst du doch noch nicht zu alt?", stichelte er und genoss diese kleine Spitze. Ihr Aussehen war ihr immer am wichtigsten gewesen.

Und ihr Alter war mit Sicherheit absolut noch kein Thema – es gab weiß Gott ältere Models.

Sie lachte silberhell. „Willst du mich ärgern? Das gelingt dir nicht. Pass einfach auf, dass aus dem bisschen Herumstochern der Schnalle nicht eine Welle wird. Dieser komische Polizist von damals ist schon voll drauf abgefahren."

„Woher weißt du das alles eigentlich so genau? Du weißt ja mehr als ich und ich lebe immer noch hier in Detmold."

Wieder dieses Glockenlachen. „Ich habe offenbar die besseren Kontakte. Harald, Darling..."

„Ich bin nicht dein Darling", knurrte er.

„Wenn du willst, besuch mich doch mal an der Alster."

„Ich will nicht mal mit dir telefonieren. Du bist ein intrigantes Miststück – von dir hält man sich besser fern so weit es geht."

Sie lachte. „Baby, diese Geschichte verbindet uns. Wenn du willst, dass ich mich von dir fern halte, bring das mit der Hausbesitzerin und diesem Bullen in Ordnung."

„Was sollen die denn schon tun", wiederholte er lahm. „Alles, was es zu finden gab, ist damals gefunden worden. Es gibt nichts, auf das wir aufpassen müssen. Und nun lass mich in Ruhe und ruf ja nie wieder an."

„Ein Dankeschön hätte ich schon erwartet. Aber bitte..."

In der Leitung ertönte ein Klicken, das Harald sagte, dass sie aufgelegt hatte. Er drehte den Hörer unschlüssig in der Hand.

Er hatte nicht gedacht, jemals wieder etwas von dem vermaledeiten Fall zu hören. Er war so sicher, dass er sogar diesen Polizisten engagiert hatte, der jetzt Detektiv war, um seiner Frau hinterher zu spionieren. Er hatte gedacht, der könnte sicher jeden Auftrag brauchen. Aber an die Erdmanns und die kleine Buchholz im Gefängnis hatte er nie wieder gedacht.

Und das würde er auch jetzt nicht tun.

Entschlossen legte er den Hörer auf.

Kapitel 8
Freitag, 26. Mai

Judith erwachte um halb sechs Uhr früh und fühlte sich frisch und munter und stark, den neuen Tag in Angriff zu nehmen. Das Faulenzen gestern hatte ihr gut getan. Sie fühlte keine Angst, keinen Zweifel. Einfach nur Tatendrang. Trotz der frühen Stunde schlug sie schwungvoll die Bettdecke zur Seite und schwang die Beine aus dem Bett.

Cloud und Snow standen schon schwanzwedelnd an ihrem Bett. „Auf geht's. Zuerst einen Kaffee – ohne Kaffee geht hier nichts. Aber dann machen wir drei einen schönen, langen Spaziergang."

Max tat was er konnte, um diesen Carlos Tauber zu finden. Aber er hatte keinerlei Anhaltspunkte. Wieder einmal überlegte er, ob er seinen Kollegen hinzuziehen sollte. Nachher vielleicht. Oder morgen.

Noch war er zu Hause, saß vor seinem Laptop und recherchierte, während seine Frau Gudrun um ihn herum den Frühstückstisch deckte.

„Stell das Ding weg", kommandierte sie genervt. „Wir wollen frühstücken.

Gerade kam seine Tochter Ronja in die Küche. In einer halben Stunde musste sie zur Schule aufbrechen.

Sie trug eine dieser Jeans mit den Rissen über dem Knie und ein T-Shirt mit einem Totenkopf drauf. Max verzog den Mund, aber er sagte nichts. Hatte sowieso keinen Sinn. Da biss man bei ihr auf Granit und sie stellte erst recht auf stur. Außerdem brauchte er heute ihre Hilfe, da wollte er es sich wirklich nicht mit ihr verderben.

„Du Ronja, du hast doch ein facebook-Konto?", fragte er.

Ronja grinste. „Ja klar. Hat doch jeder."

„Kann man da nach anderen Personen suchen? Auch, wenn sie keine deiner fünfhundert Freunde sind?"

„Ja sicher. Was ist denn los?"

Max hätte sie normalerweise auf ihren herablassenden Tonfall aufmerksam gemacht, aber dieses Mal verkniff er sich eine Bemerkung.

„Mach mal. Wähl dich mal ein!", forderte er sie auf und schob das Laptop auf dem Küchentisch zu ihr rüber.

„Max, Ronja soll frühstücken. Sie muss gleich zur Schule. Sie muss nicht vorher schon für dich am Computer herumspielen. Wenn du das lieber machst, als zu frühstücken – bitte sehr – dein Problem. Aber zieh nicht Ronja da mit hinein."

Das stimmte nicht ganz. Es war durchaus ihr Problem, wenn er mitten zwischen dem Essen am Computer saß. Es nervte sie kolossal.

„Lass mal, Gudrun. Ist wirklich wichtig. Sie kann gleich frühstücken. Und ich bringe sie zur Schule, dann hat sie etwas mehr Zeit", entgegnete er bemüht ruhig.

Gudrun stöhnte, aber sie versuchte, sich zusammenzureißen. Wenn sie jetzt zu viel meckerte, waren gleich alle sauer. Ronja würde schmollend auf ihr Zimmer rennen und womöglich gar nicht mehr zur Schule gehen und Max würde türeknallend das Haus verlassen. Also biss sie sich auf die Zunge und sagte nichts. Etwas, das ihr ausgesprochen schwer fiel.

„Okay, ich bin drin", verkündete Ronja. „Wen soll ich suchen?"

„Carlos Tauber."

Sie prustete los. „Wer heißt denn so?"

„Egal. Gib einfach ein."

Sie tippte den Nam en in das Suchfeld.

„Neee – so ähnliche Namen. Aber nicht genau so."

„Dann versuch es doch mal mit K."

„So schreibt man Carlos aber nicht." Trotzdem tippte Ronja los.

„Auch nichts."

Aber Max zeigte auf einmal ganz hektisch auf ein kleines Foto.

„Karl Tauber. Kannst du das Bild größer machen?"

Ronja prustete schon wieder los. Der Bildschirm war schon übersät von Spucketropfen. „Meine Güte Papa, du weißt ja gar nichts. Klar geht das. Vielleicht solltest du dich auch mal mehr mit dem *social network* beschäftigen. Immerhin hast du eine Art Firma."

„Für Privatdetektive ist Öffentlichkeit nicht immer gut. Wenn mein Gesicht jeder kennt ist es vorbei mit dem verdeckt Ermitteln."

„Aber du willst doch auch, dass man dich als Detektiv findet und bucht."

Inzwischen war das Foto des Karl Tauber auf dem Bildschirm erschienen - einem Mann mit dunklen strubbeligen Haaren, Dreitagebart, einer kleinen Narbe auf der Stirn.

Mein Gott, das war er. Max war sich ganz sicher.

„Kann man dem eine Nachricht zukommen lassen?", fragte er.

Aber da streikte Ronja. „Das geht schon. Du kannst ihm eine private Nachricht schicken. Aber echt nicht von meinem Konto aus. Ich will nicht, dass der denkt, ich schreibe ihm. Wenn es so wichtig ist, leg dir selbst ein Konto an und schreib ihm. Ist ganz einfach."

Max nickte bedächtig. „Sieht man, wo der wohnt und so weiter?"

Ronja tippte in das Profil. „Nein, alles nicht öffentlich. Außerdem hat der schon seit Ewigkeiten nichts mehr gepostet. Wer weiß, ob der überhaupt noch in sein Profil reinguckt."

„Versuch macht klug", zitierte ihr Vater. Wenn das der einzige Weg war, den Typen zu kontaktieren, musste er sich eben ein facebook-Profil anlegen.

„Kannst du das auch noch schnell machen?"

Doch da mischte sich erneut Gudrun ein. Max hatte sich schon gewundert, wie lange sie stillgehalten hatte. „Max, sie muss noch essen! Darum musst du dich wirklich selbst kümmern. Außerdem hast du zwei junge Mitarbeiter, die können das bestimmt."

Die will ich aber grad nicht fragen, dachte Max.

„Ist wirklich ganz einfach Papa", erklärte Ronja. „Geh nachher einfach mal selbst auf facebook und hangel dich durch. Du schaffst das schon. Auf Bilder und so kannst du ja erstmal verzichten. Oder ich helfe dir heute Abend."

Als Judith von ihrem Spaziergang zurückkam, hörte sie schon an der Haustür das Telefon klingeln.

Ach Mist, dachte sie. Trotzdem beeilte sie sich, hereinzukommen. Sie ließ die Haustür offen stehen und rannte zum Telefon. Wenn jemand auf dem Festnetz anrief, handelte es sich meist um etwas Eiliges. Ihre Freunde und Familie meldeten sich normalerweise per Whattsapp.

Cloud und Snow trotteten langsam hinter ihr her. Sie hatten sich im Wald ausgetobt und wollten jetzt einfach auf ihren Kissen ausruhen.

„Schlüter", meldete sich Judith.

„Frau Schlüter, ich hörte, Sie interessieren sich für den alten Mordfall in ihrem Haus?", fragte eine fremde Stimme.

Sofort klopfte ihr Herz höher. Ob das jemand war, der ihr helfen konnte? Der Informationen hatte?

„Ja", antwortete sie.

„Hören Sie auf damit. Lassen Sie es ruhen."

„Aber… warum? Was wissen Sie darüber?"

Cloud horchte auf. Er bemerkte sofort die veränderte Stimmlage seines Frauchens. Snow war viel zu erschöpft. Sie war so viel gerannt auf ihren kurzen Beinchen. Sie lag vollkommen ermattet auf ihrem Kissen.

„Lassen Sie den Fall ruhen, Frau Schlüter. Sonst wird Ihnen das schlecht bekommen. Es geht Sie nichts an. Wenn Ihnen Ihre

Gesundheit lieb ist und es nicht einen weiteren unerfreulichen Zwischenfall in Ihrem Haus geben soll, dann geben Sie die Nachforschungen auf."

Danach klickte es in der Leitung. Der Anrufer hatte aufgehängt.

Judith blickte wie erstarrt auf den Hörer in ihrer Hand.

Wer war das denn? Und woher hatte er ihre Nummer? Was er wollte, danach musste sie nicht fragen. Er wollte sie ganz klar einschüchtern, damit sie nicht an dem alten Fall rührte. Was allerdings auch bedeutete, dass wirklich irgendetwas damit nicht stimmte.

Aber was sollte sie jetzt tun?

Der Fall hatte mehrere Schicksale auf dem Gewissen. Thea und Kurt Erdmanns Leben, Biancas Freiheit, Max' Job bei der Polizei. Marthas Seelenfrieden. Gab es noch mehr? Sie hatte keine Lust, ein weiteres Opfer in diesem Fall zu werden.

Das erste, was Judith einfiel war, zu Ellen hinüber zu laufen. Irgendjemandem musste sie von diesem unglaublichen Telefonanruf erzählen. Sie klingelte und Lorenz öffnete die Tür.

„Herr Jacobi, guten Tag. Ist Ellen da?", fragte sie aufgewühlt. Sie hatte nicht erwartet, ihn hier anzutreffen. Wieso war er nicht arbeiten?

„Nein, Ellen ist in der Buchhandlung. Sie hat heute Vormittag Dienst", erklärte er ziemlich abweisend. „Ich bin krank", fügte er dann hinzu, obwohl er fand, dass Judith das nicht das Geringste anging.

Sie nickte enttäuscht.

„Kann ich ihr etwas ausrichten", fragte er, als sie sich bereits umgedreht hatte und wieder gehen wollte.

Sie blieb stehen, drehte sich noch einmal um. Ja – wollte sie sagen, besann sich aber anders. „Nein. Oder – sagen Sie ihr einfach, dass ich hier war und ihr etwas erzählen wollte. Vielleicht meldet sie sich kurz, wenn sie zurück ist."

„Wenn es um diesen alten Mord in Ihrem Haus geht, für den Sie sich ja so brennend zu interessieren scheinen, dann vergessen Sie es. Ellen macht da nicht mit!", erwiderte er.

Judith fiel überrascht der fast feindselige Ausdruck in seiner Stimme auf. Was hatte er? Machte er sich auch Sorgen, so wie die Frau von dem Detektiv? Die wollte auch absolut nicht, dass der Fall wieder aufgerollt wurde.

Was steckte wirklich dahinter?

„Was stört Sie daran?", fragte Judith so ruhig es ihr möglich war.

„Alles. Lasst die Finger davon. Ihnen kann ich nur raten. Aber Ellen werde ich es verbieten", schnauzte er.

Judith machte einen Schritt auf ihn zu. „Sie verbieten es ihr?", fragte sie betont langsam. „Lorenz, bei allem Verständnis, aber Ellen ist nicht Ihr Kind. Sie ist Ihre Frau. Eine erwachsene…"

„Halten Sie sich aus unserem Leben raus!", schrie er. „Wenn Sie sich unbedingt mit der Vergangenheit beschäftigen wollen – bitte. Aber lassen Sie uns damit in Ruhe. Lassen Sie uns unser Leben führen. In Ruhe. So wie bisher."

Judith zuckte unter seinen heftigen gebrüllten Worten zusammen wie unter Peitschenhieben.

„Ellen hat selbst entschieden, mit mir zu recherchieren. Ich habe sie zu nichts gezwungen."

„Lassen Sie uns in Ruhe!", wiederholte er geradezu drohend und starrte ihr direkt in die Augen.

Sie prallte zurück, als hätte er sie geschlagen.

Lassen Sie den Fall ruhen, Frau Schlüter. Sonst wird Ihnen das schlecht bekommen. Es geht Sie nichts an. Wenn Ihnen Ihre Gesundheit lieb ist und es nicht einen weiteren unerfreulichen Zwischenfall in Ihrem Haus geben soll, dann geben Sie die Nachforschungen auf.

Das hatte gerade der Anrufer am Telefon gesagt. Konnte es sein, dass… Wollte Lorenz so unbedingt erneute Nachforschungen verhindern, dass er nicht mal davor zurückschreckte, ihr zu drohen?

Judith versuchte, sich an die Stimme am Telefon zu erinnern. War es Lorenz' Stimme gewesen? Es gelang ihr nicht. Sie war einfach viel zu aufgeregt gewesen.

„Wie Sie wollen", sagte sie endlich und ging. Gegen diesen Mann brauchte sie nicht argumentieren. Der war verstockt und verbohrt und obendrein noch unverschämt. Sollte Ellen sehen, wie sie mit dem zurecht kam. Aber eines war Judith klar: Der würde Ellen nicht übermitteln, dass sie sich mit ihr in Verbindung setzen sollte. Der würde versuchen, jeden Kontakt zu unterbinden.

Auf dem Rückweg überlegte sie fieberhaft, mit wem sie sprechen konnte. Sie musste unbedingt mit jemandem reden.

Sie wusste, sie könnte ihre Freundinnen anrufen, aber da müsste sie ganz von vorn beginnen. Die wussten ja noch gar nichts von der Geschichte.

Wenn sie in Gefahr war, würde sie wohl sogar ihre Eltern anrufen können, aber ihre Mutter würde ihr endlose Vorträge darüber halten, dass sie ja gleich gesagt hätte, sie solle nicht alleine als Frau in eine so einsame Gegend ziehen. Und dass sie natürlich die Nase nicht in Angelegenheiten stecken sollte, die sie nichts anging. Aber so war sie eben.

Hannah war eine Möglichkeit. Sie hatte am ersten Abend miterlebt, wie unheimlich es hier war. Sie würde wahrscheinlich verstehen, warum Judith das Gefühl hatte, dem alten Mordfall auf die Spur kommen zu müssen. Vielleicht. Hoffentlich.

Die beste Lösung war wohl Sidonia. Diejenige, die sie nicht mehr anrufen wollte, weil sie ab jetzt ihre Entscheidungen ohne Vorhersagen treffen wollte. Aber Sidonia wusste von dem Geist, sie nahm es ernst, sie würde Judith nicht verspotten. Und sie hatte ihr ihre Hilfe versprochen.

Und dann war da noch Martha Verhoeven, Sebastian Kupfer und auch Max Kellerhoff. Die wussten alle drei von dem Fall, von ihrem Interesse dafür und konnten den Bedrohungen als Juristen nachgehen. Vermutlich würden sie ihr raten, die Polizei einzuschalten.

Als Judith vor dem Haus ankam, hörte sie die Hunde bellen. Sie wurde schneller. Das war ungewöhnlich. Was war jetzt wieder geschehen? Sie sah sich hektisch um. Es war ein Instinkt, der sie plötzlich vorsichtiger werden ließ. Sie war hier ganz allein. Was, wenn man sie hier einfach überfiel? Kurz vor ihrem Haus? Es wäre ganz einfach. Ellen war nicht da. Und Lorenz lag vermutlich im Bett und kurierte seine Krankheit aus. Außerdem wäre es ihm sowieso egal. Sie sollte sich da raushalten, hatte er deutlich gesagt.

Ihr Herz begann zu klopfen, aber sie ignorierte es. Sie wollte sich nicht von einer vollkommen diffusen Angst kontrollieren lassen. Hier war niemand zu sehen. Und gleich war sie in ihrem Haus. In Sicherheit.

Sie zog ihren Schlüssel aus der Hosentasche, versuchte, ihn ins Schloss zu stecken, ließ ihn fallen.

Ihre Hände zitterten.

Ganz ruhig, befahl sie sich in Gedanken und sah sich abermals um.

„Siehst du", beruhigte sie sich selbst. „Niemand da."

Sie atmete tief ein und steckte den Schlüssel ins Schloss. Sie drehte ihn, die Tür sprang auf. Die Hunde lagen sofort dahinter und sprangen an ihr hoch, als wäre sie stundenlang fort gewesen.

Snow hatte irgendetwas im Mund, ein Blatt Papier.

Sie beugte sich zu der Hündin und wollte ihr das Papier abnehmen. „Was hast du denn da?", fragte sie.

Aber Snow wollte nicht loslassen. Sie liebte es, um ein Spielzeug zu zerren. Judith hatte wenig Geduld dafür, aber sie wollte das Papier auch nicht kaputt machen. Was konnte das sein?

Eine Nachricht von jemandem, der sie nicht angetroffen hatte? Blöd, dabei war sie nur nebenan gewesen.

„Aus, Snow!", befahl Judith. Da ließ der Hund los und Judith konnte den Zettel nehmen.

Sie blickte darauf.

Sie begann zu schreien. Sie schrie und schrie.

Sie waren hier gewesen. Ganz nah.

Oh mein Gott, sie war in Gefahr.

Lorenz blickte ihr durch das Küchenfenster nach. Verrücktes Weib. Seit sie hier eingezogen war, geriet sein Leben aus den Fugen und das war doch erst wenige Tage her. Wenn er könnte, würde er sie wegzaubern oder irgendetwas geschehen lassen, dass sie das Haus verlassen musste. Die Bewohner zuvor hatten weit weniger Ärger gemacht, aber leider hatten die nicht lange durchgehalten. Lorenz hoffte, dass es bei dieser Judith Schlüter genauso sein würde.

Wie kam dieses Weib nur auf die Idee, diesen alten Fall aufklären zu wollen. Und zu können? Wo Jahre zuvor Polizei und Anwalt gescheitert waren?

Er raufte sich die verbliebenen Haare. Frustrierte Zicke. Hatte die keine eigenen Probleme, um die sie sich kümmern konnte, dass sie ihre Nase in Dinge steckte, die sie nicht das Geringste angingen? Verdammt – verdammt – verdammt. Das würde ihn in große Schwierigkeiten bringen. Immer wieder kreisten seine Gedanken darum.

Aber was konnte er tun, damit sie verschwand? Vielleicht sollte man das Haus wirklich anstecken. Brandstiftung. War das eine Lösung?

Es würde doch nie jemand auf die Idee kommen, dass er dahinter steckte?

Ach, was dachte er da? So etwas würde er doch sowieso nicht fertigbringen – andere Häuser anstecken. Also warum darüber nachdenken? Außerdem konnte der Schuss auch nach hinten losgehen. Es waren schon zu viele Leute mit dem alten Fall beschäftigt. Wenn der Schlüter jetzt so etwas passierte, würde womöglich jeder glauben, dass es mit dem alten Fall zusammenhing und erst recht noch tiefer graben. Verdammte Scheiße!

Auf jeden Fall musste er Ellen von der da drüben fernhalten. Von dem Besuch würde er ihr nichts erzählen. Dann würde Ellen sich nicht bei ihr melden und die Schlüter vielleicht böse sein.

Nein, er wusste es besser. So würde das nicht laufen. Ellen würde sich auch ohne Aufforderung früher oder später wieder bei der melden. Ellen war froh, dass sie hier wieder jemanden hatte, nachdem das Nachbarhaus monatelang leer gestanden hatte. Außerdem brannte sie selbst dafür, diese Mordgeschichte aufzuklären. Ja, dazu brauchte die Schlüter keine großen Überredungskünste. Ellen war nie davon überzeugt gewesen, dass die kleine Bianca eine Mörderin war. Sie hatte lediglich diesen kleinen Schups gebraucht, den sie jetzt bekommen hatte.

Ach, wären sie doch nur fort gezogen so wie Ellen es immer gewollt hatte. Jetzt war es zu spät.

Scheiße, er steckte echt tief im Schlamassel.

Er sah Judith die Haustür aufschließen. War ganz schön nervös. Vielleicht merkte sie selbst, wie blöd das war, was sie machte.

Sebastian Kupfer traf eine dreiviertel Stunde, nachdem Judith ihn angerufen hatte, bei ihr ein.

Er trug einen braunen Anzug über einem blauen Hemd. Seine Haare waren wieder im Nacken zusammengebunden, wie er es immer machte, wenn er im Büro war.

Er sah sie besorgt an.

„Judith, schneller ging es wirklich nicht. Martha ist auch völlig verstört. Wir verstehen einfach nicht, wie das passieren konnte." Er nahm sie in den Arm und sie lehnte sich dankbar an seine Schulter.

So blieben sie einen Moment lang im Flur stehen. Cloud und Snow sprangen an Judith empor, als wollten sie den Eindringling verjagen.

„Jetzt erzähl noch mal ganz in Ruhe. Du warst so aufgeregt am Telefon."

Sie löste sich von ihm und nickte. Während sie gemeinsam ins Wohnzimmer gingen, berichtete sie von dem Telefonanruf, der sie erreicht hatte, gleich nachdem sie aus dem Wald gekommen war.

„War etwas auffällig an seiner Stimme?", fragte Sebastian ganz sachlich.

„Was meinst du?", fragte sie und zog die Nase kraus.

„Nun, wie war seine Stimmlage? Sehr hoch oder sehr tief? Hatte er einen Sprachfehler, einen Akzent?"

Sie überlegte. Aber nein, ihr war nichts besonders aufgefallen.

„Da war nichts. Außer, dass er ziemlich bedrohlich klang. Sein Tonfall war bedrohlich."

„Kannst du dich an seine genauen Worte erinnern?"

„Mmm..." Sie überlegte. „Ich denke schon. Zumindest ungefähr."

„Ungefähr ist nicht genau. Aber schön. Sag es mir so genau wie es geht."

Lustig, dachte Judith etwas verärgert. Wer kann sich schon an genaue Worte eines Gesprächs erinnern? Besonders so eines Gesprächs.

„Also als erstes stellte er ziemlich nüchtern fest, er hätte gehört, dass ich mich für den alten Mordfall in meinem Haus interessiere. Ich bejahte das. Ich weiß noch, wie ich dachte, es ist vielleicht jemand, der mir helfen kann. Der Informationen hat.

Als nächstes sagte er in ziemlichem Befehlston: *Hören sie auf damit.* Ich fragte ihn, warum. Da wurde seine Stimme noch etwas härter. Drohend. Und er sagte: „*Lassen Sie den Fall ruhen. Sonst wird Ihnen das schlecht bekommen. Es geht Sie nichts an. Wenn Ihnen Ihre Gesundheit lieb ist und es keinen weiteren unerfreulichen Zwischenfall in Ihrem Haus geben soll, dann geben Sie die Nachforschungen auf. Ja genau. Das hat er gesagt. Wenn Ihnen Ihre Gesundheit lieb ist.*"

Sie hatte sehr langsam und betont gesprochen, hatte über jedes Wort nachgedacht, damit sie den Wortlaut so genau wie möglich wiedergab.

Sebastian hob die Augenbrauen hoch. „Das klingt in der Tat nach einer Drohung. Wir sollten die Polizei benachrichtigen. Und was war das mit dem Foto? Das habe ich überhaupt nicht verstanden. Du hast so schnell und hektisch geredet am Telefon."

„Ich war drüben bei meinen Nachbarn, wollte nach dem Telefongespräch mit Ellen reden, aber sie war nicht da. Ich habe nur Lorenz angetroffen und der war auch nicht gerade freundlich. Na gut, als ich dann wieder zurückkam, spielten die Hunde verrückt. Das tun sie sonst nie. Höchstens, wenn ich stundenlang unterwegs war, aber ich war höchstens zehn Minuten weg. Snow hatte einen Zettel im Maul. Ich nahm ihn ihr ab. Und…"

„Und?"

„Das musst du sehen", meinte sie und stand auf, um das Foto von ihrem Sideboard zu holen. Sie reichte ihm das zerknitterte Bild.

Er nahm es, schaute darauf. Es zeigte Judith und ihre beiden Hunde im Wald. Judith wollte gerade einen kleinen Ast werfen, während Snow vor ihr herum sprang und ungeduldig darauf wartete, dass das Spielzeug flog. Cloud dagegen schnüffelte am Wegrand herum.

Darunter stand die Nachricht: Ich bin schon ganz nah.

„Das war heute Morgen im Wald", flüsterte Judith. „Heute Morgen. Er oder sie hat mich beobachtet. Das ist doch eine Drohung."

„Na ja, streng genommen nicht. Es ist ein Foto von dir und den Hunden und eine eher nichts sagende Nachricht."

„Was?", fragte sie entgeistert. Sie konnte nicht glauben, was er da sagte. Verstand er nicht, was hier los war?

„Ich selbst denke das nicht", beeilte er sich zu sagen. „Aber objektiv betrachtet kann man da nicht viel mit anfangen, das verstehst du doch?"

Ob sie das verstand?

„Nein, das verstehe ich nicht!", schrie sie.

„Judith!"

„Nix Judith. Erst der Anruf, dann das hier. Innerhalb von einer halben Stunde. Er weiß, wer ich bin, wo ich wohne, was ich tue. Er kennt meine Tiere. Das macht mir Angst, Sebastian. Das hat mit dem Fall zu tun."

„Na ja..."

„Fang nicht wieder mit *Na ja* an."

„Okay, okay. Ich glaube, du hast recht. Er hat dich fotografiert. Er war hier. Hat vielleicht sogar gewartet, bis du vorm Haus warst und hat dann zugesehen, wie du dich beeilt hast, hineinzukommen. Er war ganz nah und das, was er am Telefon gesagt hat, war auf jeden Fall eine Drohung. Mit dem Foto zusammen schreit es geradezu: Ich kriege dich, wenn du nicht aufhörst, Fragen zu dem alten Fall zu stellen. Und ich bin dir schon ganz nah. Ja, das ist eine Drohung. Einzeln gesehen kann man das Foto aber nicht unbedingt so deuten."

Sie stöhnte und ließ sich endlich wieder auf ihren Stuhl fallen. „Ja, da hast du wahrscheinlich recht."

Er griff über den Tisch hinweg nach ihrer Hand. „Lass uns mal überlegen, wer das tun konnte. Wie konnte sich überhaupt so schnell herumsprechen, dass du Fragen zu dem alten Fall stellst? Du warst erst vorgestern bei uns. Erst vor zwei Tagen. Und dann dieses alte Polaroid. Wer um Himmels Willen hat denn heutzutage überhaupt noch eine Sofortbildkamera?"

„Zeig mal." Judith sah sich das Foto an. „Du hast recht. Die Mutter einer Freundin hatte früher so eine Kamera. Die Fotos sahen genauso aus."

Sie überlegte einen Moment.

Dann hellte sich ihr Gesichtsausdruck auf und es fiel ihr wie Schuppen von den Augen. „Der Privatdetektiv."

„Wie kommst du denn darauf?"

„Na, die beobachten Leute, machen Fotos…"

„Klar. Und dafür benutzen sie ihr Handy oder eine Digitalkamera. Die Fotos drucken sie dann später einfach in ihrem Büro aus."

„Kann es nicht manchmal von Vorteil sein, sofort ein Foto zu haben? Wer weiß, vielleicht hat er das erkannt und benutzt jetzt so einen Apparat. Ich habe so eine Kamera an der Garderobe hängen sehen, als wir bei ihm waren. Sie ist mir aufgefallen eben weil diese Mutter der Freundin damals immer damit fotografiert hat."

„Von wem redest du? Von Kellerhoff?", Sebastian blickte sie ratlos an.

„Ja klar. Von Max Kellerhoff. Privatdetektiv. Und der einzige, der noch wusste, dass ich an dem Fall dran bin."

Sebastian sah ziemlich skeptisch aus. Er hob abwehrend die Hand. „Oh nein, nein. Er hat seinen Job gekündigt, weil der nicht mit dem Schuldspruch von Bianca klar kam."

„Oder er behauptet das nur. Oder er will trotzdem nicht, dass etwas herauskommt, was damals passiert ist."

„Judith, du verrennst dich da. Er ist es nicht."

Sie nagte nervös an ihrer Unterlippe.

Cloud und Snow saßen vor dem Tisch und beobachteten interessiert, was da geschah. Sie merkten, dass ihr Frauchen sehr aufgeregt war. Sogar Angst hatte.

„Dann war es Lorenz", sagte sie leise. „Er wusste von allem. Und er ist total dagegen, dass wir uns damit beschäftigen. Das wusste ich schon von Ellen und vorhin an seiner Tür hat er mir sehr deutlich gemacht, dass ich mich da raus halten soll. Sehr deutlich. Genau wie der Typ am Telefon. Und er ist nah genug an mir dran."

Sebastian nickte gedankenverloren. „Okay, der könnte es sein. Zumindest das mit dem Telefon. Aber er kann nicht das Foto eingeworfen haben. Das Foto wurde ja eingeworfen, während du drüben bei ihm warst oder nicht?

Ihr Gehirn arbeitete fieberhaft. Irgendetwas war komisch. Irgendetwas bedachte sie nicht. Aber was?

„Hast du etwas zu trinken?", fragte Sebastian.

„Oh ja, natürlich. Was möchtest du?"

Er hob gleichgültig die Schultern. „Einen Saft, Cola, Wasser – völlig egal. Aber ich brauche Flüssigkeit. Ich habe Durst."

Sie lief in die Küche und schüttete zwei Gläser Saft ein. Dabei fiel es ihr ein – das fehlende Puzzlestück.

„Es muss nicht unbedingt in der Zeit eingeworfen worden sein", sagte sie, als sie zurückkam und die Gläser auf den Tisch stellte. „Ich meine, Snow hatte das Bild im Mund. Theoretisch kann Lorenz das Foto gemacht haben, es eingeworfen haben, zu sich nach Haus gegangen sein und dann telefoniert haben. Von seinem Küchenfenster aus kann er beobachten, wann ich nach Hause komme. Vielleicht war sogar eingeplant, dass ich das Foto sofort finde, aber Snow hatte es verschleppt und kam einfach zufällig genau in dem Moment damit an, als ich von den Jacobis zurückkam. Snow bringt mir gerne Spielsachen, wenn ich von irgendwo zurückkomme. Ich kann mir nur das Bellen nicht erklären. Aber das kann irgendwas gewesen sein, dass sie erschreckt hat. Ein Auto, das vorbeifuhr vielleicht."

„Wenn das Foto dort gelegen hätte, als du vom Spaziergang zurückkamst, dann hätte es dort liegen müssen und du hättest bemerkt, dass dein Hund es genommen hat"

Sie schüttelte entschieden den Kopf. „Normalerweise schon. Aber ich habe draußen schon das Telefon läuten hören und zwar ziemlich hektisch. In dem Moment wäre mir kein Zettel oder Bild auf dem Boden aufgefallen."

„Na gut, das ist durchaus eine Theorie", antwortete er zögernd. „Aber mehr nicht. Ein bisschen an den Haaren herbeigezogen klingt es schon. Er hätte dir in den Wald gefolgt sein müssen."

Sie hob in einer ratlosen Geste die Arme und ließ sie wieder sinken.

„Schon. Aber in dem Fall wäre er am Haus vorbeigekommen, hätte es eingeworfen und wäre längst vor mir in seinem Haus. Er hätte es nie eingeworfen, wenn ich zu Hause gewesen wäre, wie leicht hätte er da entdeckt werden können."

„Und so nicht?"

Sie schüttelte wieder den Kopf. „Das Foto ist entstanden, als ich in den Wald hineinging, gleich zu Anfang. Der hatte locker Zeit, selbst nach Hause zu kommen."

Sebastian war nicht hundertprozentig überzeugt. Wie gestört musste jemand sein, der so einen Zauber veranstaltete, um jemanden zu bedrohen. Andererseits hatte er jetzt schon während seiner Berufspraxis so einiges erlebt. Und wenn Lorenz Jacobi wirklich so unbedingt unterbinden wollte, dass Judith und seine Frau weiter recherchierten… Nur – warum sollte ihm das eigentlich so wichtig sein?

„Ein brauchbarer Verdächtiger ist Lorenz Jacobi allemal. Das sollten wir ernst nehmen, aber es ist nicht unbedingt die Lösung", meinte Sebastian.

„Ja, ich weiß. Er könnte genauso gut einen Komplizen gehabt haben, der die Fotos von mir gemacht und eingeworfen hat. Feststeht, dass Lorenz Jacobi von Anfang an alles gewusst hat und die Nachrichten weitergeben konnte."

„So könnte es gewesen sein", bestätigte Sebastian Kupfer dieses Mal überzeugter. „Das würde auch erklären, wie die Neuigkeiten von dem Fall dermaßen schnell in Umlauf gekommen sind und du heute schon bedroht wirst. Mein Gott, du warst doch erst vorgestern bei uns. Jacobi wusste natürlich davon."

Jetzt lachte sie, obwohl ihr wirklich nicht danach zumute war.

Aber dieses Wiederholen der Worte: *Du warst doch erst vorgestern...* brachte sie dazu.

„Was ist, wenn Kellerhoff dieser Komplize ist?" fragte sie leise.

Er sah sie verdattert an. Wie kam sie denn jetzt darauf? Aber dann fiel es ihm ein. „Du meinst, wegen der Sofortbildkamera?"

Sie nickte.

„Immer sachte. So was kann Jacobi auch haben."

„Du hast eben selbst gesagt: Wer hat denn heutzutage noch eine Sofortbildkamera."

Ja, das stimmte. Das hatte er gesagt.

„Und sehr viele Menschen wissen nicht, dass wir wieder recherchieren."

„Und die sind alle verdächtig?", fragte Sebastian.

Sie hob wieder die Arme. „Ich weiß doch auch nicht. Ich überlege nur."

„Ich weiß. Wir müssen uns überlegen, was wir tun. Du kannst hier nicht allein bleiben. Du bist in Gefahr."

„Vielleicht sind wir alle in Gefahr, die damit zu tun haben. Ellen, Du, Frau Verhoeven, Kellerhoff?", überlegte Judith.

„Ach – Kellerhoff ist vom Tatverdächtigen zum potentiellen Opfer avanciert?"

Sie hob ratlos die Schultern. „Ich weiß es doch auch nicht. Wenn er nicht der Täter ist, ist er ebenso in Gefahr wie ich – wie wir."

Er nickte. So richtig bekam er keinen Durchblick.

„Geh lieber in ein Hotel oder zu einer Freundin."

„Ich eröffne hier eine Praxis. Das ist mein Job!", sagte sie drängend. „Ich kann mir keinen langen Stillstand leisten. Ich kann nicht weg."

Max hatte Bernd zwecks Überwachung zum Bistro *La Taverna* geschickt und war selbst im Büro geblieben.

„Was ist los mit dir?", hatte Bernd gefragt. „Hast du noch einen Fall, von dem du mir nichts erzählen willst? Ich dachte, wir sind Partner, auch wenn ich eigentlich nur dein Angestellter bin."

Es war ein Scherz gewesen – die Anspielung auf einen heimlichen Fall. Im Ernst glaubte Bernd nicht daran. Wenn der wüsste…

Wieder einmal überlegte Max, ob er seinen Mitarbeiter in Vertrauen ziehen und von dieser Judith und dem alten Fall Bianca Buchholz erzählen sollte. Bestimmt könnte er seine Hilfe gut brauchen. Na, vielleicht tat er es noch. Später. Morgen, übermorgen. Jetzt war einfach nicht der richtige Zeitpunkt.

So war es immer gewesen. Er vertraute sich nicht schnell jemandem an. Er machte erst mal die Probleme mit sich selbst aus. Damals, als er mit Biancas Schuldspruch nicht zurecht gekommen war, hatte er allein für sich die Entscheidung getroffen, seinen Polizeidienst zu quittieren. Gegen den Rat der Kollegen, gegen den Willen von Gudrun.

„Ich sehe uns auch als Partner, glaub mir. Deshalb überlasse ich dir jetzt diesen Restaurantfall. Wir treffen uns ja heute Abend dort."

Bernd nickte. „Okay, Partner. Gestern Abend, als ich Thekendienst hatte, gab es auf jeden Fall keine nennenswerten Vorfälle."

„Bis nachher."

Als Max alleine war, versuchte er nach Ronjas Instruktionen, die sie ihm vorhin im Auto auf dem Weg zur Schule noch gegeben hatte, ein facebook-Profil zu erstellen. Es war wirklich viel einfacher, als er es sich vorgestellt hatte. Und jetzt konnte er auf das Profil von diesem Karl alias Carlos gehen und ihm eine Nachricht schicken.

Sehr geehrter Herr Tauber – Blödsinn, dass war viel zu förmlich. So redete heute kein Mensch mehr. Schon gar nicht auf facebook.

Er löschte die Zeile und begann erneut.

Hallo Herr Tauber – Zeilenschaltung. Max starrte auf den Bildschirm. Was war das denn? War diese eine Zeile jetzt schon verschickt worden? War die Zeilenschaltung etwas der Sendebefehl? „Scheiße", fluchte er laut vor sich hin. Weiter im Text. Schön ohne Zeilenschaltung.

Ich weiß, es ist lange her, aber ich würde Sie gerne zum Fall Bianca Buchholz kontaktieren. Jemand, der sich für diesen alten Fall interessiert, ist auf mich zugekommen. Es wäre sehr nett, wenn Sie mich anrufen würden. Telefonnummer seines Büros – fertig.

Zeilenschaltung.

Er verschränkte seine Arme hinter dem Kopf und lehnte sich in seinem Schreibtischstuhl zurück. Hoffentlich war das jetzt das Richtige. Aber was sollte er sonst tun? Irgendwie musste er ja vorankommen.

Lutz Wegener – Carlos oder Karl Tauber.

Mühsam ernährt sich das Eichhörnchen, dachte Max. Aber es ernährt sich.

Judith und Sebastian begannen, das Haus nach den ominösen Unterlagen - oder was auch immer - zu durchsuchen, die Thea angeblich versteckt hatte.

„Vielleicht gibt es ja so etwas wie einen Geheimgang oder Raum?", meinte Sebastian.

Judith lachte. „Wie im Fernsehen?"

„Diese ganze Geschichte ist doch wie im Fernsehen. Also wieso nicht?"

„Okay. Das Haus ist zum Teil unterkellert. Wollen wir da anfangen? Da habe ich bisher auf jeden Fall am Wenigsten getan."

Er war einverstanden. Sie schlichen in den Keller und klopften die Wände ab. Zuerst suchten sie in dem kleinen Waschkeller, in dem Judiths Waschmaschine und Trockner standen, dann in einem weiteren kleinen Raum, von dem Judith nicht wusste, wie er genutzt worden war, vielleicht waren dort Konserven oder ähnliches gelagert worden. Der dritte Raum war früher einmal ein Partykeller. Die Theke an der einen Raumseite wies noch darauf hin. „Da werden Erinnerungen wach", meinte Sebastian. „Ich habe als Teenie super Partys in unserem Keller gefeiert."

Er suchte sogar die Theke nach einem Hohlraum ab. Aber so gründlich sie auch vorgingen - nirgendwo klang etwas hohl. Hinter keinem Regal befand sich ein geheimer Raum oder auch nur ein Fach.

Sebastian schlug vor, das Parkett abzusuchen. „Vielleicht gibt es ja eine lose Planke."

Die Hunde folgten ihnen überall hin. Judith hatte zwischendurch das Gefühl, dass Sebastian sich durch die Anwesenheit der Tiere etwas genervt fühlte. Mindestens, wenn sie ihm zu nahe kamen. Aber da er nichts sagte, tat sie es auch nicht.

„Im Wohnzimmer habe ich das Parkett erneuert. Darunter kann nichts sein", erklärte sie.

„Vielleicht im Essbereich?"

„Da liegen noch Fliesen."

„Die können doch auch lose sein."

Sie nickte und sie krabbelten auf allen vieren über den Fußboden, um abzutasten, ob vielleicht eine Fliese lose war oder sich ein Hohlraum darunter befinden konnte. Nichts.

Auch in der Küche gab es keinen Hohlraum unter den Fliesen.

„Vielleicht in deinem Arbeitsbereich?"

Sie hob hilflos die Schultern. Allmählich wurde sie etwas mutlos.

„Vielleicht gibt es ja gar nichts. Nur Bianca hat von Unterlagen oder ähnliches gesprochen. Vielleicht wollte sie wirklich nur ihre Haut retten?"

„Ja, vielleicht, das ist richtig. Aber wenn wir etwas erreichen wollen, dürfen wir keinen noch so kleinen Hinweis ignorieren. So ist das eben mit Ermittlungsarbeit", erklärte Sebastian.

Sie verzog das Gesicht. „Wäre kein Job für mich."

Er grinste. „Na ja, ich krabbele auch nicht jeden Tag auf allen Vieren durch Häuser und suche Geheimverstecke. Herrje, wo kann denn etwas versteckt sein?" Er klang inzwischen auch etwas ungeduldig. „Natürlich besteht auch die Möglichkeit, dass es etwas gab, das aber inzwischen längst entsorgt wurde. Ich meine, hier ist dreimal der gesamte Hausstand ausgetauscht worden. Du bist doch schon die Dritte, nicht wahr?", überlegte er.

„Ja. Aber denkst du, Thea Erdmann hat es – was immer es ist - einfach hinter die Bücher im Bücherregal versteckt? Offenbar brisante Unterlagen?"

„Was weiß ich. Kann auch in einem Geheimfach in einem Möbel gewesen sein, das inzwischen längst auf dem Sperrmüll gelandet ist oder in einem Kissenbezug", gab er zu Bedenken.

„Du machst mir echt Hoffnung", erwiderte Judith mutlos.

„So ist das. Ach, ist eigentlich Quatsch, was wir hier machen. Die Polizei hat damals das ganze Haus auf den Kopf gestellt. Normalerweise hätten die was gefunden. Übrigens – heute Nachmittag geht Martha ins Gefängnis und trifft Bianca."

„Ja, ich weiß. Sie hat mich gestern angerufen."

„Das wird auch nichts bringen. Bianca wird uns nichts Neues erzählen können."

„Wahrscheinlich nicht." Judith seufzte.

„Sollen wir rüber gehen? In meinen Arbeitsbereich?", fragte sie.

Sie standen inzwischen beide wieder auf ihren Füßen.

„Warum tust du das alles wirklich? Doch nicht aus sentimentalen Gründen, weil du dieses Haus hier bewohnst? Besonders nicht, nachdem du bedroht wurdest. Wie sieht es übrigens aus mit der Polizei?"

„Du sagtest selbst, der Zettel enthält keine Bedrohung."

„Und der Anruf?"

Sie zuckte mit den Schultern.

„Das ist nicht gut, Judith. So etwas gehört angezeigt."

„Wenn es noch mal passiert, rufe ich an."

Er seufzte. „Also - warum tust du das, Judith?"

Er nahm sie in seinen Arm und zog sie an sich.

Sie lachte. „Was ist denn mit dir los?"

„Sag es mir. Warum tust du das?"

Nein, sie konnte es nicht sagen. Nicht den wirklichen Grund.

„Dieses hier ist ein Geisterhaus", hörte sie sich flüstern.

„Ah, es spukt." Er nahm sie nicht ernst, aber er küsste sie. Endlich.

„Ja."

„Du musst hier weg", sagte er zwischen zwei Küssen.

„Warum?"

„Weil du in Gefahr bist – was ist denn das für eine Frage?"

Sie fuhr durch seine Haare, streichelte seinen Nacken.

„Nein, ich bleibe hier. Es ist mein Zuhause, ich lasse mich nicht vertreiben."

„Judith! – wir suchen dir ein Hotelzimmer, ja?"

„Nein, sagte ich doch schon. Mir passiert nichts. Ich habe doch Cloud und Snow. Und in ein Hotel könnte ich sie nicht einmal mitnehmen."

Sie blickten beide auf die Hunde, die aufgeregt um ihr Frauchen und den Mann herumwuselten. Snow sprang ab und zu hoch und wollte sich dazwischen drängen.

„Ich bitte dich – wenn ich denen eine Salami hinwerfe, war es das mit deinem Schutz."

„Das glaubst du vielleicht. Die wissen genau, dass ich gerade nicht in Gefahr bin."

„Judith!"

„Sebastian, ich verlasse dieses Haus nicht."

Jetzt hatte sie es versaut. Er ließ sie los. Abrupt.

Sie wollte nicht, dass er sie los ließ.

„Ich will mich nicht einschüchtern lassen."

„Prima. Das schreiben wir dann auf deinen Grabstein!", bemerkte Sebastian sarkastisch. Er klang ziemlich verärgert.

Eine Weile sagte keiner ein Wort. Es war eine bedrückende Stille. Geprägt von Verständnislosigkeit und Ärger.

„Lass uns in deinen Arbeitsbereich gehen und dort weitersuchen oder in die obere Etage", meinte Sebastian schließlich. „Dann haben wir wenigstens getan, was wir tun konnten, um diese angeblichen, vermaledeiten Unterlagen zu finden."

„Also – wenn ich es mir recht überlege, habe ich in meinem Arbeitsraum auch renoviert und in den letzten Tagen viel gearbeitet, alles eingerichtet... Ich kann mir nicht vorstellen, dass dort etwas ist."

„Dann gehen wir rauf. Wer weiß, vielleicht ist sogar eine Treppenstufe hohl."

Sie waren schon auf der Treppe, als Judith plötzlich innehielt. Es war, als ob ihr jemand etwas ins Ohr flüsterte.

Eine kleine, innere Stimme, die überlaut in ihrem Kopf widerhallte.

„Was ist?", fragte er.

„Es gibt noch einen Raum, in dem ich eigentlich noch nie war. Nur einmal reingeschaut."

„Ach ja?"

„Ja. Der Dachboden. Ein Raum, der eigentlich niemals eingerichtet war. Nur Staub und Düsternis. Allenfalls geeignet, um irgendwelches Gerümpel zu lagern."

„Und dort willst du jetzt hin?"

Sie nickte.

Sie ließ die klappbare Stiege herunter, die auf den Dachboden führte und sie stiegen hinauf. Snow und Cloud folgten ihnen dieses Mal nicht, sondern blieben davor liegen. Treppen waren kein

Problem für sie, auch keine freistehenden, durch deren Stufen man hindurch sehen konnte. Aber dieses hier war kaum mehr als eine Leiter.

Der Dachboden war wirklich dunkel, obwohl es ja noch heller Tag war. Es gab nur ein winzig kleines Fenster – eigentlich nur eine Luke mit einer zugestaubten Scheibe davor. Dadurch fiel kaum Licht herein. Judith drückte den Lichtschalter, aber es tat sich nichts.

„Kein Licht", meinte Sebastian völlig überflüssigerweise.

„Ich habe so eine tragbare Lampe – so eine, mit der man den Garten erleuchten kann, wenn man im Dunkeln arbeiten will oder so. Die hole ich mal."

Sebastian versprach sich nicht allzu viel davon. Aber als Judith damit zurückkam, erkannte er, dass es doch mehr war als eine tragbare Lampe. Es war ein richtiger Strahler. Der würde diesen düsteren Raum ausreichend erleuchten.

„Ich habe auch eine Taschenlampe, damit wir erst mal eine Steckdose finden."

„Du warst also tatsächlich noch nie hier oben?"

„Nein. Hat mich auch nicht sonderlich interessiert. Vorläufig brauche ich den Raum nicht."

Als sie eine Steckdose für den Strahler gefunden hatten, wurde es hell im Raum. Sie sahen sich beide um.

„Nicht schlecht", meinte Sebastian anerkennend.

„Oh ja. Wirklich. Da lässt sich was draus machen."

„Und ob. Wenn man sich mal den ganzen Staub wegdenkt…"

Zurzeit war es allerdings ein großer Raum unter der Dachschräge, der nur mit einfachen Brettern ausgelegt war. Es gab keine Raumteiler oder Wandbespannungen. Aber Judiths Fantasie richtete ihn bereits ein. Ein wundervolles Maleratelier könnte das werden. Natürlich müsste sie ein großes Fenster einbauen. Aber dann…

„Wo wollen wir beginnen?", fragte Sebastian? „Viel ist hier eigentlich nicht, was wir durchsuchen können. Vielleicht ist eines der Bretter lose."

Judith kam in die Wirklichkeit zurück. Natürlich, sie waren hier, um die ominösen Unterlagen zu finden – immer vorausgesetzt, dass es die überhaupt gab. Träumen konnte sie später noch. Und dieser Raum hatte nun wirklich keine Priorität. Und ein Maleratelier auch nicht. Das war doch nichts weiter als ein Hobby. Also Schluss damit.

Sie krochen über den Boden und klopften die Planken ab. Auf den Staub achteten sie nicht.

„Dir ist klar, dass wir gleich aussehen werden wie die Schweine?", fragte Sebastian.

Sie lachte. „Klar. Aber weißt du es schon? Letztens ist diese fabelhafte Erfindung auf den Markt gekommen. Nennt sich Waschmaschine."

Er lachte laut und fröhlich.

„Ich glaub, ich find dich richtig klasse", sagte er.

„Ach, das glaubst du nur?"

„Ich finde dich garantiert klasse. Schön, dass du vorgestern einfach in unsere Kanzlei geschneit bist."

Sie krabbelten über den Fußboden und klopften eifrig die Planken ab. Aber nichts klang hohl. Und nicht eine davon war lose. Das hieß natürlich nichts. Thea Buchholz hätte etwas verstecken und die Planke dann wieder ordentlich befestigen können. Wenn sie wirklich nicht wollte, dass die Sachen gefunden wurden.

„Ich weiß nicht, Judith, geben wir es auf. Hier ist nichts. Ich bezweifele wirklich stark, dass es diese Unterlagen überhaupt gibt."

Judith nickte. Sie erhob sich etwas und setzte sich zurück auf die Unterschenkel. Sie fühlte sich ein wenig entmutigt. „Theoretisch könnte es ja auch im Garten verbuddelt sein."

„Dann finden wir es sowieso nie. Oder willst du den ganzen Garten umgraben?"

Sie schüttelte den Kopf. Nein, das hatte sie nun wirklich nicht vor. Sie seufzte und blickte sich etwas ratlos in dem tristen Raum um. Und da sah sie es plötzlich. Die durchscheinende Gestalt. Sie erschreckte nicht mehr. Sie wusste, von der Gestalt drohte ihr keine Gefahr. Trotzdem starrte sie wie gebannt darauf. Sebastian fing ihren Blick auf. „Was hast du?", fragte er. „Was siehst du in der Ecke?"

Die Worte rauschten wie aus weiter Ferne an ihr Ohr.

„Was?", fragte sie.

„Du träumst ja. Du starrst so in die Ecke, was siehst du dort?"

Die Gestalt verschwand in dem Moment, in dem Sebastian ihrem Blick folgte. Es wäre so schön gewesen, wenn er sie auch gesehen hätte. Wenn sie darüber sprechen könnten. Sie dachte an Sidonias Worte, dass Geister selbst entscheiden, wem sie sich zeigen.

„Ich weiß nicht", antwortete sie ausweichend.

Sie erhob sich und ging in die Ecke. Sie betrachtete sie genau. Dann verglich sie sie mit der gegenüberliegenden Ecke.

Irgendetwas war anders, aber sie konnte nicht so recht ausmachen, was.

„Sebastian!", rief sie. „Hier ist etwas komisch."

„Was denn?"

Er ging zu ihr. „Schau mal die beiden Ecken an. Irgendwas irritiert mich, aber ich komme nicht drauf, was."

Er verglich die beiden Schrägen genau. Als Judith schon dachte, er erinnere sich nicht mehr, worum es eigentlich ging, sagte er: „Drüben geht die Ecke tiefer bis unter die Schräge. Hier ist vor die Ecke ein Brett gesetzt. Siehst du. Eine gute Art, Stauraum unter Schrägen zu schaffen. Aber dahinter kann nicht allzu viel Platz sein."

Sie blickten sich einen Moment an ohne etwas zu sagen. Die Bedeutung dieser Entdeckung musste sich ihnen erst völlig erschließen. Musste erst in ihren Köpfen verarbeitet werden.

„Vielleicht braucht das, was Thea versteckt hat, nicht viel Platz?",
flüsterte sie schließlich. Ohne sich abzusprechen, begannen sie
plötzlich gleichzeitig mit dem Versuch die Bretterwand zu öffnen.
„Hat keinen Zweck", meinte Sebastian bald. „Wir brauchen
Werkzeug. Irgendeinen Hebel oder so etwas."
Sie nickte. Das musste doch noch irgendwo herumliegen.
Schließlich war genug gearbeitet worden in diesem Haus.
Sie kletterte wieder hinunter. Cloud und Snow begrüßten sie
aufgeregt.
Sie merken, dass etwas nicht stimmt. Sie bemerken die
Gegenwart des Geistes, dachte Judith. Warum nur kann ich nicht
mit Thea sprechen? Das wäre schön, dann könnte sie mir alles
genau erzählen.
Na ja, alles auch nicht. Thea wusste vielleicht nicht, wer sie
ermordet hatte.
Judith fand Meißel und Vorschlaghammer. Eines davon würde
wohl gehen. Mit diesen beiden Werkzeugen kletterte sie wieder
an den Hunden vorbei auf den Dachboden.

Martha Verhoeven saß in der Justizanstalt in dem trist eingerich-
teten Besucherzimmer Bianca Buchholz gegenüber. Die junge
Frau wirkte so zart und zerbrechlich. Ihre Augen waren übergroß
in dem schmalen Gesicht. Ihre dunklen Haare hatte sie locker
aufgesteckt, die Anstaltskleidung stand ihr nicht und war etwas zu
groß.
Wie schön sie sein könnte und was für ein schönes Leben sie
führen könnte, dachte Martha traurig.
Sie legte ihr ausführlich und schonungslos ehrlich die erneuten
Recherchearbeiten ihres Falles auseinander. Sie hatte sehr darauf
geachtet, Bianca keine großen Hoffnungen zu machen, dass der
Fall überhaupt wieder offiziell neu aufgenommen werden konnte
– geschweige denn, dass entlastendes Material auftauchen würde.

Martha würde das gern erleben, aber sie glaubte nicht daran. Und sie wollte keine Hoffnungen wecken, die in einer riesengroßen Enttäuschung enden würden.

Fast entsetzt sah sie das Leuchten in Biancas Augen. Mein Gott, wie sehr diese junge Frau hoffte. Für Martha stand zweifelsfrei fest, dass sie seit fünf Jahren unschuldig im Gefängnis saß. Sie fühlte einen enormen Druck auf ihren Schultern lasten. Sie durfte nicht noch einmal versagen.

Viel Neues gab es natürlich nicht, aber das war ja zu erwarten gewesen.

Die Afrikareise – der Streit, der nach Biancas Bekunden gar nicht so fürchterlich gewesen war, wie es vor Gericht dargestellt wurde. Sie hatten gestritten, ja. Aber nicht mehr und nicht weniger als alle Jugendlichen mit ihren Eltern streiten, wenn sie etwas durchsetzen wollen, was die Eltern nicht erlauben oder nicht finanzieren wollen.

Nur dass sie kein Teenie mehr war, sondern eine junge Erwachsene.

„Ich war etwas verwöhnt. Thea und Kurt waren unglaublich nette Menschen. Ich bin die ersten drei Jahre meines Lebens wirklich nicht sehr liebevoll oder behütet aufgewachsen und sie wollten das wieder gutmachen. Sie wollten mir zeigen, wie es besser ging. Sie haben mir so selten etwas abgeschlagen."

„Und Sie konnten nicht glauben, dass sie es dieses Mal wirklich ernst meinten?"

„Das schon. Aber nicht, dass sie es durchsetzten. Im Nachhinein hatten sie recht, das ist mir schon lange klar. Sie handelten in meinem Interesse. Es war eine fantastische Idee, eine Ausbildung zur Fotografin zu machen und dann auf Reisen zu gehen. Eigentlich total mein Ding. Sie kannten mich gut und wollten, dass ich ein gutes Leben hatte. Und jetzt sind sie tot und ich sitze hier." Sie stieß ein unfreundliches Lachen aus. „Ein tolles Leben, nicht wahr?"

„Sie sind noch immer sehr jung."

„Fünfundzwanzig. Ja, wenn ich rauskomme, hätte ich noch alle Chancen im Leben, das weiß ich. Aber mir glaubt niemand."

Martha nickte. Sie war mehr als skeptisch.

„Ich glaube Ihnen", erwiderte sie dennoch leise. Sie nahm an, dass es Bianca etwas bedeutete.

„Meine Eltern – ich habe sie immer so genannt – hatten auch recht mit meinem Freund. Er hat mich sofort verlassen, als ich verdächtigt wurde. Nicht einen Tag ist er noch bei mir geblieben, als der Geldhahn dadurch zugedreht war und ich nicht mit ihm fortgehen konnte. Wer weiß, womöglich hätte er mich sogar reingelegt und wäre ohne mich mit dem Geld abgehauen. Ich hätte es mir eigentlich denken können, er hatte mich ganz schön unter Druck gesetzt, dass ich das Geld besorgen soll. Dem ging es um nichts anderes."

Martha hob die Schultern. „Sie waren sehr jung und hatten wenig Menschenkenntnis."

„Das ist aber auch meine einzige Entschuldigung."

„Sollten wir nicht da noch einmal ansetzen? Bei diesem Freund? Damals war er ja absolut unauffindbar gewesen. Mir kam das immer schon merkwürdig vor. Wer so abtaucht, hat etwas zu verbergen."

Bianca nickte. „Wie kann ein Mensch überhaupt so gründlich verschwinden?"

„Mit einem falschen Pass", erwiderte Martha sofort.

Bianca nickte, sagte aber nichts mehr.

„Wie hieß er noch?"

„Carloss Tauber. War auch schon ganz schön blöd, nicht? Was sollte dieser spanische Name? Klang wohl besser als einfach Karl."

„Mehr Schein als Sein. Also Karl Tauber. Na, mal sehen. Ich setze mich noch mal ran. Außerdem arbeitet dieser Polizist von damals – Max Kellerhoff – jetzt als Privatdetektiv daran. Vielleicht gräbt er was aus. Er hat doch jetzt andere Möglichkeiten, kann irgendwie freier agieren, wenn Sie verstehen, was ich meine."

Bianca nickte wieder. „Versuchen Sie alles. Bitte. Ich habe meine Eltern wirklich nicht umgebracht."

„Ich weiß", erwiderte Martha rau, aber es kam nur ein stummer Hauch heraus. Bianca verstand sie trotzdem.

Martha legte ihre Hand auf Biancas. „Halten Sie durch."

„Ja. Und grüßen Sie diese neue Bewohnerin."

„Judith Schlüter."

„Vielleicht findet sie ja diese Unterlagen. Meine Mutter hat mir wirklich gesagt, dass sie Material hat, das eine einflussreiche Person diskriminieren könnte. Sie meinte, sie würde es gut verstecken. Sie wollte es nicht vernichten, weil – man konnte nicht wissen, ob man es mal brauchte. Ich schwöre, das ist die Wahrheit."

Martha lächelte ihr zu. Sie sagte nichts. Sie machte sich nichts vor – dass in dem Haus noch etwas zu finden war, konnte sie sich nicht vorstellen.

„Sagen Sie dieser Judith Danke", bat Bianca leise.

„Das mache ich gern. Wissen Sie, was sie wirklich dazu bewegt, verstehe ich überhaupt nicht. Aber sie hat es in Gang gesetzt."

Bianca lächelte geheimnisvoll. Sie glaubte, es zu verstehen.

Judith und Sebastian klopften und hebelten die Holzplatte aus der Schräge. Das war mit den Werkzeugen nicht allzu schwierig.

Dahinter kam ein Hohlraum zum Vorschein.

Sie fanden eine kleine Kassette. Eine abschließbare Geldkassette.

„Wie bekommen wir die denn jetzt auf?", fragte Judith etwas ratlos.

Sebastian blickte sie an, als würde sie eine fremde Sprache sprechen und er könnte sie nicht verstehen.

177

„Ist das dein Ernst?", fragte er dann. „Du stellst das ganze Haus auf den Kopf, krabbelst stundenlang über Fußböden, brichst Bretter heraus und meinst, vor so einer kleinen Kassette kapitulieren zu müssen?"

Sie verzog das Gesicht.

„Meißel!", kommandierte er grinsend und öffnete seine Hand, damit sie das Werkzeug hineinlegen konnte. Wie ein Chirurg am OP-Tisch. Judith gab ihm den Meißel und er brach die Kassette auf. Das Schloss sprang entzwei.

Sie starrten auf den Inhalt.

„Was ist das denn?", fragte Judith.

„Fotos."

„Das sehe ich."

Sie nahm die Bilder in die Hand und sah sie an. Es zeigte einen Mann von etwa Mitte vierzig und eine junge Frau, die schätzungsweise zwanzig, zweiundzwanzig Jahre alt war. Na ja, Judith selbst hätte sich in dem Alter nicht vorstellen können, mit einem soviel älteren Mann zusammen zu sein - aber was war so brisant daran, dass die Fotos hier versteckt werden mussten? Und weshalb bewahrten die Erdmanns sie überhaupt auf?

„Aber das ist ja – Staatsanwalt Marksroth!", rief Sebastian überrascht aus.

„Wer?"

„Marksroth. Der hat damals die Anklage vertreten."

„Was?"

„Ja. Wenn das Martha erfährt."

„Na gut, dann hatte er eben eine Affäre mit einer viel jüngeren Frau. Und? Minderjährig ist sie jedenfalls nicht mehr. Wo ist also das Problem?"

„Er ist verheiratet und hat Kinder."

„Nicht so toll, aber da ist er auch nicht der erste."

„Die Fotos sind ganz schön – kompromittierend. Wenn so was an die Öffentlichkeit käme… gar nicht gut."

„Aber wer ist die Frau? Und weshalb haben die Erdmanns die Bilder versteckt? Sie haben sie doch offenbar nicht benutzt, aber auch nicht vernichtet. Was soll das? Wie hängt das alles zusammen? Und hat das irgendwas mit dem Fall zu tun?", überlegte Judith.

„Das weiß ich auch nicht. Aber glaub mir, das hat etwas zu bedeuten. Das sagt mir mein Instinkt."

Judith blickte auf und sah in das Gesicht der durchscheinenden Gestalt von Thea Erdmann. Aber ihr Gesichtsausdruck hatte sich verändert. Was war mit ihr? Sie weinte. Ja, es waren tatsächlich Tränen in ihren Augen. Judith blickte auf die Fotos und dann wieder auf Thea. Die Fotos waren bedeutsam für die Frau. Und auch für den Fall. Das war so sicher wie sie jetzt hier auf dem staubigen Fußboden ihres Dachbodens kniete.

„Was ist mit dir? Wo schaust du schon wieder hin?", fragte Sebastian. „Und irgendwie guckst du auf einmal so traurig."

„Sebastian, würdest du mich für verrückt erklären, wenn ich dir sagen würde, dass der Geist der ermordeten Thea noch immer hier lebt in diesem Haus und dass sie selbst es ist, die versucht, ihre Tochter aus dem Gefängnis zu befreien?"

Er schaute sie einen Moment vollkommen entgeistert an. Dann prustete er los. „Ja, das würde ich."

„Warum?"

„Weil es so etwas nicht gibt, ist doch klar."

Es stimmte sie traurig, dass er so rigoros reagierte. Er hakte ja nicht einmal genauer nach, interessierte sich gar nicht dafür.

„Glaubst du an Gott?", fragte sie leise.

„Mmm… Nein, an einen allmächtigen Gott glaube ich nicht."

„An Engel?"

„Vielleicht. Aber eher auch nicht."

„Schade. Viele Menschen glauben daran. Ich selbst glaube auch daran. Aber wenn es Engel gibt, dann kann es doch auch Geister geben."

„Judith, was willst du mir eigentlich sagen? Dass du dieses Ganze in Gang gesetzt hast, weil ein Geist dich darum gebeten hat?"

Sie nickte sacht. Sie wusste, er würde sie für verrückt erklären, aber sie konnte es nicht mehr für sich behalten. Sie erstickte noch daran.

„Das ist doch totaler Irrsinn."

Sie nickte wieder. „Hätte ich auch gesagt, wenn es jemand anderem passiert wäre."

„Judith, ich habe dich für eine selbstbewusste, selbstständige, toughe Frau gehalten."

„Ich bin immer noch dieselbe."

„Mit einem Spleen."

Sie antwortete nicht. Hätte sie doch nur nichts gesagt. Jetzt rannen ihr auch Tränen die Wangen herunter.

Er hob ihr Kinn zu sich empor. „Vielleicht hast du davon geträumt. Das wäre doch möglich."

„Ja. Aber wie auch immer – die Fotos sind da, nicht wahr?"

„Ja." Er antwortete zögernd. Er wusste selbst nicht, was er davon halten sollte. Darüber musste er erstmal nachdenken. Ja, die Fotos waren da. Und sie ließen Marksroth in einem wirklich schlechten Licht erscheinen. Und wer die Frau war, würden sie schon noch herausbekommen. Notfalls über Marksroth selbst. Er würde ja wohl wissen, mit wem er ganz offensichtlich eine Affäre gehabt hatte. Puh - das würde kein angenehmes Gespräch werden.

Und Judith war wohl einfach etwas überdreht. War ja auch kein Wunder.

Er wischte die Geisteridee aus seinen Gedanken.

„Kann ich die Bilder mitnehmen und Martha zeigen?"

„Nicht alle", sagte sie sofort. „Es sind doch genug. Wir können sie aufteilen."

„Nein, ich brauche alle für die Akten. Ich kann sie ja kopieren."

„Ich gebe nicht alle aus den Händen. Dann scanne ich sie zuerst ein."

Er stöhnte. „Fordert das dein Geist?", fragte er etwas höhnisch.

Judith starrte ihn fassungslos an. Jetzt war sie wirklich sauer.

„Brauchst dich nicht lustig machen über mich. Ich will die Bilder einfach nicht aus der Hand geben, okay?"

Er nickte. „Okay."

Es dauerte nicht allzu lange, bis die Fotos eingescannt waren. Dann meinte Sebastian: „Ich sollte jetzt wohl gehen und Martha von unserer Entdeckung berichten. Sie ist sicher inzwischen aus dem Gefängnis zurück. Ich werde die Fotos auch an diesen Privatdetektiv weiterleiten. Er sollte schließlich auch davon wissen. Judith - der war das nicht mit den Fotos von deinem Spaziergang. Und du sagtest, an der Garderobe hätte eher so ein altes Schätzchen gehangen, oder?"

Sie nickte. „Schon."

„Die Qualität von den Bildern, die du bekommen hast, ist viel zu gut. Die sind mit einer moderneren Kamera geschossen worden." Sebastian schüttelte ungläubig den Kopf. „Gleich zwei Leute, die so ein Ding benutzen. Leben wir nun im digitalen Zeitalter oder doch nicht?", murmelte er vor sich hin.

„Judith, auch auf die Gefahr hin, dass ich mich wiederhole: Du solltest wirklich in ein Hotel gehen oder zu Freunden."

„Warum?"

„Warum?", fragte er ungläubig. „Dein Ernst? Hast du vergessen, dass du heute Morgen einen Drohbrief bekommen hast?"

„Nein. Aber ich glaube, ich bin hier sicher. Ich schließe alles ab, lasse die Jalousien runter. Er oder Sie kann ja nicht herein."

„Judith!"

„Wirklich. Außerdem sind die Hunde noch da. Cloud und Snow werden mich beschützen."

Sebastian warf einen Blick auf die beiden, die gemütlich und faul auf ihren Kissen im Wohnzimmer lagen und nur einmal kurz den Kopf hoben, als sie ihren Namen hörten.

„Bist du sicher?", fragte er ungläubig.

Sie lachte. „Oh ja."

Der Morgen war für sie schon so weit entfernt. Der Anruf, der Brief und ihre Angst schienen ihr fast ein wenig unwirklich. Diese Fotos waren die Wirklichkeit. Sie fürchtete sich nicht. Und sie wollte sich auch nicht aus ihrem Haus vertreiben lassen. Am Ende blieb Sebastian nichts anderes übrig, als sie alleine zu lassen.

Max war auf dem Weg zum *La Taverna*, um Bernd abzulösen. Bernd hatte am Handy versichert, dass er schon einiges herausgefunden hatte. Na ja, allzu kompliziert hatte sich Max den Fall auch nicht vorgestellt. Nachdem sie Kameras installiert hatten, konnte es nur eine Frage der Zeit sein, wann sie den Übeltäter erwischten.

Heute Abend sollte Bernd als Kellner frei bekommen und er selbst wollte sich mit Katrin in das Lokal setzen. Ein Glas Rotwein trinken, einen Krabbensalat essen.

Seine Frau war über solche Einsätze nicht gerade begeistert, aber was machte das. Es war rein geschäftlich. Es war weniger als ein Abendessen unter Kollegen. Sie würden so sehr auf ihre Observationen konzentriert sein, dass sie sich selbst überhaupt nicht bemerken würden.

Er fuhr durch die Straßen von Detmold. Der Feierabendverkehr hatte sich inzwischen schon beruhigt. Es ging also einigermaßen zügig voran.

In seinem anderen Fall – dem Fall Buchholz - war er bisher nicht vorangekommen. Dieser Wegener hatte nichts Neues beigesteuert.

Er hatte mit Martha Verhoeven telefoniert, die heute Bianca in der JVA besucht hatte. Aber Neues hatte auch das nicht ergeben. Wie hätte es auch. Bianca hatte damals mit Sicherheit restlos Alles, was sie hätte entlasten können, beigesteuert. Er musste unbedingt diesen Carlos alias Karl auftreiben. Das war immer noch die beste Spur. Und er musste Marksroth unter die Lupe nehmen. Der hatte damals nicht gründlich in alle Richtungen ermitteln lassen. Bei der Suche nach diesem Carlos zum Beispiel hatten sie ganz schön schnell aufgegeben. Aber das war heikel. Er musste vorsichtig vorgehen. Marksroth war ein mächtiger Mann. Der konnte ihm richtig schaden, auch wenn er nicht mehr sein Chef war.

Sein Handy läutete. Er nahm es an und meldete sich über die Freisprechanlage.

„Hier ist Judith Schlüter", meldete sich eine Stimme.

Judith wusste selbst nicht, warum sie ihn anrief. Sebastian wollte sich doch darum kümmern. Vermutlich wollte sie einfach hören, wie Kellerhoff auf ihre Nachricht reagierte. Sie fühlte etwas Misstrauen gegen ihn. Wenn sie richtig lag, würde er nicht erfreut sein, belastendes Material gegen Marksroth zu finden.

„Ach Frau Schlüter, ich habe wirklich keine Neuigkeiten für Sie", sagte er in etwas abweisendem Ton. Er hatte gerade wirklich keine Zeit für sie.

„Aber ich habe welche", erwiderte sie. Max glaubte, etwas wie Triumph in ihrer Stimme zu hören. Egal – wenn sie wirklich lohnende Neuigkeiten hatte, durfte sie das.

Er hatte das *La Taverna* erreicht und steuerte den Wagen auf den Parkplatz direkt davor. Er stellte den Motor ab und lehnte sich in seinem Sitz zurück.

„Ich höre", sagte er gespannt.

„Dieser Anwalt – Sebastian Kupfer – und ich haben im Haus nach diesen angeblichen belastenden Unterlagen gesucht."

„Sagen Sie nicht, dass Sie tatsächlich etwas gefunden haben!", rief Max erstaunt aus. Er wurde ganz aufgeregt.

„Na ja, nicht gerade Unterlagen. Es sind Fotos. Sie zeigen Staatsanwalt Marksroth und eine ziemlich junge Frau in – na ja, sagen wir mal – pikanten Situationen."

„Pikanten?" Er kräuselte die Stirn. Was sollte er sich denn darunter vorstellen?

„Sie küssen sich und mehr. Na ja – im Bett halt."

„Was?"

„Wer die Frau ist, weiß ich aber nicht."

„Haben sie die Fotos?"

„Schon. Sebastian Kupfer hat sie mitgenommen, aber ich habe sie eingescannt."

„Hervorragend. Können Sie sie mir schicken? Per Mail, per Whattsapp – völlig egal?"

Sie nickte, obwohl er das ja gar nicht sehen konnte.

„Herr Kupfer hat versprochen, das zu machen."

„Sehr gut. Bis später, Frau Schlüter. Ich habe jetzt noch einen Termin. Wenn ich bis dahin nichts von Herrn Kupfer gehört habe, melde ich mich noch mal. In Ordnung?"

„Ja natürlich. Tschüß. Bin gespannt, was Sie zu den Fotos sagen."

Mit dem Handy in der einen Hand und dem Schlüssel in der anderen stieg er aus und drückte auf die Fernbedienung. Das leise Klickgeräusch sagte ihm, dass der Wagen verschlossen war. Im nächsten Moment gab es einen lauten Knall und er sackte neben seinem Auto zusammen.

Kommissar Jochen Brenner war schnell am Tatort. Was er vorfand, erschütterte ihn schwer. Sein ehemaliger Kollege und Freund Max Kellerhoff lag bewegungslos auf dem Boden. Aus einer Wunde in der Brust sickerte Blut. „Wie geht es ihm?", fragte er den Notarzt.

Der Mann hob die Arme. „Wir tun, was wir können. Aber es hat ihn böse erwischt. Wir bringen ihn ins Krankenhaus."

Jochen nickte. Er wusste, dass Max inzwischen als Privatdetektiv arbeitete, aber an was für einen Fall war er hier nur geraten?

Musste eine größere Sache sein, wenn es sich lohnte, dafür zu töten.

Er sammelte seine Gedanken und wandte sich ab.

Jochen Brenner war kein sehr sportlich wirkender Polizist. Er war ungefähr im selben Alter wie Max, also Mitte vierzig, etwas größer und untersetzt. Allerdings hatte er noch eine volle Haarpracht, um die Max ihn immer beneidet hatte.

Jetzt sah er sich aufmerksam auf dem Parkplatz des kleinen Bistros *La Taverna* um. Es war viel Betrieb. Seine Kollegen waren bereits dabei, den Wirt und einige Gäste zu befragen. Viele waren es nicht, aber es war auch noch etwas zu früh.

Eine junge Polizistin kam mit einem Mann und einer Frau, beide um die dreißig, auf ihn zu. „Das sind Bernd Tigges und Katrin Lambrecht", erklärte sie. „Sie sind Mitarbeiter des Opfers."

Des Opfers, hallte es in Jochens Ohren wider. Wie oft hatte er sich selbst so ausgedrückt? Das Opfers – wie unpersönlich das klang.

„Er heißt Max Kellerhoff", sagte er leise „und er war früher mein Kollege."

Seine junge Kollegin sah ihn einen Moment lang betroffen an.

„Ist schon gut", wandte Jochen ein.

Die Polizistin ging und Jochen stand mit Bernd und Katrin alleine inmitten all dieser Aktivitäten auf dem kleinen Parkplatz. Der Krankenwagen war mit Blaulicht und Sirenen davongefahren.

„Wird er überleben?", fragte Bernd.

„Sie wissen es nicht. Sieht böse aus." Jochen stöhnte laut. „Ich hoffe es", fügte er hinzu.

Dann wandte er sich vollständig Bernd und Katrin zu und fragte in sachlichem Ton: „Was hatten Sie hier vor? Waren Sie in der Taverne zu Gast oder hatten Sie einen Fall zu bearbeiten? Ich weiß, dass Max Privatdetektiv ist."

„Es war ein Fall. Wir wollten uns heute Abend hier treffen. Katrin und Max wollten mich ablösen. Sie wollten als Gäste getarnt beobachten."

„Wen oder was beobachten?", fragte Jochen und zückte ein kleines Notizbuch. Er liebte Notizbücher. Er würde sie nie ersetzen durch diese kleinen elektronischen Geräte, in die man alles hineintippen konnte.

„Nun ja, der Besitzer – Diego Garcia - hatte bemerkt, dass er bestohlen wurde. Ein Griff in die Kasse – fehlende Lebensmittel – außerdem fand er plötzlich schimmlige Lebensmittel in der Küche - und ein Mann an der Tür hat die Gäste abgepasst und sie genötigt, ein anderes Lokal zu besuchen."

Jochen schrieb eifrig in sein Notizbuch.

„Und Sie sollten herausfinden, wer das gemacht hat und warum?"

„Ganz genau."

„Was ist genau passiert?"

„Nun, Katrin war fünf Minuten zuvor gekommen und wir saßen zusammen an der Bar und unterhielten uns mit unserem Mandanten. Ansonsten war noch niemand da. Das war aber nicht verwunderlich, denn es war ja noch fast eine Stunde bis zur Öffnungszeit. Wir wollten uns so früh treffen, um noch einiges abzusprechen. Max war ein bisschen spät dran. Aber dabei dachten wir uns noch nichts, waren ja nur ein paar Minuten. Dann gab es draußen plötzlich einen Knall. Einen Schuss. Wir rannten alle nach draußen."

„Und fanden Herrn Kellerhoff angeschossen auf dem Boden?"

„Ja", Bernd nickte.

„Und wir sahen ein schwarzes Auto mit quietschenden Bremsen dort drüben um die Ecke brausen."

Jochen hob die Augenbrauen. „Ein schwarzes Auto?"

„Ja."

„Haben Sie das Nummernschild erkannt? Zumindest einen Teil?"

Katrin lachte erstaunt auf. „Wie das denn? Haben Sie eine Ahnung, wie schnell das ging? Der Wagen fuhr wirklich in Schräglage um die Ecke und dort lag unser Chef."

„Ja, ich verstehe. Irgendetwas anderes? Etwas Auffälliges? Ein schwarzes Auto ist nun mal nicht viel. Wissen Sie, wie viele schwarze Autos es gibt?"

„Ja."

„War es ein Coupe oder eine Limousine?"

Katrin schloss einen Moment die Augen, um sich die Situation vorzustellen. „Ein Coupe", antwortete sie dann.

„Ganz sicher?"

Sie nickte. „Ganz sicher."

Er stöhnte. Ein schwarzes Coupe – zwei Drittel aller Autos waren heutzutage schwarz. Das war doch die Suche nach der Nadel im Heuhaufen.

„Könnten wir es hier mit Schutzgelderpressung zu tun haben?", meinte er dann und schrieb wieder in sein Notizheft. Eigentlich tat er das mehr, um etwas zu tun zu haben, als aus Angst, etwas zu vergessen. Er sollte kühl und objektiv agieren – aber zum Teufel – hier war auf seinen ehemaligen Kollegen geschossen worden. Das war etwas Anderes. Das ging ihm tatsächlich an die Nieren, auch wenn sie seit Jahren nur noch selten Kontakt hatten. Jetzt wünschte er, er hätte die Bekanntschaft intensiver gepflegt. Niemand wusste, ob Max wieder gesund wurde. Vielleicht war ihr gemeinsames Squash-Match im Februar das letzte Mal gewesen, dass er ihn gesehen hatte.

„Nein, das glaube ich nicht", meinte Bernd erstaunt über Jochens Theorie.

„Und warum nicht?"

„Es waren keine sehr massiven Eingriffe. Wir dachten eher an Eifersuchtsattacken von Konkurrenten."

„Dennoch könnte es Schutzgeld sein. Die steigern sich allmählich und bieten den Betreibern dann ihren Schutz an. Natürlich gegen eine beträchtliche Bezahlung."

„Mm", Bernd überlegte. Vollkommen ausschließen konnte er das nicht, aber er glaubte es auch nicht.

„Sie sagten, Sie hätten Kameras installiert. Haben Sie die schon geprüft?"

„Nein."

„Dann tun Sie das. Und wenn Sie etwas finden, geben Sie es meiner Kollegin. Ich werde jetzt zu Max' Frau fahren."

„Soll ich vielleicht…", bot Bernd an. Schließlich war Max sein Chef und er kannte auch seine Frau und Tochter.

Aber Jochen Brenner schüttelte den Kopf. „Nein, ich glaube, das ist meine Sache. Als Polizist und Freund."

Katrin und Bernd nickten beide. Sie rissen sich nicht darum, Max' Frau eine solche Nachricht zu überbringen.

Sie wollten schon gehen, um die Kameras zu überprüfen, als Jochens Stimme sie noch einmal zurückhielt.

„Gibt es noch einen anderen Fall, an dem sie arbeiten?"

Sie drehten sich beide noch mal um. „Nein, nicht dass wir wüssten", antwortete Katrin.

Jochen nickte nachdenklich.

Bernd schoss durch den Kopf, dass er vorhin noch gefragt hatte: „*Was ist los mit dir? Hast du noch einen Fall, von dem du mir nichts erzählen willst?*"

Aber das hatte Max nicht bestätigt. Bernd wusste also nicht, ob da was dran war – vermutlich nicht. Warum sollte Max einen Fall vor ihm verheimlichen? Er erwähnte es jedenfalls jetzt nicht.

Inzwischen fuhren die ersten Gäste auf den Parkplatz des *La Taverna*. Sie schauten sich vorsichtig um, offenbar unsicher, ob sie überhaupt aussteigen sollten.

Jochen ging auf sie zu. „Das Restaurant bleibt heute geschlossen", sagte er. „Es hat einen schlimmen Unfall auf dem Parkplatz gegeben."

„Ach so", erwiderte der junge Mann nur und startete sofort wieder den Motor. Sehr einladend wirkte das alles gerade sowieso nicht.

Diego betrachtete verdrießlich die kleine Szene von der Eingangstür aus. „Mierda", fluchte er vor sich hin. „Jetzt rennen mir die Kunden erst recht davon."

„Chef", rief einer der Polizisten, „hier liegt ein Handy. Kaputt. Gehört bestimmt dem Opfer und ist hingefallen." „Mitnehmen! Die Kollegen werden schon noch was retten können."

Es wurde schon dunkel, als Jochen an der Haustür der Familie Kellerhoff klingelte. Es dauerte nicht lange, bis Max' Ehefrau öffnete. Sie hatte ein wenig zugelegt, war ein bisschen zu dick, ihr kinnlanger Bob wies deutlich graue Strähnen auf. Sie trug eine lockere Pumphose und einen weiten Pullover. Bequemklamotten für einen Fernsehabend zu Hause.

„Jochen, was führt dich hierher?", fragte sie überrascht.

„N'Abend Gudrun, darf ich reinkommen?"

„Max ist nicht da. Er hat eine Observation in einem Restaurant."

Er nickte. „Ja, ich weiß. Ich würde trotzdem gerne reinkommen."

Sein Gesicht blieb ernst und Gudrun bekam ein erstes Gefühl, dass etwas nicht stimmte. Ihr Magen begann zu flattern, wie immer, wenn sie unter Stress stand oder nervös war.

„Was ist passiert?", fragte sie direkt und ließ ihn gleichzeitig eintreten.

„Du bist als Polizist hier?" Ihr Schrecken über diese Erkenntnis zeichnete eine tiefe senkrechte Falte über die Nase.

„Nein", erwiderte Jochen, obwohl das ja nicht ganz richtig war. „Ich bin als Freund hier."

Das trug nicht zu Gudruns Beruhigung bei.

„Ist deine Tochter auch da?"

Sie nickte. „Ronja chattet in ihrem Zimmer. Soll ich sie holen?"

„Nein, lass uns erst reden."

Sie nickte und führte ihn in die gemütliche große Küche, wo sie sich an den Tisch setzten. Jochen erinnerte sich, dass schon immer die Küche der Mittelpunkt im Hause Kellerhoff gewesen war. Gudrun war eine grandiose Köchin und sie lud gerne Freunde zum Essen ein.

„Kaffee?", fragte sie.

Er schüttelte den Kopf. „Nein danke. Setzt dich, Gudrun."

Sie setzte sich – aufs äußerste angespannt. Sie wusste, Jochen brachte keine guten Neuigkeiten.

„Max ist angeschossen worden!", sagte er dann ganz direkt. Es brachte nichts, um den heißen Brei herum zu reden. Das machte die Nachricht auch nicht erträglicher.

Gudrun schrie auf und schlug erschrocken die Hand vor den Mund.

„Und? Wie geht es ihm?"

„Leider schlecht. Gudrun, er ist lebensgefährlich verletzt."

Sie war wie gelähmt. Max lebensgefährlich verletzt... Er sah ihren Schrecken und ihre Angst und redete weiter.

„Wir – ich – denke spontan, dass es mit seinem Fall in dem Bistro zu tun hat. Ich könnte mir vorstellen, dass es um Schutzgeld geht. Und man wollte natürlich nicht, dass die Sache auffliegt, bevor man überhaupt eine Forderung stellen konnte."

Gudrun blickte ihn an, als würde er chinesisch reden. Als ob sie überhaupt nicht verstand, wovon er sprach. Aber sie verstand sehr gut.

„Was redest du da, Jochen. Schutzgeld?"

„Na, wäre doch möglich. Es wurde einiges kaputt gemacht in dem Lokal, Geld fehlte, vergammeltes Essen wurde untergeschoben. Wir denken, das war die Vorbereitung für eine Schutzgeldforderung. Einen Detektiv, der das ganze im Vorfeld aufdeckt, kann man da natürlich nicht brauchen."

Seine Worte rauschten an ihr vorbei.

„Weißt du etwas darüber?"

Sie schüttelte den Kopf. „Da musst du mit seinen Mitarbeitern sprechen. Bernd Tigges und Katrin Lambrecht."

„Natürlich."

„Jochen, ich will jetzt zu Ronja. Ich muss ihr alles erklären. Und dann fahre ich zu Max. Kannst du hier bleiben? Oder kannst du Ronja mit zu euch nehmen? Vielleicht bleibe ich die ganze Nacht weg. Und ich mag Ronja in der Situation nicht alleine hier lassen."

Er nickte. „Natürlich."

Judith nahm das Telefon zur Hand und wählte Ellens Nummer.

Sie hatte ein ganz komisches Gefühl.

Leider meldete sich Lorenz.

Sie zögerte einen Augenblick. Ihr erster Impuls war, gleich wieder aufzulegen.

„Hallo?", rief er.

Sie zögerte einen Moment zu lange.

„Judith hier. Kann ich bitte Ellen sprechen?"

„Sie ist nicht da!", erwiderte er unfreundlich.

Sie konnte es nicht widerlegen, aber sie glaubte ihm nicht. Er wollte einfach nicht, dass sie Kontakt zueinander hatten.

„Okay. Ich melde mich dann morgen noch einmal. Tschüss", sagte sie.

Er hatte bereits aufgelegt.

„Wer war das?", fragte Ellen, die gerade mit Votan auf dem Sofa kuschelte.

„Niemand. Verwählt."

„Unsinn. Du sagtest…“ Sie stockte. Er hatte gesagt: *Sie ist nicht da.* Dabei konnte es sich doch nur um sie selbst handeln.

„Es war Judith, nicht wahr?“, fragte sie.

„Ich will nicht, dass du dich mit ihr triffst. Ich habe dich noch nie um so etwas gebeten. Aber dieses Mal tue ich es.“

„Dazu hast du kein Recht“, erwiderte sie völlig ruhig. Zu ruhig. Wäre sie aufgebracht, hätte er eine Chance. Dann gäbe es Streit und die Chance, dass sie nachgab. Aber jetzt klang sie vollkommen entschieden.

„Was ist mit dir los? Warum hast du ein Problem mit ihr?“, fragte Ellen.

„Mit ihr nicht, aber ich will nicht, dass der Fall Buchholz wieder in unser Leben kommt.“

„Darauf hast du überhaupt keinen Einfluss. Weil mich selbst dieser Fall interessiert.“

„Ich bitte dich noch einmal, es zu lassen. Für mich.“

Sie verstand nicht, was mit ihm los war. Aber sie hatte nicht vor, sich beeinflussen zu lassen. Sie würde Judith helfen. Das war ihre Entscheidung und die würde sie nicht auf eine unbegründete Bitte hin ändern. Sie würde es für Bianca tun. Dem Nachbarsmädchen. Und wenn er ihr nichts über seine Gründe sagen wollte, konnte sie es sowieso nicht ändern.

Sie stand vom Sofa auf und holte das Festnetztelefon, um Judith anzurufen. Doch er riss ihr den Apparat heftig aus der Hand.

„Du wirst sie nicht anrufen!“ Seine Stimme war jetzt richtig drohend. Ellen wich einen Schritt zurück. Ihre Augen waren ganz groß vor Schreck. Sie hatte das Gefühl, nicht mehr ihrem eigenen Ehemann gegenüber zu stehen.

Mist – warum hatten sie und Judith nicht längst ihre Handynummern ausgetauscht? Dann könnten sie jetzt whattsappen. Aber sie waren gar nicht auf die Idee gekommen – die Bekanntschaft war so neu und sie waren Nachbarinnen. Und wer konnte auf die Idee kommen, dass ihr der Zugang zum Telefon von ihrem Ehemann verwehrt wurde. Außerdem hatte sie die Telefonnummer nirgendwo gespeichert und im Telefonbuch stand sie natürlich noch nicht. Sie könnte sie nur auf der Anrufliste vom Festnetztelefon sehen.

Allmählich bekam Ellen den Eindruck, Lorenz wusste mehr über den Fall, als sie dachte. Als er wissen dürfte. Morgen würde sie auf ihrem Spaziergang bei Judith vorbeigehen. Dann konnten sie über alles reden.

Judiths Handy summte. Sie nahm es vom Sideboard – schon halbwegs mit einem schlechten Gefühl. Aber dieser unheimliche Anrufer vom Morgen konnte doch unmöglich ihre Handynummer haben? Oder doch? Sofort kam ihr wieder die Sofortbildkamera von Max Kellerhoff in den Sinn.

Sie schaute auf das Handy und ihr Blick hellte sich auf.

Eine Whattsapp-Nachricht von ihrer Freundin Sabine.

„Na, hast du dich schon gut eingelebt in deinem neuen Haus? Brauchst du noch Hilfe? Wenn ja, gib Laut!"

Judith warf sich in den Sessel, schaltete den Fernseher an und tippte eifrig in ihr Handy. *„Dieses Wochenende nicht. Aber nächsten Samstag kommen meine Schwester und ihr Freund, wir wollen den Zaun für das Außengehege setzen. Natürlich in Verbindung mit einem netten Grillabend. Wenn du Lust hast..."*

„Wir kommen. Ich bringe Kartoffelsalat mit", schrieb Sabine sofort zurück. Judith lachte, ihr lief schon das Wasser im Munde zusammen. Sabines Kartoffelsalat war legendär.

Kapitel 9
Samstag, 27. Mai

Sidonia fuhr schweißnass aus dem Schlaf auf.

Sie schrie.

Sie wusste nicht, wo sie sich befand. Um sie herum war alles schwarz.

Es dauerte einige Minuten, bis sie klar denken konnte.

Es war Nacht – sie war in ihrem Schlafzimmer.

Sie saß aufrecht im Bett und versuchte, ihren Atem zu beruhigen.

Ganz ruhig, ganz ruhig, dachte sie immer wieder.

Dann schaltete sie endlich das Licht an. Sie blinzelte, als der helle Schein in ihre Augen fiel. Ein Blick auf die Uhr, sagte ihr, dass es fast sechs Uhr war. Doch nicht mehr mitten in der Nacht.

Ihr Atem ging allmählich wieder ruhiger.

Hoffentlich hatte sie Mercedes nicht aufgeweckt.

Was war eigentlich geschehen? Warum war sie so voller Angst?

Sie versuchte, sich ihren Traum ins Gedächtnis zu rufen.

Jetzt, im hellen Zimmer, hatte der Traum seinen Schrecken verloren. Die Angst wich von ihr.

Doch schon im nächsten Augenblick legte sich die Erkenntnis erneut wie eine Eisenhand um ihre Seele.

Es war mehr als ein Traum gewesen.

Judith war in Gefahr.

Judith erwachte ganz früh am Morgen. Sie hob schwerfällig ihren Kopf und sah auf ihren Radiowecker. Was? Sechs Uhr?

Cloud und Snow sprangen auf ihr Bett. Hurra, Frauchen ist wach.

„Nein, ihr zwei. Noch nicht", murmelte sie schläfrig.

Doch im nächsten Moment war sie hellwach. Blitzartig ging ihr durch den Kopf, was alles geschehen war. Der Anruf – der Zettel.

Lorenz, der sie ablehnte, als sei sie die Pest in Person. Der Geist in ihrem Haus. Sebastian, der sie unbedingt hatte überzeugen wollen, die Nacht in einem Hotel zu verbringen.

„Aber ich lebe noch", murmelte sie. „Nichts ist geschehen." Sie streichelte Cloud, der ihr näher lag. Sofort kam Snow herübergetrippelt und schob ihren Kopf dazwischen.

„Mmm…" Sie streichelte beide Hunde und ließ ihren Kopf wieder ins Kissen fallen. Nichts war geschehen. Sie musste sich beruhigen. Sie konnte doch nicht in dieser Panik leben.

„Noch ein bisschen", murmelte sie verschlafen. „Noch ein viertel Stündchen."

Ellen krabbelte um viertel nach sechs aus dem Bett. Noch schlief Lorenz. Er war ein ausgesprochener Langschläfer. Sie selbst nicht. Gut, heute war sie sogar für ihre Verhältnisse früh dran. Aber länger als bis sieben Uhr schlief sie auch am Wochenende selten. Sie liebte die frühen Morgenstunden. Sie liebte es dabei zu sein, wenn der Tag erwachte.

Durch die Jalousie drang kaum Sonnenlicht, aber Ellen wusste, dass es schon hell war. Und heute sollte es auch wärmer werden als während der letzten Tage.

Der Wald war grün, die Blumen blühten. Der Frühling war schon immer ihre liebste Jahreszeit gewesen. Sie liebte es, wenn es am frühen Morgen noch kühl draußen war, aber man schon ahnte, dass es ein schöner Tag werden würde.

Außerdem musste Votan raus.

Normalerweise nahm sie nicht soviel Rücksicht auf Lorenz. Wenn sie schon ausnahmslos jeden Tag aufstand und sich um Votan kümmerte, musste sie das zumindest nicht auch noch so leise tun, damit er bloß nicht wach wurde. Als würde ihn diese Aufgaben überhaupt nicht das Geringste angehen.

Eigentlich, dachte sie, ist es ganz schön unverschämt. Wie damals bei den Kindern. Wenn ich nicht sowieso so gerne mit Votan und früher mit Tinka in der Natur wäre, würde mich das furchtbar ärgern.

Aber heute Morgen war es anders. Sie griff nach ihrer Brille auf dem Konsölchen, raffte ihre Kleidung vom Vortag von dem Sessel neben ihrem Bett und schlich auf Zehenspitzen aus dem Schlafzimmer und die Treppe herunter. Sie wollte Lorenz nicht wecken, weil sie ihm keine Gelegenheit geben wollte, sie noch einmal aufzuhalten. Sie wollte hinüber gehen zu Judith. Es war sehr früh, aber sie hatte schließlich auch zwei Hunde und außerdem ging es ja auch um ihr gemeinsames Ziel – die Recherche um den Fall Buchholz.

Votan freute sich, als er sein Frauchen sah und sprang an ihr hoch. Zum Glück bellte er nicht. Das tat er nur, wenn Fremde ins Haus wollten.

Trotzdem legte sie den Finger auf die Lippen und machte: „Psst, ganz leise sein."

Er wartete brav vor dem Gäste WC in der unteren Etage, wo sie sich schnell anzog und auf die Toilette ging. Sie warf sich ein paar Spritzer kaltes Wasser ins Gesicht – fertig. Zu spät dachte sie darüber nach, dass hier unten keine Zahnbürste war, aber sie wollte auf keinen Fall noch einmal hinaufgehen und riskieren, dass Lorenz wach wurde.

Sie warf sich ihre braune Sweatjacke über, band Votan sein Halsband um, nahm die Leine in die Hand, ohne sie dem Hund anzulegen und wollte nach dem Haustürschlüssel auf dem kleinen Schränkchen neben der Tür greifen. Doch dort war kein Schlüssel. Weder Lorenz' Schlüsselbund noch ihr eigener. Sie öffnete die beiden Schubladen. Dort lagen Fahrradschlüssel, der Schlüssel zum Geräteschuppen im Garten, ein kleiner Block und zwei Kugelschreiber, Chips für Einkaufswagen, ein Kompass. Keine Schlüsselbunde.

„Verdammter Bastard", murmelte Ellen abschätzig vor sich hin. Gleichzeitig erschreckten sie ihre eigenen Worte und Gefühle. So dachte man nicht über seinen Ehemann.

Aber ein Ehemann versucht auch nicht, seine Frau einzusperren, dachte sie gleich darauf.

Votan ließ einen kurzen, missbilligenden Beller hören.

„Psst", machte sie ärgerlich. „Komm mit."

Missmutig schlich sie durchs Haus zur Terrassentür. Doch auch die war abgeschlossen. Das gab es doch nicht. Was fiel diesem Mann ein?

In diesem kurzen Moment starb so viel Gefühl in ihr, wie Ellen es niemals für möglich gehalten hätte. Wie konnte er es wagen. Und ihr Schlüsselbund – daran war auch der Schlüssel zu der Buchhandlung, in der sie arbeitete. Dazu hatte er einfach kein Recht.

Votan sah sein Frauchen fragend an.

„Wir lassen uns hier nicht einsperren", flüsterte sie.

Aber die Kellertür brauchte sie vermutlich gar nicht erst überprüfen. Wenn die dann auch verschlossen war, müsste sie zurück und hätte nur Zeit verloren. Sie stieg lieber gleich aus dem Fenster.

Sie verzog das Gesicht. Wie damals, als ich sechzehn war und mein Vater nicht wollte, dass ich mich mit meinem Freund treffe, dachte sie, während sie das Fenster öffnet und einen Stuhl davor schob. Damals hatte Vater unrecht. Ich habe den Jungen zwar nicht geheiratet - was mit sechzehn auch gar kein Thema war - aber ich hatte ein tolles Jahr mit dem Typen.

Sie griff noch schnell ihre Handtasche, die wie immer über einem der Stühle hing und warf sie durch das offene Fenster.

„Hepp, Votan", forderte sie dann den Hund auf.

„Ellen!", schrie Lorenz plötzlich.

Sie wirbelte herum. In der Tür stand ihr Mann, barfuß und im Pyjama. Er ging auf sie zu, fasste sie am Arm. „Du gehst nicht hinüber zu ihr", drohte er regelrecht.

„Lass mich los!", schrie sie ihn an.

„Votan!“

Der Hund spürte die Bedrängnis seines Frauchens. Er düste los, biss sich in Lorenz' Pyjamahose fest, zerrte daran.

Lorenz versuchte, den Hund abzuschütteln. „Aus, Votan. Aus!“, bölkte er. Aber der Hund hörte nicht auf ihn.

Es hat etwas Gutes, dass ich mich immer alleine um ihn gekümmert habe, ging es Ellen durch den Kopf.

Lorenz schlug nach ihm. Die Pyjamahose riss. Lorenz war frei. Er versuchte, Ellen vom Fenster weg zu ziehen.

Votan biss ihn ins Bein.

„Auuu!“, heulte Lorenz auf. „Auuu. Bist du verrückt?“

„Votan!“, schrie Ellen und nutzte gleichzeitig den Moment, um aus dem Fenster zu springen. Votan tat einen gewaltigen Satz, sprang auf den Stuhl und dann seinem Frauchen hinterher aus dem Fenster.

Ellen liefen Tränen die Wange herunter.

Sie fühlte sich elend, ihren Mann so zurückzulassen mit der Verletzung. Aber die Wunde war sicher nicht tief. Hoffentlich wusste er, dass er auf jeden Fall zum Arzt musste. Ein Hundebiss musste behandelt werden.

Sie rannte heulend auf das Haus ihrer Nachbarin zu.

Es war ihr nicht gleichgültig, was mit Lorenz passierte. Wie konnte es - sie waren vierundzwanzig Jahre verheiratet. Aber wenn er ihre Loyalität wollte, musste er ehrlich zu ihr sein. Sie wusste so sicher, wie er sie eingeschlossen hatte, dass er ein dunkles Geheimnis hütete, das sie nicht kannte.

Aber er konnte doch nicht zu solchen Maßnahmen greifen. Nicht mit ihr. Das würde sie sich nicht gefallen lassen.

Sie rannte bis zu Judiths Haus und läutete an der Haustür.

Votan bellte laut.

Judith räkelte sich. Irgendwo – tief in ihrem Unterbewusstsein vernahm sie ein störendes Geräusch. Immer und immer wieder. Die Hunde sprangen vom Bett, rannten zur Tür und die Treppe herunter.

Dann ging das Gekläffe los.

Sie sah auf die Uhr. Verdammt – zwanzig vor sieben. Da war sie wohl doch noch mal eingenickt. Aber es war immer noch früh. Wer bitte klingelte um diese Zeit?

Dann fiel es ihr siedend heiß ein. Wie ein heißer Strom lief es durch ihre Adern und ließ sie aus dem Bett springen.

Panik.

Der Mensch, der den Zettel geschrieben hatte – der sie angerufen und bedroht hatte.

Stand der nun draußen an ihrer Tür und läutete Sturm?

Was sollte sie nur tun?

Sie versuchte, klar zu denken. Die Panik beiseite zu schieben – zu überlegen, was zu tun war.

Sie musste herausfinden, ob er es tatsächlich war.

Auf nackten Füßen tapste sie aus dem Zimmer, drückte sich eng an die Wand und schlich die Stufen hinunter. So, dass er sie nicht durch das Strukturglas sehen konnte.

Schon wieder läutete es. Er war wirklich ausdauernd.

Sie linste ganz vorsichtig um die Ecke. Sie musste ja wenigstens erkennen, wer draußen war.

Scheiß Glastür. Als nächstes würde sie eine massive Tür einbauen lassen ohne Glas, so dass niemand von draußen hinein sehen konnte. Vielleicht mit einem Spion, durch den sie hindurch sehen konnte.

Vorsichtig schob sie ihr Gesicht weiter.

Sie erkannte die Umrisse.

Ein Hund stand aufrecht an der Tür und bellte, während Cloud und Snow auf der Flurseite das gleiche taten.

Ein Basset.

Votan.

Sie atmete erleichtert auf, lehnte ihre Stirn eine Sekunde lang an die Wand.

Es war Ellen.

„Guten Morgen, Ellen. Du hast mich erschreckt", begrüßte Judith die Nachbarin.

„Tut mir leid", brachte Ellen hervor. Sie wirkte irgendwie übernervös, gehetzt. Judith fiel auf, dass Ellen keine ihrer auffälligen Ketten und Ohrringe trug. Merkwürdig, was für unwichtige Details man manchmal überdeutlich wahrnahm.

„Ist etwas passiert?", fragte Judith.

„Kann ich herein kommen?", fragte Ellen. „Das lässt sich besser bei einem Kaffee erklären."

„Natürlich", murmelte Judith und ließ Ellen eintreten. „Ich setze schnell den Kaffee auf und dann ziehe ich mich erstmal an, in Ordnung?"

Ellen nickte. Sie folgte Judith in die Küche und setzte sich auf einen Stuhl, während Judith Wasser in die Kaffeemaschine gab und die Löffel Kaffeepulver abzählte.

Die Hunde sprangen ausgelassen durch Flur, Küche, Esszimmer.

„Ich hatte mächtigen Stress mit Lorenz. Er hat mich sogar eingesperrt", berichtete Ellen. Sie konnte es einfach nicht mehr zurückhalten, bis Judith sich angezogen hatte.

„Was?", fragte Judith irritiert und lehnte sich an die Arbeitsplatte ihrer Küche.

Ellen berichtete aufgeregt, was am Morgen geschehen war. „Und am Ende hat Votan Lorenz sogar gebissen, damit er mich gehen lässt. Ich weiß gar nicht, was mit ihm los ist."

Doch, dachte sie, ich weiß es. Es hat mit diesem alten Mordfall zu tun. Er weiß mehr, als er sagt.

„Dann hat er dir wohl auch nicht gesagt, dass ich gestern bei euch war und dich sprechen wollte?"

„Was? Nein, kein Wort. Ich habe nur mitbekommen, dass du abends angerufen hast. Dadurch wurde der ganze Streit ausgelöst. Er hat gesagt, ich sei nicht da und er hat mich nicht telefonieren lassen. Ach, ich weiß gar nicht, was los ist." Sie begann zu heulen. Das war einfach zu viel für sie.

Der Kaffee war durchgelaufen und Judith war noch immer im Schlafanzug.

„Na komm, trinken wir erst mal einen Kaffee." Sie schüttete zwei große Tassen mit Tiermotiven voll. „Milch? Zucker?"

Ellen schüttelte den Kopf. „Schwarz."

„Magst du ein Toast? Oder ein Brot?", fragte Judith. Sie konnten genauso gut frühstücken.

Doch Ellen schüttelte heftig den Kopf. „Ich habe echt keinen Hunger. Vielleicht später." Sie nahm ihre Brille von der Nase, legte sie auf den Tisch und rieb sich ihre verweinten Augen.

Judith nickte. „Okay, dann lass uns den Kaffee trinken und danach machen wir einen schönen langen Spaziergang mit den Dreien!" Sie nickte in Richtung der tobenden Hunde.

„Was wolltest du denn gestern bei uns?", fragte Ellen in leicht schluchzendem Ton.

„Ich hatte auch ein schlimmes Erlebnis", antwortete Judith.

„Erzähl!", forderte Ellen sie auf und Judith berichtete von dem merkwürdigen Anruf und dem Zettel.

„Aber das ist ja grauenhaft", meinte Ellen. Ihre Tränen versiegten, ihre eigene Not rückte in dem Moment in den Hintergrund.

„Ja, es hat mich furchtbar erschreckt."

„Tut mir leid, dass ich nicht da war. Und dass Lorenz sich so blöd verhält."

„Du warst arbeiten. Außerdem konnte ja niemand ahnen, dass so etwas passiert. Irgendjemand will nicht, dass der Fall wieder aufgerollt wird."

„Unter anderem mein Ehemann", entfuhr es Ellen.

„Meinst du?"

„Ich weiß es", erwiderte sie ruhig und sicher. Jetzt, da sie es einmal ausgesprochen hatte, konnte sie es auch nicht zurücknehmen.

Sidonia saß in ihrem Renault Twingo und fuhr Richtung Detmold. Sie hatte Judith schon ganz früh auf den Anrufbeantworter gesprochen, aber die reagierte einfach nicht. Sie musste Judith warnen.

Sidonia fühlte sich verantwortlich. Sie hatte ihr zu dem Kauf des Hauses geraten. Sie hatte gewusst, dass ein Geheimnis darauf lastete und dass es Judiths Aufgabe war, es zu lösen. Aber welche Gefahr wirklich damit zusammenhing, hatte sie nicht gesehen. Sie hatte wirklich Angst. Gerade hatte sie noch einmal versucht, Judith anzurufen, hatte sie aber wieder nicht erreicht. Verflucht – wo konnte sie so früh am Samstag-morgen stecken?

Sie hatte Mercedes geweckt, die nach einer Party am Vortag noch tief und fest geschlafen hatte. Aber sie konnte sich ja nicht einfach davon schleichen. Ihre Tochter war sofort hellwach gewesen und hatte ihrer Mutter zugeredet, einfach hinzufahren.

Sidonia schlug ungeduldig auf ihr Lenkrad.

Hoffentlich kam sie nicht zu spät.

Nachdem sie ihren Kaffee ausgetrunken hatten, putzte Judith ihre Zähne und schlüpfte schnell in Jeans und Shirt.

„Ich habe nicht mal meine Zähne geputzt", gestand Ellen. „Ich hatte mich nicht getraut, noch einmal rauf zu gehen."

Judith grinste. „Nicht so ein Drama. Ich habe diese Dreierpackungen Zahnbürsten – kannst eine haben."

Ellen nickte. „Das ist lieb. Danke."

Es war immer noch früh, nicht mal halb acht und noch nicht sehr warm. Judith griff noch schnell zu ihrer Jeansjacke – dann waren sie startklar. Die Hunde sprangen sowieso schon ungeduldig an der Haustür empor.

Als Judith gerade die Haustür hinter sich zuziehen wollte, hörte sie das Telefon schellen. Sofort flutete wieder diese Hitze durch ihren Körper. Meine Güte, dachte sie – ich kann doch jetzt nicht jedes Mal in Panik ausbrechen, wenn das Telefon läutet oder jemand an der Hautür schellt.

„Willst du noch rangehen?", fragte Ellen.

Judith schüttelte den Kopf und zog entschieden die Haustür ins Schloss. „Jetzt nicht. Wer immer das ist, kann sich später noch mal melden."

Die beiden Frauen machten sich mit den Hunden auf den Weg Richtung Wald. Judith verspürte ein wenig Hunger. Sie ärgerte sich, dass sie nicht trotzdem etwas gegessen hatte, auch wenn Ellen nicht wollte. Aber jetzt war es zu spät. Nun, sie würde es überleben und wenn sie zurückkamen, konnten sie ein ausgiebiges Frühstück zusammen einnehmen. Vielleicht konnte sie schnell Brötchen holen fahren.

Die drei Hunde rannten und tollten ausgelassen vor ihnen her.

„Das ist Lebensfreude pur", lachte Ellen. „Ich sehe spielenden Hunden so gerne zu."

"Ja, das ist schön. Aber sag mal, warum hast du mir eigentlich nicht gesagt, dass Votan früher den Erdmanns gehört hat?"

Ellen stockte. „Oh – woher weißt du das denn?"

„Von Max Kellerhoff."

„Ach, ich Schussel - den wollten wir doch zusammen noch mal aufsuchen. Hast du ihn angerufen?"

„Ich habe ihn Mittwochabend noch aufgesucht - zusammen mit Sebastian Kupfer."

„Ah, mit dem jungen Anwalt." Ellen lachte schelmisch.

„Nicht, was du denkst. Ihn interessiert der Fall."

Dabei dachte Judith: Woher will ich eigentlich wissen, was sie denkt? Und - na ja - ausschließlich der Fall war es vielleicht doch nicht?

„Na ja, stimmt schon", räumte Ellen ein. „Ich mag Tiere wahnsinnig gern, weißt du. Damals hatten wir eine Schäferhund-Mischlingsdame – Tinka. Sie hatte schon oft mit Votan gespielt. Und dann passierte dieses Drama. Hätte ich ihn ins Tierheim bringen lassen sollen? Es war völlig problemlos, ihn aufzunehmen. Sicher hätte Thea das gewollt. Na ja, letztes Jahr ist dann unsere Tinka gestorben. Mit vierzehn Jahren. Ich vermisse sie immer noch, aber Votan tröstet mich ein wenig darüber hinweg."

„Ich verstehe das schon. Du hast alles richtig gemacht. Ich hätte es nur gern gewusst, weil sich Votans Verhalten an der Haustür dadurch erklärt. Verstehst du nicht, dass er deshalb niemanden herein lassen will? Er hat etwas Furchtbares erlebt. Er hat vermutlich erlebt, wie die Mörder seines Frauchens und Herrchens ins Haus gekommen sind. Vielleicht wurden sie sogar ganz arglos hereingelassen."

Ellen sah ihre junge Nachbarin erstaunt an. Dann leuchtete ihr die Logik so deutlich ein, dass sie sich fragte, warum sie nicht selbst darauf gekommen war. „Ja, du hast völlig recht. Ich hätte es erwähnen sollen."

Judith nickte. Sie sahen den Hunden zu, die vergnügt am Waldrand entlang sprangen.

Sie gingen immer tiefer in den Wald hinein.

Judith war zum ersten Mal so weit gegangen. Es war wunderschön hier, fand sie. So ruhig und friedlich. Nur Rauschen in den Baumkronen und Gezwitscher von Vögeln war zu hören.

Ellen überlegte, wann ihre Beziehung zu Lorenz eigentlich bergab gegangen war. Das war nicht erst heute passiert. Wenn alles noch immer super laufen würde, wäre sie nicht aus dem Fenster geflüchtet. Dann hätte sie nachgefragt und gestritten. Hätte gebohrt, bis sie eine Antwort bekommen hätte. Aber das hatte sie nicht getan. Sie wollte die Verantwortung für Lorenz nicht länger tragen. Sie glaubte, das Ende war wohl eingeläutet worden, als ihre Kinder das Haus verlassen hatten. Damals hatte sie die Verantwortung für sie weitgehend an sie selbst übertragen. Und auch die für ihren Mann, der ihr oft als ihr drittes Kind vorgekommen war, hatte sie abgegeben.

Sie hatte einfach keine Lust mehr, Entschuldigungen für alles zu finden.

Sie hatte in seiner Firma angerufen, wenn er krank war oder sich verspätete, weil er nicht aus dem Bett gekommen war. Sie hatte sich um alles gekümmert, was ihre Finanzen betraf. Sie hatte sich um die Kinder und Tiere gekümmert. Und sie hatte das immer gut geschafft.

Und nachdem die Kinder größer wurden, hatte sie auch den Job in dem Buchladen angenommen. Zuerst als Minijob.

Eigentlich fragte sie sich schon seit ein paar Jahren, warum sie noch immer bei Lorenz war. Obwohl er sie zu allem Überfluss auch noch in dieser Einsamkeit festhielt, in der sie nicht leben wollte.

„Ellen, träumst du?", fragte Judith.

„Oh, entschuldige. Ich habe nachgedacht. Hast du etwas gesagt?"

„Über die Sache mit Lorenz?"

Ellen nickte. „Ja. Ist ein bisschen komplizierter als nur das von heute Morgen."

„Glaube ich gern. „Ich habe gefragt, ob wir zurückgehen sollen. Ich habe jetzt wirklich Hunger."

„Du wirst lachen, ich auch", meinte Ellen. Es ging ihr deutlich besser.

„Snow, Cloud!", rief Judith. „Votan!"

Die Hunde reagierten nicht. Sie tollten immer noch übereinander und miteinander über den Weg.

„Kommt! Wir gehen zurück!", rief Judith trotzdem.

„Ach, die kommen schon hinterher", meinte Ellen.

Das taten sie wirklich. Als sie merkten, dass ihre Frauchen nicht mehr hinter ihnen her kamen, drehten sie um und düsten an den Frauen vorbei Richtung Häuser.

Judith überdachte ihre Meinung über Ellen kritisch. Etwas mehr als eine Tratschtante war sie ja doch. Sie war eigentlich froh, dass Ellen gekommen war und sie genoss das Zusammensein. Anfangs war sie ihr mit ihrem Geplauder wirklich auf die Nerven gegangen. Aber jetzt merkte sie, dass Ellen genau die Person war, die sie um sich haben wollte. Sie war jemand, mit dem man reden konnte. Jemand, der sie ernst nahm und nach Lösungen suchte. Und sie war vor allem nicht so weit entfernt.

Nur – Judith wusste auch, dass sie, wenn das alles vorüber war, keinen täglichen Kaffeeklatsch mit Ellen haben wollte.

Na ja, abwarten… Im Hier und Jetzt leben und entscheiden, was jetzt wichtig war.

Sidonia fuhr auf Judiths Haus zu. Sie stieg hart auf die Bremse und kam direkt vor dem Haus zum Stehen. Sie sprang aus dem Wagen und rannte zum Eingang. Sie klingelte, sie pochte an die Tür. Sie drückte ihr Gesicht an die Glasscheibe, um vielleicht etwas sehen zu können.

Nichts.

Gar nichts. Auch kein Hundegebell.

Was hatte das zu bedeuten?

Sie sah auf die Uhr.

Zehn vor acht an einem Samstagmorgen.

War sie etwa schon mit den Hunden raus?

Sidonia war nervös. Sie trommelte gegen die Tür - als würde das etwas bringen.

Puh, sie musste sich beruhigen. Sie übertrieb wahrscheinlich sowieso. Was immer geschehen würde, würde nicht unbedingt heute Morgen passieren. Es ging Judith bestimmt gut.

Sie setzte sich auf die Stufen vor der Tür und fuhr sich durch ihre wilde schwarz-graue Mähne. Was immer sie sich einzureden versuchte – es gelang ihr nicht. Es änderte nichts daran, dass sie regelrecht angsterfüllt war.

Sie beobachtete den Weg vor dem Haus genau.

In der Ferne erkannte sie den Wald.

Ihre Beklemmung wuchs.

Sie fühlte es körperlich. Die Gefahr kam näher.

Sidonia sprang wieder auf. Sie konnte nicht ruhig sitzen. Sie wusste, es war mehr als ein ungutes Gefühl.

Sie wusste, dass die Gefahr in der Nähe lauerte.

Sie fühlte es in jeder Faser ihres Körpers. Sie roch sie, sie schmeckte sie.

Wenn sie doch nur Judith angetroffen hätte. Wenn sie sie doch nur telefonisch erreicht hätte. Warum hatte sie das eigentlich nicht?

Da konnte sie doch unmöglich auch schon fort gewesen sein.

Sie ging ein paar Schritte auf den Wald zu.

Dort hinten kamen gerade zwei Leute aus dem Wald heraus. Und ein paar Hunde sprangen um sie herum.

Das musste Judith sein. Sie hatte jemanden zu Besuch.

„Neiiin!", schrie Sidonia und begann zu rennen.

Sie würden in ihr Verderben laufen.

Der Mann in dem schwarzen Wagen fluchte vor sich hin.

Er stand an dem Wegrand zu Judiths Haus, einigermaßen verborgen durch eine Baumgruppe, aber mit einem guten Blick auf den Weg, der Richtung Wald führte.

Sein Auftrag lautete, einen Laptop zu stehlen, weil darauf ganz bestimmte Fotos gespeichert waren, und sofort wieder abzuhauen.

Keine weiteren Verletzten oder gar Tote, wenn es nicht unbedingt nötig wäre. Das wäre zu auffällig nach diesem Privatdetektiv. Da würde der dümmste Polizist eine Verbindung herstellen. Aber wenn es sein musste – dann war es eben so. Der Mann tätschelte seine Pistole unter einer Decke auf dem Beifahrersitz.

Also war er schon ganz früh hergekommen und hatte ausspioniert, dass das Haus tatsächlich leer war. Glück gehabt, hatte er sich gedacht und wollte sich gerade daran machen, das Schloss aufzubrechen. Und dann war diese Verrückte hier aufgetaucht mit ihren wirren dunklen Haaren, hatte an die Tür gebollert und sich dann dort hingesetzt.

Er hatte gerade noch rechtzeitig den Absprung ins Gebüsch geschafft, als er den Wagen hatte anbrausen sehen.

Nun saß er wieder im Auto und musste sich damit abfinden, nicht in das Haus hinein zu kommen. Nicht mehr heute Morgen.

Und jetzt sah er die Hausbesitzerin schon zurückkommen. Zusammen mit einer anderen Frau. Und dann war da ja auch immer noch diese Verrückte, die jetzt aufsprang und ihnen entgegenlief.

Viel zuviel Trubel. Zu viele Zeugen. Die konnte er weiß Gott nicht brauchen. Den Auftrag konnte er jetzt nicht ausführen. Dann müsste er ja alle drei umbringen. Außerdem hatte er dafür keinen Auftrag. Und er tötete nicht ohne Auftrag und ohne eigenes Motiv. Nur aus Lust am Töten. Er fand sowieso, dass er viel zu tief in dieser Sache drin steckte. Wie war das alles nur passiert?

Scheiße – sollte er jetzt warten oder fahren? Je mehr Leute kamen, desto größer war die Gefahr, hinter dem Gebüsch entdeckt zu werden. Die kamen schließlich genau auf ihn zu. Das würde Aufmerksamkeit erregen. Andererseits nahm von einem Wagen, der hier entlang fuhr, niemand Notiz. War hier zwar nicht gerade 'ne Bundesstraße, aber hin und wieder fuhren doch Autos. Das war nicht ungewöhnlich. So wie er parkte, musste er aber Richtung Wald fahren. Auf diesem schmalen Weg konnte er nicht so schnell wenden. Ein aufwendiges Wendemanöver würde auch Aufmerksamkeit erregen.

Er traf seine Entscheidung. Er gab Gas und fuhr los.

Sidonia schrie und rannte Judith und dieser anderen Frau entgegen.

Sie musste sie warnen – sie liefen in die Gefahr.

Ein schwarzer Wagen fuhr an ihr vorbei.

Er fuhr Richtung Wald, an dem entlang der Weg weiterführte.

Wo war der hergekommen? Er musste irgendwo versteckt gestanden haben. Instinktiv wollte sie sich das Nummernschild merken, aber das war total verschmiert.

Die Hunde merkten es auch. Irgendetwas ging von dem Wagen aus.

Etwas stimmte nicht.

Die Tiere rannten auf das Auto zu.

„Cloud, Snow!", rief Judith.

„Votan", rief die andere Frau.

Der Wagen versuchte auszuweichen.

Doch Cloud rannte laut bellend auf den Wagen zu. Judith schrie: „Cloud, nein!"

Das Auto fuhr viel zu schnell auf diesem schmalen Weg.

„Cloud!"

Auf der matschigen Grasnarbe kam der Wagen ins Schleudern.

Kurz vor dem Hund bekam er noch die Kurve, aber er erwischte ihn doch. Cloud wimmerte auf und blieb auf dem Boden liegen.

„Cloud!", schrie Judith panisch, rannte zu ihm und fiel neben dem Tier auf die Knie. Ellen war sofort bei ihr. Ebenso wie Snow und Votan.

Der schwarze Wagen brauste mit quietschenden Reifen davon.

Snow stupste ihren Freund an. Steh auf, hieß das.

Cloud wimmerte. Er blutete an der Hinterpfote.

„Cloud", jammerte Judith.

Sidonia war bei den Frauen und Hunden angekommen.

Sie ging in die Hocke und streichelte Clouds weiches Fell. Sie legte ihre Hand darauf, schloss die Augen. „Er wird wieder", sagte sie und es war kein Trost für Judith. Es war Gewissheit.

Judith blickte auf. Ihr Blick war tränenverschleiert.

Cloud hatte seinen Schreck überwunden. Er rappelte sich auf. Er wimmerte, aber er lief auf drei Beinen weiter.

„Er hat sich das Bein verletzt", jammerte Judith.

Sidonia strich ihr über den Rücken.

„Sidonia, was machst du denn hier?", fragte Judith so überrascht, als würde sie erst jetzt deren Anwesenheit registrieren.

„Später. Zuerst müssen wir uns um Cloud kümmern", mischte sich Ellen ganz praktisch ein. Einer musste jetzt einen klaren Kopf bewahren und das war zweifellos Ellen. „Cloud hat sich verletzt, daran besteht kein Zweifel. Ich kenne einen wunderbaren Tierarzt im Dorf. Ich werde ihn anrufen. Er wird Cloud behandeln. Auch wenn es Samstag ist."

„Ja?", schniefte Judith.

„Ja."

Weder Ellen noch Judith hatten ein Handy dabei, daher mussten sie erst einmal ins Haus gehen, um zu telefonieren. Die Hunde folgten ihnen.

Ellen suchte die Telefonnummer des Tierarztes aus dem Adressbuch ihres Handys und rief sofort an. Hoffentlich war er zu Hause. Aber es dauerte gar nicht lange, bis der Arzt sich meldete.

Ellen schilderte den Unfall und betonte, dass ihre neue Nachbarin Judith Schlüter noch nicht lange hier lebe und somit ansonsten nicht wisse, an wen sie sich wenden könne.

Judith und Sidonia hörten gespannt zu. Sie verstanden nicht, was der Arzt antwortete, Ellen hatte das Telefon nicht auf laut gestellt.

„Ja, er humpelt", sagte Ellen jetzt. „Er hat sich auf jeden Fall am Bein verletzt." Pause. „Nein, ansonsten ist er ganz munter. Ja, er ist fast sofort wieder aufgestanden." Pause. „Oh, danke. Dann bis gleich."

Sie beendete das Gespräch und steckte das Handy zurück in ihre Tasche.

„Wir können sofort kommen. Er meint, dass er das Bein wahrscheinlich röntgen muss, aber dass Cloud sicher nichts Schlimmeres passiert ist, weil er ja sofort aufgestanden ist."

Judith fiel ein Stein vom Herzen. Sie war froh, dass sie Cloud sofort untersuchen lassen konnte. Das beruhigte sie sehr.

„Oh Judith, es tut mir alles so leid", rief plötzlich Sidonia aus. „Ich wollte dich warnen, weißt du? Ich habe dich angerufen, schon um sechs Uhr oder so."

„Da hab ich noch geschlafen."

„Ich habe auf den Anrufbeantworter gesprochen."

Judith raufte sich die Haare. Sie überlegte. Sie war von der Türklingel geweckt worden. Ellen hatte schon ganz früh vor ihrer Tür gestanden – auf der Flucht vor ihrem Ehemann.

„Es ging alles so drunter und drüber heute Morgen", erwiderte Judith etwas ungeduldig, „ich habe den AB noch gar nicht abgehört. Ich habe nicht mal draufgeschaut."

„Und dann habe ich es vom Auto aus versucht, aber da warst du sicher schon mit den Hunden unterwegs. Ach, es ist alles so schrecklich. Wenn es dir recht ist, warte ich hier auf dich", sagte Sidonia.

Judith nickte. „Natürlich."

Dann griff sie nach ihrer Tasche und wandte sich an Ellen. „Ach so – ich weiß ja gar nicht die Adresse."

„Ich werde dich begleiten", erwiderte diese.

Doch Judith schüttelte den Kopf. „Bleib bitte hier bei Sidonia. Ich schaff das schon alleine. Sag mir nur die Adresse und erklär mir den Weg."

Ellen lief hinter Judith her bis zur Tür.

„Sicher?"

„Ja. Ich möchte Sidonia nicht alleine hier lassen."

Sie wusste selbst nicht, warum sie meinte, Sidonia nicht allein lassen zu können. Sie kannte sie soviel länger als Ellen. Vielleicht, weil Sidonia hier nicht zu Hause war. Sie betrachtete sie viel mehr als Gast als Ellen.

„Na gut. Also pass auf – du fährst in diese Richtung..." Ellen erklärte Judith genau den Weg und nannte die Adresse. Es schien nicht allzu schwierig zu sein, die Tierarztpraxis Henning Funke zu finden.

„Cloud", rief sie dann.

„Ich helfe dir wenigstens, ihn ins Auto zu schaffen. Er wird nicht so gut hineinhüpfen können", meinte Ellen.

Judith lächelte ihr dankbar zu.

Dann fuhr sie los.

Es war wirklich nicht schwierig, die Praxis zu finden. Ellen hatte den Weg hervorragend erklärt. Nach wenigen Minuten stand sie vor einem alten Backsteinhaus, vor dem ein Jeep parkte. An der Tür prangte ein Schild mit der Aufschrift Praxis für Kleintiere - Henning Funke – Tierarzt und darunter die Sprechzeiten.

Judith wusste nicht genau, was sie sich vorgestellt hatte, aber Henning Funke war auf jeden Fall anders. Der Arzt – kein Doktor, wie er sofort betonte – war ein sympathischer, etwa vierzigjähriger Mann.

Er trug gut sitzende Jeans und einen lockeren grauen Pullover darüber.

Er war ein Stück größer als Judith, aber nicht gerade ein Riese.

Seine dunkelblonden Haare waren füllig und fielen in einzelnen Fransen in die Stirn. Er war unrasiert und wirkte etwas ungekämmt, als wäre er gerade aus dem Bett geworfen worden und hätte nur ganz schnell reagiert.

Insgesamt gab ihm das einen fröhlichen, jungenhaften Charme.

Er wirkte durchtrainiert, als würde er viel Sport machen. Aber vielleicht reichte ja auch sein Job, bei dem er sicher auch hin und wieder körperlich zupacken musste.

Er hatte strahlend blaue Augen und ein etwas zu kantiges Gesicht. Insgesamt war er ein ziemlich attraktiver Mann, fand Judith. Kein Adonis, aber doch sehr sympathisch und attraktiv.

Natürlich nahm er Judith schon alleine dadurch für sich ein, dass er sich so liebevoll um Cloud kümmerte. Er streichelte ihn und sprach beruhigend auf das Tier ein. „Sei ganz ruhig. Mal sehen, was dir fehlt. Wie heißt er?", fragte er im gleichen Redefluss und der gleichen Betonung. Seine Stimme war warm und tief.

„Cloud."

„Cloud, ungewöhnlicher Name."

Judith grinste. „Seine Freundin heißt Snow", sagte sie.

Funke lachte. „Der ist aber nichts passiert?"

„Nein."

„Wie kam es überhaupt dazu?"

Judith berichtete stockend, wie der Unfall passiert war. Immer noch fühlte sie sich leicht unter Schock. Und sie konnte einfach nicht verstehen, dass der Fahrer einfach weitergefahren war. Er musste doch gemerkt haben, dass er den Hund erwischt hatte.

„Eine alte Freundin aus Paderborn wollte mich heute Morgen überraschen. Da sie mich nicht angetroffen hatte, wartete sie vor dem Haus auf mich. Sie meinte, der Wagen müsse irgendwo gewartet haben."

Wenn Henning Funke sich wunderte, warum eine Freundin aus Paderborn so früh unangemeldet in Detmold auftauchte, ließ er es sich nicht anmerken.

„Worauf soll der Wagen gewartet haben?", fragte er.

„Das weiß ich auch nicht. Aber es war wirklich seltsam. Für Ellen und mich kam er plötzlich aus dem Nichts. Und die Straße ist sehr übersichtlich, wir hätten ihn schon viel früher bemerken müssen."

Aber woher der Wagen kam, interessierte Judith im Moment wirklich nicht. „Was fehlt Cloud?", fragte sie. „Ich befürchte, er hat sich das Bein gebrochen."

„Aber – aber das können Sie doch wieder hinbekommen?", stotterte Judith fassungslos.

Er lächelte. „Aber natürlich. Regen Sie sich nicht auf. Der wird schon wieder. Ich muss ihn aber röntgen. Dann entscheiden wir, wie es weiter geht. Ja?"

Sie nickte tapfer. Sie war furchtbar aufgeregt. Die Röntgenbilder abzuwarten, kostete sie fast mehr Geduld, als sie aufbringen konnte. Immer wieder redete sie sich ein: Ein Beinbruch ist nicht das schlimmste, was passieren konnte. Es würde alles wieder gut werden. Cloud hätte tot sein können.

Ellen und Sidonia blieben in Judiths Haus allein zurück. Sie standen etwas unsicher in der Küche. Es herrschte gedrückte Stimmung.

Snow und Votan verhielten sich auffällig ruhig. Sie merkten, dass etwas nicht stimmte. Besonders Snow vermisste sicher ihren Freund Cloud.

Ellen hockte sich zu den beiden und streichelte sie. „Cloud kommt bald wieder nach Hause", tröstete sie Snow. Wenn der Hund auch die Worte nicht verstand, dann doch wenigstens den beruhigenden Tonfall.

Für sie selbst war es ein Moment, in der sie aus der unangenehmen Situation abtauchen konnte, in der sie gerade steckte. Allein in einem fremden Haus mit einer völlig fremden Frau. Sie wussten nichts voneinander. Aber sie musste diese Stimmung beendet. Sonst würde es sich ganz schön ziehen, bis Judith wieder zurück war.

Sie erhob sich und wandte sich entschlossen an Sidonia. „Wir sollten uns erst einmal vorstellen. Vorhin ging ja plötzlich alles drunter und drüber." Sie streckte der Fremden ihre Hand entgegen. „Ich bin Ellen Jacobi, die Nachbarin."

Sidonia ergriff die Hand. „Sidonia. Eine..." Hellseherin wollte sie sagen, aber sie sagte es nicht. Sie wusste, bei zu vielen Menschen stieß man damit auf Antipathie und Unverständnis. Im Übrigen mochte sie den Begriff ja selbst nicht. „Eine alte Bekannte aus Paderborn."

„Und warum sind Sie heute so früh hergekommen?", fragte Ellen.

Sidonia seufzte, aber sie antwortete nicht. Wie sollte sie das auch erklären ohne doch ihre Gabe der Hellsichtigkeit ins Spiel zu bringen?

Ellen fragte nicht weiter nach. Es ging sie schließlich auch gar nichts an. Wenn Sidonia die Frage nicht beantworten wollte, sollte sie es eben lassen. Vielleicht war es ja persönlich. „Was machen wir denn jetzt? Kochen wir uns einen Tee?"

Sidonia nickte. „Gerne." Auch sie fühlte sich etwas unbehaglich. Sie hatte das Gefühl, sie dürfte nicht hier sein. Aber Judith wusste ja Bescheid und sie hatte es erlaubt. Also war es okay.

Ellen füllte Wasser in den Wasserkocher und schaltete ihn an. Sie nahm zwei große Tassen von einem Gestell und suchte nach Teebeuteln. Sie fand sie in dem dritten Schrank, den sie öffnete.

„Setzen wir uns", schlug Ellen vor. „Offenbar fühlen Sie sich auch nicht recht wohl in ihrer Haut. Mir geht es nicht anders. So gut kenne ich Judith auch noch nicht. So alleine hier zu sein, ist merkwürdig." Sie lächelte.

„Können wir nicht zu Ihnen gehen? Sie sagten doch, Sie sind die Nachbarin", schlug Sidonia vor.

„Nein, das geht nicht", rief Ellen beinahe erschrocken aus. „Aber das kann ich jetzt nicht erklären."

Sidonia nickte. So hatten sie offenbar beide ihre Geheimnisse.

Sie setzten sich mit ihren gefüllten Teetassen an den Esstisch im angrenzenden Esszimmer. Die beiden Frauen hatten noch keinen wirklichen Zugang zueinander gefunden. Beide hatten Geheimnisse, die sie vor der anderen verbargen. Jede fühlte, dass die andere nicht offen war. Das förderte nicht gerade einen ungezwungenen Umgang miteinander.

Sidonia würde Ellen gerne aus der Hand lesen, aber sie wusste, dass es nicht der richtige Zeitpunkt war, ihr das anzubieten. Aber von der Frau ging etwas Bedrückendes aus, das sie nicht näher benennen konnte, das aber nicht nur von der augenblicklichen Situation kam.

Schließlich griff Sidonia nach einer Zeitschrift und blätterte darin herum.

Ellen beschäftigte sich mit den beiden Hunden, die sich zu ihnen gesellten. So warteten sie teilweise schweigend, teilweise sich stockend unterhaltend auf Judiths Rückkehr.

Judith und Henning Funke arbeiteten ruhig zusammen. Judith konnte Cloud gut beruhigen. Der Arzt gab ihm eine schwache Narkose, um ihn problemlos röntgen zu können. Dabei durfte er sich schließlich nicht bewegen.

Judith wurde allmählich etwas ruhiger. Sie wusste Cloud in guten Händen und hatte nicht mehr diese kopflose Angst um ihn. Natürlich war es schlimm, dass Cloud verletzt war. Aber er würde wieder gesund. Es war nicht lebensbedrohend.

Henning Funke hatte außerdem eine beruhigende Wirkung auf sie. Irgendwie hatte er ihr die Verantwortung einfach abgenommen und das tat ihr gut.

Als Cloud geröntgt war, sah Henning Funke sich die Aufnahmen konzentriert an.

„Also das Bein ist tatsächlich gebrochen. Schauen Sie…“ Er zeigte ihr die Bruchstelle und sie konnte es wirklich gut erkennen.

„Wir müssen das operieren. Aber machen Sie sich keine Sorgen. Das wird wunderbar klappen.“

„Der Arme“, meinte Judith mitleidig.

Der Arzt zuckte die Schultern. „Schon. Aber es nützt ja nichts. Da müssen Menschen auch durch – sagen Sie sich immer, dass es nur eine Unbequemlichkeit ist. Cloud wird schnell damit zurecht kommen."

„Es tut mir leid, dass wir Sie so früh heute Morgen stören mussten. Am Samstag. Aber Ellen – Frau Jacobi meinte…"

„…das geht auch in Ordnung", fiel er ihr ins Wort. „Kein Problem. Dazu bin ich doch da."

Er sah sie einen Moment lang an und lächelte.

Das meint der wirklich ernst, dachte Judith.

Ob er wohl verheiratet ist, dachte sie und fragte sich im nächsten Moment, was das sollte. Das brauchte sie überhaupt nicht zu interessieren. Sie würde einfach später Ellen ein bisschen aushorchen.

„Sie sind also Hundetrainerin? Ich habe schon gehört, dass demnächst eine solche – nennt man das auch Praxis? - hier eröffnet."

„Ja. Die Arbeit mit Tieren macht mir viel Freude. Ich umgebe mich überhaupt gerne mit Tieren. Sie sind…"

„umkomplizierter, ehrlicher?"

Sie lachte. „Ich glaube schon, ja."

„Da haben Sie nicht ganz unrecht."

„Heute Morgen war ich trotzdem froh, dass Menschen in der Nähe waren. Ellen, Sidonia. Sie."

„Ja. Ich weiß. Aber wir sind ja alle Tiernarren. Na ja, über Ihre Freundin Sidonia weiß ich das natürlich nicht. Aber Frau Jacobi ist auf jeden Fall einer. Ich glaube, sie hätte gerne mehr Tiere, aber ihr Mann spielt nicht mit."

Judith verzog ein wenig das Gesicht.

„Er ist mir unsympathisch", entfuhr es ihr wie von selbst. Eigentlich stand es ihr nicht zu, mit dem Arzt über andere Leute zu sprechen.

Normalerweise tat sie das auch nicht mit fast Fremden.

Er zuckte nur die Schultern, sagte jedoch nichts dazu.

217

„So, Cloud ist versorgt. Ich schaue mal im Terminkalender nach, wann wir die OP machen können."

Judith nickte und folgte ihm in den Empfangsbereich seiner Praxis.

„Machen Sie sich wirklich nicht zu viele Sorgen", betonte er noch einmal, während er im Terminkalender blätterte. „Glatte Beinbrüche gibt es bei Hunden nur sehr selten. Fast immer muss man operieren. Hier – wie wäre es mit Dienstag?"

„Dienstag? Und bis dahin?"

„Kein Problem. Cloud kommt gut damit zurecht. Er hat drei gesunde Beine." Er lächelte, aber Judith war nicht nach Lächeln zumute.

„Vielleicht könnten wir einmal über eine Zusammenarbeit nachdenken? Ich bekomme natürlich immer mal wieder mit, wenn Leute Probleme mit ihren Hunden haben. Sie gehen nicht an der Leine, bellen den Postboten an oder zerbeißen Schuhe…" Funke lachte. Er hoffte, Judith ein wenig aufheitern zu können.

Tatsächlich lächelte sie jetzt auch ein wenig. „Ja, das wäre schön. Ich habe auch schon mit der Idee gespielt."

„Gut. Dann können sie Ihren Hund jetzt mitnehmen. Was ist mit Dienstag? Gleich um acht Uhr?"

Sie nickte. „Ja, das ist in Ordnung."

„Fein."

Er notierte den Termin im Kalender.

„Vielleicht können Sie jetzt noch in Ruhe mit ihrer Familie frühstücken", meinte sie. „Oder haben Sie das schon gemacht?"

Er hob leichthin die Arme. „Ich bin geschieden. Aber mein fünfjähriger Sohn kommt heute Nachmittag zu mir. Ich freue mich schon sehr drauf."

„Ah – dann wünsche ich Ihnen beiden viel Freude."

Er nickte und reichte ihr noch einen Flyer, auf dem seine Öffnungszeiten standen. Dann brachten sie zusammen Cloud in Judiths Auto und sie fuhr wieder davon.

Sie freute sich, dass sie diesen Mann kennen gelernt hatte. Es wäre nur schön gewesen, wenn es unter anderen Umständen gewesen wäre. Überhaupt hatte sie in den letzten Tagen interessante Menschen kennen gelernt. Ellen, Martha, Lorenz – interessant war er, wenn auch unsympathisch. Sebastian.

Dabei kam ihr Sidonias Prophezeiung in den Sinn. Zwei Männer sollten in ihr Leben treten. Aber Sidonia hatte auch gesagt, dass nur einer ehrlich zu ihr sein würde.

Harald Marksroth saß in seinem mit Teakholzmöbeln eingerichtetem Arbeitszimmer in seiner Villa und dachte nach. Er musste genau planen und überlegen, was zu tun war.

Er war ein äußerst karrierebewusster, strebsamer Mann. Extrem selbstbewusst. Ein Mann, der so ziemlich alles tat, um seine Ziele zu erreichen. Und er hatte alles erreicht. Als Staatsanwalt hatte er einen wirklich guten Ruf. Als Kollege eher nicht. Er galt nicht unbedingt als umgänglich und nett.

Seine Frau war noch immer mit ihm zusammen, weil sie sein Geld liebte. Das Haus, die Autos, ihr Pferd und die Reisen, die sie zusammen oder sie alleine unternahmen.

Liebe war schon lange nicht mehr zwischen ihnen. Da gab er sich keinerlei Illusionen hin. Deshalb war er auch misstrauisch geworden, deshalb hatte er sie beschatten lassen.

Er war kein gefühlsbetonter Mann, aber er sah die Dinge um sich herum klar und deutlich. Er fühlte sie nicht, er sah sie. Das war etwas völlig anderes. Und es war auch nicht so, dass seine Frau ihn gefühlsmäßig mit einer Affäre hätte treffen können. Aber er wollte ihren aufwendigen Lebensstil nicht finanzieren, wenn sie ihn betrog. Das war der Deal. Ganz einfach. Er wollte sein Image bewahren. Der erfolgreiche Staatsanwalt, das Familienidyll mit den zwei Kindern und eine schöne Frau an seiner Seite. Fest und über jeden Zweifel erhaben. Zum Repräsentieren auf Partys und öffentlichen Anlässen. Dazu könnte er sich keine Bessere vorstellen als seine Ehefrau. Sie war schön, elegant, mit einer Wahnsinns Ausstrahlung. Ein bisschen überheblich vielleicht, aber das passte durchaus zu ihm.

Er lebte in einer fantastischen Welt, fand er. Nichts davon wollte er aufgeben. Und jetzt sah er einen Riesenschlamassel auf sich zukommen. Diese blöde Buchholzsache drohte ihm jetzt nach fünf Jahren doch noch das Genick zu brechen. Aber das würde er nicht zulassen.

Man konnte nicht sagen, dass er Angst hatte. Das entsprach nicht seiner Natur. Angst war seiner Meinung nach ein Gefühl, das allzu schwache Menschen beherrschte. Die hatten ständig Angst. Angst, zu versagen. Angst, nicht bestehen zu können. Angst, etwas falsch zu machen. Nein, er wäre nicht da, wo er heute war, wenn er sich von diesem Gefühl beherrschen ließe.

Aber ihm war die Gefahr bewusst, die allmählich näher rollte. Und es half nichts, diese Schlüter aus dem Weg zu räumen. Das hatte inzwischen schon zu große Wellen geschlagen.

Na immerhin – er hatte auch seine Verbündeten. Und nicht jeder wagte es, sich gegen ihn zu stellen.

Er grinste gemein vor sich hin.

Es würde schon laufen.

Marksroth wusste, er würde ohne die geringsten Gewissensnöte tun oder anordnen, was immer nötig war, um seinen eigenen Hals aus der Schlinge zu ziehen.

Aber Einen gab es, der sich doch gegen ihn gestellt und ihn verraten hatte. Einer, der sicherlich als erster von all diesen Nachforschungen erfahren hatte, hatte ihn nicht informiert. Er musste sich überlegen, wie er denjenigen bestrafen sollte.

Der Bleistift in seiner Hand brach mit einem knackenden Geräusch.

„Das werde ich dir nicht verzeihen. Aus so einer Sache kann man sich nicht plötzlich zurückziehen. Wenn man einmal drin steckt, dann für immer", presste er hervor.

Als Judith mit Cloud wieder zu Hause ankam, war sie wesentlich besser gelaunt. Sie war sehr froh, dass nicht noch mehr passiert war. Obwohl Cloud ja immer noch die Operation vor sich hatte. Und obwohl sie sich noch immer über den Fahrer des Wagens aufregte.

Ellen begrüßte Judith erfreut, als diese hereinkam. „Gott sei Dank, es ist alles in Ordnung, nicht wahr?"

„Der Arme hat sich das Bein gebrochen. Er muss noch operiert werden. Aber ansonsten ist alles in Ordnung."

„Oh je, der Ärmste." Ellen streichelte Cloud, der noch etwas benommen auf drei Beinen daher tapste.

Sidonia saß inzwischen im Wohnzimmer. Der Fernseher lief.

„Wir durften doch den Fernseher anmachen?", fragte Ellen etwas schuldbewusst. „Uns war ein bisschen langweilig."

„Ja natürlich", antwortete Judith.

Aha, dachte sie. Die zwei haben sich wohl nicht sehr viel zu sagen gehabt.

„Sidonia, jetzt erzähl mir erstmal ausführlich, was du so früh bei mir wolltest. Wir konnten uns ja noch gar nicht richtig unterhalten. Herrje, was für ein Morgen."

Sie setzten sich alle drei auf das große Ecksofa. Ellen schaltete den Fernseher aus und Sidonia berichtete von ihrem Traum. Dabei schielte sie immer wieder zu Ellen, da sie vermutete, jeden Moment von ihr ausgelacht zu werden. Aber Ellen lachte nicht.

„Das ist ja beinahe gespenstisch", sagte sie, als Sidonia ihren Bericht beendet hatte.

„Glaubst du, die Gefahr ging von dem schwarzen Auto aus?",
fragte Judith.

Sidonia nickte. „Ja, ganz sicher. Judith, es ist doch klar - er hat
irgendwo in der Nähe gewartet, aber ich hatte ihn nicht gesehen."
„Es ist leicht, sich irgendwo zu verstecken. Es gibt so viele
Bäume dort."

„Ja. Und dann dieses verschmierte Nummernschild, ist euch das
aufgefallen?", fragte Sidonia.

„Na ja, das kann einfach passiert sein. Er hat nur nicht drauf
geachtet", meinte Judith vorsichtig.

„Ich hatte auch das Gefühl, dass mit dem etwas nicht stimmt. Was
sollen wir tun? Die Polizei anrufen?", fragte Ellen.

Judith hob die Schultern. „Also es sind schlechte Voraussetzungen.
Ich habe keine Ahnung, ob es bei einem angefahrenen Hund
auch Fahrerflucht gibt. Wir wissen nicht, wer es war – haben kein
Nummernschild. Den Fahrer hat auch keiner erkannt, oder?"

Ellen und Sidonia schüttelten den Kopf.

„Mit deiner Ahnung, dass mir Gefahr droht, brauchen wir wohl
gar nicht erst anfangen." Judith seufzte. Sie sah einfach keine
große Chance, etwas zu bewegen. „Ich schlage vor, wir essen erst
mal etwas. Und dann rufen wir Max Kellerhoff an. Das ist der
Privatdetektiv, der in dem Fall recherchiert", erklärte sie Sidonia.
Dann wandte sie sich an Ellen. „Weißt du, dass wir immer noch
nicht gefrühstückt haben? Und jetzt ist es schon…" - sie sah auf
ihre Armbanduhr - „fast elf."

„Du hast recht. Soll ich Brötchen holen?", fragte Ellen sofort.

Judith nickte. „Wir brauchen auch Wurst und Käse."

Ellen nickte wieder. Dann lief sie zur Tür. Aber mitten in der
Bewegung hielt sie inne.

„Ich kann nicht fahren. Ich habe keinen Schlüssel. Lorenz hat
doch meine Schlüsselbunde versteckt, damit ich nicht aus dem
Haus kann."

„Was?", fragte Sidonia dazwischen.

„Er will nicht, dass ich Kontakt zu Judith habe, weil sie diesen alten Mordfall wieder aufrollt."

Sidonia schüttelte sich. „Ja, von dem Fall weiß ich. Hat Ihr Mann etwas damit zu tun?"

„Natürlich nicht", erwiderte Ellen entrüstet. „Darum geht es doch gerade. Er will nichts damit zu tun haben. Nicht im Entferntesten. Aber mich dafür einsperren? Das geht doch wirklich zu weit."

„Auf keinen Fall", stimmte Judith zu.

„Wollen wir zusammen mit meinen Auto fahren?", bot Sidonia an. „Sie wissen, wo es hingeht und ich habe Autoschlüssel." Sie zog das Schlüsselbund aus ihrer Hosentasche und wedelte fröhlich damit herum.

Ellen nickte. „In Ordnung."

„Wie gut, dass ich wenigstens noch an meine Tasche gedacht habe", meinte Ellen. „Ich habe wenigstens Geld und meinen Führerschein."

Aber ihr war klar, dass sie zurück musste in das Haus. Nicht jetzt sofort, aber sie konnte ja nicht ohne ihre Schlüssel, Kleidung, Bücher und was sonst noch alles einfach verschwinden.

Sie hoffte, dass Lorenz sich bis dahin beruhigt hatte.

Gudrun Kellerhoff saß am Bett ihres Mannes Max. Er war sofort operiert worden und lag nun auf der Intensivstation. Es ging ihm nicht gut. Über den Berg war er noch nicht.

Ronja war bei ihrer Freundin. Sie war nach der Nachricht von Max' schwerer Verletzung kaum wiederzuerkennen gewesen. Nichts war mehr übrig von der coolen Sechzehnjährigen, die glaubte, ihr Leben im Griff zu haben, alles zu wissen und alle Entscheidungen alleine treffen zu können und die ihre Eltern für völlig uncool hielt.

Sie war komplett zusammengebrochen und hatte weinend in den Armen ihrer Mutter gelegen. Wäre die Situation nicht so katastrophal verzweifelt gewesen, hätte Gudrun es genossen, ihre Tochter umarmen zu dürfen, halten zu dürfen wie damals, als sie ein kleines Mädchen war. Aber so…

Sie hatten lange geredet. Danach war Ronja erst einmal mit zu Jochen gefahren. Inzwischen war sie bei ihrer Freundin und sie selbst, Gudrun, hier im grünen Kittel auf der Intensivstation. Sie hatte furchtbare Angst um Max. Sie fühlte sich so hilflos, was eigentlich gar nicht zu ihr passte.

Sie griff nach seiner Hand und drückte sie.

„Du darfst uns nicht allein lassen, hörst du? Mich und Ronja. Wir brauchen dich. Ach Max, was ist da nur passiert? Wo bist du nur hinein geraten?"

Sie fühlte keine Reaktion. Sie hörte die Geräusche des Beatmungsgerätes und des EKGs. Es war ein absolut deprimierender Ort.

„Warum hast du dich nur darauf eingelassen?", heulte sie. „Ich habe dich so gebeten, ich habe mit dir gestritten, aber du warst so stur. Dachtest, ich übertreibe. Aber da…"

Sie brach ab. Was tat sie da? Sie sollte ihm jetzt keine Vorwürfe machen. Es gab wirklich wichtigeres, als über das Warum nachzudenken. Er musste gesund werden. Nur das zählte.

„Werde gesund, Max", beschwor sie ihn. „Werde gesund. Alles andere ist unwichtig. Ich liebe dich. Und Ronja tut das auch. Auch wenn das nicht immer so deutlich zu merken ist." Sie lachte ein bisschen, wenn sie an das widerspenstige Mädchen dachte. Aber das war nur Fassade, niemand wusste das besser, als sie. Ronja war oft auch sehr lieb und hilfsbereit.

„Denk nur, als sie dir bei facebook geholfen hat", erzählte Gudrun weiter. „Das war doch wirklich nett. Ich glaube, sie hat das sogar genossen, dass sie dir etwas erklären konnte. Vielleicht sollten wir sie öfter um Hilfe bitten, dann kann sie selbst vielleicht auch eher unsere Hilfe annehmen. Was meinst du, wäre das eine gute Idee?"

Plötzlich schoss ihr ein Gedanke durch den Kopf.

Es war so, als würde sie ein Pfeil treffen. Unvermittelt und hart.

Und schmerzhaft.

Warum hatte sie da nur nicht gleich dran gedacht? Herrjeh, konnte einem ein Schock so sehr das Gehirn vernebeln?

Sie musste unbedingt Jochen Brenner anrufen.

Gegen Abend hatten sich Sidonia und Ellen von Judith verabschiedet. Sidonia hatte sich auf den Rückweg nach Paderborn gemacht – nicht ohne Judith noch einmal vor einer nahen Gefahr zu warnen.

Ellen entschloss sich, hinüber in ihr eigenes Haus zu gehen und sich endlich der Konfrontation mit Lorenz zu stellen. Sie war nicht wild darauf, aber es musste sein.

Ellen fand ihren Mann in einem desolaten Zustand vor.

Er hatte offenbar den ganzen Tag getrunken. Auf dem Küchentisch standen zwei Bierflaschen, was ja nicht weiter schlimm war, aber dort stand auch eine Flasche Fernet und - sie traute ihren Augen nicht - eine Flasche Johnny Walker, etwas, das sie eigentlich nie im Haus hatten.

„Whisky?", fragte sie.

Er nickte matt. „Ich brauchte das", lallte er.

„Bist du losgefahren und hast dir extra Whisky gekauft?"

„Ich war beim Notdienst wegen des Hundebisses. Es ist nicht sehr tief, aber ich habe ein Antibiotikum bekommen. Bei der Gelegenheit habe ich mir Johnny mitgebracht.

„Ist ja auch ausgesprochen bekömmlich. Antibiotika mit Whisky runterzuspülen", mäkelte sie. „Warst du schon besoffen, als du los gefahren bist?"

„Nicht wirklich besoffen. Aber - na ja - genippt habe ich schon am Fernet."

Sie setzte sich zu ihm. Wütend, besorgt und ratlos.

225

„Verdammt, Lorenz, was ist mit dir los? Betrunken Autofahren. So was machst du doch nicht. Du trinkst normalerweise nicht einmal besonders viel. Eigentlich nur Bier. Mal einen Fernet auf Geburtstagsfeiern. Also was ist los, dass du schon morgens anfängst zu trinken, dann mit dem Auto zum Arzt fährt und dir sogar noch Whisky holst? Und das alles trotz der Medikamente?"

„Ich konnte es eben nicht mehr ertragen."

„Was? Was konntest du nicht mehr ertragen?"

Er antwortete nicht.

„Lorenz!"

Keine Antwort.

Sie stöhnte. „Ich koche uns jetzt erstmal einen starken Kaffee und dann erzählst du es mir. Was immer es ist - so geht es doch auch nicht. Und Alkohol ist keine Lösung."

Er lachte auf. Sein Kopf fiel nach vorn auf die Tischplatte. „Wer hat das denn gesagt? Vermutlich ein Mensch ohne Probleme?"

„Oder einer, der sich ihnen stellt, anstatt sie zu ersäufen. Aber ich habe eine Neuigkeit für dich, mein Lieber: Probleme können schwimmen."

Ihre Wut gewann eindeutig die Oberhand.

Sie stand auf und setzte Kaffee mit einem extra Löffel Kaffeepulver auf. Dann ging sie hinauf und verbarrikadierte sich erst einmal im Bad. Sie musste nicht aufs Klo, sie duschte auch nicht. Sie putzte sich die Zähne, weil sie irgendetwas tun musste, das nichts mit Lorenz zu tun hatte. Sie brauchte einfach ein paar Minuten Abstand. So lange wie der Kaffee brauchte, um durchzulaufen. Dann würde sie erneut versuchen, zu ihm durchzudringen.

Ihr Instinkt sagte ihr, dass es mit Bianca Buchholz zu tun hatte. Seit dieser Fall wieder aufgerollt war, war Lorenz wie ausgewechselt.

Als sie wieder in die Küche kam, war der Kaffee durch. Wortlos schüttete sie zwei große Tassen voll. Schwarz, heiß, stark. Eine davon stellte sie vor Lorenz auf den Tisch. Er rührte sich nicht. War er etwa eingeschlafen? Oder schon im Alkoholdelirium? Ellen war definitiv mehr verärgert als besorgt. Den Zustand, in dem er sich jetzt gerade befand, hatte er sich selbst eingebrockt. Daran bestand kein Zweifel. Egal, was vor fünf Jahren passiert war, egal, welche Rolle er dabei spielte - die Entscheidung, dermaßen viel zu trinken, hatte er heute gefällt. In der Hinsicht dachte sie ganz nüchtern und mitleidlos.

Sie berührte ihn an der Schulter, sie schüttelte ihn sacht, bis er sich wieder bewegte.

„Was?", fragte er verwirrt und fuhr hoch.

„Ohhh", er fasste sich an den Kopf. Ein schneidender Schmerz fuhr ihm durch den Schädel.

„Möchtest du ein Aspirin?" Ellen fragte nicht aus Mitleid, sondern aus reinem Eigennutz. Sie wusste, sie musste seinen Zustand verbessern, wenn sie etwas aus ihm herausbekommen wollte.

„Eher zwei", lallte er.

Sie stand also auf, holte die Aspirintabletten, löste sie in Wasser auf und gab ihm das Glas.

Aber das war es jetzt, schwor sie sich im Stillen.

Er kippte das Aspirin herunter und nahm dann einen großen Schluck Kaffee. „Ähhh, pfui", machte er. „Der ist ja viel zu stark."

„Für dich gerade richtig", erwiderte sie ungnädig. „Jetzt erzähl. Es wird nicht besser, wenn du es weiter in dich hineinfrisst – oder besser gesagt – in dich hinein säufst. Egal, was es ist. Rede, Lorenz. Irgendwas ist doch mit dir."

Er nickte schwer. Jede Bewegung seines Kopfes schmerzte. Alles fühlte sich so schwer an. Zu schwer. Unangenehm schwer. Sein Kopf, seine Schultern und Arme, seine Sorgen.

Ellen stöhnte. „Hat es etwas mit Judith zu tun? Oder mit Bianca?", wagte sie sich vor.

Sein gequälter Aufschrei sagte ihr, dass sie recht hatte.

Er war am Abend wieder hinter das Haus gefahren und hatte den Wagen hinter der Baumgruppe geparkt. Als es dunkel war, stieg er aus und schlich um das Haus herum. Er kannte ja die Räumlichkeiten nicht, dachte sich aber, dass das Wohnzimmer nach hinten zum Garten raus ging. War das nicht immer so?

Tatsächlich – in dem Raum dort brannte noch Licht. Klar, die schaute bestimmt noch fern oder las ein Buch oder was die halt so tat.

Er hoffte, sie würde endlich noch einmal mit dem Hund oder beiden – er wusste ja nicht, was mit dem Hund war, den er angefahren hatte – eine Runde spazieren gehen. Das machten Hundebesitzer doch so, oder? Am Abend ging man noch mal Gassi.

Und dann hieß es für ihn: Nix wie rein in das Haus, Laptop geklaut und ab. Da waren die eingescannten Fotos ja hoffentlich drauf.

Diese scheiß Fotos waren angeblich der einzige Beweis, dass Marksroth was mit dieser schwarzhaarigen Schnalle gehabt hatte.

Er grinste vor sich hin. Der große, integere Herr Staatsanwalt mit seinem unantastbaren Ruf. Eine dumme Affäre hatte er gehabt. Meine Güte, als wäre das heutzutage noch ein Drama. Was regte der sich eigentlich so darüber auf.

Na, ihm konnte es egal sein. Er führte nur Aufträge aus.

Er hatte diesen Detektiv kalt gemacht und würde jetzt die Bilder stehlen. Gegen cash. So einfach war das. Wie und Warum die überhaupt in den Besitz dieser Schlüter gekommen waren, brauchte ihn nicht zu interessieren.

Heute Abend wollte er seinen Plan vom Morgen verwirklichen, einen Einbruch vorzutäuschen. Dann wusste sie nicht einmal, dass es um diese vermaledeiten Fotos ging. Aber die Alte kam einfach nicht raus. Allmählich begann er zu frieren. Er sollte sich wieder ins Auto setzen. Sie würde ja dann sowieso durch die Haustür kommen und den Weg entlang gehen.

Nachdem er dort wieder eine Weile gewartet hatte, stieg er ein zweites Mal ungeduldig aus und ging um das Haus herum. Meine Güte, warum kam sie nicht raus?

Aber da sah er, dass die Terrassentür offen stand und die beiden Hunde draußen herumtollten. Der eine lief auf drei Beinen, ansonsten wirkte er ganz munter. Offenbar hatte er ihn nicht allzu schlimm erwischt.

Mist. Die ging nicht mehr Gassi. Die jagte die Tölen einfach nur in den Garten. Na ja, Platz genug war ja. Würde er selbst vielleicht auch so machen. Aber das war sehr ungünstig für ihn.

Was sollte er jetzt tun? In seinem Hirn arbeitete es fieberhaft. Nochmal würde er nicht unverrichteter Dinge wegfahren.

Kurzentschlossen lief er zurück zum Auto, griff nach der Pistole im Handschuhfach und steckte sie sich am Rücken in den Gürtel. Im letzten Moment schnappte er sich noch die Sturmhaube. Musste ja nicht sein, dass sie ihn später wieder erkannte.

Er schlich vorsichtig wieder um das Haus herum.

Die Hunde rannten immer noch ausgelassen durch den Garten. Er musste durch die Terrassentür, ohne dass die Hunde mit hineinhuschten. Es war dunkel, das half ihm bei seinem Vorhaben. Genug Deckung fand er leicht, so dicht wie das Haus mit Büschen und Bäumen bewachsen war.

Er lief geduckt, hielt sich hinter Bäume und kam schließlich am Garten an. Wie gut, dass der keinen Zaun hatte. Er drückte sich an der Hauswand entlang bis zur Terrassentür. Als die Hunde gerade ein Stück entfernt waren, sprang er blitzschnell ins Haus und warf die Tür zu. Er sah, dass die Hunde angerannt kamen. Sie bellten, aber sie kamen nicht hinein. Er lachte sie durch die Scheibe aus. Aber wo war denn die Dame des Hauses? Ganz schön leichtsinnig, die Tür offen zu lassen und dann nicht mal aufzupassen. Hatte sie seine Drohung von gestern denn gar nicht ernst genommen?

Noch immer wusste Ellen nicht, was geschehen war. Was ihren Mann in so tiefe Verzweifelung fallen ließ, dass er sie einzusperren versuchte, dass er sich sinnlos betrank.

Er war so sehr im Nichts versunken, dass er nicht reden konnte.

Ellen hatte schon überlegt, ob sie besser einen Arzt holen sollte.

Sie hatte ihn gefragt, aber er lehnte das ab. „Nein, keinen Arzt", lallte er. „Es wird schon wieder."

Schließlich hatte sie ihm vorgeschlagen, duschen zu gehen. Am besten kalt. „Du musst einen klaren Kopf bekommen. Und dann erzähl mir um Himmels Willen, was passiert ist. Lorenz, da ist doch was. Du weißt etwas." Sie beschwor ihn. Sie bettelte, sie drängte ihn.

Sie hoffte, mit irgendeinem Wort zu ihm durchdringen zu können. Dabei hatte sie das Gefühl, innerhalb von einem einzigen Tag die Achtung vor ihrem Ehemann, mit dem sie fast fünfundzwanzig Jahre verheiratet war, zu verlieren. Es war merkwürdig. Und sie hätte niemals geglaubt, dass so etwas möglich war. Hätte ihr jemand vorher gesagt, dass es so kommen würde, hätte sie ihn ausgelacht. Aber gerade im Moment fühlte sie gar nichts mehr. Keine Achtung, keinen Respekt und schon gar keine Liebe.

Er duschte sehr lange. Als er wieder auftauchte, mit Schlafanzug und Bademantel bekleidet, wirkte er etwas frischer.

„Es tut mir leid, Ellen", sagte er. Er klang klarer, lallte nicht mehr.

Er wankte auch nicht mehr. Er kam ganz normal in die Küche, setzte sich an den Tisch und bat um einen weiteren Kaffee. „Wenn du noch einen hast."

Sie nickte. „Hab ich."

Sie selbst hatte ihn nicht trinken können. Er war viel zu stark, sie mochte ihn nicht. Ihm schmeckte er auch nicht, aber er trank ihn trotzdem, weil er ihm trotzdem gut tat.

Sie setzte sich zu ihm und wartete.

Nach einem Moment, der Ellen schier endlos vorkam, nickte er.

„Gut, ich erzähle dir, was damals passiert ist. Es wird wohl wirklich Zeit."

„Ja."

Sie schwieg wieder. Sie spürte, dass jetzt jedes Wort zu viel wäre. Es fiel ihr sehr schwer, aber sie wollte ihm die Zeit lassen, die er brauchte. Wollte nicht riskieren, dass er wieder dicht machte.

„Damals - als das alles passierte - warst du losgefahren, um Philipp abzuholen. Weißt du noch?"

„Ja, natürlich weiß ich das noch. Als ich losfuhr, sah ich Bianca aus dem Haus kommen."

Er nickte schwerfällig. „Die eineinhalb oder fast zwei Stunden, die du fort warst, waren sehr ereignisreich."

Sie sah ihn fragend an. „Davon hast du nie etwas erzählt. Ich dachte, du hast ferngesehen."

Er seufzte und begann zu erzählen: „Du kamst und kamst nicht wieder. Ich fragte mich, wo du so lange bliebest und ging hinaus, um mal nachzuschauen. Albern, ist klar. Dadurch geht es auch nicht schneller. Aber du weißt, wie das ist. Man hält Ausschau, auch wenn es nichts bringt. Du hast das immer getan, wenn die Kinder nicht pünktlich waren. Bei der Gelegenheit entwischte mir Tinka. Ich lief hinter ihr her, rief sie. Aus dem Nachbarhaus sah ich einen Mann kommen."

„Du sahst einen Mann kommen?"

Er nickte wieder. „Ja."

„Aber – das hast du nie erwähnt. Nicht mir gegenüber, nicht bei der Polizei, nicht bei der Verhandlung."

„Nein."

„Nein?"

Er stöhnte. „Der Typ schien keiner von den Netten zu sein. Er sah mich auch und sagte, ich solle niemandem erzählen, dass ich ihn gesehen hätte. Dabei ballte er die Faust. Ich bekam einen Schreck und dachte mir, ich halte lieber wirklich den Mund. Ich dachte, es geht mich ja auch gar nichts an."

„Dachtest du. Und nachdem ich die Toten gefunden hatte, dachtest du auch immer noch, es wäre besser, den Mund zu halten?"

Er lachte unfreundlich auf. „Da erst recht. Aber es ging ja noch weiter. Ich bekam einen Anruf. Der Anrufer sagte mir ebenfalls, ich solle nichts von dem Besucher erzählen. Der wäre an verdeckten Polizeiermittlungen gegen Bianca beteiligt. Wenn ich davon berichte, verfälsche ich echte Spuren. Ich solle mir wirklich keine Sorgen machen, alles hätte seine Richtigkeit. Ich würde für mein Schweigen auch eine Stange Geld bekommen."

Ellen schnappte nach Luft. „Du hast dich kaufen lassen?"

„Ja – nein. So kann man das nicht sagen."

„Aber genau so!"

„Ich dachte doch, es ist alles richtig."

„Auch nachdem du von dem Mord wusstest? Bist du nicht ein einziges Mal misstrauisch geworden?"

Er hob die Schultern. „Nein. Als die ganze Polizei drüben war und uns befragt hat, war doch auch dieser Staatsanwalt dort."

Sie nickte. Sie ahnte bereits was noch kam. „Der hat mich persönlich angesprochen und hat mir beteuert, dass ich seinen Mann dort gesehen hätte. Er sagte, ihm sei sehr daran gelegen, diesen Mord aufzuklären, gerade weil die Frau Erdmann für ihn gearbeitet hatte. Er wolle keine Verwicklungen, die die Ermittlungen in eine falsche Richtung führen würden."

„So ein Unsinn! Auf so einen Schmalz fällst du herein. Das hättest du doch nicht verschweigen müssen. Das wäre doch dann ganz offiziell gelaufen. Verdammt Lorenz, wie konntest du so dumm sein?"

„Ach Ellen, denkst du, ich habe mir keine Gedanken gemacht? Der Mann, den ich gesehen hatte, wirkte so aggressiv. Aber zwanzigtausend Euro sind eine schöne Stange Geld."

„Was?" Sie schrie auf.

„Eben. Deshalb konnten wir die tollen Reisen machen."

„Ich habe von diesem – diesem Blutgeld profitiert?"

„Ach Ellen – Blutgeld – jetzt übertreibst du aber."

Sie schüttelte verständnislos den Kopf. „Wieso habe ich das nicht gemerkt?", überlegte sie laut.

„Ich war eben vorsichtig. Mal tausend Euro hier, mal zweitausend dort. Du hast nicht drüber nachgedacht. Die Urlaube habe ich gebucht. Sie waren immer ein wenig teurer, als du dachtest."

„Offensichtlich habe ich zuviel vertraut", murmelte sie.

Sie konnte es nicht fassen. War er so blöd oder verdrängte er einfach die Tatsachen? Sah er es einfach nicht oder wollte er es nicht sehen?

„Verflixt Lorenz, bist du blind oder blöd?", schrie sie ihn an. „Du hast vielleicht dazu beigetragen, dass Bianca seit fünf Jahren unschuldig im Gefängnis sitzt."

„Ellen! Ich glaube, du bist blind. Bianca ist wirklich nicht so ein Gutmensch gewesen." Er sprach leise, irgendwie resigniert.

„Quatsch. Sie war jung. Sie war etwas leichtlebig und genusssüchtig. Das war alles. Aber du – du bist ein reifer geldgeiler Erwachsener, der andere für ein paar tausend Euro über die Klinge springen lässt. Ist dir klar, dass er der Mörder sein könnte?"

„Aber was soll denn der Staatsanwalt damit zu tun haben? So einer deckt doch keinen Mörder."

„Was weiß ich. Du weißt doch, dass die Thea in dessen Büro gearbeitet hat. Wer weiß, vielleicht steckt er in irgendwelchen

krummen Geschichten, die sie entdeckt hat. Oder er hat sich auch erpressen lassen – wie du. Glaubst du wirklich, er würde jemanden wie dich für eine falsche Aussage bezahlen, wenn er nicht durch die richtige in Schwierigkeiten geraten könnte?"
Er stöhnte gequält.
Sie schüttelte verständnislos den Kopf. „Mensch Lorenz, wenn alles seine Richtigkeit gehabt hätte, hätte es vor Gericht auch angesprochen werden können. Dann wäre doch die Wahrheit ans Licht gekommen. Aber so... Ich frage mich gerade, mit wem ich eigentlich seit vierundzwanzig Jahren verheiratet bin, mit wem ich zwei Kinder großgezogen habe."
„Ellen!", flehte er. Aber sie blieb hart.
„Nix Ellen. Ich schlafe heute Nacht im Gästezimmer. Morgen werden wir weitersehen. Wir müssen deine Beobachtungen und das Verhalten des Staatsanwalts Martha Verhoeven mitteilen. Das ist dir hoffentlich klar?"
Er nickte. Aber sie war nicht sicher, ob er es überhaupt gehört hatte.

Judith kam aus dem Badezimmer. Sie hatte sich nur schnell die Hände eingecremt, als sie das Bellen der Hunde hörte. Was war denn los?
Wie angewurzelt blieb sie in der Tür zum Wohnzimmer stehen.
Mit einem Blick erfasste sie die Situation.
Der Schreck fuhr ihr durch alle Glieder und ließ sie erzittern.
Da stand ein Mann. Groß, mit schwarzer Lederjacke bekleidet und einer Sturmmaske vor dem Gesicht.
Die Terrassentür war geschlossen. Die Hunde liefen aufgeregt davor auf und ab. Sie bemerkten die Gefahr, aber sie konnten ihrem Frauchen nicht helfen.
Verflucht, wie hatte sie nur so leichtsinnig sein können? Sie hatte die Gefahr völlig verdrängt. Den Zettel – den Anruf. Sie hatte

einfach überhaupt nicht mehr über einen möglichen tätlichen Angriff nachgedacht. Das war gar nicht in ihrem Bewusstsein gewesen, obwohl sowohl Sidonia als auch Ellen sie gewarnt hatten. Vielleicht hatte sie es verdrängt, weil sie sonst verrückt geworden wäre alleine in diesem Haus.

Sie stand wie angewurzelt da. Panik ergriff von ihr Besitz und durchflutete ihren ganzen Körper. Ihre Haut kribbelte, ihr Magen rebellierte.

„W-was wollen Sie?", stotterte sie dennoch und sie war überrascht, dass sie überhaupt ein Wort herausbrachte.

Fieberhaft überlegte sie, was sie tun konnte. Wie konnte sie zur Terrassentür gelangen, um die Hunde hereinzulassen? Die würden sie verteidigen. Aber sie wusste, die Tür war unerreichbar. Niemals würde sie an dem Einbrecher vorbei kommen. Oh verdammt – sie steckte in schlimmen Schwierigkeiten.

„Ich tue dir nichts, wenn du machst, was ich sage", forderte der Mann. Seine Stimme war hart. Ohne die geringste Freundlichkeit. Sie war drohend und Furcht einflößend.

Ihr Unterbewusstsein registrierte einen osteuropäischen Akzent.

Sie nickte langsam. Er sah die Angst in ihren Augen und freute sich daran. Dieser Auftrag würde einfach sein. Und der machte so sogar noch mehr Spaß als wenn er in dem leeren Haus danach suchen würde.

„Ich will deinen Computer!"

„Meinen Computer?"

„Dein Laptop."

Meine Buchführung, meine Pläne, Kundenkartei, Fotos…, spulte es automatisch durch ihren Kopf.

„Aber – aber den – den brauche ich doch", stammelte sie.

„Her damit!", forderte er kaltschnäuzig und zog eine Pistole hinter dem Rücken aus dem Gürtel.

Judith schrie auf.

Würde der Mann sie jetzt umbringen?

Nein! Nein! Nein! schrie es in ihrem Inneren. Ich will nicht sterben!

„Nein! Bitte nicht", stammelte sie.

„Dann tu, was ich sage!"

Sie nickte wieder nur.

„Er ist oben."

Das stimmte. Der Laptop befand sich oben in dem kleinen Zimmer, das sie als ihr Büro eingerichtet hatte. Natürlich arbeitete sie überall damit, sogar abends in ihrem Bett. Das fand sie sogar ausgesprochen gemütlich. Aber jetzt befand er sich auf dem Schreibtisch in dem hinteren Zimmer.

Das letzte, was sie gemacht hatte, war das Einscannen der Fotos gewesen, die sie auf dem Dachboden gefunden hatten. Und der Drucker und Scanner standen nun einmal dort.

„Aber – aber wozu brauchen Sie denn meinen Laptop?", fragte sie leise. Sie wunderte sich selbst darüber. Wieso tat sie nicht einfach, was er verlangte.

„Klappe halten!", schnauzte er auch schon.

Ihr Verstand arbeitete trotz ihrer Panik auf Hochtouren. Sie verstand es einfach nicht. Das brisanteste auf dem Laptop waren diese Fotos. Und die Originale waren inzwischen sowieso schon bei Martha und bei der Polizei. Außerdem wusste ja niemand, dass sie die eingescannt hatte. Was um Himmels Willen…

„Nun los!", bölkte er sie an. „Mach schon. Oder soll ich ein bisschen nachhelfen?" In seine Stimme trat etwas Anzügliches. Oh mein Gott, wie kam sie nur heil aus dieser Sache raus?

Sie setzte sich langsam in Bewegung. Immer wieder ging ihr durch den Kopf: Was kann ich nur tun? Wie kann ich ihn loswerden?

Sie stieg inzwischen die Treppe hinauf, der Mann war dicht hinter ihr. Konnte sie ihm einen Fußtritt verpassen, so dass er die Treppe hinunterfiel? Aber sie wagte es nicht. Da war immer noch die Pistole. Wenn er die noch abfeuern konnte oder sie los ging, während er stürzte…

Nein, sie wollte nicht sterben!

Stocksteif stieg sie Stufe für Stufe empor.

„Hat es mit meiner Arbeit zu tun? Mit den Tieren?", forschte sie weiter, obwohl sie ganz sicher war, dass es mit dem alten Fall zu tun hatte. Sie ertrug die Stille einfach nicht. In der Stille hatte sie noch mehr Angst, als wenn er sie anschrie.

„Du nervst. Halt doch endlich die Klappe."

„Ich will ja nur verstehen. Und vielleicht – lassen Sie mir doch den PC und nehmen nur die Daten."

Er lachte bösartig. „Für wie blöd hältst du mich? Daten kann man wieder herstellen. Aber ich kann dich auch kalt machen und dich so zum Schweigen bringen. Den Laptop finde ich schon ohne dich. Dein blödes Geplapper höre ich mir jedenfalls nicht länger an."

Der Schreck fuhr erneut wie eine heiße Flamme durch ihren Körper. Sie sollte wirklich den Mund halten. Der Laptop war ein geringer Preis für ihr Leben. Und das meiste war sowieso auf einer externen Festplatte gesichert. Nur die letzte Zeit seit ihrem Umzug nicht. Die Zeit, das zu sichern, hatte sie sich noch nicht genommen. Und auch nicht drüber nachgedacht. Aber viel am PC gearbeitet hatte sie ja auch nicht.

Aber die Bilder… sie waren doch so wichtig. Zum Glück waren die Originale sowieso bei Martha. Sie musste sich das selbst immer wieder im Stillen sagen. Die Originale waren in Sicherheit. Er konnte nichts stehlen, was wirklich Bedeutung hatte.

Oh, ihr wurde ganz übel vor Angst.

Sie kam an dem Gästezimmer vorüber.

Aus einem inneren Impuls öffnete sie die Tür. Ihre Lippen formten stumm die Worte: „Hilf mir!"

„Ist er da drin?", schnauzte er.

Ein kalter Luftzug kam ihr entgegen. Nur ganz wenig, kaum wahrnehmbar. Sie wusste, was das zu bedeuten hatte.

„Ja", log sie.

Er stieß sie zur Seite und stürmte durch die noch angelehnte Tür in den Raum. Judith blieb im Flur stehen. Sie hatte unsägliche Angst. Todesangst.

Plötzlich hörte sie den Mann schreien.

Zum ersten Mal, seit sie das Wohnzimmer verlassen hatten, wandte Judith sich dem Einbrecher zu. Er stand wie angewurzelt gleich hinter der Tür des Gästezimmers und starrte auf einen Punkt vor ihm. Judith wusste, dass er in den Spiegel starrte und auch, was er gesehen hatte.

Die Frau mit der biederen Lockenfrisur schwebte auf ihn zu. Sie berührte den Boden nicht. Sie war durchsichtig, aber klar zu erkennen. Auf ihrer Brust war ein deutlicher Blutfleck zu sehen.

„Nein! Neiiiin!", schrie er und hielt abwehrend die Hände vors Gesicht.

Die Pistole fiel auf den Boden.

Judith fühlte das nackte Entsetzen, das ihn ergriffen hatte.

Er wich rückwärts aus dem Zimmer zurück. Die Treppe war gleich hinter ihm. Er verfehlte die Stufe, stolperte, polterte die Treppe herunter.

Judith lief zum Treppenabsatz und sah hinunter. Dort unten lag der Mann. Die Maske saß noch immer über seinem Gesicht.

Er rappelte sich auf, knickte ein, er hatte sich offenbar das Bein verletzt.

Er blickte die Treppe hinauf, dort oben stand noch immer Judith. Aber auch diese unheimliche Gestalt.

Der Geist.

Verdammt – verdammt – verdammt, was war das da oben?

Er musste fort. Fort – das war ja ein Geisterhaus. Oh Mann, das würde ihm keiner glauben. Was sollte er nur erzählen, warum er diesen dämlichen Computer nicht hatte.

Er humpelte, hüpfte davon Richtung Wohnzimmer.

Er wollte durch die Terrassentür fliehen. Den Weg, den er gekommen war. Aber an der Terrassentür klebten noch immer diese beiden Bestien. Sie würden ihn zerfleischen, das war ihm klar. Auch wenn der eine Hund so klein und der andere verletzt war.

Oh verdammt – seine Pistole hatte er auch nicht mehr. Die hatte er vor lauter Schreck verloren.

Judith ärgerte sich, dass ihr Handy unten liegen geblieben war. Sie hätte gerne sofort die Polizei gerufen. Aber wie hätte sie eben mit einer Pistole im Rücken nüchtern, sachlich und vorausschauend über solche Dinge nachdenken können? Und wie hätte sie das bewerkstelligen sollen, es einzustecken? Nein, es wäre unmöglich gewesen.

Sie traute sich nicht hinunter, solange er noch dort war. Natürlich könnte sie die Pistole nehmen und ihn stellen. Sie lag hier oben zu ihren Füßen. Aber würde sie wirklich schießen? Sie wusste es nicht, sie hatte noch nie eine Waffe in der Hand gehabt, sah man mal von Wasserpistolen ab.

Sie hörte das Bellen der Hunde. Da kam der Vermummte schon wieder durch den Flur zurück. Offensichtlich traute er sich nicht an den Tieren vorbei.

Doch Judith war wie festgefroren. Nein, sie würde ihn nicht stellen. Sie würde froh sein, wenn er fort war.

Er riss an der Haustür, aber die war verschlossen.

Der Schlüssel steckte, er schloss auf, riss die Tür auf und floh in die Dunkelheit. Die Haustür blieb sperrangelweit offen.

Judith drehte sich um, Theas Geist stand noch da und starrte die Treppe hinunter. Ihr Blick war nicht mehr so leer und auch nicht so traurig wie auf dem Dachboden, als sie die Fotos gefunden hatten.

Sie nickte Judith zu. Sie ist froh, mich gerettet zu haben, ging es Judith durch den Kopf. Sie nickte ebenfalls. „Danke", hauchte sie tonlos, auch wenn sie nicht wusste, ob der Geist sie überhaupt verstand.

Thea schwebte wieder in das Zimmer zurück und löste sich in Nichts auf. Judith sah ihr nach. Sie fühlte eine so tiefe Traurigkeit, wie sie es noch nie zuvor gekannt hatte.

Über Theas und Biancas Schicksal und auch über ihre eigenes Ungemach, in dem sie sich gerade befand.

Endlich konnte sie sich wieder rühren. Sie ließ die Pistole in der offenen Zimmertür liegen und lief die Treppe hinunter. Sie schlug die Haustür zu und drehte den Schlüssel herum.

Dann lief sie ins Wohnzimmer und öffnete die Terrassentür. Die Hunde sprangen aufgeregt an ihr hoch. Sie streichelte sie, sprach mit ihnen.

„Es ist alles gut. Der Geist hat mich gerettet. Aber wir drei wissen ja längst, dass keine Gefahr von ihm ausgeht, nicht wahr? Ja, ich weiß, dass ihr mir helfen wolltet."

Der Gedanke schoss ihr in den Sinn, dass vielleicht derselbe Mann heute früh auf sie gewartet und Cloud angefahren hatte. Vielleicht hatte er ungesehen in ihr Haus eindringen wollen und war durch Sidonias Warten auf den Treppenstufen daran gehindert worden?

Aber warum hatte er sie dann heute Abend überfallen, obwohl er wissen musste, dass sie da war?

Ach, es war nicht ihre Sache, das herauszufinden. Es war die der Polizei. Und sie musste Max Kellerhoff anrufen. Aber jetzt erst einmal die Polizei.

Gudrun hatte Jochen Brenner noch immer nicht angerufen. Sie hatte sich einfach nicht von Max' Krankenlager wegbewegen wollen. Sie war sich so sicher, dass er sie brauchte und sie ihm Kraft geben konnte. Und hier auf der Intensivstation durfte sie nicht mit dem Handy telefonieren. Sicher kam es nicht auf ein paar Stunden an.

Irgendwann war sie doch hinausgegangen und hatte zumindest Ronja bei der Freundin angerufen und ihr mitgeteilt, dass sie selbst über Nacht im Krankenhaus bleiben wolle und sie, Ronja, ruhig bei ihrer Freundin übernachten könne.

Jetzt saß sie in einem der Besucherräume. Eine Krankenschwester brachte ihr ein Glas Wasser mit einer Beruhigungstablette und setzte sich zu ihr. Die Tränen liefen Gudrun über das Gesicht. Sie wusste nicht, wann sie zum letzten Mal geweint hatte, aber jetzt tat sie es.

In ihrem Kopf stand alles still, dabei musste sie so viel tun.

Sie musste Ronja anrufen.

Sie musste ihre Eltern und Schwiegereltern anrufen.

Sie musste Bernd und Katrin anrufen.

Sie alle mussten erfahren, dass Max den Kampf verloren hatte.

Und sie musste immer noch Jochen Brenner anrufen und von ihrem Verdacht erzählen. Und dass er nun in einem Mordfall ermittelte.

Max war vor zehn Minuten gestorben.

Judith wählte nicht die Nummer der Polizei.

Sie wurde plötzlich unsicher. Was sollte sie erzählen? Wie sollte sie den Hergang schildern? Sie müsste lügen. Musste eine Geschichte erfinden.

Denn dass der Geist sie gerettet hatte, würde ihr ja wohl niemand abnehmen. Sie würde als geistesgestört und verwirrt abgestempelt werden. Also so ging das nicht. Aber hier lag eine Pistole im Flur. Das konnte sie nicht einfach ignorieren oder die Waffe verschwinden lassen. Sie musste das melden. Oh scheiße – was für ein Schlamassel.

Ellen würde ihr glauben, aber die konnte sie jetzt nicht schon wieder herüber holen. Die hatte genug eigene Probleme mit ihrem Mann, die sie erst einmal klären musste.

Sidonia würde ihr sowieso glauben, aber die war zurück in Paderborn.

Déjà vu, dachte sie. Dieselben Gedanken habe ich mir doch schon einmal gemacht. Erst gestern, als ich diesen merkwürdigen Anruf und den Zettel bekommen habe.

Sie sah auf die Uhr. Allmählich war es spät geworden. Schon nach zehn. Wen konnte sie an einem Samstagabend um diese Zeit anrufen?

Sebastian Kupfer kam ihr in den Sinn. Ihn hatte sie gestern auch angerufen. Sie war ein wenig enttäuscht darüber, dass er sich den ganzen Tag nicht gemeldet hatte. Aber dieser Tag war dermaßen ereignisreich gewesen, dass ihr das sowieso erst jetzt auffiel.

Die Sache mit dem Geist brauchte sie ihm natürlich auch nicht erzählen. Sie konnte sich noch gut an seine Reaktion erinnern, als sie den Geist auf dem Dachboden erwähnt hatte. Aber irgendjemanden brauchte sie jetzt.

Sie nahm das Telefon und wählte seine Handynummer. Er meldete sich sofort. „Hallo Judith."

Sie sah förmlich vor sich, wie er lächelte.

„Hallo Sebastian. Es ist etwas passiert. Kannst du kommen?"

„Bin gleich da."

Judith überprüfte alle Türen und Fenster, sie wollte keine weitere Überraschung erleben. Wer konnte sagen, ob der Typ nicht noch immer irgendwo draußen lauerte und es ein zweites Mal versuchen würde. Immerhin hatte er sein Ziel nicht erreicht, ihren Laptop zu stehlen.

Sie war wirklich sehr unvorsichtig gewesen. Wie hatte sie nur den Raum verlassen können, während die Terrassentür offen stand.

Das Bild, wie die beiden Hunde hilflos vor der verschlossenen Terrassentür jaulten, ging ihr nicht aus dem Kopf.

Sie öffnete die Flasche Weißwein, die Joachim letzten Sonntag gekauft hatte, und schüttete sich ein Glas ein, um ihre strapazierten Nerven zu beruhigen. Sie mochte Roten lieber, aber es war keiner mehr da.

Ich trinke die letzten Tage zuviel, dachte sie. Aber es war ihr gleichgültig.

Nur zwanzig Minuten später klingelte es und Sebastian stand vor der Tür.

Er sah anders aus, trug Jeans und ein sportliches Hemd und seine Haare waren nicht zusammengebunden.

Er zog Judith sofort in seinen Arm. So, als würden sie sich schon ewig kennen. Ein bisschen fühlte es sich auch so an. Judith tat seine Nähe gut.

Cloud und Snow sprangen um sie herum und bellten. Es war merkwürdig, sie reagierten völlig anders als bei anderen Besuchern, die sie freudig schwanzwedelnd begrüßten. Sie waren wohl eifersüchtig.

„Ich war gerade mit ein paar Kumpels in einer Kneipe", erzählte Sebastian. „Was ist denn passiert?"

Sie setzten sich zusammen ins Wohnzimmer, Judith bot ihm ein Glas Wein an und berichtete dann eine etwas geänderte Version der Geschehnisse.

„Ich hatte die Hunde raus gelassen und die Terrassentür war offen. Dummerweise bin ich mal kurz ins Bad gegangen. Nur ganz kurz, aber währenddessen kam dieser Mann herein."

„Was für ein Mann? Kannst du ihn beschreiben?", fragte er ganz aufgeregt.

„Nein, er hatte eine Sturmhaube über dem Gesicht. Aber er war ziemlich groß."

„Ist dir etwas anderes aufgefallen? An seiner Stimme oder hatte er ein Tattoo?"

Sie dachte fieberhaft nach. Holte sich die Situation in ihr Gedächtnis zurück. Da war etwas. Aber was?

„Er hatte einen osteuropäischen Akzent", sagte sie dann. Sie war selbst überrascht, dass ihr das aufgefallen war. Aber es stimmte.

„Na, das ist doch schon mal was. Aber erzähl weiter."

„Er wollte nur meinen Laptop."

„Deinen Laptop?", wiederholte Sebastian irritiert.

„Ja. Er war oben in meinem Arbeitszimmer. Ich ging also die Treppe hinauf. Der Mann folgte mir. Ich holte den Computer aus dem Zimmer. Aber dann – als ich ihn ihm geben wollte – stolperte er und stürzte die Treppe herunter. Die Pistole fiel aus seiner Hand."

„Was? Er hatte eine Pistole?"

„Habe ich das nicht gesagt?"

„Nein." Sebastian fuhr sich nervös mit den Fingern durch die Haare.

„Und der Laptop?"

„Den hatte er noch nicht."

Der junge Anwalt schüttelte verwirrt den Kopf. „Ich habe Schwierigkeiten, mir das genau vorzustellen. Er hatte den PC noch nicht in der Hand, okay. Wieso nahm er ihn nicht und ging dann erst weiter? Und worüber stolperte er?"

Sie seufzte. War schon klar – die Lücke in der Geschichte. Er war vor dem Geist zurückgewichen.

„Es ging so schnell", erwiderte sie ausweichend. „Er griff danach und ging gleichzeitig einen Schritt zurück. Aber er stand ganz dicht an der Treppe. Er verfehlte irgendwie die erste Stufe und verlor das Gleichgewicht."

„Hast du die Polizei gerufen?"

„Nein, dann wären sie doch jetzt hier, oder?"

Einen Augenblick starrte er sie verständnislos an. „Keine Ahnung, ich weiß ja gar nicht, wie schnell du mich angerufen hast."

„Sofort."

„Das ist gut.“

„Sebastian, ich habe darüber nachgedacht, warum er meinen Laptop wollte und glaube, dass es mit den Fotos zu tun hat.“

„Mit welchen Fotos?“, fragte er verwirrt.

„Was ist mit dir los? Die Fotos, die wir beide auf dem Dachboden gefunden haben. Die von dem Staatsanwalt. Ich habe sonst nichts Geheimnisvolles, Anrüchiges oder Brisantes auf meinem PC.“

Er schien vollkommen durcheinander zu sein, nahm einen Schluck Wein, stellte das Glas wieder ab, fuhr sich durch die Haare.

„Verstehst du nicht? Vorher gab es doch schon diesen Anruf und den Zettel, dass ich nicht weiter recherchieren soll. Und jetzt das.“

„Aber davon wusste doch keiner etwas.“

„Ja, das ist das Problem. Wieso wussten die davon? So schnell. Hast du die Fotos weitergegeben? An Martha Verhoeven?“

Er überlegte einen Moment, als müsse er sich erst sammeln, erst die Erinnerung wieder ordnen.

„Ja, sicher.“

„Wissen eure Sekretärinnen davon?“

„Keine Ahnung, schätze nicht.“

„Und hast du sie an Max weiter gegeben?“

Er schüttelte den Kopf. „Noch nicht, Martha wollte sich selbst drum kümmern. Judith, das war doch erst gestern.“

„Schon, aber es ist doch wichtig. Und je mehr Leute davon wissen, desto eher gibt es jemanden…“

„…der diesen Überfall inszeniert hat?“

Sie sah es ihm an. Sebastian war vollkommen erschüttert.

„Es muss Max gewesen sein. Er wusste davon. Ich habe ihn angerufen und von unserer Entdeckung erzählt. Ich wollte sehen, wie er reagiert. Er spielt ein falsches Spiel, Sebastian. Es muss so sein. Erst die Fotos von der Sofortbildkamera und dann dieser Überfall“, überlegte Judith weiter.

Sebastian schüttelte den Kopf. „Das mit der Kamera hatten wir doch geklärt. Außerdem hat Max Kellerhoff immer an Biancas Unschuld geglaubt. Und den Überfall kann er nicht begangen haben. Max ist weder besonders groß noch hat er einen Akzent." „Er könnte einen Komplizen haben."

Sebastian verzog das Gesicht und fuhr sich wieder nervös durch die Haare. „Du vergaloppierst dich."

Die Hunde hatten sich inzwischen beruhigt und lagen ganz in ihrer Nähe auf dem Boden anstatt sich auf ihre Kissen in der Zimmerecke zu kuscheln.

„Sie lassen mich wohl nicht mehr allein", meinte Judith. „Der Überfall war auch für sie ein schlimmes Erlebnis. Sie standen hinter der geschlossenen Tür, wollten mir helfen und konnten es nicht."

Er nickte. „Was machen wir denn jetzt? Wir müssen die Polizei rufen. Wo ist die Pistole?"

„Noch oben. Auf dem Fußboden. Dort, wo sie hingefallen ist."

„Warum ist er nicht wieder rauf gekommen?"

Sie hob die Schultern.

„Ich war oben, die Pistole auch. Ich hätte sie sofort erwischen und auf ihn schießen können."

„Und warum hast du die Pistole nicht wirklich aufgehoben? Ich glaube, ich hätte es getan. Einfach als Schutz."

Jeder normale Mensch hätte das getan, dachte Judith. Aber ich stand unter einem besonderen Schutz. Dem von Thea Erdmanns Geist.

„Ich war wie festgefroren vor Schreck."

Sie trank einen Schluck Weißwein – schon aus Verlegenheit. Sie log und log und konstruierte die Geschichte immer weiter. Das lag ihr nicht. Sie fühlte sich unwohl dabei.

Sie füllte beide Gläser noch einmal nach.

Sebastian rückte nah an sie ran. Seine Augen strahlten. Sie las darin Leidenschaft, Begierde. Sie sah ihm in die Augen und lächelte ihn an. Er verstand ihren Blick. Sie würde ihn nicht zurückweisen.

Er zog sie an sich, streichelte über ihr Haar und über ihr Gesicht. Sie schlang ihre Arme um seinen Hals. Er küsste sie. Sie schmiegte sich eng an ihn. Genoss seine Nähe, seine streichelnden Hände auf ihrem Rücken. Seine vollen Lippen auf ihren.

Wie gut es tat, dass er hier war. Dass sie nicht alleine war.

Cloud und Snow bellten, aber sie ignorierte es. Sollten sie ruhig eifersüchtig sein.

Sie streichelte über die kleine Narbe auf seiner Stirn. „Was ist da geschehen?", fragte sie zärtlich.

„Ach, nur ein kleiner Unfall in meiner Jugend", antwortete er zwischen seinen Küssen. „Bin mit dem Mofa gestürzt - leider etwas unglücklich auf einen Stein. Ist nicht viel passiert – ein paar Abschürfungen. Glück gehabt."

Seine Hände fuhren unter ihr T-Shirt, schoben es hoch. Sie hob die Arme und ließ zu, dass er das Shirt über ihren Kopf zog.

Sie wusste, es ging zu schnell. Sie hatte ihn doch gerade erst kennen gelernt. Sie war doch gar nicht der Typ für *zu schnell*.

Ach was - sie war erwachsen, sie wusste, was sie tat. Warum sollte sie nicht diese Nacht genießen? Auch wenn sie nicht wusste, was danach kam. Sie wollte es trotzdem.

Sie wollte Ihn trotzdem.

Sie stellte das Denken ab. Nur Genießen. Keine Angst, keine Bedenken, keine Pläne für Morgen. Nur den Augenblick genießen.

Sie knöpfte sein Hemd auf und schob es ihm von den Schultern.

Sie liebten sich gleich hier im Wohnzimmer auf dem Sofa.

Sie gingen zärtlich miteinander um, vorsichtig und sanft.

Judith dachte über nichts mehr nach. Nicht an den Überfall, nicht an Bianca, nicht an den Geist.

Später gingen sie nach oben in ihr Schlafzimmer. Er zwinkerte ihr zu, als er sagte: „Ich muss eigentlich nach Hause, habe keine Zahnbürste dabei."

Judith lachte. Das hatte sie heute schon einmal gehört. Von Ellen. Sie wusste, dass er es nicht ernst meinte.

Zum zweiten Mal bot sie eine Zahnbürste aus ihrer Dreierpackung an.

Er nickte und lächelte ihr zu.

Es war schon nach Mitternacht, als sie sich in ihrem Bett ein zweites Mal liebten. Den Hunden blieb heute der Zugang zum Bett verwährt.

Kapitel 10
Sonntag, 28. Mai

Judith erwachte früh. Sie lächelte den schlafenden Mann neben sich an. Er sah ganz verwuselt aus heute Morgen.

Heute früh, als die Sonne durch die Jalousieritzen schien, war sie nicht mehr ganz so ängstlich und verzweifelt wie gestern. Sie fragte sich kurz, ob sie Sebastian erlaubt hätte, hier zu bleiben, wenn sie nicht in solch desolatem Zustand gewesen wäre. So voller Angst und Mutlosigkeit. Da hatte sie sich voller Freude und Engagement dieses Haus gekauft und Pläne für die Zukunft, für ihren Beruf gemacht. Und nun das. Sie hatte das Gefühl gehabt, alles würde zerstört. Und dann kam Sebastian mit seinem Verständnis und seiner Zärtlichkeit.

Sie lächelte vor sich hin.

Gleichgültig, was sie in einer anderen Situation getan hätte. Jetzt hatte sie so entschieden. Und es war schön gewesen.

Sie hörte das leise Kratzen an der Zimmertür und fühlte schon das schlechte Gewissen, Cloud und Snow ausgesperrt zu haben.

Sie schlug ihre Decke zurück, griff nach ein paar Sachen von den Vortagen, die über einem Stuhl lagen und tapste aus dem Raum. Sie wurde überglücklich von den Beiden begrüßt.

„Psst", machte sie und zog die Zimmertür hinter sich zu. Er sollte ruhig noch ein wenig schlafen. Eine kurze Zeit am Morgen mit den Hunden allein brauchte sie jetzt auch. Daran war sie gewöhnt und das liebte sie.

Die Hunde folgten ihr die Treppe hinunter. Cloud kam erstaunlich gut mit seiner Verletzung klar.

Henning Funke kam ihr kurz in den Sinn. Ein anderer attraktiver Mann in ihrem Leben. Nicht ganz so schillernd wie Sebastian.

Sie setzte Kaffee auf und schaltete die Maschine an.

So, die konnte durchlaufen, während sie einen kurzen Spaziergang mit Cloud und Snow machte.

Martha Verhoeven schlurfte gerade im Nachthemd und Filzpantoffeln Richtung Bad, als es an der Haustür klingelte.

„Ach verdammt, was soll das denn?", fluchte sie laut vor sich hin. Einen Augenblick lang war sie hin- und her gerissen, ob sie ins Bad gehen oder die Tür öffnen sollte. Sie schielte zurück zu ihrem Mann, der noch tief und fest schlief und offenbar nicht vorhatte, sich von dem Läuten an der Tür wecken zu lassen. Sie seufzte, warf sich rasch den Morgenmantel über, glättete mit den Fingern notdürftig ihre Haare und ging zur Haustür. Durch den Spion erkannte sie diesen Polizisten – wie hieß er noch gleich? Sie hatte schon ein paar Mal mit ihm zu tun gehabt.

Sie öffnete.

„Guten Morgen", grüßte er. Er zückte nicht seine Dienstmarke, er wusste ja, dass sie ihn kannte.

„Morgen, was kann ich für Sie tun?", murrte sie verschlafen. Es war zwar immerhin schon acht Uhr, aber sie liebte es nun mal, am Wochenende lange zu schlafen. Und wenn sie endlich wach wurde, nahm sie ein Buch und begann zu lesen. Und jetzt war sie auf dem Weg zum Klo abgefangen worden. Das war kein guter Start. Herrgott, sie war eine hart arbeitende Frau, sie hatte diese Mußestunden verdient.

„Ich muss Sie unbedingt sprechen in einer – Mordangelegenheit. Darf ich hereinkommen?"

Mordangelegenheit.

Das Wort löste etwas in Marthas Hirn aus.

Sie war wie elektrisiert.

„Was für ein Mord?", fragte sie und trat beiseite, um ihn eintreten zu lassen. „Gehen Sie einfach durch ins Wohnzimmer. Ich…" Sie brach ab – das musste sie nun wirklich nicht erklären – „ich komme gleich." Sie bog ab ins Bad. Vollkommen egal, um was es sich handelte, zuerst musste sie auf die Toilette.

Zwei Minuten später stand er noch immer im Wohnzimmer.

„Setzen Sie sich doch", bot sie ihm deutlich besser gelaunt an.

„Mögen Sie einen Kaffee? Also ich könnte gerade jetzt dafür morden." Sie verzog ein wenig den Mund, als ihr die Bedeutung ihrer Wortwahl bewusst wurde. „Verzeihung. Aber Sie wissen, was ich meine."

„Ja, das weiß ich. Ich trinke gerne einen Kaffee mit Ihnen." Er kratzte sich nachdenklich über die Stirn.

Martha schlurfte in die offene Küche, die durch eine hohe Esstheke vom Wohnbereich getrennt war und werkelte an ihrer modernen Kaffeemaschine herum.

Ihr Besucher nahm auf der anderen Seite der Theke auf einem der hohen Barhocker Platz.

„Kaffee – Espresso – Capuccino?", fragte sie.

"Ein ganz normaler Kaffee, heiß und stark, wäre mir am liebsten", antwortete er.

„Ja, mir auch. Am Morgen brauche ich das."

Sie stellte eine Tasse unter die Gießvorrichtung und drückte auf den Knopf.

„Sie sind Kommissar Brenner, richtig?", fragte sie. Endlich war ihr der Name wieder eingefallen.

„Oh, tut mir leid. Ich habe mich gar nicht vorgestellt. Ja, Jochen Brenner."

„Kein Problem. Wir kennen uns ja auch. Mir war nur einen Moment lang ihr Name entfallen. Nun, Herr Brenner, dann erzählen Sie mal, was Sie an einem Sonntagmorgen so früh hierher führt. Sie sagten, es gehe um Mord?"

Er nickte. „Ja."

Martha nahm die Tasse aus dem Gerät und stellte eine neue darunter.

„Milch? Zucker?"

„Etwas Milch."

Sie stellte ihm alles auf die Theke, während ihre eigene Tasse gerade durchlief.

„Ich habe gehört, dass Sie in dem alten Fall Buchholz wieder ermitteln?", begann er.

„Das ist ein bisschen zuviel gesagt", erklärte sie, während sie sich mit ihrer Tasse Kaffee zu ihm auf einen Barhocker setzte. Sie trank einen kräftigen Schluck von dem dampfenden Getränk. Ahhh – das tat gut. Das hatte sie dringend gebraucht. „Die neue Besitzerin des Hauses der Erdmanns war bei mir. Es ist alles etwas verworren. Warum sie eigentlich an dem Fall interessiert ist, erschließt sich mir nicht hundertprozentig. Aber es ist nun mal so. Und es ist kein Geheimnis, dass ich selbst nie an der Unschuld meiner Mandantin gezweifelt habe. Trotzdem konnte ich ihr bisher nicht helfen. Ich habe Bianca übrigens vorgestern im Gefängnis besucht."

„Diese neue Besitzerin hat meinen ehemaligen Kollegen Max Kellerhoff aufgesucht."

Martha nickte. „Ja, ich habe ihr dazu geraten. Er ist ja als Privatdetektiv tätig. Außerdem war er damals an den Ermittlungen beteiligt und hat selbst nie an Bianca Buchholz' Schuld geglaubt."

„Das ist richtig. Ich war zwar ein Kollege von Max, aber an dem Fall habe ich damals nicht mitgearbeitet, habe deswegen auch keine eigene Meinung zu Bianca Buchholz. Max Kellerhoff wurde gestern vor dem Restaurant *La Taverna* angeschossen."

„Was?", entfuhr es Martha aufgebracht. Klirrend stellte sie ihre Tasse ab. Sie schwappte über und auf der Theke entstand ein brauner Fleck. Es war ihr egal.

„Ich dachte zunächst, es hätte mit dem Fall zu tun, den er in dem Restaurant bearbeitet. Aber Max und seine Mitarbeiter hatten ja schon ermittelt und auch Kameras installiert. Darauf ist deutlich zu erkennen, dass es sich um einen persönlichen Streit handelt – oder sagen wir besser Eifersüchteleien und Neid von Nachbarn.

Ich will Sie nicht mit Details langweilen, die hier nicht hinge-hören."

Martha winkte ab. „Schon gut. Aber wie kommen Sie jetzt auf mich?"

„Letzte Nacht rief mich Gudrun Kellerhoff an und erzählte mir, dass Max wieder an dem Buchholzfall gearbeitet hat. Max' Kolle-gen hatten nichts davon gewusst, sonst hätte ich mich schon frü-her in dieser Richtung umgehört. Aber Frau Kellerhoff brachte die Tat vor dem Restaurant damit in Verbindung. Sie sagte mir, dass Judith Schlüter und ihr junger Sozius Sebastian Kupfer Max Kellerhoff in seinem Privathaus aufgesucht hatten, um ihn zu engagieren."

Martha blickte ihn immer noch aus großen, verwunderten Augen an. „Ja, das stimmt alles. Herr Kupfer hat mir am nächsten Tag davon berichtet. Er hat auch gesagt, dass Kellerhoffs Frau nicht sehr begeistert war und sie sich schließlich draußen unterhalten haben."

Jochen nickte bedächtig. „Max kam es immer so vor, als wäre der Fall Buchholz eine größere Nummer, als es schien. Er sagte im-mer, irgendetwas passt einfach nicht richtig zusammen."

„Na ja - wenn es wirklich mit dem alten Fall zu tun hat, dann war es vielleicht derselbe Täter wie damals? Aber…" Martha fiel siedend heiß ein, was er zu Anfang gesagt hatte. „Sie sagten Mordangelegenheit – das bedeutet hoffentlich nicht, dass er… Er ist doch über den Berg?"

Jochen sah ihr sehr ernst direkt in die Augen. „Leider nicht. Er ist gestern Abend gestorben."

„Nein!" Es war ein Aufschrei.

„Ich habe Gudrun Kellerhoff nach ihrem Anruf noch in der Nacht besucht. Sie ist vollkommen mit den Nerven fertig. Ihre Tochter wusste es noch gar nicht, sie hatte bei einer Freundin übernachtet. Auch mir geht dieser Mord sehr nahe. Immerhin war er mein ehe-maliger Kollege und ein Freund."

Martha nickte nachdenklich. Diese Neuigkeit musste sie erst einmal verdauen. Max Kellerhoff tot?

„Wenn das wirklich mit dem Fall zu tun hat", hauchte sie, „dann ist das alles verdammt schnell gegangen, dann muss auf irgendeine Art die Information geflossen sein. Die Frau war erst am Mittwoch bei mir."

„Und Freitag wurde er bereits angeschossen", sinnierte Jochen.

Martha konnte es kaum glauben. Wie sollte die Information an diese – diese Mörder gelangt sein? So schnell? Und warum hatten sie direkt auf Max geschossen?

Sie schüttelte ungläubig den Kopf.

„Wie konnte die Information so schnell bekannt werden?", wiederholte sie erschüttert. „Sehr viele Menschen wussten nicht von den neuen Recherchen.

Jochen schüttelte hilflos den Kopf. „Ich weiß es auch nicht. Wir müssen genau überlegen, wer was wusste. Und ich will mit dieser neuen Hausbewohnerin sprechen."

Martha sprang tatkräftig von ihrem Hocker auf. „Geben Sie mir zwei Minuten, um mich anzuziehen. Ich würde Sie gerne begleiten."

Jetzt lächelte er. „Darüber bin ich sehr froh."

Als Judith zurückkam, war Sebastian bereits aufgestanden und hatte eine Tasse Kaffee in der Hand.

„Guten Morgen", grüßte sie gutgelaunt.

„Guten Morgen. Ich bin aufgewacht und du warst nicht da. Gar nicht schön", meinte er und gab ihr einen Kuss.

Die Hunde machten schon wieder Theater und liefen aufgeregt um Sebastian herum.

Sie lächelte. „Ich wollte dich nicht wecken. Die Hunde mussten raus."

„Du hättest sie einfach in den Garten lassen können. Wie gestern Abend."

Im ersten Moment fühlte sie sich gerügt wie ein kleines Mädchen. Aber dann dachte sie, dass es für ihn vielleicht wirklich unangenehm war, zu erwachen und allein im Haus zu sein.

„Tut mir leid. Ich dachte einfach, du schläfst noch. Und wenn ich zurückkomme, wecke ich dich mit dem Duft von frischem Kaffee."

Er lächelte sie an.

„Sag mal, kannst du die Zwei etwas zur Ruhe bringen?" Er versuchte, scherzhaft zu klingen, aber Judith hörte deutlich den genervten Unterton.

„Cloud, Snow, ab auf eure Kissen", kommandierte sie.

Die Hunde sahen sie etwas ungläubig an, gaben dann aber Ruhe und legten sich hin. Doch wieder gingen sie nicht auf ihre Kissen, sondern blieben in der Nähe liegen. Judith registrierte es verwundert.

„Und? Hast du Hunger? Ich kann uns Brötchen aufbacken."

„Ich fahre schnell zum Bäcker", schlug er vor. „Oder hat der sonntags nicht auf?"

Sie nickte. „Doch. Bis elf Uhr."

Votan hatte bei Ellen im Gästezimmer geschlafen. Er sprang mit seinen Vorderpfoten auf die Bettkante und stupste sie leicht an.

Sie drehte sich um und streichelte sein etwas struppiges Fell.

Ihre Augen waren verweint und gerötet. Sie hatte nicht viel geschlafen. Was war nur alles passiert, seit Judith nebenan eingezogen war.

Dennoch konnte sie nicht der neuen Nachbarin die Schuld daran geben – so wie Lorenz es tat. Lorenz gab immer gerne anderen die Schuld, das wusste sie. Aber dieses Mal war es einfach zu viel.

Was konnte Judith für die Dinge, die vor fünf Jahren passiert

255

waren? Was konnte sie für seine Entscheidungen und für seine Lügen?

Wenn jetzt alles auf ihn einstürzte, lag es daran, dass er selbst vor fünf Jahren einen Riesen Bockmist gebaut hatte.

„Irgendwann holt einen die Vergangenheit eben wieder ein", sagte sie zu dem Hund.

Sie stand auf und verließ zusammen mit Votan das Gästezimmer. Ganz leise öffnete sie die Tür zu ihrem Schlafzimmer, wollte nur kurz nach Lorenz sehen. So einfach war es eben doch nicht, nach beinahe fünfundzwanzig Jahren in Gleichgültigkeit zu fallen. Lorenz sah ihr entgegen. Auch er war schon wach. Auch er hatte nicht gut geschlafen.

„Ellen", sagte er und streckte die Hand nach ihr aus.

Sie zog die Tür wieder zu.

Lorenz sah auf die geschlossene Tür. So hart konnte Ellen doch nicht sein. Er war damals da hineingerutscht. Ja, spätestens, als ihm Geld für seine Aussage angeboten wurde, war ihm klar gewesen, dass etwas nicht stimmte. Aber Himmel noch mal, es war der Staatsanwalt gewesen. Hätte er wirklich denken sollen, dass der in unseriöse Machenschaften verstrickt war? Ellen sagte Ja. Er hätte alles sagen müssen, was er gesehen hätte. Dann wäre die Wahrheit schon ans Licht gekommen.

Er stöhnte und drehte sich auf die Seite. Er ahnte, dass sein Leben nie wieder so wie früher verlaufen würde. Dass sie nie wieder so tun könnten, als sei das alles nicht passiert.

Ellen zog sich an und trank eine Tasse Kaffee. Ohne ihren ersten Kaffee würde sie heute überhaupt nichts tun. Danach ging sie mit Votan vor die Tür. Lorenz hatte sich bisher noch nicht blicken lassen.

Die frische Luft würde ihr gut tun. Und es sah richtig schön draußen aus.

Als sie Richtung Wald ging, dachte sie kurz darüber nach, Judith zu fragen, ob sie sie begleiten wollte. Aber dann kam ein Mann aus dem Haus. Er grüßte kurz und stieg in sein Auto.

Er kam ihr irgendwie bekannt vor. Aber erst als sie weiterging, fiel es ihr ein. Das war doch dieser junge Anwalt, der bei Martha Verhoeven arbeitete. Ohne Anzug hätte sie ihn fast nicht erkannt. Was machte der denn schon so früh hier?

Judith und Sebastian saßen noch am Frühstückstisch bei Kaffee, Croissants und Brötchen, als es an der Haustür klingelte.

Sie sah ihn mit großen Augen an. Erschreckt.

„Erwartest du jemanden?", fragte er.

„Nein." Sie blieb regungslos sitzen.

„Willst du nicht aufmachen?"

„Und wenn er das wieder ist?"

„Er? Du meinst den Einbrecher? Der dieses Mal brav an der Haustür klingelt?"

Es läutete ein zweites Mal.

„Soll ich?", fragte er.

Sie nickte und er ging zur Tür. Sie folgte ihm.

Durch die Scheibe konnten sie schon erkennen, dass es nicht der Einbrecher war. Sebastian öffnete die Tür und stand seiner Chefin und einem fremden Mann gegenüber.

Martha zog missbilligend ihre Augenbrauen hoch.

„Guten Morgen", sagte sie. Sonst machte sie keine Bemerkung. Sie war kontrolliert und selbstbeherrscht. Die hochgezogene Augenbraue war das einzige Zeichen, dass sie überrascht war und sich fragte, was ihr Sozius so früh am Sonntagmorgen hier zu suchen hatte. Dass es in ihrem Kopf arbeitete.

„Morgen", erwiderte Sebastian. Ihn amüsierte die Situation durchaus. Peinlich war es ihm nicht. Er war Mitte dreißig und konnte tun, was er wollte. Judith war ja streng genommen nicht einmal eine Mandantin. Zumindest privat hatte Martha ihm gar nichts zu sagen.

„Guten Tag, mein Name ist Jochen Brenner, Polizeioberkommissar." Er zückte seinen Ausweis und hielt ihn Judith und Sebastian unter die Nase. „Dürfen wir hereinkommen?"

Judith nickte. Sebastian trat beiseite und ließ die beiden Besucher ein.

Judith bat alle, ihr ins Wohnzimmer zu folgen.

Martha bemerkte im Vorbeigehen bei einem kurzen Blick durch die offene Küchentür den gedeckten Frühstückstisch. Aha, zwei Gedecke, dachte sie. Sie hoffte inständig, ihr junger Sozius war zum Frühstücken hergekommen, weil sie noch ein wenig über den Fall plaudern wollten. Aber sie glaubte es nicht. Sie machte sich wenig Illusionen über die menschliche Natur und schon gar nicht über Sebastian. Er war in Ordnung. Sie mochte ihn. Wer mochte ihn nicht, er war einfach ein sympathischer Kerl. Ein Sunnyboy. Aber er wusste das auch genau und genoss es. Nein, er nutzte die Menschen nicht unbedingt bösartig aus, aber er war durchaus ein wenig gedankenlos, lebte seine Gefühle aus, dachte nicht allzu sehr an morgen – außer in seinem Berufsleben. Da war er ausgesprochen zielorientiert. Vielleicht lag es ja gerade am Berufsleben, dass er sein Privatleben nicht komplett durchplanen wollte.

Im Wohnzimmer ließ Judith sich im Sessel nieder, während die anderen drei sich auf dem großen Ecksofa verteilten.

Cloud und Snow lagen entspannt auf ihren Kissen. Judith registrierte es verwundert. Offenbar sitze ich weit genug von Sebastian entfernt, dachte sie. Sind die wirklich so eifersüchtig?

Jochen begann ohne große Einleitung und berichtete von den Schüssen auf Max Kellerhoff und dass die Polizei zuerst angenommen hatte, es hätte mit seinem Auftrag in einer Gaststätte zu tun.

„Erst gestern spät abends rief mich Gudrun Kellerhoff an und berichtete, dass die neue Hauseigentümerin – also Sie, Frau Schlüter, gemeinsam mit einem – ich zitiere: geschliffenen Typen aus der Anwaltskanzlei von damals - sie besucht hätte und Max für eine Neuauflage im Fall Bianca Buchholz engagieren wollten. Ist das richtig?"

Judith nickte. „Das stimmt."

„Und der geschliffene Typ bin wohl ich", mischte sich Sebastian ein. „Ja, wir haben Kellerhoff zu Hause besucht."

„Meine Nachbarin Ellen Jacobi und ich hatten es schon am Nachmittag in seinem Büro versucht, ihn aber nicht angetroffen."

Jochen verstand.

„Frau Kellerhoff hatte bis dahin gar nicht darüber nachgedacht, sie war viel zu geschockt über die Schüsse auf ihren Mann. Dann kam es ihr wieder in den Sinn, aber sie rief mich immer noch nicht an, weil sie am Krankenbett ihres Mannes bleiben wollte. So ist leider einige Zeit vergangen, bevor wir begannen, in diese Richtung zu ermitteln. Trotzdem können wir uns nicht erklären, wie es mit dem Fall Buchholz zusammen hängen kann, denn Max hatte nicht einmal seinen beiden Mitarbeitern davon erzählt. Wie also konnte der Täter von der Sache wissen?"

„Lassen Sie uns zusammenfassen, wer davon wusste.", mischte sich Martha jetzt ein. „Das waren natürlich Sie, Frau Schlüter, und ihre Nachbarin. Ich selbst wusste es und du, Sebastian. Max Kellerhoff und seine Frau. Das wars. Oder? Ich glaube, nicht mal Frauke und Merle haben bisher etwas davon mitbekommen? Das sind unsere Sekretärinnen."

„Allerdings wissen wir nicht, was Max in den Tagen recherchiert hat. Mit wem er gesprochen hat", gab Sebastian zu Bedenken.

„Etwas wissen wir. Er hat über facebook einen gewissen Karl Tauber gesucht. Das wusste Gudrun, weil er sich von seiner Tochter Ronja beim Einrichten eines facebook Profils hatte helfen lassen", berichtete Jochen.

„Also wusste dieser Karl davon. Und Max' Tochter", meinte Sebastian.

„Wir wissen nicht, ob Karl die Nachricht gelesen hat. Das wird zurzeit überprüft. Geantwortet hat er jedenfalls nicht", sagte Jochen Brenner.

„Seine Frau und Tochter können wir als Täter definitiv ausschließen", erwiderte Martha Verhoeven.

„Mmm, ich weiß nicht. Vielleicht wollte seine Frau ihn nur verletzen, damit er nicht weiter recherchieren konnte", überlegte Sebastian laut.

Jochen schüttelte entschieden den Kopf. „Auf keinen Fall."

„Lorenz weiß auch davon", sagte Judith plötzlich leise.

Lorenz?", fragte Jochen.

„Lorenz Jacobi, Ellens Ehemann. Er hat das mitbekommen. Ich weiß nur nicht, ob er davon wusste, dass wir Max Kellerhoff engagiert haben."

„Ich will sie sprechen. Beide!", forderte Jochen Brenner sofort.

„Ich kann sie anrufen", bot Judith sofort an.

Jochen nickte. „Tun Sie das."

Judith ging zum Telefon. Die Nummern hatten sie noch schnell ausgetauscht, als Ellen sich am Vortag verabschiedet hatte.

Ellen meldete sich nach dem zweiten Klingeln.

„Guten Morgen Ellen, könnt ihr beide wohl sofort zu mir rüber kommen? Die Polizei ist hier und Martha Verhoeven. Dieser Max Kellerhoff ist erschossen worden", platzte Judith heraus.

Ellen schrie auf. „Das kann doch nicht sein!"

„Doch. Und sie wissen nicht, ob es mit dem Buchholzfall zu tun hat. Könnt ihr kommen? Lorenz auch?"

„Lorenz schläft noch", erwiderte Ellen etwas abweisend.

„Ellen, was immer ihr für Stress habt. Kommt rüber."

Einige Sekunden lang blieb es still in der Leitung. Dann antwortete Ellen zögernd: „Ja, in Ordnung, ich sehe, was ich tun kann. Bis gleich."

Judith legte das Telefon ab.

„Zumindest Ellen kommt gleich. Sie versucht, Lorenz mitzubringen. Er – er will nichts mit dem Fall zu tun haben. Er regt sich furchtbar darüber auf, dass wir angefangen haben, zu recherchieren."

„Das nützt ihm jetzt auch nichts mehr", meinte Jochen ungnädig.

„Es gibt da noch etwas", begann Judith zögernd.

„Ich bin gestern Abend überfallen worden."

„Was?", schrien Martha und Jochen wie aus einem Munde.

„Wieso weiß ich das nicht? Haben Sie die Polizei angerufen?", fragte Martha.

Judith schüttelte den Kopf. „Nein, ich habe Sebastian angerufen."

„Und du – du konntest sie nicht davon überzeugen, die Polizei zu rufen?", fuhr Martha ihren Sozius an.

Der fühlte sich ertappt und hob nur hilflos die Schultern. Er wusste, er würde jetzt noch weiter in die Falle geraten. Sie hatte zugeschnappt. Da kam er nicht wieder raus.

„Ich hatte am Tag zuvor schon eine Drohung erhalten, dass es mir nicht gut bekäme, falls ich in dem Fall weiter recherchieren würde. Und der Einbrecher wollte nichts anderes als mein Laptop. Deshalb dachte ich, es hätte mit den Fotos zu tun. Aber er konnte eigentlich unmöglich davon wissen."

„Puh – stopp, das geht alles viel zu schnell und zu durcheinander. Von welchen Fotos reden Sie?", fragte Jochen Brenner.

„Sebastian und ich hatten auf dem Dachboden Fotos gefunden. Ich glaube, am Freitag. Sie zeigten den Staatsanwalt Marksroth mit einer sehr jungen schönen Frau. Sebastian hatte die Fotos mitgenommen, aber ich hatte sie vorher eingescannt. Aber – wenn der Typ mich deswegen überfallen hätte, hätte er auch gewusst, dass Sie die Fotos haben und vielleicht in der Kanzlei danach gesucht, oder nicht?", sagte sie deutlich an Martha gerichtet. „Ach, es ist sehr verwirrend."

Man sah Judith deutlich an, dass die Sache sie durcheinander brachte. Ja, das hatte sie noch gar nicht bedacht, aber es stimmte. Wieso sollte ein Einbrecher die eingescannten Fotos stehlen, aber nicht hinter den Originalen her sein?

Wenn es möglich war, war Martha Verhoeven noch verwirrter als Judith. Sie schüttelte sich, bevor sie fragte: „Wie kommen Sie auf die Idee, dass die Fotos in der Kanzlei sind?"

Judith blickte fragend zwischen Sebastian und Martha hin und her. Martha verstand überhaupt nicht, wovon die Rede war. Sebastian war ganz blass geworden. Er hielt ihrem Blick nicht stand - wie ein ertapptes Kind.

„Du hast sie ihr gar nicht gegeben? Du hast gestern, als ich dich danach gefragt habe, sogar noch gesagt, du hättest es getan. Und du wolltest sie auch an Max Kellerhoff weitergeben."

„Nein, das hat er nicht", erwiderte Martha streng, als Sebastian nicht antwortete.

Judith starrte ihn entgeistert an.

Sie dachte siedend heiß an den gestrigen Abend. An seine Fürsorge. Sie hatten über die Fotos gesprochen. Sie hatte ihn gefragt, ob er sie an Martha gegeben hatte. Sie hatte ihm geglaubt, sie hatte nicht einen Moment an ihm gezweifelt. „Du hast mich belogen. Du hast die Fotos nicht weitergegeben, wie du es versprochen hattest und gestern sogar noch behauptet, du hättest es getan. Warum?"

Er hob in einer etwas hilflosen Geste die Arme.

Männer, dachte Judith verärgert. Er hatte gestern alles getan, um sie zärtlich zu stimmen. War es das? Ging es gestern nur darum? Aber das konnte sie jetzt nicht ausdiskutieren. Das ging die anderen nichts an.

„Wir haben, wie es scheint, einiges zu tun. Holen Sie den Laptop und zeigen Sie uns die Fotos und dann nehmen wir den Überfall auf", bestimmte Jochen Brenner.

Judith gehorchte sofort und stieg die Treppe hinauf.

In dem Moment klingelte es an der Tür.

Ellen kam allein. „Ich habe alles versucht, aber Lorenz wollte absolut nicht mit herüber kommen. Es geht ihm nicht gut."
„Ist er krank?", fragte Martha.
„Nicht direkt. Er hat mir gestern Abend etwas gestanden, das setzt ihm hart zu."
„Etwas, das mit dem Fall zu tun hat?", fragte Jochen vorsichtig.
Ellen nickte. „Mit dem Fall Buchholz von vor fünf Jahren."
„Und was hat er damit zu tun?", Jochen verlor allmählich die Geduld. Wieviel lag hier unter der Oberfläche? Überfälle, die nicht gemeldet wurden, Drohanrufe und Zettel, Fotos, die nicht weitergegeben wurden und jetzt kam diese Frau auch noch mit mysteriösen Andeutungen um die Ecke. Er hoffte, dass er ihr nicht jedes Wort aus der Nase ziehen musste.

Als Ellen zu sprechen begann, war es sehr zögernd und leise. „Es ist nicht leicht. Auch nicht für mich. Mein Ehemann hat damals etwas verschwiegen. Er hat noch Jemanden vor dem Haus gesehen und er hat das nicht ausgesagt, weil dieser Jemand ihn unter Druck gesetzt hatte. Und bezahlt worden ist er auch für sein Schweigen. Ach – es ist so schrecklich."
Sie schüttelte hilflos und ungläubig den Kopf.
„Was?", fragte Judith, die gerade mit ihrem Laptop wieder in der Tür erschienen war.
„Ja, es stimmt. Aufgrund meiner Aussage ist das arme Mädchen verhaftet worden, aber ich habe nicht gelogen und nichts verschwiegen. Dabei hat mein Mann – mein eigener Ehemann - noch jemand anderes gesehen und nichts gesagt."
Sie begann zu weinen. Martha legte ihr fürsorglich den Arm um die Schultern.
Jochen verdrehte die Augen. „Mein Gott, was für ein Durcheinander. Also – alles der Reihe nach. Jetzt schauen wir uns zuerst einmal die Fotos an."

Judith setzte sich wieder in ihren Sessel, stellte den Laptop vor sich auf den Tisch und schaltete ihn ein.

Ihre Gäste scharrten sich um sie.

Martha kramte vorsorglich ihre Lesebrille aus der Handtasche und schob sie sich in die Haare.

Der Laptop schien ewig zu brauchen, bis der Anmeldebildschirm erschien.

Judith ging über den Explorer in ihren entsprechenden Bilderordner - in ihren Dateien hatte sie Ordnung - und suchte „Buchholz." Dort tippte sie wahllos doppelt auf eines der Fotos. Sie waren etwas dunkel, der Scanner war nicht optimal eingestellt gewesen, aber ganz deutlich war Staatsanwalt Marksroth zu erkennen. Er hielt eine sehr junge, etwa zwanzigjährige schwarzhaarige Schönheit in den Armen. Eine, deren blitzende Augen sogar auf dem zu dunklen Foto verrieten, dass sie eine intrigante Person war.

„Mein Gott", flüsterte Ellen ergriffen. „Das ist doch Tabea."

Harald Marksroth hatte es endlich geschafft, sich mit Demjan zu treffen. Es war nicht leicht gewesen. Es war Sonntag, seine Familie forderte das Recht seiner Anwesenheit zu Hause oder – besser noch – einen gemeinsamen Ausflug. Heute konnte er das nicht bieten.

Er hatte schon früh einen Anruf von Demjan erhalten.

„Projekt schief gegangen", hatte er nur kurz erklärt.

„Wir treffen uns später - gegen zwölf - im Park am Schloss", hatte Harald ihm zugeraunt. Zu Hause konnte er nicht reden. Selbst im Arbeitszimmer war das viel zu gefährlich – es könnte immer jemand hereinkommen. Und noch früher konnte er auch nicht fort. Zumindest auf ein ausgedehntes Frühstück würde seine Frau bestehen.

Jetzt saß er also mit Demjan auf einer Bank in dem kleinen Park vor dem Schloss. Der Springbrunnen sprudelte vor sich hin, das

Wetter war heute endlich richtig schön. Entsprechend waren einige Leute unterwegs. Auch nicht so günstig."

„Das hat nicht geklappt, wie geplant. Morgens war die zwar weg, aber da kam so ne verrückte Alte angefahren, bollerte wie irre an die Tür und setzte sich dann davor und wartete bis die Schlüter zurückkam. Da konnte ich nicht rein. Nix zu machen. Und abends, als ich noch mal versucht habe, herein zu kommen, ging die einfach nicht noch mal weg. Dachte doch, die macht so'ne Gassirunde mit den Tölen. Aber die ließ die Hunden einfach in den Garten, aber die Tür stand sperrangelweit offen."

„Und da hast du deine Chance genutzt."

Demjan grinste blöde. „Ja, Chef. Aber die hat mich nicht erkannt. Hatte meine Maske auf."

Offenbar war er ausgesprochen stolz darauf, dass er daran gedacht hatte.

Harald schlug ihm mit der flachen Hand gegen die Stirn.

Zwei Passanten sahen es, schüttelten missbilligend den Kopf, gingen aber ohne ein Wort zu sagen weiter. Wenn nicht, wäre es ihm auch egal gewesen. Wenn er sich als Staatsanwalt zu erkennen geben würde, wären sie sowieso schnell beruhigt.

„Hast du wenigstens den Laptop?", fragte Harald, obwohl ihm schon klar war, dass das nicht der Fall war. Projekt schief gegangen, hatte Demjan schließlich vorhin am Telefon gemeldet.

„Neee. Und… Chef…"

„Was? Ist noch mehr schief gegangen?"

„Ja – ich – ich weiß auch nicht, ich…" Er sah den Geist förmlich auf sich zuschweben, aber wenn er das sagte, war er vollkommen unten durch. Marksroth würde ihn in eine Irrenanstalt einweisen.

„Ich bin gestolpert und die Treppe runter gefallen."

Harald sprang auf. Er bekam noch völlig die Krise.

„Bin ich eigentlich nur von Unfähigkeit umgeben? Die Treppe runter gefallen. Kannst du nicht aufpassen, wo du deine linken Füße hinsetzt?"

Demjan wurde es ganz mulmig zumute. Er bekam schon soviel Rüffel und hatte das Schlimmste bisher noch gar nicht erzählt. Er schaute konzentriert auf seine Schuhspitzen, als er sagte: „Dabei habe ich meine Pistole verloren."

Harald starrte ihn an, als hätte er nicht richtig verstanden. Er hoffte, dass das der Fall war. „Du hast was? Die Pistole verloren? Hast du das wirklich gesagt?"

„Ja, Chef."

„Verstehst du, was das für uns bedeutet? Dass uns das in Teufels Küche bringen kann? Verflucht, Demjan!" Er sprang auf und baute sich vor Demjan auf. Er schaute sich um, wie nah die Leute um ihn herum waren. Zuhörer konnte er nicht brauchen. Aber die hielten sich abseits, wollten sicher mit dieser Szene nichts zu tun haben. Marksroth grinste süffisant. Wie gut, dass die Menschen sich so wenig füreinander interessierten.

„Du wirst zurückgehen", raunte er Demjan zu. „Und die verdammte Pistole holen. Und bete zu Gott, dass die nicht die Polizei verständigt hat. Sieh bloß zu, dass du das nicht wieder vergeigst."

Demjan hob langsam den Kopf, sagte aber nichts. Das konnte der Chef doch nicht wirklich von ihm verlangen.

„Chef, ich habe mich verletzt. Nicht sehr schlimm, aber so eine Sache – das kann ich nicht."

„Du meinst das bisschen Humpeln? So, das kommt vom Treppensturz?"

Demjan nickte.

„Selbst schuld. Hättest eben aufpassen müssen. Du bringst das in Ordnung. Hast du gehört?", schrie Marksroth ihn gedämpft an.

Demjan nickte. Und im selben Moment begann er sich zu überlegen, dass er fort musste. Irgendwohin, wo Marksroth und auch diese billige Schlampe von Tabea ihn nicht finden konnten. Zurück nach Russland vielleicht. Unter anderem Namen. Die Pistole zurückholen – wie stellte der sich das vor? So blöd war die Schnecke aus dem Haus nicht. Die Waffe war längst nicht mehr dort. Und dem Geist wollte er auch nicht noch einmal begegnen. Aber das konnte er nicht sagen.

Plötzlich sah er eine kleine Chance, dass die Pistole doch noch da war. Auch dieser Schlüter würde es schwer fallen, die Sache mit dem Geist zu schildern. Vielleicht hatte sie deshalb doch auf die Bullen verzichtet.

„Wer ist Tabea?", fragte Martha Verhoeven.

„Sie ist auch eine Pflegetochter der Erdmanns. Ach, die hatten über die Jahre immer wieder Pflegekinder. Die meisten nur vorübergehend. Nur Bianca ist am Ende geblieben. Sie und Tabea waren die jüngsten. Thea war ja nicht mehr ganz so jung. Als sie getötet wurde, war sie schon fast sechzig.

Bianca kam zu ihr, da war sie ganz klein, ich glaube, drei Jahre alt. Thea wollte danach eigentlich nicht mehr weiter machen. Als Biancas wirkliche Mutter an ihrer Drogensucht starb und der Vater sowieso im Ausland lebte, entschieden Kurt und Thea, dass Bianca bei ihnen bleiben sollte. Sie liebten das Mädchen wirklich. Und dann kam eines Tages das Jugendamt und brachte ihnen Tabea. Sie war geschlagen worden, tagelang im Keller eingesperrt worden und solche Dinge. Also total vernachlässigt und mißhandelt, das arme Mädchen.

Bianca und Tabea waren ungefähr im gleichen Alter. Als Tabea zu den Erdmanns kam, waren sie neun oder zehn Jahre alt. Thea ließ sich erweichen, weil ihr das Kind so leid tat.

Für Bianca war das Haus ihr Zuhause, Thea und Kurt ihre Eltern. Tabea war sehr eifersüchtig. Sie meinte wohl, sie müsste sich ihre Stellung im Hause erkämpfen. Ich weiß es nicht. Thea und Kurt taten in Zusammenarbeit mit dem Jugendamt alles, was sie konnten, aber sie bekamen sie nicht richtig in den Griff. Ich habe mich manchmal gewundert, warum sie das Mädchen nicht wieder abgaben. War wirklich schlimm. Unsere Kinder waren etwas jünger und sind von ihr verprügelt worden, unserer Tochter hat sie Rollschuhe und Fahrrad abgenommen. Thea hat natürlich alles wieder zurückgegeben. Aber es wurde immer schlimmer. Während es mit Bianca nur normale Pubertätsprobleme gab, begann Tabea sogar richtig kriminell zu werden. Sie stahl, zockte Klassenkameraden ab, war in Schlägereien verwickelt, in der Schule mobbte sie andere. Neee, sie war sogar unter Berücksichtigung ihrer besonderen Situation ein extrem schwieriger Mensch.

Schließlich beschloss Thea doch gemeinsam mit dem Jugendamt, dass Tabea gehen musste. Das tat Thea wirklich weh, aber es ging nicht anders. Tabea war damals dreizehn oder vierzehn Jahre alt. Sie kam zuerst in ein Heim, später wurde sie in einer Mädchen-Wohngruppe untergebracht. Danach weiß ich nicht mehr viel. Lange blieb sie dort wohl auch nicht. Keine Ahnung. Habe sie mal in einer Zeitschrift gesehen, ich glaube, sie ist Fotomodell. Na ja, hat wohl die Kurve noch gekriegt. Ich hoffe es für sie. Kurz danach begann Thea als Schreibkraft bei Staatsanwalt Marksroth. Sie wollte etwas Abwechslung, nachdem keine Kinder mehr im Haus waren. Aber das wissen Sie ja sicher."

Jochen nickte. Ja, das war aktenkundig.

„Und später gab es mit Bianca auch Probleme?", erkundigte sich Jochen Brenner.

„Ach, nein, eigentlich nicht. Jedenfalls nicht so extrem."

„Aber es gab doch ein Motiv für die Ermordung ihrer Pflegeeltern? Das war es doch, weshalb sie verhaftet wurde."

Ellen nickte nachdenklich, fast ein wenig träumerisch.

„Da war sie schon zwanzig Jahre alt. Sie hatte einen neuen Freund, der war ein paar Jahre älter, aber nicht soviel, dass es die Erdmanns gestört hätte. Aber sie mochten den Mann nicht. Na ja – Bianca war zu der Zeit nicht sehr zugänglich. Grundsätzlich war sie ein wenig – flippig. Sie feierte gern, unternahm Reisen, auch Rucksackreisen. Sie war sehr spontan, lebte den Moment. Das war irgendwie schon in Ordnung, aber zu dem Zeitpunkt fanden die Erdmanns, sie müsse endlich mehr Verantwortung übernehmen, einen Job annehmen, einen Beruf lernen. Aber sie wollte nach Afrika. Mit dem Typen. Geld dafür hatten beide nicht. So kam es zu der Forderung an ihre Pflegeeltern und den Streit. Die Erdmanns hatten durchaus das Geld. Kurt verdiente gut – sie hatten wohl sogar etwas geerbt – soviel ich weiß. Aber sie wollten ihr trotzdem nichts geben. Aber glauben Sie mir – Bianca wäre nicht gewaltsam geworden. Sie war kein schlechtes Mädchen, vielleicht etwas zu wenig verantwortungsbewusst für ihr Alter. Aber sie hätte die Kurve schon noch gekriegt. Tja…"

„Wenn sie ihr damals das Geld gegeben hätten, würden sie vielleicht noch leben", meinte Jochen.

„Auf keinen Fall!", entgegnete Ellen vehement. „Denn Bianca hat sie nicht getötet."

„Das habe ich auch nie geglaubt", wandte jetzt Martha ein. „Damals schon nicht und seit ich sie am Freitag im Gefängnis besucht habe, erst recht nicht. Trotz dieser schwierigen Umstände ist Bianca sehr erwachsen und verständig geworden. Sie sieht auch die Ablehnung ihrer Pflegeeltern heute in einem anderen Licht."

Jochen nickte bedächtig.

„Wie heißt denn dieser ominöse Freund, der mit ihr nach Afrika wollte?"

„Carlos Tauber."

„Ah, derjenige, den Max auf facebook kontaktieren wollte? Gut, warten wir ab, was die Überprüfung bringt. Okay – zum nächsten Punkt. Ich würde jetzt gerne die Pistole von dem Überfall haben. Die liegt sicher nicht mehr da, wo sie hingefallen ist?"

Judith schüttelte mit schlechtem Gewissen den Kopf. „Ich habe sie auf meinen Schreibtisch gelegt."

„Jetzt sind Ihre Fingerabdrücke drauf?", fragte er mühsam beherrscht.

„Nein, ich habe die Waffe mit einem Bleistift angehoben", erklärte Sebastian. „Ich weiß doch, wie man so etwas macht."

Jochen und Martha starrten ihn beide an, als würde er chinesisch sprechen.

„Also das möchte ich lieber nicht kommentieren", meinte Martha verdrießlich.

„Halten Sie sich bloß mit solch selbstgerechten Kommentaren zurück. Wenn Sie das wüssten, hätten Sie die Waffe liegen gelassen und die Polizei gerufen.", warf Jochen ihm vor.

Jetzt war er wirklich verärgert.

Jochen Brenner stellte die Pistole sicher und begab sich dann zusammen mit Martha Verhoeven in das Nachbarhaus, um Lorenz Jacobi zu sprechen. Er war ärgerlich, irritiert und durcheinander. Was war das verdammt noch mal für eine Geschichte, in der er jetzt ermitteln musste. Der Tod seines alten Freundes Max Kellerhoff hatte ihn unverhofft mitten in den fünf Jahre alten Fall der Eheleute Erdmann katapultiert.

Er war froh, Martha an seiner Seite zu haben, die hatte schließlich damals schon an dem Fall mitgewirkt.

Ellen hatte nicht angeboten, mit hinüber zu gehen, aber das war ihm sowieso lieber. Er wollte alleine mit Jacobi sprechen – sah man mal von Martha ab. Wenn der wirklich damals eine Falschaussage gemacht hatte, dann musste er da jetzt durch.

„Was rollt da auf uns zu?", fragte er nachdenklich. „Ich befürchte, Marksroth steckt irgendwie da drin."

Martha nickte. „Das würde auch die einseitige Ermittlung von damals erklären. Könnten wir doch nur mit Max darüber sprechen."

Sie waren vor dem Haus angekommen und klingelten. Drinnen bellte der Hund. Aber es dauerte eine ganze Weile, bis sie schlurfende Schritte vernahmen und die Tür geöffnet wurde.

Lorenz Jacobi war wirklich in keinem guten Zustand. Offenbar hatte er schon wieder getrunken. Er wirkte ungepflegt und trug noch immer einen Pyjama und Bademantel.

Jochen Brenner registrierte es. Aber es war egal. Darauf konnte er jetzt keine Rücksicht nehmen. Er zückte seine Dienstmarke.

„Mein Name ist Oberkommissar Jochen Brenner. Das ist Martha Verhoeven. Wir würden Sie gerne sprechen."

Jacobi nickte. Überrascht war er nicht. Wie sollte er auch, er hatte doch mitbekommen, dass Ellen hinüber gegangen war, weil der Polizist mit ihr und auch mit ihm sprechen wollte. Er musste doch gewusst haben, dass er sich höchstens einen kurzen Aufschub verschafft hatte.

Er ließ die Tür offen und schlurfte ihnen voran in die Küche.

Martha und Jochen folgten ihm. Auf dem Tisch stand ein gefülltes Whiskyglas. Jochen nahm es fort und schüttete es aus.

„Das hilft Ihnen jetzt nicht", sagte er ungnädig und schüttete ihm stattdessen ein Glas Wasser ein.

„Sie können sich denken, warum wir hier sind – ihre Frau sagte uns, Sie hätten damals etwas verschwiegen. Ich hoffe, Sie machen dieses Mal eine umfassende und vollständige Aussage."

Lorenz nickte schwerfällig und ließ sich auf einen Stuhl fallen.

Martha und Jochen wechselten einen vielsagenden Blick und setzten sich zu ihm. „Dann erzählen Sie mal. Was haben Sie damals gesehen?"

Lorenz Jacobi erzählte stockend und ohne seine Gesprächspartner anzusehen all das, was er am Tag zuvor seiner Frau Ellen erzählt hatte. Er berichtete von dem fremden Mann vor dem Haus, von der Drohung – oder zumindest der Aufforderung, die er als Drohung verstanden hatte, nichts von seiner Gegenwart zu erzählen. Und auch von dem Angebot des Staatsanwaltes und des gezahlten Geldes.

Martha und Jochen hörten ihm mit wachsendem Widerwillen zu. Was für ein Arschloch. Diese Bianca war doch ein Nachbarsmädchen gewesen, das er seit Kindesbeinen an kannte, das er Rollschuhe hatte fahren sehen, Fahrrad fahren, Ballspielen und später mit den eigenen Kindern spielen. Wie konnte man so ein Mädchen so sehr ins offene Messer laufen lassen?

Die Ermittlungen wären anders gelaufen und vielleicht hätte sich wirklich Biancas Unschuld herausgestellt.

„Ein fremder Mann, der nicht genannt werden wollte - hat Ihnen das nicht zu denken gegeben?", fragte Jochen.

Er schüttelte den Kopf. „Was ging es mich an?"

„Nicht einmal, nachdem die beiden Toten gefunden worden waren? Von Ihrer Frau?"

Er lachte auf. „Sind Sie verrückt? Da dachte ich erst recht, sag lieber nichts. Sonst bist du der nächste."

„Und Sie haben wirklich geglaubt, dass dieser fremde Mann ein Mitarbeiter des Staatsanwaltes war?", hakte jetzt Martha nach.

Endlich blickte er auf und sah Martha direkt in die Augen. „Doch, das dachte ich allerdings. Soll ich Ihnen sagen, was ich wirklich dachte? Ich dachte: Dieser Anwalt hängt da drin. Misch dich bloß nicht ein, du gerätst in einen Sumpf, aus dem du nicht wieder raus kommst. Der kann dich kaputt machen. Auf der anderen Seite bekommst du zwanzigtausend Euro."

Martha blickte Jochen an. Auch in seinen Augen stand der absolute Abscheu, den er gerade empfand. „Wissen Sie was?", sagte er, „Sie widern mich an. Wegen Ihnen sitzt eine junge Frau vielleicht seit fünf Jahren unschuldig im Gefängnis. Eine Frau, die Sie schon kannten, als sie als kleines Mädchen hier gespielt hat. Ist das wirklich zwanzigtausend Euro wert?"

Lorenz sank wieder in sich zusammen. Ja, er widerte sich selbst auch an. Fünf Jahre lang war es ihm gelungen, das schlechte Gewissen zu unterdrücken. Aber jetzt war alles wieder da. Heftiger und deutlicher als damals. Er hielt sich an seinem Glas Wasser fest wie ein Ertrinkender.

„Okay, beschreiben Sie uns den Mann. Wir müssen ihn finden", forderte Jochen Brenner ihn auf. „Oder am besten kommen sie mit ins Präsidium. Schauen sie unsere Kartei durch, vielleicht ist er ja drin. Wenn nicht, trauen Sie sich zu, ein Phantombild anzufertigen?"

Lorenz nickte ohne erneut aufzusehen.

„Gut. Ziehen Sie sich bitte an."

Lorenz erhob sich und wollte schon das Zimmer verlassen.

Jochen hatte schon vieles erlebt. Zeugen oder Verbrecher, die auch die kleinste Chance zur Flucht nutzten. Das würde ihm mit diesem hier nicht passieren.

„Ich werde Sie begleiten", sagte er.

Demjan warf hastig die nötigsten Sachen in einen Koffer. Hosen, Shorts, Unterwäsche, ein paar persönliche Gegenstände wie Fotos, Unterlagen. Viel hatte er nicht. Er war alles andere als ein sentimentaler Mensch. Er musste weg, das wusste er so sicher wie seinen Namen.

Er hatte schon damals erlebt, wie Marksroth sein konnte und er befürchtete jetzt, selbst in dessen Schusslinie zu geraten. Nein, das war nicht ganz richtig. Er befürchtete es nicht. Es war absolut klar.

Gewissheit.

Er konnte doch diese blöde Pistole nicht holen.

Unmöglich.

Wider besseres Wissen war er sogar an dem Haus am Wald vorbeigefahren. Vielleicht ließ sich ja doch etwas machen. Man konnte nie wissen. Aber da war mächtig viel los gewesen. Drei Autos standen vor dem Haus, mindestens zwei davon mussten anderen gehören. Wer konnte sagen, ob eines nicht doch der Polizei gehörte? Irgendeinem Zivilbeamten. Die fuhren mit ganz normalen Autos herum. Vielleicht hatte sie sich eine Geschichte einfallen lassen, die sie erzählte. Das mit dem Geist würde sie wohl kaum zum Besten geben. Aber egal – auch wenn es nicht Polizei war – er konnte nicht hinein.

Der Weg zur Pistole war verbaut.

Er musste weg. Weit weg. Am besten legte er sich auch einen anderen Namen zu. Er hatte wirklich kein eigenes Interesse an dieser Tussi aus dem Waldhaus. Er war nichts anderes, als der bezahlte Handlanger des feinen Herrn Staatsanwalts. Er lachte. Ja wirklich, ein feiner Herr, der da vor fünf Jahren in sein Leben getreten war.

Damals war er festgenommen worden, weil er einen Mann krankenhausreif geschlagen hatte. Er war damals ein professioneller Autoknacker gewesen und nicht unbedingt zimperlich, wenn ihm Menschen in den Weg gerieten. Und dann kam der und bot ihm an, die Akte und alle Beweise verschwinden zu lassen, wenn er für ihn arbeitete. Und fünf Jahre später - als er schon keinen Gedanken mehr an diese alte Sache verschwendete - hatte der Herr sich wieder gemeldet.

Demjan sollte diesen Exbullen zumindest eine Weile aus dem Verkehr ziehen und dann diesen Laptop stehlen.

Der Exbulle war inzwischen tot und den Laptop hatte er nicht bekommen.

Und jetzt sollte er noch mal in das Haus und die Scheiß Pistole holen. Nicht mit ihm.

Es war nur eine Frage der Zeit, bis er wegen Mordes gesucht wurde. Und Marksroth – da gab er sich keinen Illusionen hin – würde ihn ohne mit der Wimper zu zucken opfern.

Er schmiss den Koffer und die Reisetasche in seinen schwarzen Mazda, setzte sich ans Steuer und brauste los. Erstmal Richtung Cottbus. Dort hatte er Verwandte. Dann brauchte er dringend einen neuen Namen, einen neuen Pass und ab über die Grenze. Weg. Einfach weg.

Egal, wie wenig zimperlich er mit anderen war.

Selbst wollte er weiter leben. In Freiheit.

Ellen war nervös. Es war ihr nicht gleichgültig, was jetzt gerade drüben bei ihr zu Hause geschah. Zwischendurch erzählte sie Judith und Sebastian, was Lorenz ihr gestern gestanden hatte.

„Aber das ist ja unglaublich", bemerkte Sebastian ungläubig. Weder Judith noch Ellen ahnten, dass ihm von all dem, was sie erfahren hatten, die Tatsache, dass Marksroth Lorenz bestochen hatte, besonders nahe ging. Er sagte es ihnen nicht. Aber ihm wurde beinahe kotzübel deswegen.

Ellen rannte immer wieder zur Haustür und sah die Straße hinunter zu ihrem Haus, um zu sehen, ob Jochen und Martha wieder zurückkamen. Ob sie Lorenz mitnahmen oder nicht.

„Wenn es dich so beunruhigt, dann geh doch rüber", riet Judith. Ihr wäre das gerade recht gekommen. Sie brannte darauf, mit Sebastian allein zu sprechen. Er hatte die Fotos also nicht weitergegeben. Was hatte er damit gemacht? Lagen sie noch immer unangetastet in seiner Tasche?

„Du verstehst das nicht", meinte Ellen. „Ich will ihm nicht beistehen. Das hat er einfach nicht verdient. Aber so total gleichgültig ist es mir eben doch nicht. Außerdem will ich ja auch wissen, wie es weiter geht. Nimmt dieser Fall jetzt eine neue Wende?"

„Ich verstehe das schon. Aber Beistand verdient man sich nicht, Ellen. Den bekommt man, trotz allem, was man sich leistet, weil man geliebt wird."

Ellen blickte ihre jüngere Nachbarin überrascht an. Dann nickte sie. „Okay, du verstehst mehr als ich dachte." Mehr sagte sie nicht. Sollte Judith denken, was sie wollte. Sollte sie ihre

Schlüsse daraus ziehen, dass sie trotzdem nicht rüber ging. Vielleicht war es genau das: Mangelnde Liebe.

Irgendwann kamen sie wirklich heraus, Lorenz war bei ihnen. Sie kamen herüber, aber sie klingelten nicht erneut an, sondern stiegen alle drei in Jochen Brenners Auto und fuhren davon.

„Was passiert jetzt mit ihm?", fragte Ellen.

Judith nervte diese Fragerei allmählich.

„Er wird eine Aussage machen müssen", antwortete Sebastian, der während der letzten Stunde verdächtig schweigsam gewesen war. „Vielleicht wollen sie auch versuchen, ein Phantombild zu erstellen. Sie müssen die Person finden, die er vor fünf Jahren gesehen hat."

„Ah."

Ellen starrte weiter aus dem Fenster, auch wenn das Auto längst aus ihrem Blickfeld verschwunden war.

„Ellen, vielleicht möchtest du mal nach Votan sehen? Er muss sehr nervös sein. Hunde verstehen mehr, als man manchmal denkt", sagte Judith vorsichtig. Sie wollte jetzt einfach mal allein sein mit Sebastian.

Ellen sah sie schweigend an, aber sie verstand. Offenbar hatte Judith etwas zu klären. Sie nickte. „Du hast recht."

Sebastian sah Judith mit einem flauen Gefühl entgegen. Gerade hatte sie Ellen an der Haustür verabschiedet und er ahnte – nein, er wusste, was auf ihn zukam. Er hatte es wohl verdient. Was hatte er sich nur dabei gedacht? Es machte ihm nicht so viel aus, wenn eine Frau dachte, er hätte sich mit halbherzigen Versprechungen eine Nacht mit ihr erschlichen – das war schon das ein oder andere mal vorgekommen. Aber dieses Mal war er wirklich zu weit gegangen. Dabei war das, was jetzt in Gestalt von Judith auf ihn zukam, vermutlich noch das harmlosere. Richtig schlimm würde die Standpauke von Martha.

„Und jetzt will ich sofort hören, was du mit den Fotos gemacht hast", begann Judith barsch und ohne Umschweife noch bevor sie ganz bei ihm vor dem Sofa angekommen war. Aber Judith stand nicht der Sinn danach, diplomatisch und vorsichtig vorzugehen. Sie hatte sich schon die ganze Zeit zusammengerissen, weil Ellen noch da war. Aber jetzt war es vorbei. Jetzt brach die Wut wie ein Vulkan aus ihr heraus.

„Was fällt dir ein, mich so anzulügen!", schrie sie noch immer vor dem Sofa stehend.

„Wann habe ich denn gelogen?"

„Spinnst du? Du hast gesagt, du gibst die Fotos weiter. Und sogar gestern noch hast du bestätigt, dass du das auch gemacht hast. Also – nennst du das etwa keine Lüge? Was hast du damit gemacht? Und wag es nicht, noch mal zu lügen. Wag es bloß nicht."

Sebastian flog der kurze Gedanken durch den Kopf, dass ihn das unheimlich anturnte. Die Frau war wirklich ein Vulkan. Meine Güte, ob dieser Streit wohl die Chance auf Versöhnungssex barg? Er schüttelte sich.

Judith registrierte die kurze Geste verwundert.

Die Situation war wirklich ernst. Es war ihm inzwischen klar, dass er vielleicht seinen Anteil daran hatte, dass Judith überfallen worden war. Das hatte er nicht gewollt, ganz und gar nicht. Er wünschte, dieser Moment wäre niemals gekommen, an dem er eingestehen musste, was er getan hatte.

„Ich habe die Fotos an Marksroth gegeben", gestand er.

„Was?" Jetzt war sie wirklich erschüttert. Sie ließ sich auf das Sofa fallen, als wären ihre Beine einfach eingeknickt.

„Ist dir nicht klar, dass der ein falsches Spiel spielt? Mit dem stimmt etwas nicht. Der hat Lorenz Jacobi Geld geboten, damit er seine Beobachtung verschweigt", sagte sie leise. Einen Moment war ihre Wut ihrer Erschütterung gewichen.

„Ja, jetzt ist mir das auch klar. Aber das habe ich gerade erst erfahren. Es war mir nicht im Entferntesten klar, als ich ihm die Fotos gebracht habe."

„Und was ging da in deinem Kopf vor?", schrie sie jetzt wieder.

„Judith, sachte", versuchte er die Wogen zu glätten.

„Was – ging – in – deinem – Kopf – vor?", presste sie wütend hervor.

Er seufzte.

„Er ist Staatsanwalt. Ich wollte ihm eine Peinlichkeit ersparen. Und ich dachte…"

„Und du dachtest, das hilft deiner Karriere, oder?"

Er nickte. „Ja."

„Du bist richtig schäbig", stieß sie hervor. In ihrer Stimme klang erneut ihre Wut mit.

„Ich wusste doch nicht…"

„Du wusstest, dass du ein Versprechen mir gegenüber gebrochen hast. Du hast mich sogar gestern noch bewusst angelogen und hast mit mir geschlafen. Du bist ein berechnendes Arschloch."

„Das geht jetzt wirklich zu weit, Judith!", schrie er jetzt auch.

Aber vollkommen falsch war es nicht. Er hatte ihr gestern gesagt, dass er die Fotos weitergegeben hatte, weil er sich bei ihr Chancen erhofft hatte. Und er hatte verdammt noch mal genau gewusst, dass er die vergeigte, wenn er die Wahrheit sagte.

„Judith, ich konnte nicht ahnen, was er für ein Schwein ist."

„Du bist nicht besser als Lorenz. Da winkt ein Staatsanwalt und ihr springt. Alles, was der sagt, muss ja seine Richtigkeit haben. Hat der ein Monopol auf Rechtschaffenheit oder was?"

„Ich habe keine Falschaussage geleistet. Ich habe einen verdienten Staatsanwalt schützen wollen."

„Aber du hast ein korruptes Schwein geschützt."

„Ich dachte, es verdient niemand, eine Rufschädigung wegen einer harmlosen kleinen Affäre. Das Mädel war kein Teenager mehr."

278

„Und er weit Schlimmeres als ein Ehebrecher. Mensch, Sebastian, warum glaubst du, waren die Fotos dermaßen gut versteckt? Da musste doch mehr hinter stecken!"

Er nickte. So langsam gab es nichts mehr zu sagen. Was Böses hatte er nicht bezweckt, aber vollkommen uneigennützig war die Aktion nicht gewesen. Er hatte sich wirklich einen Karriereschub erhofft. Er würde gerne in der Staatsanwaltschaft arbeiten. Tja – nun hatte er sich mehr geschadet, als genützt.

Ihm wurde ganz schwindelig. Was würde das nach sich ziehen? Martha würde ihn einen Kopf kürzer machen und dann aus der Kanzlei werfen. Puh.

Judith stand auf und starrte aus dem Fenster. Sie sah ihn nicht an, als sie leise sagte „Ich glaube, es ist besser, wenn du jetzt gehst."

Er öffnete den Mund, um etwas zu sagen, aber er tat es doch nicht. Er stand wortlos auf und verließ das Haus.

Judith bewegte sich nicht.

Die Hunde sprangen an ihr empor.

„Ich hätte auf euch hören sollen", sagte sie. „Ich bin eine miese Hundetrainerin. Ich habe euch einfach als eifersüchtig abgestempelt. Ich hätte euch ernster nehmen sollen. Ihr mochtet ihn einfach nicht. Und ihr hattet recht damit. Er ist unehrlich und eigennützig. Nichts anderes."

Tränen liefen ihr über die Wange.

Auch am Sonntag lief die Arbeit im Polizeipräsidium auf Hochtouren. Der Fall Kellerhoff war noch frisch.

Jochen übergab Lorenz Jacobi seinem jungen Kollegen Till Surmann mit der Anweisung, die Verbrecherkartei durchzuarbeiten.

„Wir haben auch Neuigkeiten", berichtete Surmann.

„Wir waren inzwischen auf Kellerhoffs facebook Profil. Dieser Tauber, den er dort kontaktiert hat, hat jedenfalls nicht reagiert. Das Profil wird schon seit Jahren überhaupt nicht mehr genutzt."

„Versucht, den Typen zu finden", ordnete Brenner an.

„Ist schon in Arbeit."

Jochen hob den Daumen. Gut gemacht.

„Auf dem Handy ist nichts Besonderes. Der letzte Anruf war offenbar von einer Judith Schlüter."

„Schon geklärt."

Surmann nickte und wandte sich an Jacobi, der bereits an einem Tisch Platz genommen hatte. „Na gut, dann wollen wir mal."

Es dauerte lange, bis Lorenz Jacobi die Kartei durchgearbeitet hatte. Jochen schaute ab und zu herein und erkundigte sich nach dem Stand der Dinge. Leider fand Lorenz den Mann nicht, den er vor fünf Jahren gesehen hatte.

„Gut, dann probieren wir jetzt ein Phantombild. Können Sie sich gut genug an das Gesicht erinnern?", fragte Till Surmann.

Jacobi nickte. Das Gesicht würde er nie vergessen.

„Aber er kann sich natürlich verändert haben."

„Das ist klar. Er ist fünf Jahre älter, die Figur kann sich geändert haben, die Frisur, er könnte einen Bart tragen. Aber immer hübsch eins nach dem anderen. Beschreiben Sie den Mann so, wie Sie ihn damals gesehen haben. Danach sehen wir weiter."

Er saß bereits am Computer und startete das entsprechende Programm.

Lorenz begann den Mann zu beschreiben. Er sah ihn in seiner Erinnerung so deutlich, als sei er ihm erst gerade über den Weg gelaufen.

Als es fertig war, starrte der Polizist darauf. Das Gesicht sagte ihm nichts. Aber das musste es ja auch nicht.

Lorenz bestätigte, es sei der Mann, den er damals vor dem Haus gesehen hatte, der ihm gedroht hatte, der behauptet hatte, er sei im Auftrag des Staatsanwaltes dort.

Der Polizist druckte das Bild aus.

Martha Verhoeven und Jochen Brenner saßen in Brenners Büro und tranken einen Kaffee.

Jochen legte gerade mit einem triumphierenden „Yeah" das Telefon auf.

Martha studierte die alten Protokolle im Fall Erdmann. Jetzt hob sie die Augenbrauen, schob die Lesebrille in die Haare und sah ihn fragend an. „Gute Neuigkeiten?"

„Wie man es nimmt. Die Waffe aus Judith Schlüters Haus ist dieselbe, mit der auf Max Kellerhoff geschossen wurde."

„Oh, das ist doch mal ein Fortschritt."

„Sie ist allerdings nicht registriert."

„Mist."

„Ja, das kann man wohl sagen. Ich befürchte, Frau Schlüter ist in Gefahr."

„Aber wir wissen auch, dass wir auf der richtigen Spur sind. Das alles passiert, seit in dem Fall Erdmann neu recherchiert wird. Auch Max Kellerhoffs Tod hat damit zu tun. Denken Sie nicht?"

„Doch, das denke ich. Aber wir sollten nicht den gleichen Fehler machen wie vor fünf Jahren und zu einseitig recherchieren."

„Hauptsache, Marksroth stoppt sie nicht wieder, wenn er merkt, dass wir einen Zusammenhang herstellen."

In dem Moment kam der junge Polizist mit dem Phantombild in das Büro.

„Es ist fertig. Herr Jacobi ist sicher, dass das der Typ ist, den er vor fünf Jahren gesehen hat.

Jochen nahm das Bild und betrachtete es genau. Nein, er kannte den Mann nicht. Er reichte es weiter an Martha. Über ihr Gesicht ging ein überraschtes Aufleuchten.

„Sie kennen ihn?"

Sie nickte. „Ja, ich weiß, wer das ist. Oh Mann, wie sehr wurde Bianca hereingelegt. Sie werden Staatsanwalt Marksroth zumindest verhören müssen, wenn nicht sogar festnehmen, Herr Brenner."

„Denken Sie, ich habe Angst? Es wird mir ein Fest sein. Dieser Mann hat damals Beweise unterschlagen, einseitig ermittelt und sogar Zeugen bestochen. Vielleicht hat er sogar in vollem Bewusstsein die Falsche einbuchten lassen. Und vielleicht trägt er sogar die Verantwortung am Tod meines Freundes Max."

Martha lächelte triumphierend - etwas boshaft sogar. „Darf ich Sie begleiten? Das lasse ich mir ungerne entgehen."

„Sehr gerne."

Das Telefon schellte.

Judith schreckte zusammen. Wie neuerdings immer, wenn das Telefon klingelte. Sie hatte sich ein Glas aus der letzten halben Flasche Weißwein eingeschüttet. Noch immer war sie erschüttert und traurig.

Sie hob den Hörer ab. „Schlüter", meldete sie sich.

„Henning Funke. Ich wollte mal nachfragen, wie es Ihrem Cloud geht."

Henning Funke. Sie brauchte einen Augenblick, um den Namen einzuordnen.

Der Tierarzt.

„Hallo, das ist aber nett, dass Sie nachfragen. Es geht ihm gut. Er kommt sehr gut mit der Verletzung zurecht."

„Das habe ich Ihnen doch gesagt. Wird schon wieder. Nach der OP wird er sehr schnell wieder auf allen Vieren herumtoben. Sie werden sehen."

Sie schniefte. „Ja. Gott sei Dank ist nichts Schlimmeres passiert."

Er horchte auf. Ihre Stimme klang merkwürdig angespannt. Verweint.

„Ist etwas nicht in Ordnung?"

„Doch, alles gut."

Er lachte. „Das können Sie Ihrer Großmutter erzählen. Irgendwas stimmt doch nicht. Hat es mit dem Unfall zu tun? Oder vielleicht damit, dass Sie dachten, es war kein Unfall?"

Sie zog geräuschvoll die Nase hoch.

„Genau genommen schon. Es ist viel passiert."

„Und Sie sind ganz allein?"

„Ja."

„Mm – ich glaube, ich sollte noch mal nach Cloud sehen. Passt es Ihnen, wenn ich in einer Stunde vorbeikomme? Dann bringe ich meinen Sohn zu seiner Mutter und komme auf dem Rückweg kurz vorbei."

„Ja."

„Fein. Bis nachher."

Henning war eineinhalb Stunden später bei ihr.

Die Hunde begrüßten ihn schwanzwedelnd. Funke streichelte sie fröhlich. Judith beobachtete das Bild. Ein wunderschönes Bild, wie sie fand. Wie hatte sie nur so blind sein können, was ihr Verhalten Sebastian gegenüber betraf. Die Tiere waren nicht eifersüchtig gewesen. Sie hatten ihn einfach nicht gemocht.

„Na, dem Cloud geht es doch gut", freute er sich.

„Kommen Sie herein", forderte sie ihn auf. „Hatten Sie ein schönes Wochenende mit Ihrem Sohn?"

Er nickte. „Ja, ist immer schön, wenn er da ist. Zum Glück wohnt meine Exfrau nicht allzu weit von mir entfernt. Aber jetzt erzählen Sie erst einmal. Sie sagten, es sei viel passiert."

„Ach, das glauben sie mir sowieso nicht."

„Versuchen Sie es."

Auf jeden Fall werden zwei Männer in dein Leben treten. Doch einer ist nicht aufrichtig zu dir, hörte sie Sidonia sagen.

Aber sie wollte sich davon nicht beeindrucken lassen. Keine Vorhersagen mehr, keine Wahrsagerei sollte mehr ihr Leben bestimmen. Ihr eigener Instinkt war stark genug. Auch das hatte Sidonia immer gesagt.

Bei Sebastian hatte er versagt.

Aber Judith wollte nicht allzu streng mit sich ins Gericht gehen. Sie wusste, sie hatte viel erlebt. Viel Außergewöhnliches, dass ihre Energie und ihre Nerven aufs Härteste strapaziert hatte. Ihr Instinkt hatte dabei gelitten. Sie hatte Sebastians Nähe gebraucht und warnende Signale hatte sie überhaupt nicht brauchen können und weg geschoben.

Sebastian war vermutlich kein schlechter Mensch, aber er war egoistisch, er hatte viel mehr an sich selbst, an seine Lust und an seine Karriere gedacht, als an Judiths Not. Und ein Tiernarr war er auch nicht. So jemanden brauchte sie sowieso nicht in ihrem Leben.

Sie atmete tief durch. Sie kannte diesen Mann, der jetzt bei ihr war, überhaupt nicht. Außer von der Behandlung ihres Hundes. Aber ja, sie würde ihm alles erklären. Wirklich alles. Ohne Beschönigungen, wie sie sie bei Sebastian vorgenommen hatte, weil sie Angst hatte, dass er sie für verrückt erklärte.

Entweder verstand er sie oder nicht.

Henning folgte ihr ins Wohnzimmer. „Möchten Sie ein Bier?", fragte sie. Wein hatte sie inzwischen nicht mehr im Haus außer dem Rest, der in ihrem eigenen Glas war.

„Nein danke. Ich fahre ja noch. Wenn Sie eine Cola hätten?"

Sie nickte. Klar. Ihr Getränkevorrat war gut bestückt.

Sie setzten sich zusammen auf das breite Ecksofa.

„Ich warne Sie, es ist eine sehr lange und ungewöhnliche Geschichte", begann sie.

Er hob seine Augenbrauen. „Sie wohnen doch erst seit ein paar Tagen hier."

„Gestern vor einer Woche bin ich eingezogen."

Mein Gott, ist das wirklich erst eine Woche her? dachte sie dabei.

„Und dann ist schon so viel passiert?"

„Sie werden sich wundern."

Judith begann ihren Bericht mit ihrem Einzug und dem ersten merkwürdigem, unheimlichem Gefühl am Abend ihres Einzugs. Sie berichtete von der Kälte im Gästezimmer und der Gestalt im Spiegel. An der Stelle unterbrach Henning sie.

„Judith, eine Gestalt im Spiegel? Das haben Sie doch geträumt, oder nicht?"

Sie schüttelte vehement den Kopf. Sie musste fest bleiben. Sicher, es war verständlich, dass er verwirrt war. Kein Mensch würde so etwas glauben. Humbug, überspannte Fantasie – das war es, was die Menschen mit dieser Geschichte in Verbindung brachten. Und doch war sie ihr passiert.

„Wenn es mir jemand erzählt hätte, hätte ich wohl auch gesagt: Deine Fantasie geht mit dir durch. Aber ich habe es erlebt. Wirklich und tatsächlich. Auch die Hunde waren ausgesprochen unruhig. Obendrein erkannte ich die Frau im Spiegel später auf einem Foto im Haus der Jacobis. Es war Thea Erdmann."

„Die Frau, die ermordet wurde."

„Haben Sie zu der Zeit auch schon hier gelebt?", fragte sie.

Er schüttelte den Kopf. „Ich zog erst danach hierher und übernahm die Praxis meines Vorgängers. Natürlich habe ich davon gehört. Aber erzählen Sie ruhig weiter."

Sie berichtete, dass sie und Ellen die Anwältin Martha Verhoeven aufgesucht hatten, dass sie und Sebastian den Privatdetektiv besucht hatten, der seinerzeit als Polizist den Fall bearbeitet hatte.

Sie berichtete von den Fotos, die sie auf dem Dachboden gefunden hatten. Sie erwähnte nur kurz - um die zeitliche Reihenfolge einzuhalten - den schwarzen Wagen, der Cloud angefahren hatte und berichtete von dem Überfall des maskierten Mannes.

Hier unterbrach Henning Funke zum zweiten Mal.

„Mein Gott, das muss ja furchtbar gewesen sein", meinte er und in seiner Stimme klang ehrliches Mitgefühl. Sie nickte. „Das war es. Merkwürdigerweise wollte er nur meinen Laptop. Mir kam die Idee, dass das mit den Fotos zusammenhängen könnte. Ich rief Sebastian Kupfer an."

Sie stockte.

Von der gemeinsamen Nacht mit Sebastian musste Henning nun wirklich nichts erfahren. Sie schämte sich nicht unbedingt dafür - sie war schließlich erwachsen und es war schön gewesen - aber es ging Henning einfach nichts an.

Sie hatte zu lange gezögert.

„Stimmt etwas nicht?", fragte Henning Funke.

„Na ja, wie man's nimmt. Es ging plötzlich Schlag auf Schlag. Martha und Kommissar Brenner kamen und teilten mir mit, dass der Privatdetektiv ermordet worden war."

„Was?", schrie er auf. Aber sie ignorierte es und erzählte einfach weiter.

„Ellen kam rüber. Sie hatte inzwischen von ihrem Mann erfahren, dass der damals eine Beobachtung zurückgehalten hatte. Auf Anweisung vom Staatsanwalt und gegen Bezahlung."

„Bestechung? Durch den Staatsanwalt?"

„Allerdings. Und es stellte sich heraus, dass Sebastian Kupfer, der Sozius der Anwältin, die Fotos gar nicht weitergegeben hatte. Er hatte sie Staatsanwalt Marksroth gegeben. Das enttäuscht mich sehr. Er gehörte schließlich zu den Menschen, denen ich in dieser Sache wirklich vertraut habe und die mir Hilfe zugesagt hatten."

„So etwas tut weh", meinte er.

„Ja."

„Alles in allem könnte also Bianca Buchholz wirklich unschuldig sein?"

„Ja."

„Oh mein Gott. Wie furchtbar für eine so junge Frau."

„Das wäre es wohl für jeden."

„Sie haben recht. Wissen Sie, was ich jetzt gerne machen würde?"

„Nein, wie sollte ich?"

„Ich möchte in das Gästezimmer gehen. Und danach gehen wir essen. Vielleicht bringt Sie das auf andere Gedanken."

Sie nickte. „Lassen Sie uns bitte lieber etwas bestellen. Ich möchte heute Abend nicht ausgehen. Ich möchte bei den Zweien bleiben. Sie sind auch ganz durcheinander." Sie blickte auf die Hunde, die völlig entspannt auf ihren Kissen lagen.

Er rieb sich verwundert am Nacken. „Den Eindruck machen sie nicht, aber bitte – in Ordnung. Sie sind die Hundetrainerin." Er lachte und sie stimmte ein.

Sie stiegen hintereinander her die schmale Treppe hinauf.

Judith hatte keine Angst mehr und öffnete die Tür zu ihrem Gästezimmer ohne zu Zögern. Sie fühlte einen kühlen Lufthauch, aber sie wusste nicht, ob das auch Henning bemerkte.

Aus dem billigen Standspiegel blickte ihr ihr eigenes Spiegelbild entgegen. Henning trat hinter sie und auch sein Gesicht erschien in der Scheibe.

„War es in diesem Spiegel?", fragte er ganz ruhig. Ohne Ironie und Zweifel in seiner Stimme.

„Die Geister entscheiden, ob sie sich zeigen und wem", wiederholte sie Sidonias Worte.

Er wusste nicht wirklich, was er davon halten sollte. Es fiel ihm schwer. Er war ein Mann, der mit beiden Beinen auf dem Boden der Tatsachen stand. Trotzdem hatte er schon vieles erlebt, besonders Tiere hatten erstaunliche Instinkte.

„Ich hatte sehr gehofft, dass sie sich zeigt. Aber vielleicht gibt es keinen Grund für sie", sagte sie nach einer Weile.

Er wandte sich ihr zu. „Judith, ich weiß nicht, was hier passiert ist. Aber du hast etwas gesehen. Und was immer es ist – Traum, Erscheinung, Geist – es war ein sehr starker Einfluss. Es hat dich dazu gebracht, wieder Nachforschungen in diesem alten Fall aufzunehmen. Dadurch wird wahrscheinlich eine junge Frau freikommen, die einige Jahre unschuldig im Gefängnis verbracht hat. Ich mag mir gar nicht vorstellen, was das bedeutet."

Sie seufzte. Sie freute sich über seine Reaktion. Er lachte sie nicht aus, wischte nicht ihre Beobachtungen einfach vom Tisch wie Sebastian es getan hatte. Aber...

„Aber dadurch ist auch ein Mensch ums Leben gekommen", sagte sie.

„Ja, das ist leider wahr. Aber das ist nicht deine Schuld. Einzig der Mörder trägt daran die Verantwortung."

„Und vielleicht sein Auftraggeber."

Er nickte. „Das wird die Polizei herausbekommen. So, und jetzt lass uns hinuntergehen und etwas zu Essen bestellen."

„Ja."

Sie straffte sich. Sie war enttäuscht, dass sich der Geist nicht gezeigt hatte. Aber das konnte man wohl nicht erzwingen.

Erst auf der Treppe fiel ihr schlagartig auf, dass sie und Henning Funke sich die ganze Zeit geduzt hatten.

Demjan war sehr nervös. Er musste möglichst viel Strecke zwischen sich und diesem Haus am Waldrand bringen. Und zu Staatsanwalt Marksroth.

Er kam allerdings nicht so schnell voran, wie er es gerne gehabt hätte. Gerade bewegte er sich erst Richtung Goslar und es wurde schon dunkel. Er gurkte über Käffer und Seitenwege. Er traute sich nicht auf die Autobahn. Obwohl er sich immer wieder einredete, dass sie ihm so schnell gar nicht auf die Spur kommen konnten. Selbst wenn die Tusse die Bullen gerufen und alles erzählt hatte. Er hatte seine Maske getragen. Sie konnte ihn nicht beschreiben.

Und wenn sie eine Verbindung zu dem Unfall mit der Töle herstellte, war das auch egal. Er hatte die Nummernschilder so beschmiert, da konnte niemand etwas erkannt haben.

Er grinste vor sich hin. Über den Einfall freute er sich immer noch. Wie gut, dass er das gemacht hatte, obwohl er damals noch gedacht hatte, dass jemand, der den hinter Büschen versteckten Wagen entdeckte und verdächtig fand, den Matsch sowieso abwischen und die Nummernschilder lesen konnte. Aber so wie es jetzt gelaufen war – im Wegfahren – war genau das unmöglich. „Also – keine Panik", beruhigte er sich. „Die finden dich nicht. Bist' jetzt schon weit genug entfernt. Wieso sollten die auf die Idee kommen, dich hier zu suchen?"

Allerdings – durch das Auto, das er fuhr, konnte er eben doch gefunden werden. Er hatte die Fotos nicht bekommen und falls Marksroth doch noch mitten in die Ermittlungen geriet, würde der nicht zögern, ihn, seinen Handlanger, ans Messer zu liefern. Und sei es nur, um ihm eins auszuwischen, weil er einfach abgehauen war, ohne seinen Auftrag ausgeführt zu haben.

Marksroths kleine Bettgespielin kannte sein Auto auch, obwohl die weit weg war und vermutlich auch nicht mehr Marksroths Gespielin.

Aber egal – zu gefährlich. Auch in seiner Nachbarschaft kannten Menschen sein Auto. Ganz klar - das musste weg. Er würde sich dann sicherer fühlen. Er grinste breit. Er war doch nicht umsonst ein Autoknacker. Aufbrechen – kurzschließen – und weg.

Er fuhr einen schmalen Weg entlang. Plötzlich fiel ihm ein Wagen auf, der einsam und allein in einem kleinen Zugang zu einem Waldweg stand. Ein dunkelblauer Opel Astra. Nicht zu auffällig.

Er steuerte seinen schwarzen Mazda daneben, stieg aus. Seinen Schlüssel zog er ab. Wenn er den Wagen stahl, wollte er nicht, dass der Besitzer einfach in seinen Mazda umsteigen konnte.

Er sah sich sehr aufmerksam um. Wenn jetzt jemand kam, konnte er sagen, er müsse nur mal kurz pinkeln. Aber in einem gewissen Moment durfte niemand dazu kommen. Er sah niemanden, griff seine Tasche vom Rücksitz und ging auf den Astra zu. Er traute seinen Augen nicht. Der Schlüssel steckte. Man muss auch mal Glück haben, dachte er. Er öffnete die Tür, warf die Tasche hinein. „He!", schrie jemand. Demjan blickte auf. Da kam ein Typ aus den Büschen gerannt. Der war wohl wirklich gerade pinkeln?

Demjan sprang blitzschnell in den Wagen, startete und brauste ohne das Licht anzumachen rückwärts aus der Waldeinfahrt wieder auf die Straße.

Jemand, dem er die Vorfahrt genommen hatte, konnte gerade noch ausweichen. Er hupte und zeigte einen Vogel, als er an ihm vorbeifuhr. Egal.

Der Mann aus dem Wald rannte jetzt auf sein Auto zu. Als könnte er so den Wagen noch aufhalten. Demjan konnte ihn nicht wirklich erkennen, nur einen wütenden Schatten, der auf ihn zu rannte. Aber das war auch egal. Er zeigte ihm grinsend den Mittelfinger, legte den Vorwärtsgang ein und startete durch.

Zu spät fiel ihm ein, dass er durch den Fahrzeugwechsel ein neues Risiko eingegangen war. Der Typ würde seinen Wagen als gestohlen melden und dann würde ein blauer Opel Astra mit entsprechenden Nummernschildern gesucht werden.

Zufrieden bemerkte er das Handy in der entsprechenden Halterung. Das mit dem Anruf würde sich also ein wenig verzögern. Der Typ musste entweder ein ziemliches Stück laufen oder er musste einen Wagen anhalten, um den Fahrer um Hilfe zu bitten. Heutzutage hielten die Menschen nicht mehr so gerne bei Fremden an, noch dazu wenn es dunkel war.

Oder er müsste seinen Mazda kurzschließen. Demjan ging davon aus, dass die meisten sich nicht gut genug damit auskannten.

Beschreiben würde der Typ ihn auf jeden Fall nicht können. Dazu war es schon zu dunkel. Er hatte nicht mehr von ihm gesehen als einen Schatten. Ebenso wie umgekehrt.

Trotzdem würde er auch diesen Wagen nach einer Weile wieder loswerden müssen. Aber erst mal musste er fahren. Und zwar auf der Autobahn, damit er möglichst viele Kilometer schaffte. Vielleicht konnte er auf einem Autobahnparkplatz erneut umsteigen. So einem, auf den man kurz hielt, um aufs Klo zu gehen, sich die Beine zu vertreten oder eine Stulle zu essen. Kein Restaurant, da war zu viel los.

Diese Parkplätze konnte man anfahren und wenn sie zu belebt waren, einfach weiterfahren ohne zu halten. Aber es wurde jetzt Nacht, da müsste es doch mit dem Teufel zugehen, wenn er das nicht hinbekam.

Er drückte das Gaspedal durch. Viel zu schnell für diese Strecke. Aber er musste vorankommen.

Kapitel 11
Die nächsten Tage

Judith schaltete gedanklich ab. Jetzt, da der Fall offiziell eine neue Wendung genommen hatte, konnte sie sich wieder ihren eigenen Plänen widmen. Sie stürzte sich in die Arbeit, rund um ihr Haus und ihre Praxisgründung.

Sie fühlte die Last von ihren Schultern genommen, als hätte wirklich ein Zentner darauf gelastet.

Der OP-Termin für Cloud stand natürlich noch bevor und machte Judith nervös. Sie sorgte sich um das geliebte Tier. Aber zu Henning Funke als Arzt hatte sie auf Anhieb großes Vertrauen und als sie die übrigen Mitarbeiter am Dienstag kennen lernte, fühlte sie Cloud absolut gut aufgehoben. Trotzdem blieb die Nervosität, dass der Eingriff wirklich gut verlief.

Aber alles verlief ohne Zwischenfälle und Komplikationen und schon kurz nach Mittag holte sie gemeinsam mit Snow Cloud aus der Tierarztpraxis ab. Den Rest des Tages war er noch ziemlich benommen, lag auf seinem Kissen, schlief und tapste nur unsicher Richtung Terrasse, um sein Geschäft zu erledigen. Er schaffte es nicht ganz und eine kleine Pfütze entstand noch vor der geschlossenen Tür.

Judith streichelte ihn. „Nicht schlimm", tröstete sie. Ab morgen würde auch das wieder reibungslos funktionieren.

Sie wischte die Pfütze auf und Cloud tapste wieder auf sein Kissen zurück.

Jochen Brenner und sein junger Kollege Till Surmann suchten Lutz Wegener noch am Sonntagabend in seinem Haus auf. Er war vollkommen überrascht und verstand in keiner Weise, was eigentlich los war.

„Sie haben nicht die Wahrheit gesagt. Damals nicht und auch in diesem Jahr haben Sie ein falsches Spiel getrieben. Sie haben Tabea angerufen und ihr mitgeteilt, dass in dem alten Fall Erdmann wieder recherchiert wird, nicht wahr?

„Woher wissen Sie…?", platzte es aus ihm heraus. Er unterbrach sich selbst, merkte, dass es ein Bluff war. Sie konnten ihn verdächtigen, aber es nicht wissen.

„Nur Sie kommen infrage", behauptete Brenner. „Wir haben Max Kellerhoffs Handy ausgewertet. Sie hatten telefoniert. Sie wussten davon. Nur Sie können es weitergegeben haben. Lorenz Jacobi war es sicher nicht. Und die direkt Beteiligten erst recht nicht."

„Ja… Aber warum auch nicht? Tabea durfte doch davon wissen?", verteidigte er sich.

„Das wird sich klären. Wir wollen ausführlich mit Ihnen sprechen. Wir wissen inzwischen, dass die Tat sich anders abgespielt hat, als man damals dachte. Und wir müssen alle Umstände noch einmal aufrollen. Damals traten Sie als Zeuge für Tabea auf. Haben Sie ihr ein falsches Alibi gegeben? Gleichzeitig waren Sie ein Freund von Bianca, der ihr keinen Mord zutraute. Was stimmt nun?"

„Ich habe nicht gelogen", meinte er so vorsichtig, dass Brenner sicher war, dass er log.

„Sie kommen jetzt mit aufs Präsidium. Ich will Sie erneut befragen."

Nach einem kurzen Zögern nickte Lutz.

Demjan Kozlow wurde in einem grünen VW Kombi im Bundesland Brandenburg gestellt. Er konnte es kaum glauben, dass seine Reise jetzt doch noch enden sollte. Dabei hatte es doch mit dem Kombi so gut geklappt. Ein einsamer Parkplatz – kein Mensch zu sehen – nur dieses eine Auto. Er hatte es in Null Komma Nichts geknackt.

Und es hatte so gut angefangen mit dem Astra, in dem der Schlüssel steckte. Aber das Glück war launisch. Er leistete keinen Widerstand, als er abgeführt wurde.

Staatsanwalt Marksroth reagierte ausgesprochen überheblich, als Jochen Brenner und Martha Verhoeven ihn in seinem Büro aufsuchten.

„Wenn Sie Ihren Job nicht in Gefahr bringen wollen, sollten Sie jetzt auf der Stelle mein Büro verlassen. Sie wissen wohl nicht, mit wem Sie reden?", fuhr er Jochen Brenner aufgebracht an. Martha ignorierte er völlig. Die konnte ihn ja sowieso nicht dazu zwingen, im Präsidium zu erscheinen.

„Ich glaube kaum, dass ich meinen Job gefährde. Meine Vorgehensweise ist von oben abgesegnet. Sie, Herr Marksroth, haben mindestens Zeugen bestochen und Ermittlungen in einem Mordfall damit erschwert – wenn nicht Schlimmeres. Wir gehen davon aus, dass Sie den Überfall auf Judith Schlüter befohlen haben, um an die verhängnisvollen Fotos auf dem Laptop zu kommen."

„Was bilden Sie sich ein!", bölkte Marksroth. Doch seine bewährte Einschüchterungstaktik verfehlte bei Jochen Brenner und Martha Verhoeven vollkommen seine Wirkung.

„Der Privatdetektiv Max Kellerhoff wurde mit der gleichen Pistole erschossen, die im Haus von Judith Schlüter gefunden wurde. Insofern stehen Sie unter dem Verdacht, auch den Angriff auf Max Kellerhoff befohlen zu haben."

„Sind Sie vollkommen verrückt geworden?", schrie er noch einmal und sprang auf. Er dachte wohl, dadurch noch Furcht einflößender zu erscheinen.

Martha beobachtete die Szene leicht amüsiert. Sie sah die Verwandlung des immer überheblichen, arroganten Harald Marksroth, der niemals auch nur die Andeutung von Mitgefühl oder Empathie zeigte, in einen aggressiven Kraftmenschen.

Interessant, dachte sie.

Jochen Brenner dagegen blieb vollkommen ruhig und gelassen, dabei aber extrem entschieden und unerschütterlich in seinen Aussagen. Fast wirkte der jetzt ein wenig überheblich.

Martha war ziemlich sicher, dass es in seinem Inneren anders aussah. Der Tod seines ehemaligen Kollegen hatte ihm hart zugesetzt. Vermutlich würde er Marksroth am liebsten an die Gurgel springen. Aber er wusste, er konnte ihm auf dem Weg des Gesetzes mehr schaden. Und damit auch Gerechtigkeit üben.

„Wenn Sie uns jetzt nicht freiwillig folgen, lege ich Ihnen Handschellen an", sagte Brenner.

Tabea Hartung wurde in Mailand ausfindig gemacht, wo sie einen geschäftlichen Termin wahrnahm. Eine sehr junge, sehr schöne und sehr erfolgreiche junge Dame, die aus allen Wolken fiel, als man sie wegen dieser alten Fotos nach Deutschland bringen wollte, wo sie den ermittelnden Polizisten Fragen beantworten sollte. Angeblich war Biancas Schuld am Tod ihrer Pflegeeltern nicht mehr sicher.

„Natürlich hat sie es getan", kreischte Tabea.

Man schilderte ihr die Umstände – die neue Aussage von Lorenz Jacobi – die Fotos, die auf dem Dachboden gefunden worden waren.

„Na und!", kreischte Tabea. „Dann habe ich eben mit dem gevögelt. Macht das was? Ist doch privat, oder?"

„Normalerweise schon, aber nicht, wenn in einem Mordfall ermittelt wird."

„Der ist doch längst aufgeklärt."

„Es gibt neue Verdachtsmomente. Auch gegen Sie. Ein gewisser Lutz Wegener hat Sie belastet."

Tabea starrte die Polizisten mit weit aufgerissenen Augen an. „Lutz? Lutz Wegener?" Dann schrie sie einfach los. Keine Worte, nur Geschrei. Schrie ihren Frust, Wut und vielleicht auch Angst in die Welt hinaus.

Nun fehlte nur noch Karl Tauber. Der Freund, mit dem Bianca nach Afrika reisen wollte. Auf Max' Anfrage auf facebook hatte er nie geantwortet. Wer wusste schon, ob er überhaupt irgendwann noch einmal nachsehen würde, ob er Nachrichten hatte. Niemand wusste, wo er lebte, ob er vielleicht sogar einen anderen Namen hatte. Nun, vielleicht würde auch das die neuen Ermittlungen und Verhöre klären.

Das wusste Jochen natürlich nicht. Aber er war doch zuversichtlich, dass die neuen Verhöre den Mord zweifelsfrei aufklären würden und Bianca bald in Freiheit leben konnte. Dieses Mal war ja kein Staatsanwalt da, der auf manche Ergebnisse den Daumen hielt, der Zeugen bestach, damit gewisse Dinge nicht ans Licht kamen und wer wusste schon, was sonst noch.

Jetzt würde sich alles klären.

Demjan Kozlow erwies sich als das schwächste Glied der Kette. Er war gewalttätig, gewissenlos, kriminell. Aber er hatte nicht das Format eines Harald Marksroth und nicht die intrigante Kaltschnäuzigkeit einer Tabea Hartung.

Ein bisschen Druck im Verhörzimmer reichte. Ein kleiner Hinweis darauf, dass die Pistole aus Judiths Haus sichergestellt war, dass sein schwarzer Wagen als derjenige identifiziert worden war, mit dem Judiths Hund angefahren worden war. Die Frage war, ob er darauf vertrauen konnte, dass Harald Marksroth ihn schützte, wenn es drauf ankam oder ob er ihn, seinen Handlanger, über die Klinge springen lassen würde.

Am Ende brach er regelrecht zusammen und erzählte alles.

Auch Lutz Wegener gestand schließlich und erzählte seinen Teil der Geschichte. Nein, den Mord hatte er nicht begangen. Aber er hatte die ganze Zeit gewusst – nicht nur vermutet – dass Bianca unschuldig war. Und er hatte Bianca und Marksroth gewarnt und berichtet, dass Kellerhoff wieder ermittelt.

Und so etwas nennt sich nun ein Freund, dachte Jochen Brenner.

Marksroth stellte das größte Problem dar. Extrem von sich überzeugt, überheblich, arrogant, hielt er sich für unantastbar. Er verzichtete sogar auf einen Anwalt, schließlich war er selbst einer.

Aber auch vor ihm machte letztlich die Justiz nicht halt. Er musste sich beugen. Und auch wenn er selbst niemals einen Mord begangen hatte, keinen Abzug gezogen, mit keinem Messer zugestochen hatte - er würde ins Gefängnis wandern.

Auch wenn jeder der Drei versuchte, wenigstens ein Stückchen seiner eigenen Haut zu retten – am Ende waren alle Aussagen Teile eines großen Puzzles, das sich zusammengesetzt als riesengroße, unfassbare Intrige entpuppte, die sich um den Mord an dem Ehepaar Erdmann rankte.

Jochen Brenner konnte es ebenso wenig fassen wie seine Kollegen. Und in so etwas war der integere Staatsanwalt Marksroth bis zum Hals verstrickt.

Jochen Brenner lief das kalte Grauen über den Rücken, wenn er darüber nachdachte.

Kapitel 12
Die Jahre zuvor

Tabea war eine Schönheit. Einundzwanzig Jahre jung, pechschwarze Haare, eine Figur, die Männer den Atem anhielten ließ, riesige dunkle Augen in einem ebenmäßigen ovalen Gesicht und einem etwas blassem Teint. An ein Schneewittchen erinnerte sie trotzdem nicht. Dazu blitzten ihre Augen zu intrigant. Dazu strahlte sie zuviel Durchtriebenheit aus.

Sie hatte es nicht leicht gehabt, aber sie hatte es auch niemandem leicht gemacht. Mit neun Jahren war sie vom Jugendamt von einem prügelnden Vater und einer vollkommen gleichgültigen Mutter fortgeholt worden. Sie war sogar eingesperrt worden, damit sie den Vater nicht nerven konnte oder weil sie eine freche Antwort gegeben hatte.

Sie hatte zu dem Zeitpunkt schon Tage lang kein Essen in der Schule dabei gehabt. Sie hatte anderen Kindern einfach Brote oder Obst weggenommen, weil sie Hunger hatte. Und sie war mit blauen Flecken zum Sportunterricht erschienen. Die Lehrerin hatte schließlich das Jugendamt informiert. So war Tabea von heute auf morgen aus ihrem Elternhaus geholt und zu Thea und Kurt Erdmann gebracht worden.

Die waren wirklich liebevoll, dass musste Tabea sich eingestehen. Trotzdem – es waren eben nicht ihre wirklichen Eltern. Das konnte man nicht ersetzen. Und dann war da noch diese Bianca gewesen. Tabea hatte ständig das Gefühl gehabt, mit ihr konkurrieren zu müssen.

Vermutlich hatte das gar nicht gestimmt. Bianca war nur ein paar Monate jünger und hätte sich gefreut, wenn Tabea mit ihr gespielt hätte und Thea und Kurt hätten ihr für immer ein zu Hause geboten. Das alles wusste Tabea heute – ganz weit in dem hintersten Eckchen ihres Gehirns. Aber damals hatte sie eben gedacht, sie

298

müsste konkurrieren. Sie hatte schließlich nichts anderes gelernt, jeder musste sich um sich selbst kümmern. Nichts anderes zählte.

So hatte sie also weiterhin versucht, ihre eigenen Interessen durchzusetzen. Zu Hause und in der Schule. Und zwar rücksichtslos. Sie hatte sich genommen, was sie wollte. Wenn sie ein Käsebrot hatte und mehr Hunger auf Schinken, dann nahm sie es anderen weg. Wenn sie lieber eine Banane statt einem Apfel wollte, nahm sie sich diese andere Frucht. Sie tauschte nicht etwa, sie fragte auch nicht – sie nahm es sich einfach.

Sie bekam Schelte, die Pflegeeltern wurden zur Lehrerin zitiert, aber was machte das schon – am Ende hatte sie bekommen, was sie wollte. Der Preis dafür war eben das bisschen Mecker, vielleicht mal Stubenarrest oder Fernsehverbot. Aber selbst das hatte sie dann ungerecht gefunden, da Bianca das alles durfte.

Thea und Kurt waren mit einer Familie befreundet, die einen Sohn hatten, der nur ein gutes Jahr älter war. Lutz. Den zog es durchaus zu Tabea. Während Bianca auch mit zehn Jahren noch gerne mit Kuscheltieren und Puppen spielte, verstand Tabea, sich bei dem Jungen beliebt zu machen. Sie spielte draußen Fußball und Basketball mit ihm. Kurt hatte sogar einen Korb angebracht.

Aber auch hier konnte Tabea nicht aus ihrer Haut. Sie bestand immer mehr auf ihrer Machtposition, kommandierte herum und erwartete schließlich Geschenke, damit sie mit ihm spielte. Das Ergebnis war, dass er sich zu Bianca zog, wenn er zu Besuch war. Und er freundete sich mit ihr an. Bianca wurde älter, das Puppenspiel unwichtiger. Sie spielte noch immer nicht Fußball, aber die beiden fanden einen gemeinsamen Weg. Sie machten Gesellschaftsspiele, sahen fern, fuhren Inliner, Skateboard oder Fahrrad. Und sie hatten eine große gemeinsame Leidenschaft, nämlich Tiere. Sie kümmerten sich begeistert um Biancas Meerschweinchen und den Familienhund Hardes.

Als das Meerschweinchen verschwand, fiel kein Verdacht auf Tabea. Sie freute sich diebisch darüber und lachte über die Naivität ihrer Pflegeeltern. Bianca verdächtigte sie, aber Thea und Kurt glaubten ihr kein Wort. Sie dachten allen Ernstes, Bianca sei eifersüchtig. Was für ein Witz. Es war ein Fehler. Sie, Tabea, hatte das Tier im Wald ausgesetzt.

Sie wusste, dass es dort nicht überleben konnte. Und es verursachte ihr keinerlei Skrupel. Dieses Gefühl von Macht - Macht über Leben und Tod - berauschte sie. Sie freute sich an der Ahnungslosigkeit, an Biancas Verzweiflung und an der Vorstellung, was dem kleinen Tierchen geschah.

An den Hund traute sie sich allerdings nicht heran. Das würde sehr viel mehr auffallen und wäre nicht so leicht zu erklären.

Aber ihr Verhalten wurde immer schlimmer.

Sie nahm sich nicht mehr nur Brot und Obst von ihren Mitschülern sondern auch Geld, Nintendo Spielgeräte, Handys.

Sie war sauer auf Bianca, die zu Geburtstagen eingeladen wurde, während niemand mit ihr etwas zu tun haben wollte.

Sie schloss sich einer Gruppe Vandalen an. Die meisten von ihnen waren älter als sie selbst, aber das machte ihr nichts. Sie fühlte sich sowieso reifer, als sie war. Und was sollte sie sonst tun? Sie stahlen in Supermärkten, zockten Jüngere ab, brachen Autos auf. Aber sie fühlte sich aufgenommen, auch wenn jeder – nicht nur Thea und Kurt – ihr zuredeten, dass das keine echte Freundschaft war.

Damals war sie sauer auf Thea und Kurt, die mit ihr schimpften, sie bestraften, ihr den Kontakt zu ihren Freunden verboten, sie zu Gesprächen mit dem Jugendamt schleppten.

Sie schrie ihnen ins Gesicht, dass sie das Meerschweinchen von Bianca in den Wald gebracht hatte, um sie zu verletzen.

Daraufhin hatte Thea nicht mehr geschimpft. Sie war angefangen zu weinen.

Heute wusste Tabea, dass die Beiden wirklich ihr Bestes versucht hatten. Sie wollten sie retten. Ja, anders konnte man das kaum ausdrücken.

Selbst als sie die Nachbarskinder verhaute und Bianca Geld stahl, versuchten sie noch an ihr Verständnis und ihr Gewissen zu appellieren, ihr zu erklären, wie falsch ihr Handeln war. Aber sie hatten nicht verstanden, dass es Tabea egal war und dass sich ihr Gewissen nicht regte.

Kurt hatte zuerst aufgegeben. Er begann auf Thea einzureden, dass es so nicht weitergehen konnte, dass sie sich ihr eigenes Leben und Biancas kaputt machten, wenn Tabea blieb. Auch Bianca heulte nur noch und wollte nicht mehr mit ihrer Pflegeschwester zusammen leben. Verständlich - aber für Tabea war es Verrat.

Thea sträubte sich anfangs, doch als Tabea die Entführung des Meerschweinchens gestanden hatte, war das für Thea wohl endgültig ein Zeichen gewesen, dass sie gescheitert waren. Danach hatte Thea Angst, dass erkannte Tabea erst viel später. Angst um den Hund, Angst um Bianca. Wer konnte schon wissen, wozu Tabea noch fähig sein würde.

Als sie vierzehn Jahre alt war, hatten ihre Pflegeeltern endgültig aufgegeben. Eine Jugendamtsmitarbeiterin holte Tabea aus der Familie und brachte sie in ein Heim. Dort blieb sie zwei Jahre lang, bevor sie in eine Mädchenwohngruppe umzog.

Aber durch diese Aktionen wurde nichts besser, sie rüttelten das Mädchen nicht auf. Tabea merkte nur umso deutlicher, dass sie allein sich darum kümmern musste, dass es ihr gut ging. Dass sie sich nehmen musste, was sie wollte. Nicht fragen, nicht bitten. Nicht hoffen. Nicht auf andere verlassen.

Auch ihre angeblichen Freunde ließen sie im Stich. Als sie woanders lebte, nicht mehr so leicht alles mitmachen konnte, waren sie fort. Auch Lutz. Obwohl der sie schon früher verlassen hatte – für Bianca.

Die kleine leise Stimme in ihrem Inneren, dass sie selbst sich die Chance bei den Erdmanns verdorben hatte, weil sie maßlos übertrieben hatte mit ihrem Egoismus, mit ihrem unsozialen

Verhalten, dass das nichts mehr mit Pubertät zu tun hatte, sondern sie auf dem Weg in die Kriminalität war, überhörte sie absichtlich. Sie wollte sie nicht hören.

Sie hatte unrecht.

Und Bianca lebte bei den Erdmanns. In diesem schönen Haus, mit Garten, mit Hund, mit Freunden. Geliebt und umsorgt. Geborgen. Tabea entwickelten einen geradezu pathologischen Hass auf Bianca, auf Thea und Kurt.

Mit achtzehn Jahren verließ Tabea die Wohngruppe. Sie nahm den Kontakt zu Lutz wieder auf, den sie in den vergangenen Jahren beinahe vollständig verloren hatte - nur hin und wieder eine Geburtstagskarte, eine E-Mail oder ein kurzes Telefonat - mehr hatte es nicht gegeben. Lutz ließ sich schnell auf ein Treffen ein, warum auch nicht. Tabea war immer ein ausgesprochen schönes, lebenslustiges Mädchen gewesen, wenn auch etwas zu wild.

Die neue, gereifte Tabea gefiel Lutz auf Anhieb. Und nur sie selbst wusste, dass es die Tabea, die sie ihm zeigte, gar nicht gab.

Ihr lag nicht allzu viel an der alten Freundschaft. Sie brauchte einen Job und da war Lutz genau der richtige Ansprechpartner.

Ihr Plan ging auf, sie bekam tatsächlich in der Modefirma, in der Lutz' Vater Geschäftsführer war, einen Job als Fotomodell.

Das bedeutete auch, dass sie viel in der Welt herumreisen konnte, was ihr ausgesprochen gut gefiel.

Ihren Wohnsitz verlagerte sie nach Lemgo. Eigentlich war es egal, aber sie wollte fort aus Detmold, aber nicht so weit, dass sie den Kontakt zu Lutz und zu ihrer ehemaligen Pflegefamilie verlor.

Lutz war inzwischen sauer auf Bianca. Er hatte sich ernsthaft in sie verliebt. Sie war eine Weile mit ihm gegangen, er hatte sie entjungfert und dann hatte sie ihm den Laufpass gegeben. So etwas passierte natürlich, besonders, wenn man erst siebzehn war. Aber Tabea tat alles, um seinen Ärger zu schüren.

Natürlich tröstete sie ihn, heuchelte Verständnis, ging schließlich mit ihm ins Bett.

Im Hintergrund spann sie ihre Intrigen. Sie zog ihre Fäden und verfolgte beinahe krankhaft ihr Ziel, sich an ihrer Pflegefamilie zu rächen.

Dafür durfte sie allerdings auch nicht zu oft in der Welt herumreisen. Dass sie ausgerechnet für Lutz' Familie arbeitete, half ihr dabei. Die hatten Verständnis, da sie ja eine schwere Kindheit hatte. Sie lachte laut, wenn sie daran dachte. Für die arme Tabea musste man doch Verständnis haben. Sie musste erst einmal ankommen in der Welt der Erwachsenen.

Es dauerte eine ganze Weile, bis alle Umstände passten, aber Tabea hatte ja Zeit. Als sie zwanzig war, nahm sie den Kontakt zu zwei alten Freunden aus ihrer Vandalenzeit wieder auf – Carlos und Demjan. Tabea wollte nicht wieder mit ihnen abhängen, sie wollte mehr für ihr Leben. Aber sie konnten beide nützlich sein.

Carlos war ein paar Jahre älter. Damals war er auch eindeutig der Anführer der Gruppe gewesen. Ihn stiftete sie dazu an, sich mit Bianca anzufreunden. Auf diese Art erfuhr sie einiges über die Familie. Sie wollte die Idylle zerstören und der Mann würde ihr eine große Hilfe sein. Bianca fiel auch prompt auf ihn rein. Ebenso wie Lutz auf sie.

Carlos konnte aber auch wirklich charmant sein und gut aussehend war er auch auf eine etwas flippige Art. Thea und Kurt waren nicht begeistert von ihm, trotzdem unterstützten sie ihre geliebte Bianca wo sie konnten, besonders finanziell. Davon hatte sie selbst natürlich auch etwas. Bianca schob immer wieder Carlos etwas Geld zu und der gab einen Teil weiter an sie, Tabea. Sie könnte sich noch heute kaputtlachen, wenn sie an die Idee mit der Afrikareise dachte. Man, war Bianca begeistert davon gewesen. Und Thea und Kurt hatten so viel Geld. Sie hatte ja mitbekommen, dass die von Kurts Vater eine ziemliche Stange Geld geerbt hatten. Natürlich hatte sie nie vor, Carlos und Bianca nach Afrika fliegen zu lassen. Carlos würde einen Teil bekommen und konnte abziehen und sie selbst wollte natürlich auch ihren Teil haben. Vielleicht ein Zuschuss für eine schicke Wohnung oder zumindest ein Auto? Mal sehen... Allerdings ging die Rechnung dieses Mal nicht so leicht auf. Thea und Kurt drehten den Geldhahn zu.

Aber das Geld interessierte Tabea in dem Moment am Wenigsten. Sie verfolgte hartnäckig ihr Ziel, sich in alle Lebensbereiche der Familie einzuschleichen. Sie hatte Ausdauer. Sie ging systematisch vor.

Und sie festigte ihre Beziehung zu Lutz immer mehr. Der war nach wie vor nicht mehr gut auf Bianca zu sprechen und ebenso wenig auf Thea und Kurt, die in jeder Lebenslage immer zu Bianca gehalten hatten. Tabea kam das sehr entgegen. Es war einfach, ihm zu vermitteln, dass auch sie sehr ungerecht von Thea und Kurt behandelt worden war. Dass Bianca sie aus Eifersucht ausgebootet hatte. Sie war richtig stolz auf sich, als sie ihm die missverstandene, verletzte junge Frau vorspielte.

Es war, als würde sie zwei Leben führen. Ein Karriere orientiertes, relativ solides, schillerndes Leben als Fotomodell und eines, in dem sie hartnäckig und gnadenlos planvoll die Rache an ihrer Pflegefamilie verfolgte.

Von Carlos wusste sie, dass Thea seit fünf Jahren bei einem Staatsanwalt arbeitete. Klar, sie war zu dem Zeitpunkt ihres Arbeitsantrittes mit Mitte Fünfzig schon nicht mehr ganz jung gewesen und sie war lange aus dem Beruf gewesen, weil sie ja Pflegekinder betreut hatte, aber sie hatte offenbar eine Fähigkeit, die heutzutage rar war und weswegen sie gerne genommen wurde. Sie konnte nach einem Diktaphon tippen. Superschnell und fehlerfrei.

Tabea musste also Kontakt zu dem Staatsanwalt Marksroth aufnehmen. Das war sowieso schlau. Wer konnte schon wissen, ob man nicht mal einen Staatsanwalt brauchen konnte. Sie würde ihrer Ex-Pflegemutter zeigen, dass sie sich alles nehmen konnte, was sie wollte. Wirklich Alles.

Sie recherchierte im Internet, damit sie wusste, wie Marksroth aussah.

Auch über einige Vorlieben fand sie Informationen. Er ging gerne chic Essen, ins Theater oder in die Oper. Und manchmal – um seinem geordneten Alltag zu entgehen – ging er zum Tanzen. Offenbar mochte er Oldienights oder Tanzabende in Tanzvereinen.

Wie auch immer – das alles hatte er in einem Interview freimütig erzählt. Warum auch nicht. Ein dunkles Geheimnis war das nicht.

Sie lauerte ihm vor der Kanzlei auf. Als er herauskam, humpelte sie ihm mit kaputter Hose und einer Schramme auf der Wange, die Carlos' Kumpel Demjan ihr zuvor verpasst hatte, entgegen.

„Oh, junge Frau, was ist Ihnen denn passiert?", fragte Marksroth auch prompt und griff stützend unter ihren Arm.

„Ich bin beinahe überfahren worden. Der Mistkerl ist einfach weiter gefahren", jammerte sie.

Es war fast zu leicht. Auf arme, hilflose Frauen fielen die Männer doch immer wieder rein. Die Nummer war ziemlich unfair gegenüber Frauen, die wirklich Hilfe brauchten – aber das war nicht Tabeas Problem.

Er hätte am liebsten sofort eine Fahndung eingeleitet, erzählte etwas von unverantwortlich und Fahrerflucht. Aber sie lächelte zuckersüß und erklärte, es sei doch nichts passiert.

Er lachte zurück, strich sanft über ihre lädierte Wange und zeigte auf die kaputte Jeans.

„Ach, das ist nichts", meinte sie. „Und der Wagen ist weg. Ich weiß auch wirklich nichts vom Nummernschild."

„Vielleicht hat jemand anderes etwas gesehen?"

„Wer merkt sich denn so schnell Nummernschilder? Ich glaube auch nicht, dass jemand da war. So belebt ist die Straße ja nicht."

„Und wo wollten Sie hin?"

Sie blickte zerknirscht zu ihm auf.

„Ich habe kurz meine Mutter in einem der Büros besucht. Und dann so was."

Das Eis war gebrochen.

Er lud sie in ein nahes Cafe ein und brachte sie nach Hause nach Lemgo.

Es war so einfach.

Das Glück ist auf meiner Seite, dachte Tabea.

Es dauerte nicht lange, bis sie und Harald Marksroth im Bett landeten. In ihrer kleinen Zweizimmer-Wohnung. Chic eingerichtet, aber nicht besonders vornehm. So lange war sie noch nicht im Job, dass sie Geld im Überfluss hatte. Und sooo viel war auch von Thea und Kurts Spenden noch nicht abgefallen.

Sie tat alles, damit dieses Verhältnis nicht in einem One-night-Stand endete. Aber er fühlte sich ganz offenbar geschmeichelt, weil sie, die schöne Zwanzigjährige, sich zu ihm hingezogen fühlte.

Es dauerte auch gar nicht lange, bis ihre Vorahnung sich bestätigen sollte und sie einen Staatsanwalt brauchte. Ihr alter Freund Demjan Kozlow war verhaftet worden, als er ein Auto stehlen wollte.

Tabea ging zum ersten Mal direkt in Marksroths Büro.

Thea saß mit ihrem Diktaphon an ihrem PC und blickte ihr mit einer Mischung als Entsetzen, Überraschung und Unwohlsein entgegen. Tabea grinste breit. „Hallo, Thea", flötete sie und ging direkt auf die Tür von Marksroths Büro zu.

Thea zog die Ohrstecker heraus und sprang auf. „Halt, du kannst nicht einfach…" Aber darauf reagierte Tabea überhaupt nicht. Sie startete einfach durch.

Auch Marksroth war nicht erfreut, sie in seiner Kanzlei zu sehen.

Aber sie ignorierte alle Einwände, setzte sich verführerisch auf seinen Schreibtisch und schnurrte ihn an. Sie konnte so liebevoll wirken, hilfsbedürftig, zärtlich. Sie bettelte um ein gemeinsames Abendessen.

Sie umschmeichelte ihn an dem Abend so sehr, bejammerte Demjans Schicksal, der ein so guter Freund war und nur ein einziges Mal diesen Fehler begangen hatte... sie schaffte es wirklich, dass er ihr versprach, sich um die Sache zu kümmern. Und das tat er. Ein Auto hatte dieser Bursche knacken wollte – es aber nicht einmal geschafft – es war also überhaupt kein Schaden entstanden – das konnte er verantworten. Er ließ die Anklage fallen.

Tabea freute sich. Jetzt hatte sie noch mehr gegen ihn in der Hand als eine außereheliche Affäre – nämlich eine unterschlagene Anklage. Und zu Hause hatte sie bereits einen Stick voller Fotos, die Demjan durch das Wohnungsfenster geschossen hatte und sie hatte einen Film von einer dieser winzig kleinen Kameras, die Lutz ihr besorgt und die sie im Schlafzimmer der Wohnung versteckt hatte.

Sie hatte ihm natürlich nicht gesagt, dass sie heimlich ihren Liebhaber in ihrem Schlafzimmer aufnehmen wollte. Meine Güte... wenn Lutz davon Wind bekäme... Er war sich sicher, ihr einziger Liebhaber zu sein. Nein, er glaubte, sie wolle sie an ihrer Wohnungstür anbringen, um sich sicherer fühlen zu können.

Tabea ging sogar soweit, Thea und Kurt zu besuchen, um ihnen die Fotos zu zeigen. Sie hatte sie extra ausgedruckt, weil sie nicht wusste, ob sie dort den Stick lesen konnten. Und weil es irgendwie viel effektvoller war, wenn sie die Papiere über sie ausregnen lassen konnte.

Es machte ihr diebischen Spaß, ihrer Ex-Pflegemutter zu zeigen, dass sie, die ungeliebte Tochter, mit ihrem Chef ins Bett ging. Es tat ihr so gut, in die entsetzten, entgeisterten Gesichter zu sehen.

„Tabea, was soll das denn?", heulte Thea.

„Ihr habt mich fortgeschickt wie einen alten Pullover, den ihr nicht mehr wolltet."

„Aber das ist doch nicht wahr", verteidigte sich Thea.

„Aber jetzt habe ich mehr erreicht, als ihr selbst. Du – meine liebe Thea, arbeitest für einen Staatsanwalt, mit dem ich ins Bett gehe. Was glaubst du, wer mehr Macht hat?" Sie sprach von oben herab, als wären Thea und Kurt wirklich nichts wert.

„Du bist gar nichts wert, wenn du nur aus Berechnung mit ihm…", entgegnete Kurt.

„Es geht um Macht", fiel sie ihm unwirsch ins Wort. „Um nichts anderes. Ich nehme mir, was ich will."

„So wie immer", sagte Thea leise.

„Ja!", schrie sie. Ihr schönes Gesicht war zu einer Fratze verzerrt. „Früher war es das richtige Butterbrot oder Obst, dann waren es kleine Geräte und Geld und jetzt ist es einfach alles."

„Du bist ja größenwahnsinnig, wenn du glaubst, dass das alles ist. Mit jemanden schlafen, nur weil du dir beweisen willst, dass du jeden Mann haben kannst? Du bist arm, Tabea", sagte Kurt.

Sie blitzte ihn wütend an. So durfte er nicht mit ihr sprechen.

Sie ließ nun wirklich die Fotos über sie regnen. Die Blätter fielen auf den Fußboden und blieben dort ungeachtet liegen.

In dem Moment wusste Tabea, dass sie nicht eher ruhen konnte, bis die beiden tot waren. Sie hatte das nicht von Anfang an geplant, aber sie fühlte, dass der Wunsch danach übermächtig wurde. Die Macht über ein Leben zu haben war doch das größte.

Sie drehte sich auf dem Absatz um und ging.

Thea sammelte stumm die Blätter auf. Sie zeigten Tabea und Marksroth in eindeutiger Pose. „Sie wird ihn irgendwann damit erpressen. Wegen irgendetwas. Vielleicht weiß sie das heute selbst noch nicht. Aber warum sollte sie sonst diese Fotos machen?", überlegte Thea laut.

„Vielleicht wollte sie nur uns damit schocken", meinte Kurt
Thea schüttelte den Kopf. „Nein, nicht nur."
„Komm, werfen wir sie weg."
Wieder schüttelte sie den Kopf. „Nein, wir verstecken sie gut.
Sehr gut. Aber ich will sie behalten. Wenn sie mit solchen Methoden spielt, sollten wir das auch."
„Was willst du damit? Sie deinem Chef zeigen?", fragte Kurt.
Sie schüttelte den Kopf. „Nein, das nicht. Ich will sie nur behalten,
wer weiß, wofür sie mal nützen können. Wir müssen uns aber ein
sehr gutes Versteck überlegen, denn ich will mich nicht auf
Tabeas Niveau begeben. Ich will sie nur benutzen, wenn es
unbedingt sein muss."
„Aber was könnte das für eine Situation sein?"
Sie hob die Schultern. „Weiß ich nicht. Aber ich will die Fotos
behalten. Ob Marksroth wohl weiß, auf was er sich eingelassen
hat?"
„Unsinn. Der glaubt doch selbst, der größte zu sein."
„Ich befürchte, er hat seinen Meister gefunden. Mein Gott, sie ist
so jung, schön, hat das Leben noch vor sich. Und ihre ganze
Intelligenz setzt sie so zerstörerisch ein. Sie ist krank."
„So war sie schon als Kind", meinte Kurt.
„Warum haben wir ihr nur nicht helfen können?", fragte Thea
verzweifelt.

Carlos berichtete, dass der Streit allmählich eskalierte. Thea und
Kurt blieben hart. Sie wollten, dass ihre Tochter einen soliden
Beruf ergriff.
Tabea lachte bösartig in sich hinein.
Carlos war ihr Sprachrohr und ihre Augen bei Bianca. Sie wusste,
wann sie noch einmal zu ihren Pflegeeltern gehen wollte.
An diesem Abend sollte Demjan sie begleiten. Er war genau der
richtige. Skrupellos und hinterhältig. Tabea fühlte die Macht ihrer
eigenen Intrige und Gemeinheit bis ins Mark. Es ließ ihr Blut

pulsieren, ihr Herz höher schlagen. Es war, als brächte das Böse sie zum Leben. Vielleicht war sie das Böse selbst. Sie fühlte diese Macht wie eine warme Decke. Es war das einzige, was Tabea lebenswert erschien. Die Macht über Andere. Und heute würde sie eine neue Stufe dieser Macht kennen lernen.

Alles musste so aussehen, als sei Bianca die Letzte gewesen, die das Haus betreten hatte. Deshalb passte Tabea ihren Besuch genau so ab. Sie wusste, dass Bianca noch einmal mit ihren Eltern über das Geld für die Afrikareise sprechen wollte.

Tabea und Demjan warteten draußen im Auto, bis Bianca das Haus verließ. Sie war völlig aufgelöst, total sauer, das konnte man schon an der Art sehen, wie sie sich bewegte. Tabea bemerkte auch die Nachbarin, die gerade wegfahren wollte.

Sie freute sich. Das passte genau in ihren Plan. Die Frau würde später bezeugen können, wie sauer Bianca gewesen war.

Sie klingelte ganz normal an der Haustür. Kurt öffnete im Bademantel.

„Tabea", grüßte er überrascht. Das war klar. Damit hatte er natürlich nicht rechnen können. Er warf einen skeptischen Blick auf Demjan. Der wirkte nicht gerade Vertrauen einflößend.

„Ich wollte gerne mit euch reden", erwiderte Tabea.

„Wozu?" Kurt war ganz schön abweisend. Noch immer hielt er den Türrahmen fest und sie konnte nicht ins Haus.

Der Hund streifte um sie her und fletschte die Zähne. Es war ein anderer als damals – klar, der war sicher inzwischen gestorben.

„Aus, Votan!", kommandierte Kurt.

Aber der Hund blieb unruhig. Er mag mich nicht, dachte Tabea. Kluges Tier.

„Bitte", bettelte sie gleichzeitig.

„Deiner Mutter geht es nicht so gut, sie hat sich schon hingelegt."

Ah, die ist bestimmt ganz krank aus Sorge um Bianca – um das gute Kind, dachte Tabea boshaft.

„Nur ganz kurz. Das kann doch nicht zuviel verlangt sein." Ihre Stimme war drängend. Statt Fotomodell hätte sie Schauspielerin werden sollen.

Kurt gab die Tür frei, Tabea und Demjan gingen hinein. Kurt hätte dem Typen am liebsten die Tür vor der Nase zugeschlagen, aber das war nicht möglich gewesen. Er war ja einfach ganz selbstverständlich mit Tabea zusammen herein gekommen.

„Ich möchte nur ganz kurz zu Thea", wiederholte Tabea.

Er nickte. Eine Geste, die weniger zustimmend als einfach Schicksal ergeben war. Nun gut – sei's drum – er wollte sie nicht einfach fort schicken.

„Ich gehe alleine rauf", sagte sie an Demjan gewandt. Der nickte. In Theas Schlafzimmer wollte er ihr auch wirklich nicht folgen.

Kurt ging die Treppe hinauf. „Ich hole mir nur noch kurz ein Glas Wasser, darf ich?", fragte sie zuckersüß.

„Natürlich."

Kurt wartete nicht, sondern ging weiter. Oben blickte er kurz zu seiner Frau ins Schlafzimmer, um ihr den Besuch anzukündigen und verschwand dann im Bad.

Tabea ging in die Küche, aber sie trank kein Wasser. Sie zog sich ihre dünnen weißen Handschuhe an – schließlich wollte sie keine Fingerabdrücke hinterlassen.

Dann nahm sie das große Kochmesser aus dem Messerblock. Sie grinste vor sich hin. Es gehörte zu ihrem Plan, ein Messer aus der Küche zu benutzen. Biancas Fingerabdrücke waren bestimmt darauf. Und es wirkte mehr nach einer Spontantat, die aus einem Streit heraus passiert war.

Was dagegen nicht ganz glücklich war, war, dass Thea bereits im Bett lag. Doch ein Zurück gab es nicht. Das Gefühl von Macht über Leben und Tod hatte sie ergriffen. Ach, das war soviel besser - so viel stärker als damals bei dem Meerschweinchen.

Sie stieg die Treppe hinauf. Langsam. Sie wollte jeden Schritt genießen.

Demjan sah ihr nach.

Kurt war nicht zu sehen. Aber das war auch egal. Sie ging in das Schlafzimmer ihrer Pflegemutter.

„Hallo Mutter", grüßte sie provozierend.

Thea blickte sie an. Gequält. Sie war wohl wirklich krank. Das lag nicht nur an der Sorge um Bianca.

„Tabea, du warst lange nicht hier", krächzte sie heiser.

„Nein, wozu auch. Ich bin nur gekommen, um euch zu sagen, dass ich euch niemals verziehen habe, dass ihr mich einfach wieder fort geschickt habt."

„Kind, wir können darüber reden, wenn es dir hilft. Aber nicht heute. Bitte, nicht heute. Ich bin krank."

Tabea lächelte falsch. „Das tut mir ja so leid."

Etwas in ihrem Ton ließ Thea aufhorchen.

Das große Messer blitzte in Tabeas Hand auf.

„Tabea, Kind!", rief Thea panisch aus.

„Erinnerst du dich an das Meerschweinchen? Ich habe es im Wald ausgesetzt und sterben lassen. Und jetzt werde ich das mit dir tun. Weil du mich aufgegeben hast. Das wirst du büßen. Du und Kurt. Und Bianca wird deswegen ins Gefängnis gehen."

Sie lachte bösartig und trat näher.

In Theas Augen stand Angst. Und der Schrecken, dass Bianca etwas geschehen könnte.

„Kurt! Hilfe", rief sie.

Zu spät. Tabea stach blitzschnell zu. In die Seite hinein. In die Nieren.

Theas Augen brachen sofort. Eine einzelne Träne rollte noch die Wange herunter.

Gleichzeitig hörte Tabea einen Knall im Flur.

Sie stürmte aus dem Zimmer.

Kurt stürzte noch immer die Treppe hinunter. Getroffen von Demjans Pistole.

Votan bellte und rannte zu seinem Herrn.

„Demjan! Was hast du getan!" schrie Tabea.

„Er kam gerade aus dem Bad. Ich habe instinktiv geschossen. Ich wollte nicht, dass er dich überrascht."

„Das wäre doch völlig unwichtig gewesen. Er sollte es sogar wissen!"

Das Gefühl der Rache war nicht so süß, wie sie es erhofft hatte. Aber es war ihr ja auch genommen worden. Wenigstens teilweise.

„Außerdem ist ein Schuss viel zu laut. Geh raus und guck nach, ob die Luft rein ist!", schrie sie.

Dann ging sie die Treppe hinunter, stieg über den toten Kurt und an dem bellenden, knurrenden Votan vorbei.

„Alles okay?", fragte sie, als Demjan zurück war.

„Da war so ein Typ – der hat mich gesehen. Ich glaube, es war der Nachbar. Gehört hat der nix. Glaub ich."

„Glaubst du", wiederholte sie genervt. „Wenn er das aussagt, kannst du einpacken."

Er grinste breit. „Nicht ich. Wir. Aber keine Sorge. Habe ihm klar gemacht, dass er das besser nicht tut."

„Hast du ihm gedroht?"

„Sicher. Das wirkt immer am besten. Hab ihm gesagt, dass ich in einem Geheimauftrag unterwegs bin. Als Spitzel der Staatsanwaltschaft." Er lachte. Der hat mich angesehen und gefragt: Ach, stimmt mit dem komischen Freund von Bianca doch etwas nicht? Ja, wirklich. Das hat er gefragt."

„Und das hast du ihm so verklickert, dass es bedrohlich wirkte?"

„Und ob."

Sie verdrehte die Augen. Na ja, besser als nichts.

Dann war jetzt wohl die Zeit gekommen, ihren eleganten Liebhaber Harald Marksroth etwas unter Druck zu setzen.

„Okay, dann verziehen wir uns. Aber durch die Terrassentür. Nicht, dass der Typ sich noch irgendwo herumdrückt und auf der Lauer liegt", beschloss Tabea.

Sie konnte sich das gut vorstellen. Sie vermutete, dass der Mann Lorenz Jacobi gewesen war. Wer sollte sonst hier herum spazieren? Und diese Begegnung war sicher ein gefundenes Fressen in seinem tristen Leben in dieser Einöde.

Sie kannte ihn von früher. Er würde sie bestimmt erkennen und das konnte sie nun wirklich nicht brauchen. Wenn sie durch den Garten gingen, konnten sie ungesehen bis zum Auto schleichen. Und dass die Terrassentür offen blieb, konnte ihr nun wirklich gleichgültig sein.

„Gib mir die Pistole", sagte sie, als sie wieder im Wagen saßen.

„Was?"

„Die Pistole. Sie muss verschwinden."

„Was?"

„Na komm – so schwer ist das nicht. Die Pistole muss verschwinden. Wenn die aus welchem Grund auch immer gefunden wird, bist du dran."

„Wir", berichtigte er.

Dazu sagte sie nichts. Sie würde nicht ins Gefängnis gehen. Was glaubte der denn?

Er reichte ihr die Waffe nicht. Er wollte lieber nicht riskieren, dass sie die Waffe in ihren Besitz bekam, mit der er geschossen hätte. Wenn alle Stricke rissen, würde sie ihn mit dem Beweis ausliefern. Nein, vertrauen tat er Tabea nicht. Er führte nur Aufträge aus. Für Geld. Nicht aus Freundschaft und nicht auf Vertrauen.

„Ich kümmere mich selbst drum", sagte er. „Ich werde wohl fähig sein, so ein Ding verschwinden zu lassen. Okay?"

Sie nickte.

Er wusste es noch nicht, aber er würde die Waffe nicht verschwinden lassen.

Tabea ging ohne Umschweife zu Marksroth nach Hause.

„Bist du verrückt geworden?", fuhr er sie gedämpft an. „Meine Frau und meine Kinder sind da."

„Oh – tja… ich habe aber ein Problem, das ich unbedingt mit dir besprechen muss."

Er verdrehte die Augen und schloss die Haustür hinter sich. Sie standen beide draußen. Sie grinste gehässig. Das würde sicher nicht allzu schwierig werden mit dem Trumpf, den sie im Ärmel hatte.

„Ich war gerade mit einem Bekannten bei meinen Pflegeeltern. Bei Thea und Kurt Erdmann – du weißt ja…"

„Ja, ich weiß", knurrte er. Er ärgerte sich wahnsinnig, dass sie es wirklich wagte, ihn hier aufzusuchen. In seinem Haus. Er hatte ihr doch wirklich sehr deutlich zu Verstehen gegeben, dass das auf keinen Fall akzeptabel war. Und sie schien nicht der Typ Frau zu sein, der darauf aus war, ihn für sich zu gewinnen. Er war sich fast sicher, dass sie auch noch mit jemand anderem ins Bett ging. Deshalb war dieses Verhältnis ja so perfekt.

Es war nicht sein erster Seitensprung. Bei weitem nicht. Aber er musste absolut diskret vorgehen. Das wusste sie doch Herrgott noch mal.

Aber das war ihr egal, sie war ein ganz schönes Luder. Auf jeden Fall fiel er nicht auf ihren kindlich flehenden Blick herein, den sie ihm gerade zuwarf.

„Also – sie – sie sind beide – oh Harald…", stotterte sie.

„Was?", fragte er ungehalten. Diese Spielchen konnte sie sich bei ihm sparen.

„Tot."

„Tot?"

„Ja."

„Was? Wie?"

„Thea liegt tot in ihrem Bett und Kurt am Fuß der Treppe. Harald, ich habe Angst, sie wurden – getötet. Ich habe sie gefunden."

„Was?"

Er konnte es nicht glauben.

„Hast du die Polizei…"

„Nein, ich bin abgehauen."

„Wie konntest du so etwas Dummes tun?"

„Ich hatte Angst. Außerdem war Demjan bei mir – ein Freund."

„Dieser Typ aus deiner Vergangenheit? Der, dessen Anklage ich habe fallen lassen?"

„Ja. Er hat natürlich Angst, dass alle annehmen, er hätte etwas damit zu tun, weil er kein unbeschriebenes Blatt ist."

„Aber du kannst ihm doch ein Alibi geben."

„Sicher. Aber – Harald, Baby, es ist passiert. Ich bin davongelaufen. Und…"

„Noch was?"

Sie nickte.

„Was?" Die Fassungslosigkeit wich und seine Stimme wurde wieder ärgerlich. Wo zog dieses dumme Mädchen ihn hinein?

„Ich habe kurz vorher Bianca aus dem Haus laufen sehen."

„Das musst du aussagen."

„Baby, halt mich da raus. Bitte. Ich habe kein gutes Verhältnis zu meinen Ex-Pflegeeltern. Und zu Bianca auch nicht. Aber – Demjan ist gesehen worden. Ich nehme an, es war der Nachbar. Dieser Jacobi."

„Dann müsst ihr auf jeden Fall aussagen. Und zwar schnell. Der Mann hält doch seinen Mund nicht. Irgendwann werden die Toten gefunden."

Tabea strich sanft an dem Kragen seines Hemdes entlang, ihr Finger knöpften die obersten Knöpfe auf, sie streichelte über seine Brust.

„Lass das!", fuhr er sie an und schob ihre Hände unwiersch weg, „Ich beschaffe mir ein Alibi. Ich weiß schon, wer mir sicher eines geben könnte. Nur für den Fall, dass ich eins brauche. Aber das tue ich ja gar nicht. Niemand wird auf die Idee kommen, dass ich dort war, wenn nur die Sache mit Demjan aus der Welt geschafft wird."

„Aber das kann ich nicht tun", erwiderte Marksroth leise.

„Baby, ich denke doch." Der Ton ihrer Stimme ließ ihn aufhorchen. Sie war plötzlich nicht mehr ängstlich oder flehend. Sie war geradezu fordernd. Er sah sie fragend an.

Wortlos reichte sie ihm den Stick, auf dem die Fotos und der Film gespeichert waren. Den trug sie immer in ihrer Handtasche bei sich. Man konnte schließlich nie wissen, ob sie ihn brauchen würde, so wie jetzt. Sollte sie dann erst nach Lemgo fahren, um ihn zu holen?

Sie verabschiedete sich und verschwand einfach.

Er sah ihr mit einem unguten Gefühl nach. Er wusste, der Stick enthielt nichts Gutes. Sie schien immerhin zu glauben, dass er sie deshalb in ihren Lügen unterstützen würde.

Er ging zurück ins Haus.

„Wer war das?", fragte seine Frau.

„Geschäftlich. Wie immer. Habe Beweismaterial zugespielt bekommen."

Er ging ins Arbeitszimmer und steckte den Stick in sein Laptop.

Was er da sah, ließ ihn das Blut in den Adern gefrieren.

Er fühlte sich plötzlich so ausgenutzt.

Erpressung.

Dieses kleine Biest.

Im nächsten Moment schon ging das Telefon. Er hob ab.

„Marksroth!"

„Max Kellerhoff. Wir haben einen Mordfall, Herr Marksroth. Es tut mir leid, aber es handelt sich um ihre Schreibkraft Thea Erdmann und ihren Ehemann. Sie wurden beide tot in ihrem Haus gefunden."

„Ich komme sofort!" Er warf den Hörer auf die Gabel.

Verdammt, das war aber schnell gegangen. Nicht einen Moment zum Verschnaufen war ihm vergönnt.

Aber er war geistesgegenwärtig genug, den Stick aus dem PC zu ziehen.

Tabea ging zu Lutz Wegener und umgarnte ihn ebenso wie gerade noch den Staatsanwalt. Sie erzählte auch genau dieselbe Geschichte. „Aber Bianca darf nicht hineingezogen werden. Versprich mir das", bat Lutz. „Sie hat mich sehr verletzt, als sie mich verlassen hat. Aber sie hat die Beiden sicher nicht ermordet."

„Aber nein", schnurrte Tabea und schob ihre Hand unter sein T-Shirt.

„Tabea!", drängte er.

„Du hast ja recht."

Er zog sie ins Haus. Er brauchte ja kein Geheimnis um ihre Beziehung machen wie der Staatsanwalt.

Als er merkte, dass Tabea ein falsches Spiel spielte und dass Bianca plötzlich unter Mordverdacht geriet, war es zu spät. Er war nicht tough genug, seine Falschaussage zuzugeben.

Um sein Gewissen zu beruhigen, redete er sich ein, dass alles richtig so war, denn Bianca war ja schließlich wirklich kurz vorher aus dem Haus gerannt.

Kapitel 13
2017

„Und so haben Sie Tabea also gedeckt, weil Sie mit ihr im Bett waren?", schrie Jochen Brenner Harald Marksroth angewidert an. Er konnte es nicht fassen. Ein Staatsanwalt, der Spuren verschwinden ließ und sogar einen Zeugen bestach, der den Mörder gesehen hatte. Mein Gott. Das war wirklich etwas, das seine Vorstellungskraft bei weitem überstieg.

Und es kam noch schlimmer. Heute stand Demjan Kozlov sogar beim Herrn Staatsanwalt auf der Lohnliste – natürlich nicht offiziell, versteht sich.

„Ja, ich habe Tabea geholfen. Deshalb habe ich auch Demjans hanebüchene Geschichte von dem verdeckten Ermittler bestätigt. Ich versprach dem Zeugen sogar, mir seine Loyalität etwas kosten zu lassen. Damit hatte ich ihn. Zu meiner Verteidigung muss ich sagen, dass ich anfangs wirklich nicht wusste, dass Tabea und Demjan die Morde begangen hatten. Ich wollte sie einfach da raus halten, damit dieser Verdacht erst gar nicht aufkam."

„Und dann hat dieser Wegener ihr auch noch ein Alibi gegeben, weil auch er mit ihr im Bett war. Verflucht – war sie das wirklich wert? Außerdem muss es Ihnen doch irgendwann klar geworden sein. Wie tief haben Sie sich dort hineinziehen lassen!"

Marksroth nickte matt. „Ja. Irgendwann schon. Doch da war es zu spät. Ich war so tief in Tabeas Machenschaften verstrickt. Ich hatte zuvor schon diesem Demjan geholfen, hatte Beweise unterschlagen, die ihn als Autoknacker hätten hochgehen lassen. Und jetzt hatte ich einen Zeugen bestochen, Indizien verschwinden lassen… Mein Gott, ich hätte meine Karriere, meine ganze gesellschaftliche Stellung an den Nagel hängen können. Sie hatte mich einfach vollkommen in der Hand."

Jochen Brenner lachte auf. Er sah seinen jungen Kollegen Till Surrmann kopfschüttelnd an. „Das gibt es doch nicht. Sie hatten ihr einen Gefallen getan", sagte er spöttisch, „damit Ihre Liaison nicht aufflog. Und damit haben Sie sich also noch erpressbarer gemacht. Jetzt waren Sie ein korrupter Staatsanwalt und ein Fremdgänger."

Marksroth öffnete den Mund, um etwas zu sagen. Aber er schloss ihn gleich wieder und schwieg. Was sollte er sagen? Dieser Brenner hatte in allem recht.

„Gut, kommen wir zur Gegenwart. Sie hatten also diesen Freund von Tabea – Demjan Kozlow – inzwischen in ihre Dienste genommen."

„Ja, so jemanden kann man ab und zu brauchen. Und er schuldete mir noch etwas."

„Klar, wegen der unterschlagenen Anklage zum Autodiebstahl."

„Versuchtem Diebstahl."

Brenner ging nicht darauf ein. Er hinterfragte auch nicht, wieso ein Staatsanwalt jemanden mit Kozlows Qualitäten brauchen konnte. Blanker Hohn. Aber es gab wichtigeres aufzuklären.

„Was ist mit dem Angriff auf Judith Schlüter und der Ermordung von Max Kellerhoff? Demjan Kozlow hat das schon zugegeben."

„Idiot", murmelte Marksroth.

„Bitte?", schrie Brenner. „Reden Sie!"

„Okay, okay. Ich wusste von Lutz Wegener, dass der wieder ermittelt und wollte ihn stoppen. Aber Kellerhoff sollte nicht sterben. Ich bin schließlich Jurist und kein Mörder", tönte Marksroth.

Nun, darüber ließe sich streiten, dachte Jochen Brenner. Meine Vorstellung von einem Juristen ist irgendwie anders.

„Der sollte nur ein bisschen aus dem Verkehr gezogen werden, damit er nicht weiter ermittelt. Aber dieser Blödmann Demjan hatte alles verdorben. Hat blind geschossen und der Detektiv ist gestorben."

„Hätte er überlebt, hätte Max weitergemacht. Dieses Rad konnten Sie nicht mehr aufhalten. Was ist mit dem Überfall auf Judith?

Und den Bedrohungen durch die Fotos und den Telefonanruf. Ist das auch auf Ihren Mist gewachsen?"

„Natürlich nicht", entrüstete sich Marksroth. „Das ist wirklich nicht mein Niveau. Das mit den Bedrohungen ist allein auf Demjans Mist gewachsen. Der dachte eben, er könnte die Nachforschungen auf diese Art stoppen. Von mir hatte Kozlow nur den Auftrag, den Laptop zu besorgen, mehr nicht. Dieser junge Sozius von Frau Verhoeven…" Er grinste ungeniert und ziemlich gehässig - „hatte mir ja anvertraut, dass Judith die Bilder eingescannt hatte. Dieser Anwalt dachte, er könnte seine Karriere damit ankurbeln, indem er seine Chefin hinterging. Also bei mir war er damit an der falschen Adresse. So jemandem würde ich niemals vertrauen können."

„Außerdem können Sie sowieso niemanden mehr einstellen. Sie wandern nämlich in den Bau", stellte Jochen Brenner ohne offensichtliche emotionale Beteiligung fest.

Was war der für ein riesengroßer Egoist. Ein absoluter Unmensch.

„Sagen Sie mir noch eins – wie konnten Sie so etwas tun?"

„Was? Mit der Kleinen ins Bett gehen?" Er grinste tatsächlich noch immer.

„Eine unschuldige Frau ins Gefängnis schicken. In vollem Bewusstsein. Heimtückisch. Denn irgendwann ist Ihnen ja klar gewesen, dass Bianca unschuldig war."

„Ach, nun spielen Sie sich doch nicht als Moralapostel auf. Was hatte ich mit Bianca zu tun. Sie war ein kleines Opfer für einige Leben. Für Tabea, die es sowieso nie leicht gehabt hatte und die auch von den Erdmanns verlassen worden war, für Lutz, der sie einmal geliebt hatte, für mich, für meine Familie. Und ein besonders wertvolles Leben führte Bianca ja nicht."

Jetzt war es doch noch vorbei mit Jochen Brenners Geduld.

Er sprang auf und schlug mit voller Wucht mit beiden Händen auf den Tisch. Ganz nah brachte er sich an das Gesicht des Staatsanwalts, als er das Bandgerät ausstellte. Dann brachte er in drohendem Ton hervor: „Sie spielen sich auf, als wären sie der Herrscher über Leben und Tod. Sie entscheiden über Leben von Menschen. Sie spielen, manipulieren. Opfern. Und am Ende alles, weil Sie Schwanz gesteuert sind und die wirkliche Täterin gefickt haben. Sie sind nichts anderes als ein verdammtes niederträchtiges Arschloch."

Der Fall war gelöst. Sogar zwei Fälle. Auch der alte, fünf Jahre zurückliegende Fall war endlich wirklich aufgeklärt.

Demjan, Marksroth und vor allem Tabea würden ihrer gerechten Strafe nicht entgehen.

Carlos Tauber hatte laut Tabeas Aussage einen falschen Pass erhalten und hatte sich ins Ausland abgesetzt. Auch ihn würden sie noch finden. Auch er würde sich rechtfertigen müssen. Er hatte Biancas Vertrauen unter Vorspiegelung falscher Tatsachen erschlichen. Das war nicht strafbar, sonst würden verdammt viele Menschen die Gefängnisse bevölkern.

Aber er hatte sich auch auf diese Art Geld ergaunert.

Auch ihn würde die Vergangenheit einholen. Und vielleicht konnte man ihn für Beihilfe drankriegen. Immerhin hatte er Tabea Informationen zugespielt. Es musste sich nur herausstellen, wie weit er Tabeas wirklichen Plan gekannt hatte.

Epilog
Juni 2017

Judith fühlte sich pudelwohl. Sie hatte ein wenig umgeplant, ihr organisiertes Einzäunen des Grundstücks inklusive Helferparty fand eine Woche später als ursprünglich geplant, statt. Nach allem, was passiert war, hatte sie sich überhaupt nicht fähig gefühlt, auch nur über eine Party nachzudenken. Auch wenn alle Gäste etwas zu Essen mitbringen wollten und die Durchführung nicht allein auf Judiths Schultern lastete – es gab noch immer genug zu tun. Fleisch, Getränke und Soßen kaufen, alles zurecht stellen, allen Bescheid sagen… Sie konnte sich einfach nicht mit etwas so Profanem beschäftigen. Zuerst musste alles lückenlos und ohne Zweifel aufgeklärt sein.

Außerdem war sie mit ihrer sonstigen Arbeit längst nicht so weit, wie sie es wollte. Dieser alte Mordfall hatte sie in der Woche zu sehr beansprucht.

Eine Woche – hatte das ganze wirklich nur acht Tage gedauert? Von Samstag bis Sonntag? Es kam Judith vor wie ein Leben. So viel war passiert.

Aber jetzt wollte sie nicht darüber nachdenken. Jetzt wollte sie den Tag einfach genießen.

Ihr Vater, Joachim und die Ehemänner ihrer Freundinnen Sabine und Anita waren bereits seit dem Vormittag damit beschäftigt, das Grundstück einzuzäunen.

Am Nachmittag waren weitere Leute dazugekommen. Sabine und Anita kamen mit ihren insgesamt drei Kindern.

Ihre Schwester Hannah brachte ihre Mutter mit.

„Kind, hast du dich inzwischen eingelebt in diesem – diesem…"

„Sehr gut sogar", fiel Judith ihr ins Wort. Sie wollte jetzt nichts Negatives hören. Und sie wollte ihrer Mutter auch nichts von allem erzählen, was hier vorgefallen war. Hannah jedoch hatte sie in einem sehr langen Gespräch davon berichtet.

„Kannst du uns noch ein Bier bringen?", schrie Gregor Schlüter, Judiths Vater, herüber.

„Komme gleich!", rief Judith zurück und nutzte die willkommene Möglichkeit, von ihrer Mutter fortzukommen.

Henning Funke kam mit seinem kleinen Sohn. Er hatte ihm erzählt, er sei auf eine Party eingeladen, auf der auch andere Kinder waren. Daraufhin war der Kleine sofort Feuer und Flamme gewesen, mitzukommen. Er knüpfte auch sofort Kontakt zu den anderen Kindern, besonders zu Anitas Sohn, der im gleichen Alter war und sich freute, männliche Unterstützung zu bekommen.

„Ich habe etwas Rotwein mitgebracht", sagte Henning und kramte drei Flaschen aus einer Tüte.

„Das wäre aber nicht nötig gewesen", meinte Judith.

„Aber den magst du doch so gern." Er lächelte sie verschmitzt an und drückte zart ihre Hand.

Sie hatten sich in den letzten zwei Wochen noch einige Male getroffen, weil Clouds Bein kontrolliert werden musste, was aber ohne Komplikationen verheilte. In Wirklichkeit wussten beide, dass es ein Vorwand war. Sie waren sich einfach sympathisch.

Judith wusste noch nicht genau, was daraus werden würde – sie war vorsichtig geworden. Aber sicher war er der Mann aus Sidonias Vorhersagen, der ehrlich war.

Na ja, eine geschäftliche Verbindung würde es auf jeden Fall geben, da waren sich beide einig. Vielleicht darüber hinaus eine Freundschaft.

Vielleicht mehr. Sie kamen sich allmählich näher. Es passte einfach alles. Sie liebten beide Tiere und die Natur. Sie schwangen irgendwie auf derselben Wellenlänge.

Nichts war unmöglich.

Ellen kam mit Votan. Lorenz jedoch hatte sie nicht überreden können. Er war tief in Depressionen versunken und machte sich große Vorwürfe, dass aufgrund seiner falschen Aussage Bianca – das Nachbarsmädchen – fünf Jahre lang unschuldig im Gefängnis verbringen musste. Fünf Jahre ihres Lebens, die ihr niemand jemals wiedergeben konnte. Aber wie hätte er ahnen können, dass das nicht mit rechten Dingen zugegangen war. Schließlich war es der Staatsanwalt selbst gewesen, der ihm von einer Aussage abgeraten hatte.

Ellen war sehr wütend über diese Uneinsichtigkeit, mit der er seine eigene Schuld nicht anerkennen konnte. Aber Judith dachte, dass es wohl die einzige Möglichkeit für ihn war, überhaupt damit fertig zu werden.

Ellen hatte geplant, das Haus am Waldrand und auch ihren Ehemann zu verlassen. Sie wollte in eine Wohnung in die Stadt ziehen. Dort fühlte sie sich wohler. Aber den Kontakt zu Judith wollte sie nicht aufgeben. Hin und wieder ein Treffen würden sie sicher aufrechterhalten.

Sidonia und ihre Tochter Mercedes kamen ebenfalls aus Paderborn. Sidonia trug ganz entgegen ihrer Natur eine Jeans und T-Shirt mit einem Cardigan. Ihre wilde Haarmähne hatte sie zu einem Zopf gebändigt.

Jetzt war es schon später Nachmittag, Judith stand auf ihrer Terrasse und beobachtete das bunte Geschehen auf ihrem Grundstück. Sie stand an der Schwelle eines neuen Lebensabschnittes und sie freute sich darauf.

Sie betrachtete den langen Tapeziertisch ihres Vaters, auf dem das Essen bereits angerichtet war. Auch der legendäre Kartoffelsalat von Sabine war dabei. Brote, Dipps, Wurst und Fleisch sowie vegetarisches Grillgut, eine Rohkostplatte von Ingrid, Desserts von Sidonia, selbstgebackenes Brot und Kräuterbutter von Ellen. Judith fühlte sich dankbar, dass sie so gute Freunde hatte.

Sie sah, dass die vier Männer die letzten Arbeiten an dem Zaun verrichteten, bevor ihr Vater lauthals verkündete, dass er fertig war.

Sie merkte selbst nicht, dass ihr Blick ganz weich wurde, als sie Henning zusah, der schon den Grill anzündete.

Sie beobachtete die vier Kinder, die zusammen tobten, lachten und sprangen und die drei Hunde, die sich durch deren ausgelassene Fröhlichkeit angespornt fühlten. Sie war froh, auch Cloud mitlaufen zu sehen, so, als hätte er nie ein verletztes Bein gehabt.

Sabine, Anita und Hannah unterhielten sich mit Mercedes, Ellen und Sidonia hatten nun doch noch gemeinsamen Gesprächsstoff gefunden und ihre Mutter ging herum und schien alles zu kontrollieren. Judith verdrehte die Augen.

Auf einmal sprach sie jemand von hinten an. „Hallo Frau Schlüter."

Sie wirbelte herum, sie hatte niemanden näher kommen gehört.

Vor ihr standen Martha Verhoeven und Jochen Brenner, die sie ebenfalls eingeladen hatte.

„Wie schön, dass Sie auch gekommen sind", sagte sie aufrichtig.

Sebastian hatte sie nicht eingeladen. Er hatte sie wirklich zutiefst enttäuscht.

Den wollte sie nicht hier sehen, obwohl er ihr bei der Suche auf dem Dachboden wirklich und wahrhaftig eine große Hilfe gewesen war. Aber selbst in dem Punkt glaubte Judith inzwischen nicht mehr an seine selbstlose Hilfe. Er hatte mit ihr ins Bett gewollt und Verständnis zu zeigen war der direkte Weg. Das hatte sie gebraucht. Hilfe und Verständnis. Er war vermutlich kein wirklich schlechter Mensch, aber auf jeden Fall ein egoistischer. Und er war kein Tiernarr wie sie. Nicht einmal ansatzweise. Daraus wäre niemals etwas Längeres geworden.

Judith blickte auf die junge Frau, die Martha und Jochen mitgebracht hatten. Sie war ziemlich klein und wirkte fast zerbrechlich. Ihre dunklen Haare fielen glatt und stumpf bis auf die Schultern. Ihre Augen wirkten riesengroß in einem ausgemergelten Gesicht.

„Das ist Bianca Buchholz", stellte Martha vor.

Judith starrte die junge Frau mit offenem Mund an. Sie konnte einfach nichts sagen. Irgendwie fühlte sie sich gerade etwas überrumpelt.

Bianca reichte ihr die Hand.

„Ich wollte mich unbedingt bei Ihnen bedanken. Frau Verhoeven sagte, dass Sie damit angefangen haben, meinen Fall wieder aufzurollen."

Judith nickte sachte. „Ja, das stimmt."

Bianca lächelte sanft. „Dann…"

„Bianca!", unterbrach ein überraschter Aufschrei Biancas Worte. Ellen stürzte auf sie zu. Freude und Überraschung standen in ihren Augen.

Auch über Biancas Gesicht ging ein Strahlen. Sie mag Ellen, dachte Judith. Bestimmt hat sie sie in guter Erinnerung aus ihrer Kindheit.

Im nächsten Moment lag sie in Ellens Armen.

Es dauerte eine ganze Weile, bis Judith und Bianca die Muße fanden, alleine miteinander zu sprechen.

Judith bemerkte bei der jungen Frau hinter aller Traurigkeit, hinter all dem Frust und der Fassungslosigkeit auch die Wut auf ihre angeblichen Freunde, die sie so schäbig verraten hatten.

Das war ein guter Anfang. Keine Resignation – Wut musste sie fühlen. Wer Wut spürte, der lebte. Der hatte nicht aufgegeben.

„Sie bekommen jetzt ihre Strafe", sagte Judith und hoffte, es würde Bianca etwas Genugtuung geben.

„Ja. Das hoffe ich sehr."

„Es ist nicht mehr aufzuhalten."

Bianca nickte. „Sie gehören ins Gefängnis. Aber es tut weh, so verflucht weh, so hintergangen worden zu sein. Die einzigen, die es wirklich gut mit mir meinten, waren meine Pflegeeltern und mit ihnen habe ich furchtbar gestritten, als wir uns das letzte Mal gesehen haben."

„Ich weiß."

Plötzlich hatte Judith eine Idee – oder sogar eher eine Eingebung.

„Komm mit", sagte sie sanft und wechselte automatisch zum *Du*.

„Wohin?", fragte Bianca verwundert.

„Du wirst sehen. Bitte."

Bianca folgte Judith die Treppe hinauf. Sie lächelte, als die Erinnerungen sie überfielen. Es waren schöne Erinnerungen „Dort war mein Mädchenzimmer", sagte sie.

„Das habe ich mir als Schlafzimmer eingerichtet", sagte Judith.

„Und das war das Schlafzimmer meiner Eltern."

„Ja, das dachte ich mir schon."

Wieder der verwunderte Blick. Sie konnte ja nicht wissen, was Judith dort erlebt hatte.

„Es ist kalt hier oben", meinte Bianca und zog sich in ihrer Strickjacke zusammen. Judith lächelte vor sich hin. Sie fühlte es auch. Das war gut. Sie glaubte fest daran, dass auch Thea ihre Pflegetochter noch einmal sehen wollte, nachdem sie aus dem Gefängnis befreit war.

Judith drückte die Klinke herunter und öffnete die Tür.

Aus dem alten, billigen Standspiegel schaute ihr das Gesicht der Thea Erdmann entgegen.

Bianca schrie auf.

Judith legte ihren Arm um ihre Schultern.

„Ja, das habe ich in diesem Haus erlebt. Sie hat dafür gesorgt, dass ich angefangen habe, zu recherchieren. Sie wusste, dass du es nicht warst."

„Mama", hauchte Bianca fast tonlos. Tränen rannen ihr plötzlich über die Wange. Sie war so ergriffen von dem Anblick. Aber Angst hatte sie nicht.

„Mama, ich wollte das nicht. Ich wünschte, wir könnten uns wieder vertragen, ich könnte es wieder gut machen."

„Sie weiß es", sagte Judith sanft.

„Ich habe sie immer geliebt", flüsterte Bianca.

„Wir streiten doch immer am meisten mit den Menschen, die wir am meisten lieben und bei denen wir uns am sichersten fühlen. Unsere schlechte Laune beherrschen wir bei Fremden, im Büro oder sonst wo, aber zu Hause, bei Menschen, bei denen wir uns sicher fühlen, können wir uns gehen lassen. Weil wir keine Angst haben, ihre Liebe zu verlieren."

„Das ist nicht richtig, oder?"

„Nein, vermutlich nicht. Aber wir sind Menschen. Wir können nicht immer stark und beherrscht sein. Thea wusste das, Bianca. Sie hat dich geliebt und noch über ihren Tod hinaus für dich gesorgt."

Die junge Frau nickte und ging zu dem Spiegel.

Eine einsame Träne rann über Theas Wange und Judith glaubte zu wissen, warum. Es war die Träne um Bianca, die Jahre ihres jungen Lebens unschuldig im Gefängnis gesessen hatte. Und es war auch eine Träne um ihre Pflegetochter Tabea, der sie versucht hatte, Liebe zu geben, an der sie aber gescheitert war und die am Ende vollkommen auf die schiefen Bahn geraten war. Nun war sie im Gefängnis.

Vielleicht war es auch eine Träne um ihr eigenes verlorenes Leben und das ihres Mannes. Sie waren gute Menschen gewesen und sie waren zu früh gegangen.

Judith beobachtete Bianca, die vor dem Spiegel kauerte und über das kalte Glas hinweg die Wange ihrer Mutter streichelte.

Sie war für einen Moment das kleine Mädchen, das sich am liebsten in den Arm ihrer Mutter geflüchtet hätte. Aber diese Geborgenheit war für immer verloren. Dank Tabea.

Aber Bianca wusste dennoch, sie war nicht ganz allein. Martha Verhoeven würde ihr helfen, ein neues Leben zu beginnen und auch Ellen hatte ihre Hilfe angeboten. Sie konnte sich gut vorstellen, dass auch Judith für sie da sein würde.

Bianca stand wieder auf und stellte sich neben Judith.

Das Bild im Spiegel verblasste nach und nach.

Es war das letzte Mal, dass Judith die Erscheinung gesehen hatte.

**Von Rotraud Falke-Held bei BoD erschienene Bücher
für Jugendliche und Erwachsene:**

Die Hexenschülerin

Die Geschichte beginnt in den 1980er Jahren. Bei der Renovierung der Burg Dringenberg machen Carolin und Nick einen ungewöhnlichen Fund. Im Rittersaal sind alte Aufzeichnungen aus der Gründungszeit des Ortes versteckt. Geschrieben wurden sie von dem Mädchen Clara, die 1322 als Zwölfjährige mit ihrer Familie in den neuen Ort zog.

Clara hat eine gefährliche Gabe – sie ist hellsichtig. Aus Angst, als Hexe angesehen zu werden, versucht Clara ihre Gabe geheim zu halten.

In dem neuen Dorf zieht die mysteriöse Odilia sie in ihren Bann. Sie bestärkt Clara darin, ihren eigenen Weg zu gehen. Doch der ist gefährlich. Odilia gerät bald in den Verdacht, eine Hexe zu sein. Und auch Clara als ihre Schülerin befindet sich in großer Gefahr....

Band 1:

Die Zeit des Neubeginns

Eine spannende Zeitreise ins Mittelalter

für Jugendliche ab 10 Jahren

und für Erwachsene

ISBN: 978-3-73224629-8

Das Buch hat 256 Seiten

Band 2:

Die Zeit der Wanderschaft

Eine spannende Zeitreise ins Mittelalter

für Jugendliche ab 12 Jahren

und für Erwachsene

ISBN: 978-3-7347-7470-6

Das Buch hat 292 Seiten

Band 3:
Die Zeit der Rückkehr
Eine spannende Zeitreise ins Mittelalter
für Jugendliche ab 12 Jahren
und für Erwachsene
ISBN: 978-3-7412-9578-2
Das Buch hat 292 Seiten

Das verlorene Land

Eine spannende Geschichte für Kinder
und Jugendliche ab 10 Jahren
ISBN: 978-3-73224629-8
Das Buch hat 248 Seiten

Das Volk des Rubinsterns und des Zaubermondes leben seit Jahrhunderten in Frieden und Harmonie miteinander.

Doch eines Tages werden ihre Dörfer von dem diabolischen Herrscher Cyprian, dem Herrscher vom Volk des Eises, überfallen.

Die friedlichen Völker können sich gegen seine Armee nicht wehren und werden unterjocht.

Doch der Wunsch nach Freiheit weckt auch den Kampfgeist. Eine kleine Gruppe Jugendlicher macht sich auf den Weg zum legendären Garten der Freiheit, in den böse Mächte nicht eindringen können. Dort hoffen sie, Hilfe für ihre Völker zu finden. Doch der Weg ist gefährlich und Cyprian lässt sie verfolgen, denn auf ihm lastet ein Fluch.

Imogen
Geheimnis auf Gut Bergen

ISBN: 978-3-7448-7257-7
Das Buch hat 284 Seiten

Die junge Adlige Damaris von Seyrich ist glücklich. Zum ersten Mal
besucht sie das Landgut ihres Verlobten. Dort will er sie an ihrem
Geburtstag den Freunden der Familie als seine Braut vorstellen.
Doch Damaris fühlt sich nicht wohl in dem Haus, das schon bald ihr
Zuhause werden soll. Irgendetwas scheint man vor ihr zu verheimlichen.
Warum erschrecken die Freunde der Familie vor ihr? Warum verhalten
sich alle so sonderbar? Oder bildet sie sich das alles nur ein?
Immer tiefer gerät Damaris in die Suche nach dem Geheimnis und bald
in große Gefahr.

Außerdem sind einige Kinderbücher von Rotraud Falke-Held
erschienen.